O PERGAMINHO SAGRADO

ANTON GILL

O PERGAMINHO SAGRADO

Tradução de
RODRIGO ABREU

1ª edição

EDITORA RECORD
RIO DE JANEIRO • SÃO PAULO
2014

CIP-BRASIL. CATALOGAÇÃO NA FONTE
SINDICATO NACIONAL DOS EDITORES DE LIVROS, RJ

Gill, Anton, 1948-
G397p O pergaminho sagrado / Anton Gill; tradução de Rodrigo Abreu.
– 1ª ed. – Rio de Janeiro: Record, 2014.

Tradução de: The Sacred Scroll
ISBN 978-85-01-40155-7

1. Ficção inglesa. I. Abreu, Rodrigo. II. Título.

14-12196 CDD: 823
CDU: 821.111-3

Título original em inglês:
The Sacred Scroll

Publicado originalmente na Grã-Bretanha pela Penguin Books Ltd.

Texto revisado segundo o novo Acordo Ortográfico da Língua Portuguesa.

Impresso no Brasil

ISBN 978-85-01-40155-7

Para Peter Ewence,
com agradecimentos por sua amizade e apoio;
11-16 de setembro de 2010 e desde então

Prólogo

Istambul, no presente

Brad Adkins olhou ao redor no laboratório. Ele não era capaz de disfarçar sua tensão em relação aos outros e sabia que todos compartilhavam o mesmo sentimento.

Eles vinham trabalhando na escavação em Istambul já havia três semanas e ainda não tinham encontrado o que foram designados a procurar. E o tempo estava se esgotando.

O laboratório parecia arrumado o suficiente para que pudessem terminar o dia de trabalho, pensava Adkins, observando seus dois colegas acomodando cuidadosamente caixas nos armários brancos posicionados ao longo de uma parede.

Ele se virou para as telas de computador sobre a longa mesa. Desligou-os, um a um, metodicamente checando se todas as novas informações do dia tinham sido apropriadamente gravadas. Seus colegas haviam terminado antes dele e estavam só assistindo. Su-Lin parecia ansiosa para ir embora, pensava, mas ele se recusou a se apressar pela integrante mais inexperiente de sua equipe, mesmo que ela estivesse ali por ordem de seu principal patrocinador.

— Estamos quase lá.

Uma mulher e tanto, aquela Su-Lin, mas isso seria misturar as coisas, e ele não queria estragar a relação profissional mais próxima que esse projeto tinha criado entre eles três. E Deus sabe o quanto eles precisavam daquilo, Adkins continuava a pensar, no meio de toda aquela pressão. Ele se perguntava quanto tempo demoraria para que as pessoas começassem a ficar impacientes.

— Vamos embora daqui — disse seu colega de Yale, Rick Taylor. — Outro dia perdido... Está na hora de entornar.

Adkins esticou a mão na direção do botão do último monitor. Taylor vinha enchendo a cara com vontade ultimamente. Ele deveria ficar de olho nisso. Mas o colega estava certo — eles tinham feito outra busca infrutífera. Adkins tentava se manter esperançoso, mas cada dia confirmava sua suspeita crescente de que o que procuravam simplesmente não estava ali. Ele olhou novamente para Su-Lin. Impassível naquele momento, ela encarava o próprio relógio.

Adkins desligou o último monitor. Mas, enquanto recolhia a mão e a tela do computador ficava escura, a porta do laboratório se abriu violentamente.

Cinco homens de preto irromperam. Tinham os rostos escondidos por balaclavas e vinham seguidos por um homem magro e uma mulher rechonchuda vestidos como turistas, usando óculos escuros suficientemente grandes para esconder suas feições.

Foi a mulher que falou. Sotaque inglês. Refinado. Educado.

— Sinto muito incomodá-los. Temos algumas perguntas para vocês.

— Quem diabos são...?

Um dos homens se aproximou e bateu com um porrete em Taylor, jogando-o no chão. Ele ficou ali sem se mover.

— Não danifiquem as mercadorias — disse a mulher. — Não danifiquem nada.

Um dos homens foi na direção de Adkins. Ele se encolheu, esperando um golpe. Mas nenhum ataque foi desferido. Em vez disso, o homem enfiou sua cabeça em um capuz de pano grosso, apertando-o de forma selvagem no pescoço.

Adkins sentiu o pânico crescer antes de o homem atingi-lo uma única vez na nuca. Um golpe certeiro.

Então, a escuridão foi total.

1

1204 d.C

Constantinopla, segunda-feira, 12 de abril, e finalmente um ataque. Primeiro preciso escrever sobre o barulho: os gritos, os trovões e o cheiro de alcatrão e de carne queimando por todo lado ao nosso redor. Era como se toda a ira da verdadeira Igreja Católica tivesse sido libertada.

O sol brilhava intensamente naquele dia e estava ventando bastante. Enormes lufadas se concentravam rumo ao norte, embora a princípio a direção mudasse com frequência. Mas era um bom dia para uma batalha, depois de uma espera tão longa, e o vento finalmente se estabilizou em um constante e potente sopro, empurrando nossas galés e embarcações de transporte para o litoral. Não havia como voltar agora e ali, no convés do navio que nos liderava, estava Dandolo, aos 90 anos, cego, mas com seu elmo e sua armadura brilhando, sua espada em riste. Ao seu lado, seu fiel viking, outro homem igualmente velho, mas resistente como madeira de lei.

Baixamos as grandes rampas de cerco que estavam fixadas às proas de nossos navios para que elas caíssem sobre as duas torres mais próximas das muralhas da cidade. Tínhamos sido sábios ao protegê-las com telhados feitos de couro de vaca embebido em vinagre, porque, por mais quente e escuro que estivesse enquanto avançávamos apressados por elas até as plataformas na ponta, as coberturas nos livravam do fogo e das pedras que os desgraçados atiravam em nós. E chegamos com tudo ao topo.

O cheiro de piche queimado estava por todo lado nos túneis escuros das rampas, e fomos cegados pela luz quando emergimos. Os primeiros de nós foram destroçados pela Guarda Viking, o desprezível bando de saxões que protegia o falso imperador. Mas continuamos indo sem parar e nossos navios despejavam e esguichavam fogo grego através de sifões de bronze contra os deploráveis defensores. Nós observamos enquanto o fogo se agarrava em suas peles. Eles morreram gritando enquanto tentavam se livrar daquilo.

As muralhas da cidade se elevavam muito altas, mas nós sabíamos que elas não eram tão boas quanto pareciam. Estavam desmoronando; tinham passado por séculos de negligência, desde que a Grande Cidade passou a acreditar ser inexpugnável, sob a proteção das asas do próprio arcanjo Gabriel. Mas podíamos ver onde a argamassa estava apodrecendo entre as pedras e implantamos galhos secos embebidos em nafta nas rachaduras que encontramos, ateando fogo para enfraquecer ainda mais aqueles paredões.

Já tinham ocorrido dois confrontos na cidade durante os ataques do ano passado e eles a destruíram parcialmente na ocasião, embora agora grande parte dela já estivesse ruindo. Não que ainda não fosse magnífica. Ela fazia nossa Paris parecer um vilarejo. Diziam que a cidade tinha ficado de pé por nove séculos, desde que o imperador Constantino a transformou na sede de seu novo Império Romano cristão. Era ela o portão para o Oriente e o bastião da Europa contra os turcos seljúcidas que tinham tomado a Terra Santa de nós.

Bem, nós lidaremos com eles muito em breve, assim que esse assunto estiver encerrado. Os gregos bizantinos que governam aqui ainda se chamam de cristãos, mas já não mostram respeito ao papa e seguem sua própria forma oriental bárbara de escutar a Palavra de Deus. Nossa missão foi definida assim — essas pessoas devem ser trazidas de volta ao Verdadeiro Rebanho, através do uso da força. E, com a Graça de Cristo e a liderança de nosso bom lorde Dandolo, assim faremos!

Em seu tempo, o papa Inocêncio compreenderá e verá por que temos que levantar nossas espadas contra irmãos cristãos. Ele verá a Justiça Divina de nossa ação. Acabaremos com esses gregos desgraçados agora que nosso sangue está aquecido. Eles ficarão de joelhos e aprenderão que não devem nos enfrentar e nem mesmo permitir uma mesquita dentro de suas muralhas!

Mas tem sido árduo Depois de nosso primeiro ataque aos cristãos orientais na cidade de Zara, o papa Inocêncio declarou que estávamos excomungados. Aquilo se abateu de forma pesada sobre nós. Como um açoite, mil chicotes em nossas costas. Ele aliviou aquela sentença medonha mais tarde, pois desejou que continuássemos como Guerreiros Peregrinos até Jerusalém. E também houve as cartas enviadas pelo doge Dandolo. Aquelas cartas devem tê-lo convencido. Mas qual poder de persuasão o doge poderia ter sobre o papa?

Mesmo assim, Inocêncio não livrou os venezianos da excomunhão. Ficamos perplexos, me lembro bem, pela indiferença deles. Lorde Dandolo inclusive debochou daquilo. Perguntávamos a nós mesmos o que o permitia ousar fazê-lo. Mas ele disse que não tínhamos nada a temer, e acreditamos nele.

Não éramos capazes de desobedecer Dandolo, apesar de alguns de nós murmurarem dúvidas. Alguns até mesmo tentaram ficar de fora da presente batalha, mas a maioria não era determinada o suficiente para tal. Há algo a respeito deste homem, algum poder que ele tem dentro de si. Ele ordena e nós devemos obedecer. Eu sou apenas um cavaleiro cristão. Não questiono meu líder.

Sempre pareceu algo estranho para mim, mas o fato é que o seguiríamos a qualquer lugar. Houve momentos em que alguns de nós se perguntavam por quê. Mas não se pode pensar em tais coisas quando há uma guerra a ser vencida.

Os gregos usavam cimitarras, aquelas espadas perversas obtidas com os infiéis seljúcidas que tinham permissão para viver entre eles. É uma boa espada, corta como uma foice, assim, quando até mesmo um centímetro daquela lâmina em formato de lua crescente alcança você. O resto segue pela curva, aumentando o poder de corte, e ela atravessa ossos e músculos sem dificuldades. Meu compatriota e capitão, Mathieu le Barca, perdeu o braço que empunhava a espada no confronto do primeiro dia. Ele continuou lutando — a excitação corria em seu sangue por causa do ferimento e ele não sentiu dor —, mas estava de joelhos no momento em que o alcancei e havia três homens lhe atacando. Golpeei de cima a baixo o homem que estava mais próximo com minha espada de lâmina larga , atravessando-lhe o ombro do braço que segurava o escudo, desde a clavícula até o coração, cortando-o em duas partes como uma peça de carne. Os outros tentaram correr então, mas acertei um no meio do crânio, seus elmos gregos impotentes contra o aço francês. Dividi sua cabeça ao meio, e me fez rir ver sua boca meio aberta, meio fechada em dois pedaços daquele jeito. Contra o terceiro, usei meu próprio elmo resistente para lhe aplicar uma investida. Transformei seu cérebro em mingau.

Mas será que qualquer um de nós de qualquer dos lados parou para pensar que *tanto nós quanto eles somos cristãos*? Nós tínhamos nos juntado como Guerreiros Peregrinos em nome de Cristo para expulsar os turcos da Terra Santa, para tomar de volta Jerusalém. Essa era nossa verdadeira missão.

Parecia que tínhamos um novo objetivo agora: servir lorde Dandolo e sermos guiados por ele no Caminho da Verdade. E não questionávamos. Nós obedecíamos. Estávamos sob o poder do velho doge de Veneza e a maioria de nós confiava nele.

Quanto aos gregos, eles tinham deixado as coisas deteriorarem. Gastaram todo seu dinheiro em badulaques, nenhum investimento em armas e defesa. Tornaram-se muito autoconfiantes, cantando de galo por novecentos anos. Isso foi o que Dandolo nos contou.

Mas retorno à batalha. Ela estava em seu ápice. Não havia tempo para reflexão. Uma de nossas embarcações, uma que não tinha aportado, nós a amarramos a uma das torres, mas a maré empurrava o navio de volta ao mar e a torre estava tão apodrecida que balançava, até que cortamos a corda com medo de que a construção desmoronasse sobre nós. Podíamos ver medo, também, nos rostos dos defensores gregos na torre.

Os homens na praia procuravam portões fracos, mas os defensores arremessavam pedras e piche em chamas do alto com tal fúria que tivemos que buscar abrigo contra os mesmos paredões que queríamos derrubar. Enquanto isso, a maior parte de nossa frota, empurrada na direção da costa e aportada pelo vento, desembarcava milhares de homens armados, que subiam as rampas, pisando nos cadáveres, e se estabeleciam com firmeza. Lorde Dandolo gritou que o vento que nos carregou era o sopro do arcanjo Miguel, nos ajudando em nossa luta contra o Grande Satã.

E então encontramos um portão em suas muralhas. Nós o golpeamos com machados e barras de ferro até que ele lascou e se abriu. Entramos com alguns cavaleiros, mas do lado de dentro estavam prontos para nos receber. Eles derrubaram os cavalos de guerra, os *destriers*, com flechas pontas de papagaio — pesadas pontas de diamante que cortavam qualquer coisa, atravessavam os flancos dos cavalos, atingindo músculos que juntavam as patas ao corpo. Vi um cair, esmagar uma criança, um pequeno menino grego que estava ali para assistir à diversão. Não conseguiu se afastar a tempo e berrou como uma *banshee* quando suas pernas foram esmagadas. Eu me aproximei dele e cortei sua cabeça. Acabei com seu sofrimento. Mas nesse momento foi o cavalo quem quase *me* matou com seus cascos. Ele também estava agonizando, sacudindo-se, pobre fera, mas não havia como salvá-lo, então cortei as grandes veias em seu pescoço para lhe trazer paz também.

Com os cavalos caídos, os gregos atacaram nossos cavaleiros moribundos, como covardes que eram. Mas nos reagrupamos e, quando entramos lá, crucificamos aqueles malditos.

2

Constantinopla, sexta-feira, 16 de abril do ano de Nosso Senhor de 1204

O monge que estava lendo o documento em voz alta agora abaixou seus papéis, ajeitou seu corpo magro dentro de seu hábito preto, esticou seus pés ossudos dentro de suas sandálias de couro macio e bebeu um gole da taça de vinho que estava próxima de sua mão. Ele olhou para o outro lado do aposento, suas paredes de pedra cheias de tapeçarias penduradas, para onde seu empregador estava sentado. Os robes engomados de brocado que estava usando pareciam ser tudo o que mantinha o velho homem ereto. Uma vela queimava em seu suporte enquanto uma corrente de ar cruzou o aposento, tornando a chama constante novamente.

Leporo podia sentir o olho debilitado de seu amo se semicerrando para olhá-lo na escuridão. Ele ficara ao lado do velho homem durante os últimos quarenta anos, desde que era um monge noviço, bem antes da viagem a Constantinopla três décadas antes, quando seu amo praticamente se tornara cego. Não tinham conseguido acabar com sua visão tão completamente quanto pretendiam naquela ocasião. Leporo tinha evitado o pior. E que gratidão lhe foi mostrada?

Leporo se orgulhava de ser um dos únicos dois homens que ficavam perto do doge e desfrutavam de sua confiança. Houve um tempo em que ele tinha sido o *único*. Ele era o confessor de Dandolo, mas não apenas aquilo. Era ele seu secretário, seu confidente, seus olhos e — muitas vezes — seus ouvidos. Pouca coisa lhe escapava.

Mas ele sempre permanecia um passo atrás de seu amo. Com o passar dos anos, aquilo o irritava cada vez mais. Por que ele deveria se contentar com as migalhas que caíam da mesa quando poderia ter o pão que estava sobre ela?

O problema era o outro homem próximo de seu amo. Leporo estava pensando nele agora e o ódio rastejava por sua alma, seu lar natural.

Mas guardava seus pensamentos para si. Ele sabia como esperar o momento adequado.

— Esse cavaleiro cujas memórias você está lendo — disse o velho homem com uma voz frágil. — Quem é ele?

— Bohun de Treillis. Um nobre sem importância de Amboise.

— Ele pensa muito. Precisamos cortar suas asas. Colocá-lo no lugar a que pertence. Ele revela segredos demais e não deveria nem mesmo estar opinando sobre isso.

— É um homem ignorante, *Altissima*. Não há nada a temer. Ele escreve em pleno escuro.

— Eu decidirei o que deve ser temido ou não. Qualquer coisa que faça alusão a uma pista sobre meu poder deve ser eliminada. E agora... continue lendo — disse o doge, olhando com desconfiança na direção de Leporo através da escuridão.

O monge viu o olho bom cintilar no brilho da vela.

Ele limpou a garganta.

Do outro lado do portão havia uma pequena praça, ruas saindo dela e uma multidão que olhava fixamente para nós, se mijando de medo. Entramos com alguns homens e, do lado de dentro, pessoas de todas as classes, altas e baixas, se encolheram e recuaram, amontoando-se, sem qualquer espírito de luta dentro delas. Os ricos, no entanto, usavam roupas chamativas. Eles recuaram para ruas estreitas. Tão estreitas que o risco de uma emboscada aumentava bastante. Um homem podia facilmente se perder nessa cidade; era como um labirinto de vinte quilômetros quadrados.

Nossos homens seguiram o interior da muralha à beira-mar, onde uma extensa corrente tinha sido esticada ao longo da foz da grande enseada, o Chifre de Ouro, para nos manter do lado de fora. Aquilo tinha sido fácil de destruir. Aquela maldita corrente estava parcialmente enferrujada e, quanto à frota deles, as galés estavam tão apodrecidas que já tinham afundado completamente. Tudo o que seu suposto almirante-general foi capaz de reunir eram algumas dúzias de soldados da cavalaria que fugiram no momento em que nos viram!

Quanto tempo de batalha tinha se passado? Seis horas? Sete? O sol a pino, queimando severamente, e teríamos cozinhado em nossa cota de malha, mas o vento nos refrescou. E agora, finalmente — uma verdadeira brecha!

Isso era o que estava acontecendo perto do Portão de Santa Bárbara, no lado voltado para o mar. Alguns de nossos homens que entraram pelo pequeno portão tinham conseguido lutar até chegar a um grande portão à beira-mar, onde estavam nossas embarcações de transporte, e os gregos derreteram diante deles. Desgraçados perversos — alguns fugiram correndo pelas ruas, claro, mas isso não os impediu de arremessar sobre nós dos seus telhados qualquer coisa que pudessem achar.

Nossos homens conseguiram abrir esse grande portão sem resistência. Ele era largo e alto; dois ou três cavaleiros montados poderiam passar de uma vez. As embarcações de transporte imediatamente recolheram suas âncoras e aportaram, descendo as rampas da proa para que os grandes *destriers* — já selados e ornados com seus mantos de tafetá com os brasões dos cavaleiros, seus protetores de cabeça feitos de aço e amarrados com firmeza — pudessem ser conduzidos velozmente pelos escudeiros. Os cavaleiros, com seus elmos e armaduras, com todas as cores do arco-íris em seus penachos e túnicas, logo estavam prontos para a batalha.

Usamos nossas próprias roupas para a ocasião porque estávamos lutando contra cristãos renegados. Reservamos nossa túnica branca com a cruz vermelha para a luta contra os Infiéis em Jerusalém. Isso foi o que o lorde Dandolo ordenou que fizéssemos.

Invadimos o lugar como um raio. Diretamente pelo portão, o mar verde reluzindo ao sol atrás de nós, a areia amarela, as elevadas muralhas cinzentas, os gregos desembestados à nossa frente para evitar serem esmagados pelos cavalos.

Quanto aos defensores — bem, eles perderam a valentia. E seu novo imperador, aquele traidor que matou o homem que tínhamos designado como seu rei, tinha desertado. Bem, ele tivera suas dez semanas. Ficamos aqui a melhor parte de dois anos, nesse país esquisito, sempre com muita educação e sentindo os odores daquelas especiarias estranhas; o sol que não dava sossego no verão, o frio cruel e a umidade que grudava em você no inverno; toda aquela seda e aquele ouro. Bem, agora era nossa vez.

— Tire essa parte — ordenou Dandolo.
Leporo balançou a cabeça positivamente e continuou lendo.

Não fomos tolos de arriscar a nos perdermos no labirinto de ruas que conectavam as praças principais aos palácios. Montamos quartel no monte Petrion. Podíamos ver tudo à nossa volta de lá e derrubamos alguns dos torreões de defesa de madeira que os gregos tinham construído no topo das torres, só para extravasar. Já era noite a essa altura. Os oficiais mandaram os homens montarem acampamento: "Amanhã será um dia movimentado!" Mas eu não consegui dormir. Continuei olhando para a cidade. Era como um mar, luzes cintilantes de fogueiras aqui e ali, a lua a encharcando com uma luz acinzentada. Ela se parecia com uma ostra aberta — tudo o que você precisava fazer era encontrar a pérola.

Nós todos tínhamos ouvido histórias sobre os tesouros que a cidade guardava — e também sobre as Relíquias Sagradas. Apenas algumas delas seriam suficientes para comprar de volta nossa cristandade sem dificuldades quando chegássemos em casa.

Todo aquele saque! Assim que tivéssemos acabado, teríamos mais do que o suficiente para não apenas pagar nossa dívida com Dandolo, mas para termos o resto da vida garantida.

E dentro de duas semanas celebraremos a Páscoa aqui. *Nossa* Páscoa. Não a deles.

E então, a grande Peregrinação — até Jerusalém!

Leporo parou. Ele olhou para Dandolo, aninhado em sua cadeira, e refletiu sobre o poder oculto que o velho doge possuía e sobre quanto tempo levaria até que ele, Leporo, pudesse ser o dono daquilo. Mas teve cuidado para velar seus próprios pensamentos. Quem poderia ter certeza de que Dandolo não era capaz de lê-los?

— Tire essa parte sobre Jerusalém — disse o velho homem.

— Por quê?

— Porque os Cruzados nunca chegarão lá.

Leporo umedeceu os lábios, quase sem acreditar no que tinha escutado e sem ousar questionar nem contradizer. Em vez disso, vendo que os olhos de seu amo tremeluziam, ele disse:

— Os saques e a destruição pararam.

— Bom.

— É como se os Peregrinos de Cristo tivessem simplesmente perdido o fôlego, ou repentinamente se dado conta do furioso matadouro que eles criaram... E de que estavam destruindo coisas que poderiam ter valor para eles. Agora temos a missão de restaurar a ordem e colocar no trono um novo imperador verdadeiramente cristão, um católico romano. Chega desses rituais obscuros da Igreja Oriental.

— *Isso* deve ser o suficiente para calar o papa. Afinal de contas, era o que Inocêncio queria o tempo todo. Enquanto isso, temos um pouco de história para reescrever. Precisamos remover quaisquer descrições desfavoráveis do saque da cidade que estejam aparecendo.

— O senhor quer que eu leia mais disso aqui? — perguntou ele.

— Quem foi que você disse que escreveu isso?

— Um dos cavaleiros secundários, como lhe disse. Bohun de Treillis. Não é um homem importante. — O monge hesitou. — E não se preocupe. Ele próprio não sabe ler ou escrever. Ele ditou tudo para um dos padres franceses. Suas memórias. Queria anotá-las enquanto a cabeça estava fresca. Mas o padre também é um de nossos espiões. O que o senhor quer que eu faça com isso?

— Quanto mais ele escreveu?

Leporo folheou as páginas.

— Há mais coisas sobre o que fizemos depois do primeiro dia.

— Sobre o que os Peregrinos de Cristo fizeram — corrigiu Dandolo. — Nós, venezianos, não fizemos nada.

— Não destruímos muito, é verdade. Tudo o que fizemos foi saquear.

Dandolo fez um gesto irritado.

— Algumas vezes eu gostaria que você esquecesse sua cristandade.

— Eu a deixei para trás há muito tempo. Talvez isso tenha um preço. Mas sou seu fiel seguidor, como os anos provaram.

Dandolo ignorou aquilo.

— Eu gostaria de ver bem o suficiente apenas para conseguir ler — murmurou o doge.

Autocomiseração não era da natureza de Dandolo, e Leporo, sabendo disso, olhou para ele de forma penetrante. Depois de todos esses anos, ele ainda não podia confiar em si mesmo para adentrar os pensamentos mais sombrios de seu amo.

Mas aquilo não era um artifício. Leporo sabia que o que restava da visão do velho homem — arruinada depois de tentarem queimar seus olhos em Constantinopla como punição por espionagem — estava se deteriorando naquele momento a cada dia que passava. Seu amo era um homem muito velho. Apenas Deus sabia quão velho ele era, mas já tinha mais de 50 anos quando empregou Leporo como secretário, há quatro décadas.

Era apenas uma questão de tempo...

Leporo, cujos próprios olhos mostravam um brilho ganancioso enquanto pensava no que estava por vir, no que ele poderia herdar, forçou-se a voltar ao assunto em questão. Mas o pensamento ficou no fundo de sua mente e excitou sua alma.

— Estamos tomando o que é nosso por direito — prosseguiu Dandolo. — Veneza se submeteu a Constantinopla por tempo demais. Chega!

— Nós nos saímos bem aqui, não há dúvidas disso. Os Peregrinos se apossaram de bens suficientes para nos pagar pela frota que construímos para eles *e* guardar uma boa soma para seu próprio proveito.

— Mas quanto eles destruíram?

— Muito. — Leporo escolheu as palavras. — Obras de arte, da antiguidade. E incendiaram todas as bibliotecas. Não há nenhum lucro nisso.

— Os Peregrinos são todos analfabetos, não se pode esperar nada diferente disso. — Dandolo fez uma pausa. — Belas obras de arte?

— Primorosas. Insubstituíveis. Por sorte, tínhamos brigadas de venezianos nas ruas para resgatar e levar as coisas boas para casa. Para adornar a Basílica de São Marcos.

— É uma pena o que aconteceu às bibliotecas — continuou Dandolo, pensativo.

Mas então um espasmo transformou seu rosto em uma expressão de dor e sua mão direita, a mão boa — a artrite tinha transformado a mão esquerda em uma garra — se levantou até seus olhos. Quando sentiu que Leporo estava vindo na sua direção, ele acenou impacientemente para que o monge fosse embora.

— A dor de cabeça? — perguntou Leporo.

— Claro que é a dor de cabeça! — cuspiu Dandolo. — E por que eu deveria me importar com as bibliotecas deles? Não sou mais capaz de ler. E por que eu deveria me importar com a beleza de sua arte? Não sou capaz de vê-la!

— O senhor se lembra dela.

Dandolo voltou seus olhos leitosos a seu confessor, e Leporo viu os centros deles arderem com angústia e ira. As glórias de Constantinopla foram as últimas coisas que seu amo tinha visto.

— Conforte-se, meu filho — disse Leporo, buscando refúgio em sua fé. — O senhor conseguiu o que veio buscar aqui.

— O que você quer dizer? — perguntou Dandolo, com uma voz perigosa.

Leporo encolheu os ombros.

— Vingança.

— Pelos meus olhos? Você acha que eu teria esperado trinta anos se tudo o que eu quisesse era vingança?

O monge ficou em silêncio. Ele sabia muito bem por que seu amo tinha demorado todo esse tempo. Ele vinha esperando pela oportunidade e pelos recursos. Então, como se tivesse sido entregue a ele numa bandeja por Deus, eles tinham vindo: um exército de Cruzados — e o poder para controlá-lo e submetê-lo à sua vontade. E agora o momento estava se aproximando, o momento em que Leporo tomaria aquele poder para si próprio. Ele tinha mais informações sobre como o doge controlara aquele exército do que seu próprio amo poderia supor. Tinha sido necessária muita dissimulação, mas ele sabia onde repousava o verdadeiro poder.

3

Nova York, no presente

Jack Marlow olhou para a fachada do discreto hotel. Ela parecia deslumbrante na luz pálida do sol daquele dia que anunciava o outono. Parecia acolhedora. Marlow esperou que isso fosse um bom presságio. Ele precisava de uma mudança depois de as coisas terem dado errado em Paris. Essa transferência foi a resposta às suas preces.

Sua mente o levou de volta por um momento à mulher loura que trabalhava no RH, outra péssima escolha que ele próprio havia feito. Aquilo durou três anos e meio e ele tinha achado que finalmente encontrara a pessoa certa. Mas estava errado.

— Qual é o problema? — perguntara ela em resposta à sua consternação quando a bomba foi jogada. — Tivemos momentos muito bons.

Três anos e meio. *Momentos muito bons.* E ele tinha sido suficientemente tolo para achar que aquilo era sério.

Aquilo tinha sido há 18 meses. Um calcanhar de Aquiles de que ele teria que cuidar. Especialmente agora. A primeira missão, por tudo que lhe informaram em suas instruções iniciais, necessitaria de cada grama de concentração. Mas ele havia mantido sua ferida um segredo bem-guardado. Tudo o que aconteceu é que ele fora usado por alguém que — como acabou descobrindo — não tinha consciência alguma. E o que ele devia culpar por ter acreditado demais? Inocente demais? O traço de sangue irlandês na sua ascendência? Marlow sorriu. Não — permitir que a esperança controlasse a realidade, apenas isso. O que não era nada bom em seu ramo. Mas nem tudo está perdido. Acima de tudo, ele aprendeu a reconhecer quando não há nada além de escuridão nos olhos de outra pessoa.

Ele se sacudiu para afastar seus demônios e subiu os degraus com pressa; chegou à entrada, antes de o funcionário ter a chance de abrir a porta para ele. O porteiro não o conhecia e olhou atentamente para o homem alto vestido de forma casual com uma camisa jeans desbotada por baixo de uma jaqueta de couro preta. Marlow leu a expressão do homem. O funcionário estava pensando: *Esse sujeito não se parece com um de nossos hóspedes habituais. As roupas são boas, sim, mas ele está desgrenhado. Não se importa com sua aparência. Talvez seja rico demais para precisar se preocupar. Talvez seja um magnata do meio musical. Por que não deixá-lo com o benefício da dúvida?*

Marlow passou diretamente por ele. Afinal de contas, o porteiro era um inocente — ele ainda achava que estava simplesmente trabalhando para um hotel.

Dois dos cinco funcionários da recepção estavam mais bem-informados. A mulher com cabelo castanho-avermelhado, que também já tinha sido uma agente de campo, fitou-o e acenou para que se aproximasse. O olhar que eles trocaram não foi inteiramente profissional. Havia uma energia familiar naquilo para os dois. Energia verdadeira, no caso deles. Mas Marlow tinha parado com tudo aquilo.

Passando a mão de forma descuidada por seu cabelo escuro, mais rebelde do que de costume graças ao vento do lado de fora, ele atravessou o saguão, cruzando por placas discretas que indicavam a direção do restaurante, do bar, da academia e da piscina. Ele não gostou da opulência ostensiva do local, mas era uma boa fachada e deixava no chinelo as velhas instalações de uma empresa de importação e exportação que a Intersec usava para esconder sua base nova-iorquina nos velhos e horríveis tempos da Guerra Fria. Lembrava-se delas como de seu primeiro contato. Ele tinha sido recrutado depois de se formar em 1990, bem na época da glasnost e de todas as mudanças importantes que a seguiram.

Marlow chegou a uma porta vermelha depois da área dos elevadores e passou por ela, entrando no que qualquer outra pessoa teria achado que era um espaço de descanso para os funcionários — máquinas de venda de comidas e bebidas e um par de mesas com bancos, cheiro de café barato. Marlow olhou à sua volta, afinal verificar um espaço era um hábito para ele. Então, após proferir as palavras mágicas, uma das máquinas recuou e ele entrou em outro mundo.

Um minuto depois, o elevador revestido de aço o levou a um saguão moderno e silencioso que conduzia a uma única porta. Uma placa de alumínio dizia: *Richard Hudson*.

Marlow não tinha chegado até a porta quando ela se abriu e o próprio Sir Richard apareceu à sua frente. Seu novo chefe, apesar de não ser nenhum desconhecido. Eles tiveram suas diferenças havia muito tempo, no escritório de Londres, antes mesmo de Marlow ser nomeado em Paris. Deve ter sido em algum momento durante sua transferência temporária para a SAS, pensava Marlow. Como aquilo pareceu difícil na época. Ele achava que não sobreviveria às medidas disciplinares por causa de sua insubordinação. Mas devem ter considerado que ele estava mais para um trunfo do que para um risco.

Hudson tinha 60 e poucos anos agora, o ar à sua volta carregando o odor de charutos Lancero e da colônia Annick Goutal que apenas homens ricos em ternos Savile Row exalavam.

Ele estendeu a mão.

— Jack. Quanto tempo.

— Senhor.

Hudson fez um gesto despreocupado.

— Hoje em dia você deve me chamar de Dick. É como todos me chamam. Nós dois somos ingleses no exterior e aqui, nos Estados Unidos, as formalidades são dispensáveis. Não tenho como lhe dizer como estou feliz de tê-lo a bordo. Um sujeito com suas qualificações. Sobretudo agora.

Marlow achou que o homem parecia apreensivo.

— É bom estar aqui — respondeu.

Havia muita coisa em jogo nesse encontro.

— É uma equipe pequena, mas bem sólida. Você terá Leon Lopez, como solicitou. Imagino que vocês se conheçam de longa data.

— Pode-se dizer que sim.

— A garota está conosco já há algum tempo, mas ela é nova nessa área. E, além do treinamento, tem pouca experiência em trabalho de campo. Então você vai ter que lhe ensinar algumas coisas. Ela é brilhante no que faz. Foi escolhida a dedo. Mas, obviamente, se ela não se adequar, tomaremos as medidas.

— Se tiver as qualificações que solicitei, está bom o suficiente.

— Em parte por que juntamos essa equipe tão rápido. — Hudson olhou para ele. — Como mencionei quando conversamos mais cedo, sua primeira missão é, podemos dizer, um tanto especial.

— É para isso que estou aqui.

Marlow encolheu seus ombros magros, percebendo que a tensão voltava à expressão de Hudson, mas o homem relaxou levemente em seguida e disse:

— Sim. É para isso que você está aqui.

Enquanto eles caminhavam por corredores cobertos com carpetes pesados e cinzentos, adentrando uma série de elevadores sussurrantes de aço escovado, Marlow escutava Hudson lhe passar as informações sobre controles mais rígidos de firewall e pensava sobre sua primeira vez com a Intersec. Um dos poucos exemplos de colaboração governamental internacional bem-sucedida, a Intersec era conhecida por muito poucas pessoas. Mas estendia sua rede para bem longe. Até onde Marlow sabia, apenas um punhado de estados rebeldes, instáveis ou sem importância no mundo inteiro não possuíam nenhuma representação nela. E, internamente, a velha guarda, formada pelos Estados Unidos e pela Europa ocidental, era capaz de manter a muito custo o equilíbrio entre eles mesmos e a turma nova que estava chegando: uma transformada e perigosa Rússia, além de China e Índia. A muito custo. O jogo estava mudando diariamente. O quanto e o quão rápido, refletia Marlow, ele estava prestes a descobrir.

— Aqui estamos — disse Hudson, abrindo uma porta branca sem marcação. — Sala 55. Seu novo lar.

Um canto do enorme espaço em que eles entraram era dividido por uma parede branca em que estava pendurado um Matisse original.

— Da minha própria coleção — disse Hudson, observando a contemplação de Marlow. — Um bom ambiente de trabalho precisa ser cercado de bom gosto.

Marlow concordou com a cabeça, mas estava percebendo o estresse no tom de voz de seu chefe, por mais que ele estivesse se esforçando para escondê-lo.

— E atrás da parede? — perguntou ele, olhando para a porta de correr, agora fechada, que a enfatizava.

— É o domínio de Leon... Um laboratório em sua maior parte computadorizado, mas ainda com algumas partes mais antigas.

A sala em que eles estavam era uma área de trabalho aberta com três grandes mesas sobre as quais ficava o costumeiro conjunto de computadores e cinco telefones — quatro pretos e um azul. Uma das paredes era ocupada por estantes de livros. A janela tinha uma vista ampla do Central Park.

A porta da parede de divisória se abriu e o vulto familiar de Leon Lopez emergiu de dentro dela.

— Jack! Seu velho desgraçado. É bom tê-lo de volta.

Marlow tinha trabalhado com ele antes e não havia muita coisa sobre sua pessoa de que Jack não soubesse. Nascido em Kingston, na Jamaica, há 43 anos, o mais velho de quatro irmãos, ele era o chefe de pesquisa científica na Diretiva de Operações Especiais da Intersec já há cinco anos.

— Ficando grisalho — disse Marlow, sorrindo, enquanto apertava sua mão.

— Mas sem pança para acompanhar.

Marlow sabia que aquele sujeito de óculos, levemente corcunda e com mais de 1,80m de altura não era apenas um rato de laboratório. O outro emprego de Lopez era como professor-sênior de História da Ciência na Universidade de Columbia. Eles trabalharam juntos pela primeira vez em Honduras, quando Lopez e Marlow estavam cumprindo um período com os fuzileiros navais no que tinha sido chamado de "competência de aconselhamento".

— Como está Mia? Ainda fracassando em tentar lhe ensinar sueco?

— Ela está bem. E meu sueco evoluiu... até mesmo a mãe dela aprova.

— E as crianças?

Lopez sorriu.

— Alvar está com 13 anos agora...

— Então Lucia está com... 10?

— Exatamente.

— Estou surpreso por você ainda estar fazendo isso.

Enquanto falava, Marlow viu Lopez e Hudson trocarem um olhar. Mas então a porta principal se abriu e a mulher entrou.

— Jack — disse Hudson —, essa é Laura Graves.

A mulher olhou para ele sem demonstrar nenhuma expressão em seus olhos azul-claros.

Marlow sabia tudo sobre ela. Nascera ali mesmo em Nova York havia trinta anos, em Long Island, onde seus pais — de ascendência irlandesa e francesa — ainda moravam. Filha única, ela não era casada e tinha sido recrutada pela Intersec depois de se formar em Yale e na Universidade de Cambridge, na Inglaterra. Ela seguira então uma breve carreira no jornalismo acadêmico.

Marlow a cumprimentou. O aperto de mão dela era frio como a expressão em seus olhos.

Ele sabia que a mulher falava três línguas vivas fluentemente — francês, árabe e chinês, que complementavam o alemão, o italiano e o espanhol dominados por ele. Além disso, ela conhecia latim e grego, mas sua verdadeira especialidade eram os idiomas sânscrito e aramaico, com um conhecimento prático das antigas línguas babilônicas — sumério e acádio. Esses eram os talentos por que ela fora escolhida.

— Olá.

— Olá.

Marlow estudou atentamente sua nova colega. Um rosto que demonstrava inteligência e que tinha uma expressão reservada, embora ele pudesse sentir humor em seu semblante e nas linhas finas nos cantos de sua boca.

Ela tinha talvez 1,70m de altura. Maçãs do rosto sobressalentes, lábios finos demais para serem considerados carnudos, um nariz que conseguia por pouco não ser aquilino, um queixo delicado. Tudo emoldurado por um tipo de cabelo comprido pelo qual uma modelo morreria, um castanho-avermelhado. Pele levemente bronzeada, leve palidez de óculos escuros em volta dos olhos. Seu suéter largo e sua calça jeans preta não eram capazes de disfarçar um corpo atlético.

Ela retribuía com um sorriso tímido agora. Marlow, dirigindo a atenção aos detalhes, viu que suas roupas simples eram complementadas por um pingente de esmeralda em uma corrente de prata e um anel de esmeralda em sua mão direita. No dedo mindinho ao lado da joia estava uma minúscula tatuagem desbotada do que parecia ser um coração.

— Prazer em conhecê-lo — disse ela.

— Bem-vindos, todos vocês, à Seção 15 — falou Hudson, limpando a garganta — , que, com a chegada de Jack, está agora completa. Como vocês sabem, esta seção foi criada em resposta a uma contingência especial de suma importância. Até onde sei, vocês terão de se reportar a mim, mas vou deixá-los em paz. Na verdade, quanto menos pessoas souberem o que vocês estão fazendo, melhor, mesmo dentro da Intersec. — Ele se virou para Marlow. — Desculpe ser tão breve, mas não há tempo para uma festa de boas-vindas. Vou deixá-los para se conhecerem melhor. Mas não percam muito tempo fazendo isso. Leon irá lhes passar as informações.

Marlow acenou com a cabeça e Hudson foi embora, deixando um rastro de charutos caros e colônia.

— Então, o que temos? — perguntou ele, virando-se para Lopez. — Um pequeno grupo de arqueólogos desaparecidos? Eles devem ser extremamente importantes.

Foi quando o telefone azul tocou. Marlow acenou com a cabeça novamente. Lopez atendeu a ligação, falou brevemente e lhe passou o aparelho.

Marlow escutou com atenção e desligou.

— Acabou o recreio — anunciou. — Vamos ao trabalho.

4

Constantinopla, ano de Nosso Senhor de 1204

Ao sinal de seu amo, Leporo começou a ler as memórias de batalha de Treillis novamente.

> Não encontramos fugitivos no Palácio. Encontramos apenas as grandes damas, a imperatriz Marie da Hungria, que era a irmã do rei húngaro; e a imperatriz Agnes, irmã do nosso próprio rei Filipe, ambas viúvas de imperadores falecidos dessa cidade e desse império oriental.
>
> Pude perceber que o italiano, Bonifácio, um de nossos dois líderes, estava de olho em Lady Agnes desde o início.
>
> Dizem que há cinquenta anos o imperador tinha um trono dourado que descia de um local escondido no alto em direção ao púlpito que ali ficava pronto para suportar seu peso. O imperador recebia embaixadores aqui, no grande Palácio de Bucoleão, vestido com roupas feitas com ouro e prata, capas incrustadas com esmeraldas, rubis e safiras. Ao lado do trono ficava um plátano, feito inteiramente de ouro, onde pássaros mecânicos de ouro e prata cantavam. E dizem que em cada um dos lados do trono dourado ficavam leões e grifos que, através de um mecanismo secreto, poderiam mexer suas cabeças, abrir suas bocas e rugir. Como um milagre, depois que as pessoas que lhe tinham sido enviadas ficavam prostradas, o imperador, ao fazer um sinal, era içado em seu trono até aquele local escondido no alto, e então descia novamente logo depois, resplandecente como sempre, mas agora com robes completamente diferentes.

Até mesmo os turcos que vieram aqui naquela época, dizem, ficaram intimidados e impressionados.

Não encontramos nada no palácio como aquele trono, mas acreditávamos que ele estava lá em algum lugar, em seus incontáveis aposentos — paramos de contar em quinhentos, ressabiados de nos perdermos, ou até mesmo de uma emboscada. Mas não havia sinal de algo assim.

Ficamos ofuscados pelo esplendor. Onde usávamos ferro para pregos e dobradiças, eles usavam prata e ouro. Onde tínhamos pisos de madeira ou terra, eles calçavam com mármore; e isso era apenas o começo.

Mas devo falar do incêndio.

Foi pior do que os que haviam ocorrido antes.

Todos nós tínhamos desejado descansar naquela primeira noite depois da vitória, embora ainda estivéssemos cautelosos. Permaneci olhando para a cidade, pensando em suas riquezas, quando o brilho do que achei que fosse uma das fogueiras no acampamento do lorde Bonifácio, de alguma forma, cresceu muito e se espalhou. Em minutos pude ver que era outro grande incêndio, devastando a cidade. Descobri mais tarde que ele fora iniciado por alguns dos italianos — pisanos — que tinham medo de um contra-ataque dos gregos na calada da noite. Eles estavam totalmente bêbados e violentos; foram até a mesquita e provocaram uma briga com os locais que lá encontraram rezando. Destruíram o local e o incendiaram.

Havia um vento do norte. O incêndio queimou todo o quarteirão rico ao sul da mesquita e ardeu por 18 horas. Assim perdemos muitas mercadorias que podíamos saquear.

Parte de mim sentia pena dos locais. Eles não tinham feito nada contra nós. Eram apenas mercadores. Vi uma família que saiu de seu lar, mas não fugiu, apenas ficou parada junto à casa, observando enquanto ela ardia em chamas. Toda a vida da família.

O resto da cidade estava aberto à nossa frente. O imperador fugira, ninguém sabia para onde, talvez para fora da cidade com o resto dos ricos, pelo Portão Dourado no lado sul da Muralha Oeste. Isso era bom, porque as únicas tropas restantes de combatentes dignos eram sua guarda pessoal, os Varegues — vikings e saxões que haviam fugido dos normandos. Eles estavam confusos, sem senso de direção ou de obrigação sem um imperador para proteger. Nós os fizemos prisioneiros, mas os tratamos bem. Eles eram homens como *nós*, afinal de contas, homens que podíamos compreender — não como os gregos. Dandolo já tinha um deles em seu bolso, um sujeito que estava com ele havia anos. Ele ajudou a abrandar a situação, mas foi o próprio velho doge que os convenceu. Como, eu não faço ideia.

Havia muito a fazer. A enorme cidade estava aberta à nossa frente e nós — quer dizer, nós, franceses, assim como os alemães e italianos — não hesitamos em desfrutar de suas riquezas. Certamente tínhamos o direito, mas é com pesar que digo que em nossa fúria vitoriosa não respeitamos nada.

Não respeitamos as igrejas ou as imagens sagradas. E alguns dos nossos homens — não nossos próprios franceses, mas os Peregrinos da Alemanha e da Itália — atacaram e estupraram homens, mulheres e crianças.

Levamos a cabo todo o tipo de atrocidade e matança. Os monastérios e os conventos foram saqueados e incendiados, assim como as grandiosas casas. Vi nossos homens rasgando hábitos de freiras, jovens e velhas, dois homens abriam as pernas da mulher, enquanto um terceiro penetrava. Eles se revezavam, violentando as mulheres até que elas sangrassem e então cortando suas gargantas. Vi um monge tentar intervir uma vez, um homem jovem, forte. Eles arrancaram o cilício de seu corpo e usaram uma adaga para extrair suas bolas.

Leporo fez uma pausa. Dandolo levantou o olhar.

— Por que você parou? — perguntou ele.

— Há uma passagem em seguida que não desejo ler.

— Leia tudo.

Entramos na maravilhosa Basílica de Santa Sofia montados em cavalos, chegando até o altar. Rasgamos as vestimentas dos padres que ficaram em seus postos, rezando. O rosto de Cristo em ouro e em majestade olhava para nós do domo enquanto destruíamos os santuários e os altares para ficarmos com o mármore. Saqueamos a sacristia, a cripta e a tesouraria. Precisávamos de dinheiro para pagar os venezianos pela frota que tínhamos encomendado para a grande empreitada até Jerusalém.

Sou um pobre cavaleiro, mas sou um nobre, e era capaz de ver o valor e um pouco da beleza do que tomamos; mas tente dizer isso aos soldados comuns. Eles são fazendeiros dos reinos do oeste que vivem em cabanas de madeira e casebres de barro. Nunca tinham visto nada como aquilo. Metade deles não tinha um emprego quando se alistou, estavam próximos de passar fome. Essa era sua grande chance. Tudo o que eles viam eram coisas que podiam ser derretidas e transformadas em barras ou moedas.

Mas aquilo *tinha que ser feito.*

O que não posso suportar, e a memória ainda vive comigo, é que eles levaram uma das prostitutas do acampamento, a embebedaram e a puseram no Trono do Patriarca na maravilhosa igreja. Lá estava ela, de pernas arreganhadas, bebendo e cantando canções repugnantes enquanto alguns sargentos a apalpavam. Fui embora antes de ver o que mais os homens aprontariam por lá. Eles estavam descontrolados.

As coisas correram bem depois que o fogo se extinguiu, de terça-feira a quinta-feira, naqueles últimos dias antes da Semana Santa. Digo novamente que eu nunca tinha visto coisas tão belas enquanto elas eram arrancadas e despedaçadas, tanto feitas de mármore ou pedra, ou derretidas, tanto de ouro, prata ou bronze.

Havia uma estátua de Nossa Senhora no Fórum do Boi*, perto do centro da cidade. Eles a derrubaram e em meio dia aquilo era metal derretido, pronto para ser transformado em moedas, porque ela teve a má sorte de ser feita de bronze. E aquela não foi a única, posso lhe garantir. Havia uma enorme estátua de Hércules e outra de Pégaso, a segunda tão grande que abrigava dez ninhos de cegonha entre a cabeça do cavalo de bronze e sua traseira.

Fui informado de outras duas, uma de Juno e outra que nós realmente deveríamos ter poupado — uma estátua do Servo dos Ventos, em bronze com a deusa tão lindamente equilibrada sobre um globo giratório que ela funcionava como um cata-vento. E havia uma estátua de Helena de Troia que *cheguei a* ver antes que fosse destruída e levada às fornalhas. Eu não conseguia acreditar que

---

* Principal praça de Constantinopla, símbolo de tortura por meio de mutilações e execuções a céu aberto. (*N. do T.*)

alguém pudesse destruir algo como aquilo; ela era tão linda que era possível pensar que estava viva. Mas nada os detinha. Esperamos tanto tempo para tomar essa cidade, a melhor parte de dois anos, e agora, bem, havia tanto em que se podia colocar as mãos, que os rapazes não conseguiam se conter.

Mas as estátuas não podiam sentir nada. Eram as pessoas que me deixavam com pena, e foram as pessoas simples que sofreram. A maioria dos ricos escapou.

Consegui impedir um soldado que tinha aquecido a ponta de sua espada e estava prestes a cravá-la em uma pequena menina que ele tinha apanhado chorando na rua. Eu o levei preso — e o enforquei mais tarde. Fiz com que a pequena menina fosse levada a um dos conventos nos subúrbios. Lá eles tinham escapado da fúria completa.

Quando a raiva abrandou, alguns de nós pensamos no que tínhamos feito e nos lamentamos. Mas era tarde demais. Imagino que mais casas tenham sido incendiadas do que todas as casas que podemos contar em nossas três maiores cidades na França.

Mas ainda havia muita coisa para acontecer.

Leporo virou a última página.

— Isso foi até onde ele chegou.

Dandolo soltou um suspiro leve. Sua mão direita foi até um bolso escondido dentro da túnica por baixo da sua estola e se fechou em volta de algo escondido ali. Leporo conhecia o gesto e o seguiu com seus olhos. Sabia o que seu amo estava segurando de forma tão protetora. Ele observou silenciosa e cobiçosamente.

Dandolo estava imóvel. Ele fechou os olhos. Ficou daquele jeito por um minuto, tão quieto que o monge olhou atentamente para ver se podia detectar algum movimento nas roupas do velho homem enquanto ele respirava.

Leporo achou que não era capaz de detectar o movimento. Cautelosamente, ele se aproximou.

Ele estava a um braço de distância quando os olhos leitosos se abriram repentinamente. Leporo podia ver as velhas queimaduras na pele em volta deles enquanto Dandolo lutara para manter seus olhos longe da lupa que fora usada havia tantos anos, nessa cidade, para concentrar os raios do sol sobre suas retinas e, por fim, queimá-las.

Leporo se afastou, mas não foi rápido o suficiente. A mão direita do doge disparou com velocidade surpreendente e segurou o robe de seu confessor perto do pescoço, o puxando para baixo para que o monge pudesse sentir o hálito bolorento da idade.

— O que o senhor quer fazer? — perguntou Leporo, bancando o inocente. — Tenho uma ideia clara do que o senhor quer que seja censurado. O senhor quer deixar isso por minha conta?

— Eu cuido da censura. Traga esse cavaleiro à minha presença. Sua forma de pensar é muito independente. — Um novo pensamento passou pela mente do doge. — Será que ele é *imune*? Você acha?

— Improvável. Mas possível.

— Eu censurarei o livro dele hoje. Use meu trabalho como modelo para censurar o resto do material que os Cruzados escreveram. Queime qualquer coisa que vá muito fundo.

— O senhor não tem nada a temer. A história o julgará. Contanto que o senhor controle a maioria, o resto não importa. Apenas lhes dê algo para se distraírem de tempos em tempos — disse Leporo.

O rosto de Dandolo não revelava nenhum sentimento.

— Traga um pouco de vinho para mim. Então terminaremos o trabalho. E traga Frid com você quando voltar.

Leporo parecia irritado.

— Precisamos dele, *Altissima*?

Leporo odiava Frid. Aquele imundo dinamarquês intrometido. Aquele saco de músculos sem cérebro. Um dia o viking estaria desprevenido e então... Leporo passou o dedo na faca fina em seu cinto. Ele já tinha desperdiçado muitos anos à sombra de Frid.

O doge o olhou novamente.

— Você ainda está aqui?

Frid não sabe o que sei, pensou o monge enquanto saía silenciosamente. *Tenho essa vantagem.*

5

Em algum lugar do interior do sudeste europeu, no presente

Em seu seguro e confortável lar, Brad Adkins pensou fugazmente na esposa e nos filhos. O que estava passando por suas mentes? Será que eles ao menos sabiam o que tinha acontecido? As lembranças eram suficientemente fortes, quase como se ele pudesse tocá-las, mas ao mesmo tempo eram como um sonho. Ainda assim, a imagem mais firme em sua memória apertava seu coração: ele empurrando a pequena Sarah no balanço. Pânico surgiu em espasmos desde o estômago até a garganta.

Em algum lugar perto dele na escuridão, Rick Taylor gemeu.

— Rick? — chamou ele, hesitantemente, lutando contra seus pensamentos, aliviado por existir algum tipo de companhia novamente. — Você está acordado?

— Gostaria de não estar. Onde diabos estamos?

— Eles nos drogaram. Há quanto tempo estamos aqui?

— Devem estar nos procurando.

— Como vão saber onde procurar?

Taylor se agitou, sua voz carregada:

— Onde quer que estejamos, aqui está quente. Não pode ser muito longe de Istambul. Talvez ainda estejamos *dentro* de Istambul.

— Eu não me lembro de nenhum tipo de viagem.

— Nem eu.

— E onde está Su-Lin? O que fizeram com ela?

Adkins se lembrou da jovem mulher gritando, mas, a partir do momento em que colocaram o capuz sobre sua cabeça, ele não se recordava de mais nada.

— Talvez a tenham colocado em outra cela — disse ele.

— Talvez ela tenha fugido.

— Como ela seria capaz?

— Pobre menina. Jesus, se a deixaram sozinha em algum lugar... — falou Taylor, furioso. — Cristo, tudo é uma maldita névoa desde que aquele filho da puta me acertou.

— Eles nos drogaram — repetiu Adkins, inexpressivo.

— O que eles *querem* de nós?

— Você não se lembra? De quando eles nos bateram? Da surra que nos deram? Das perguntas que fizeram? Cristo, se eles fizeram aquilo com Su...

Adkins passou o dedo nos ferimentos em seus braços e pernas, rezando para que a colega tivesse saído ilesa. Talvez ela tivesse fugido. Avisado às autoridades, quem sabe? Então sua mente começou a cair novamente na letargia que ele precisava combater continuamente. Os dois estavam nus, imundos, o fedor de seus corpos concentrado no espaço confinado. Pelo menos agora os sequestradores haviam deixado que ficassem desamarrados.

— Mas nenhuma das perguntas tinha nada a ver com o que estávamos procurando. Eles pareciam estar atrás de outra coisa — sugeriu ele.

— Talvez tenham capturado as pessoas erradas.

— Talvez não tenham nos contado tudo.

— Isso é loucura.

— Eles queriam mais de nós, mais do que apenas conhecimentos arqueológicos.

— Isso é uma loucura maior ainda. Uau, minha cabeça...

Adkins não respondeu. Ele estava muito cansado para continuar pensando. Contra sua vontade, seu cérebro estava vagando de volta a um confortável miasma. Tudo em que ele conseguia pensar, por alguma razão, era o mar profundo, correndo sobre infinitas dunas submersas.

Ele sacudiu a cabeça para limpar seus pensamentos.

— Estarão nos procurando — disse ele, ecoando as palavras de seu colega. — Vão nos achar.

Mas ele não estava convencido daquilo e sabia que Taylor tampouco.

Seu amigo tinha ficado em silêncio.

— Rick? Ainda está comigo? — murmurou Adkins.

— Ainda estou aqui — disse Taylor. — O que diabos eles injetaram em nós? — Houve uma pausa. — Eu precisava mesmo era de uma bebida.

— Não pense nisso.

Taylor deixou escapar uma risada.

— Não se preocupe... No estado que estou, água cairia bem.

Quanto tempo já tinha se passado desde que lhes tinham dado qualquer coisa; alguns pães árabes velhos e dois copos de refrigerante quente? E refrigerante não mata a sede, independente do que dizem.

— Se quiserem nos manter vivos, vão nos trazer algo.

— E se não quiserem?

Os olhos de Brad Adkins se encolheram então, enquanto a cela escura era inundada com a luz fria das lâmpadas embutidas no teto. Logo após, ele sabia, ouviria os passos.

Ele se encolheu de forma protetora em seu canto. Já tinha se acostumado à imundície, mas ainda estava perplexo.

— Ah, Cristo, lá vêm eles — rosnou Taylor, e Adkins viu que sua reação era diferente.

Taylor estava se preparando.

6

Nova York, no presente

Laura Graves estava sentada desconfortavelmente do outro lado da mesa de Sir Richard Hudson em seu amplo escritório, dois andares acima da Sala 55.

— Eu a chamei porque achei que lhe devia uma explicação — começou ele.

— Se é sobre o emprego...

Ele olhou para ela de forma séria.

— Sei que você está decepcionada, mas esse assunto caiu em nossas mãos no meio do recrutamento.

— Eu compreendo, senhor. Marlow tem muito mais experiência de trabalho de campo.

— Mas não tem seus conhecimentos específicos de línguas. Os cientistas desaparecidos devem ser localizados, e é aí que você é crucial. O serviço tem o nível mais elevado de prioridade. Jack é o homem para liderar uma investigação como essa.

— E foi por isso que o senhor o trouxe de volta de Paris.

— Eu sei que você estava esperando assumir a nova Seção 15...

— É o que me foi prometido.

— ... mas em nosso ramo, conveniência é tudo. Mais à frente, quem sabe? Situações mudam.

Graves não respondeu aquilo.

— Quanto você sabe sobre Marlow? — perguntou Hudson, enquanto inclinava o corpo na direção dela.

— Ele e Lopez são velhos amigos, é tudo que eu sei.

— Imagino que possamos chamá-los assim. Você já falou com Lopez?

— Não.

— Isso me surpreende, considerando que você chegou antes de Jack.

— Eu sou mais recém-chegada do que ele.

— Mas você está nesse jogo há quase tanto tempo quanto. — Hudson recostou na cadeira. — O que você acha dele?

Ela abriu os braços, sem saber como responder, então decidiu se ater e responder cautelosamente:

— Ainda é muito cedo para dizer.

Hudson riu brevemente.

— Você não está querendo me dizer que não o estudou.

— Os arquivos dele são restritos.

— Conte-me o que você sabe.

Graves não tinha muito espaço para manobras. Na verdade, no curto espaço de tempo desde que o conhecera, ela pensara longamente sobre seu novo chefe.

A pesquisa que havia conseguido fazer era limitada. Graves encontrara um arquivo que dizia que Marlow nascera em Londres. Agora com 30 e muitos anos, ele estudara em Winchester e na Sorbonne, onde se dedicara à arqueologia e antropologia.

O arquivo também lhe contou que ele parecia decidido a seguir carreira como arqueólogo, mas algo (não especificado) o fez mudar de ramo e, em uma jogada que indicava a Graves um recrutamento precoce pela Intersec, ele tinha passado um ano na editoria internacional do *Guardian* antes de passar para a *Time* e daí para um emprego na CNN. Empregos de fachada, em outras palavras.

Há pouco mais de dez anos ele tinha estado em Londres, como agente de campo da Intersec no escritório britânico. Cinco anos depois, foi transferido para Paris, num cargo que Graves invejava. Como a maioria das pessoas que nunca morou lá, para ela, Paris era sinônimo de romance e emoção.

— Mas você sabe disso tudo — disse ela a Hudson após passar a ele todas as informações. — Por que me perguntar?

— Eu queria ouvir como você o descrevia.

— Por quê?

— Mulheres são suscetíveis a ele.

Graves riu de forma desdenhosa.

— Pelo amor de Deus!

— Não que ele seja do tipo que se aproveita disso. Na verdade, certamente nos últimos tempos, ele anda bastante impenetrável. — Hudson tinha um olhar maldoso. — Acho que a flecha do Cupido lhe deu uma espetada desagradável, e não faz tanto tempo assim. E com isso ele acabou se "aposentando". Costumava ser bastante suscetível a mulheres também.

— Por que você está me dizendo isso?

Hudson encolheu os ombros.

— Por nenhuma razão. Mas há uma coisa que você poderia fazer por mim.

— Sim?

— Apenas fique de olho nele como uma irmã, pode ser? — Ele olhou para seu relógio. — Agora é melhor você prosseguir com seu trabalho. Solicitei a Marlow um relatório no fim do dia... a não ser que você possa me dar uma prévia.

Ele levantou levemente uma das sobrancelhas.

— A única forma de rastrear essas pessoas é descobrir o que eles estavam buscando. Mas o que sabemos é que era uma escavação simples.

— O Projeto Dandolo.

— Exatamente. Marlow tem toda a informação disponível das universidades para os quais os três arqueólogos trabalham, Yale e Veneza. Os dois rapazes de Yale são o Dr. Bradley Adkins e o Dr. Richard Taylor; já a acadêmica de Veneza se chama Su-Lin de Montferrat, uma sino-italiana.

— E...?

— Dandolo foi doge de Veneza, mas morreu em Constantinopla em 1205. Os arqueólogos descobriram o local onde ele foi enterrado e o estavam estudando. — Ela fez uma pausa. — Marlow vai lhe passar as informações mais tarde. Isso é tudo que sei.

— Não é nada especial o que estamos procurando, então?

— Não sabemos ainda. — Ela olhou para ele. — Mas devia ter algo. Se não fosse por isso, por que nos passariam essa missão?

— E por que eles foram levados? Esse não é um sequestro terrorista improvisado.

— Muito específico?

— Exatamente.

Hudson formou uma tenda com seus dedos.

— Então o negócio é o seguinte: descubram o que eles estavam procurando e nos digam quem os levou. E sejam rápidos. Estamos mantendo a imprensa afastada disso, mas as famílias estão começando a fazer perguntas. Compreensivelmente.

— Não devíamos tornar o rastreio dos arqueólogos a nossa principal prioridade?

Hudson rodou sua cadeira na direção da janela e ficou olhando para as folhas que ainda se prendiam de forma esmorecida às árvores no Central Park. O dia tinha se tornado cinzento como uma prisão.

— Há interesse no que eles estavam procurando — disse ele. — E hoje em dia às vezes é difícil saber quais são as prioridades das pessoas.

Ele rodou a cadeira de volta, esticou o braço para pegar um charuto e o acendeu.

— É melhor você voltar lá para baixo — continuou. — E não se esqueça do pequeno favor que lhe pedi.

Graves tomou o caminho de volta até os elevadores sem ter certeza se recebera uma ordem ou não. Mas ela não se sentia tão mal agora por ter sido preterida por Marlow. Apenas de leve.

Ela pensou novamente na informação que tinha sido capaz de coletar sobre ele. Marlow certamente não era o sujeito mais fácil de desvendar. Fisicamente, nada mau, ela tinha que admitir. Esbelto, vestia-se bem, olhos verdes indiferentes, semblante triste, um humor velado, mas enterrado em algum lugar ali, se é que um dia ele teria a oportunidade de escapar. O chefe parecia um pouco mais velho do que era, mas não havia dúvidas de que tinha um corpo musculoso e em forma. E, embora ela odiasse admitir isso, ele era sexy.

Não havia absolutamente nenhum detalhe de sua vida pessoal. Uma pena.

E não havia tempo para pensar sobre aquilo agora.

Ela digitou o código da Sala 55 e entrou silenciosamente. Os dois homens estavam no outro canto da sala, de costas para a porta, conversando em voz baixa. Ela pegou o finalzinho da conversa e sentiu que já estava se intrometendo.

— Você está certo — estava dizendo Marlow. — Essa é uma lição que eu já deveria ter decorado.

Lopez parecia solidário.

— Mas você deixou isso no passado.

— Ainda carrego comigo, como estilhaços. Mas para mim aquela vadia está morta. E vamos parar de falar sobre isso. Estamos perdendo tempo.

Então ele viu Graves e sua expressão mudou.

— Você está atrasada — disse, mas sem ser hostil. — Por onde andou?

— Desculpe.

Isso foi tudo o que ela respondeu. Para o alívio de Graves, ele pareceu decidir não pegar no seu pé, mas a olhou de forma enigmática, e ela ficou imaginando se ele sabia.

— O que eu perdi? — perguntou, apressada.

Marlow já estava levantando uma pasta de sua escrivaninha.

— Isso aqui — informou ele. — Acabou de chegar. Primeira seção.

Ele bateu com os dedos na pasta.

— O ponto de partida aqui são nossos três arqueólogos. O típico caso de pessoas desaparecidas em circunstâncias suspeitas. Como as vítimas são estrangeiras no país em que desapareceram, e duas delas são americanas, há mais do que o alvoroço habitual — continuou ele. — Não é só o fato de eles terem desaparecido sem deixar vestígios, mas tudo conectado a eles desapareceu também. Estamos esperando por um relatório dos turcos que estão cuidando disso lá em Istambul. Eles estão na busca.

— Nós sabemos com o que eles estavam metidos?

— Descubra isso e nós os encontraremos. — *As palavras dele*, ela pensou, *ecoavam as palavras de Hudson*. — Talvez.

— Vou deixar vocês aqui — disse Lopez. — Tenho algo para terminar. O finalzinho de um caso. Preciso apenas de um último ajuste.

— Corra com isso.

Lopez desapareceu em seu laboratório enquanto Graves pegava um telefone preto e discava um número.

Marlow levou cinco minutos para processar as informações dos outros documentos na pasta. Material complementar.

O primeiro era uma impressão de um artigo do *New York Times* de 2001:

Na última semana, o papa João Paulo II visitou a Grécia — o primeiro papa a fazer isso em quase 1.300 anos. Em Atenas, ele teve uma reunião privada de meia hora com o arcebispo Christodoulos, líder da Igreja Ortodoxa Oriental. Quando saíram da reunião, os dois prelados tinham uma expressão impassível enquanto o arcebispo grego lia em voz alta uma lista das "13 ofensas" cometidas pela Igreja Católica Romana contra a Igreja Ortodoxa Oriental desde o Grande Cisma de 1054, que dividiu a Igreja pela primeira vez em seus ramos Oriental e Ocidental. Entre as 13 ofensas, o arcebispo Christodoulos fez uma menção particular à pilhagem e destruição de Constantinopla (Istambul nos dias de hoje) pelos exércitos da Quarta Cruzada, inspirada pelo papa Inocêncio III e comandada pelo conde Balduíno de Flandres, pelo marquês Bonifácio de Montferrat e pelo doge Enrico Dandolo de Veneza, em 1204. Ele lastimou também a falta de qualquer pedido de desculpas com relação a isso por parte da Igreja Católica Romana. E disse: "Até agora, não foi ouvido um único pedido de perdão pelos Cruzados maníacos do século XIII."

O papa João Paulo respondeu dizendo: "Quanto às ocasiões, do passado e do presente, em que filhos e filhas da Igreja Católica pecaram, por ação ou omissão, contra nossos irmãos e irmãs Ortodoxos, que o Senhor nos conceda o perdão."

O arcebispo Christodoulos imediatamente aplaudiu essa declaração e o papa acrescentou sua opinião de que a pilhagem de Constantinopla foi uma fonte de "profundo arrependimento" para os católicos.

Mais tarde, o papa e o arcebispo se encontraram novamente em um local onde uma vez São Paulo pregou para os cristãos atenienses. Ali, eles publicaram uma declaração comum, que dizia: "Faremos tudo em nosso poder para garantir que as raízes cristãs da Europa e sua alma cristã sejam preservadas. Condenamos qualquer recurso à violência, proselitismo e fanatismo em nome da religião."

Os dois líderes então rezaram o Pai Nosso juntos, um ato que quebrou uma interdição ortodoxa contra rezar ao lado de católicos.

A próxima página continha uma citação que Marlow reconheceu, de uma parte quase no final do Novo Testamento, acerca da queda da Babilônia. A página era uma imagem digitalizada em alta resolução de um manuscrito, escrito com uma caligrafia trêmula, porém culta. Havia uma assinatura na parte inferior, que começava com um "L" desenhado vigorosamente, seguido pelo que parecia ser um "e" e um "p", mas o resto do nome estava indistinguível. Uma cópia datilografada do texto acompanhava e dizia que a citação era do livro do Apocalipse.

E os reis da terra, que com ela se prostituíram e viveram à custa do seu luxo excessivo, sobre ela lamentarão e prantearão quando virem a fumaça do seu incêndio; e, amedrontados por seu tormento, dirão:

"Ai! Ai da grande cidade,
Babilônia, a cidade poderosa!
Pois numa só hora veio o teu julgamento."

E sobre ela choram e lamentam os mercadores da terra; porque ninguém compra mais as suas mercadorias, mercadorias de ouro, de prata, de pedras preciosas, de pérolas, de linho fino, de púrpura, de seda e de escarlata; e toda espécie de madeira de cedro, e todo objeto de marfim, de madeira preciosíssima, de bronze, de ferro e de mármore, canela, especiarias, perfumes, mirra e incenso, vinho, azeite, flor de farinha e trigo, gado e ovelhas, cavalos e carruagens; e escravos, e até almas de homens.

"Também os frutos que a tua alma cobiçava foram-se de ti; e todas as coisas suntuosas e seu esplendor foram-se de ti, e nunca mais se acharão."

Os mercadores destas coisas, que por ela se enriqueceram, ficarão de longe por medo do tormento dela, chorando e lamentando, dizendo:

"Ai! ai da grande cidade, da que estava vestida de linho fino, de púrpura, de escarlata, e adornada com ouro, e pedras preciosas, e pérolas! Porque numa só hora foram assoladas tantas riquezas."

E todo piloto, e todo navegante rumo a qualquer porto, e todos os marinheiros, e todos os que ganham a vida no mar se puseram de longe e, contemplando a fumaça do incêndio dela, clamavam:

"Que outra cidade jamais se igualou a esta grande cidade?"

E lançaram pó sobre as suas cabeças, e clamavam, chorando e lamentando, dizendo:

"Ai! Ai da grande cidade, na qual todos os que tinham naus no mar se enriqueceram em razão da sua riqueza! Porque numa só hora foi assolada."

Exulta sobre ela, ó céu, exultem sobre ela, ó santos, apóstolos e profetas; porque Deus vindicou a vossa causa contra ela!

Marlow olhou na direção de Graves, ainda no telefone, e continuou a ler. O que quer que isso tivesse a ver com a destruição da Babilônia, estava ligado aos desaparecimentos e ao Projeto Dandolo. A imagem digitalizada era de um pergaminho que datava de mais de oitocentos anos atrás — ele não precisava de Laura para confirmar aquilo.

Ele sabia quem o tinha copiado, havia todos esses séculos. Mas por quê?

7

Graves ficou observando Marlow enquanto ela esperava no telefone e ele lia.

O homem tinha cerca de 1,85m, estimou. Ele parecia ser alguém que se exercitava, mas aquilo não era surpreendente em um oficial de campo da Intersec. Seus movimentos corporais eram ágeis e precisos — *resumindo*, ela pensou novamente, *sexy*.

O rosto era mais interessante do que exatamente bonito, mas atraente. Feições comuns — nariz reto, barba bem-feita, queixo firme, mas não proeminente. Cabelo escuro. Olhos cautelosos, como ela já tinha notado; mas era ali que estava o motivo da atração.

Havia também algo inquieto em sua atitude enquanto ele estava sentado ali, com a testa levemente franzida, lendo com rapidez e concentração.

Ela esperava que eles pudessem trabalhar bem próximos. Estava ciente de que ela era indicação de Sir Richard, não dele.

Graves escutou a voz do outro lado do telefone por alguns segundos, então desligou. Marlow estava se aproximando do fim do arquivo em seu colo. Do laboratório saíam metálicos sons abafados.

Marlow fechou o arquivo e olhou para ela, que caminhou em sua direção.

— Alguma coisa? — perguntou a Graves.

— Está a caminho.

Ele lhe entregou o que estava lendo.

— Dê uma olhada na parte bíblica.

Ela leu aquilo rapidamente.

— É de um documento que os arqueólogos encontraram no Arquivo Federal em Istambul. Copiado por um homem chamado Leporo, que tinha alguma ligação com o doge de Veneza. Não sabemos exatamente por que, pois ele teria fácil acesso a uma Bíblia.

— Obviamente era importante para ele.

— A descrição não está distante do que os Cruzados fizeram de Constantinopla — disse Marlow.

— O doge Dandolo era um sujeito e tanto.

— Dandolo já era um velho homem e, alguns dizem, cego.

— Quão velho?

— Para aquela época, quase sobrenaturalmente velho. Não sabemos exatamente, mas ele tinha provavelmente cerca de 95 anos.

— Não é possível!

— Perfeitamente possível.

— Mas se ele era o doge de Veneza, o que estava fazendo envolvido em uma Cruzada? Achei que os venezianos colocassem negócios e comércio bem acima da guerra, não?

— E ele realmente colocava. Foi por isso que se envolveu. Constantinopla naquela época era uma grande rival comercial de Veneza.

— Mas Constantinopla era uma cidade cristã — disse ela.

— Nada pode atrapalhar os negócios.

Graves o observou enquanto ele sorria sarcasticamente.

— Você não está querendo me dizer que ele desviou os Cruzados para Constantinopla, está?

— Foi exatamente isso o que ele fez — respondeu Marlow.

— Como?

— Isso é fácil, pelo menos superficialmente. Os Cruzados eram sobretudo franceses e alemães. Pequena nobreza e camponeses, na maioria. Eram caipiras pelos padrões dos venezianos, e dos gregos também. Eles eram muito mais sofisticados. Os Cruzados encomendaram uma frota com os venezianos, porque seu plano era velejar até o Egito e atacar a Terra Santa pelo sul.

— Eles eram navegadores?

— Não... mas os venezianos eram. O que os Cruzados não sabiam era que Veneza tinha acabado de assinar um tratado de paz com o Egito, o que lhes fornecia grãos e uma rota de comércio com o Oriente. Alexandria passaria a ser um grande centro comercial.

— Mas o Egito já era um país muçulmano.

— O que acabei de falar sobre negócios? — perguntou Marlow. — O Egito estava fraco na época, tinha ocorrido uma guerra civil e o Nilo passou cinco anos seguidos sem sofrer nenhuma inundação, então a comida estava escassa. Os egípcios não queriam um exército cruzado marchando pelo seu país. Dandolo estava preparado para garantir que aquilo não aconteceria, em troca das vantagens que acabei de mencionar.

— Ainda não vejo como...

— Dandolo veio de uma das mais antigas famílias venezianas... uma das famílias que fundaram a cidade. Ele já era um homem idoso quando foi eleito doge, em 1193. Sua única e *preponderante* ambição era tornar Veneza a controladora do comércio europeu. Ele queria um monopólio. Para atingir seu objetivo, precisava derrubar qualquer rival comercial e nada o impediria de fazê-lo. Mas fora isso... — A voz de Marlow ficou mais sombria. — ... ele tinha outras ambições... — Virou-se para a notícia de jornal que estava lendo. — Bem, ele obteve sucesso. "Pilhagem e destruição"... "Cruzados maníacos"...

— Você quer dizer...

— Você deveria ler alguns dos relatos das pessoas de Constantinopla que estavam escrevendo na época — continuou Marlow. — Havia um sujeito, Nicetas Coniates, que era um funcionário veterano de lá. Ele relatou toda uma história do cerco da cidade e do saque que se seguiu. Os Cruzados incendiaram sua biblioteca, além de outras. Incontáveis clássicos da antiguidade devem ter sido perdidos para sempre. Mas não apenas isso, eles derreteram ou despedaçaram estátuas e monumentos de valor inestimável, apenas para transformá-los em dinheiro rápido. Eles perderam o controle, em outras palavras. Apenas os venezianos tiveram o bom senso de guardar algumas das coisas boas para enviar de volta para casa como prêmios. Veja os Cavalos de São Marcos, em Veneza. Eles são apenas um dos troféus saqueados de Constantinopla em 1204. E existiam relíquias religiosas também... Os padres católicos que acompanharam os Cruzados não perderam tempo em embolsar tudo o que puderam encontrar. Atualmente existem igrejas por toda Europa que exibem objetos... pedaços da Vera Cruz, cabeças e membros de santos, esse tipo de coisa. E tudo isso veio do saque à Constantinopla, a maior cidade do mundo na época.

— Eu me lembro de algo sobre isso — disse Graves. — Luís IX da França comprou a Coroa de Espinhos dos venezianos em 1239, acho. Ele gastou metade da arrecadação do país naquilo, 135 mil livres, e construiu a Sainte-Chapelle para abrigá-la.

— Então o que os arqueólogos estavam procurando? O que eles tinham encontrado?

— Acho que li algo no estudo complementar sobre Nicetas — respondeu Graves, contagiando-se com um pouco da urgência de Marlow enquanto folheava suas próprias anotações. — Aqui está: *Eles não pouparam nem os vivos nem os mortos. Eles insultaram Deus; eles ultrajaram seus servos; eles esgotaram todas as variedades de pecado.* Isso é difícil de superar.

— Eles fizeram um trabalho minucioso. Mesmo 250 anos depois, quando os otomanos liderados pelo sultão Maomé II finalmente tomaram a cidade, ela ainda era uma espécie de fantasma do que fora antes. Maomé tinha apenas 21 anos quando entrou cavalgando em Constantinopla e suas ruínas o emocionaram a ponto de citar um velho poeta persa: *Agora a aranha tece as cortinas do palácio dos reis. Agora a coruja convoca as sentinelas nas torres de Afrasiab.*

— Mas o que isso tudo tem a ver conosco? E qual é a conexão com esses arqueólogos desaparecidos? — perguntou Graves.

— Isso é o que temos que descobrir. Mas eu lhe disse... Dandolo estava atrás de algo mais.

— Dominação mundial? De novo? — O tom dela beirava o sarcasmo.

— Por que não? Ele foi um dos primeiros a ver além da Europa e da Ásia. Ele sabia, de alguma forma, que o mundo era maior do que aquilo.

Graves parou, sem ser capaz de acreditar no que acabara de ouvir.

— Você está falando das Américas? Mas ele viveu praticamente trezentos anos antes de Colombo!

— É exatamente disso que estou falando.

Ela balançou a cabeça.

— Mas aonde você está indo com isso? Você não respondeu minha pergunta sobre como ele desviou a Cruzada.

— Isso é crucial. Dandolo deve ter tido um meio, um meio infalível, de colocar as mãos em todo o poder que ele queria.

— Isso é o que...?

— Como você acha que ele conseguiu controlar e desviar todo um exército cruzado para servir aos seus objetivos? Não foi apenas alavancagem econômica. Então... *que poder ele tinha sobre eles?*

— Então o que fazemos agora?

— Chame Leon aqui. Não me interessa se ele já terminou ou não.

8

— Vamos repassar o que temos — disse Marlow, 15 minutos depois. — Laura?

— Taylor e Adkins são ambos homens casados na casa dos 40 anos e colegas de pesquisa na Universidade de Yale. Eles começaram essa pesquisa em Veneza em 2004, o ano do octingentésimo aniversário da Quarta Cruzada. O projeto foi financiado conjuntamente pelas universidades de Yale e de Veneza. Su-Lin de Montferrat, de 33 anos, é filha de um italiano e de uma chinesa que moraram em Gênova durante anos, mas ambos morreram há cinco anos num curto intervalo de tempo. Precisamos de mais informações sobre Su-Lin. O problema é que ela era aluna-pesquisadora em seu último ano na universidade quando foi cooptada em Veneza para se juntar ao Projeto Dandolo. Com uma bolsa de estudos da Maxphil, que era também a principal patrocinadora da escavação.

— E a Maxphil é o braço filantrópico da Maxtel.

Eles todos conheciam a Maxtel. Todo mundo conhecia. Uma empresa de renome.

— O sujeito que dirige a empresa é Rolf Adler. Ele nasceu em Cottbus, no que era a Alemanha Oriental, a República Democrática Alemã, em 1959 — disse Marlow, pesquisando uma pasta confidencial em seu terminal.

— Uma cidade difícil — comentou Lopez, lembrando-se de uma rara viagem de campo que ele tinha feito à cidade anos atrás. — Está lembrado?

— Não viva no passado, meu amigo — disse Marlow, mas certamente ele também se lembrava. Naquela ocasião, Lopez tinha salvado sua vida. Ele se virou para o computador e rapidamente seguiu com a apresentação, sem precisar consultar as anotações. — A Maxtel foi fundada em 1991, então Adler não perdeu nenhum tempo depois que a Alemanha foi unificada. Juntou algum capital e começou a vender equipamentos usados de televisão e rádio, depois expandiu o negócio para venda de carros, principalmente Mercedes e BMWs, e posteriormente para a mídia. Começou uma pequena estação de rádio local em 1992, mas Cottbus não fica tão ao sul de Berlim, então ele tinha acesso a uma audiência razoavelmente grande... se alguém estivesse interessado na programação dele.

— O que ele estava transmitindo? — perguntou Graves.

— Pop ocidental, coisas bem velhas, e algum material levemente político de direita. Nada nazista, mas algumas pessoas achavam que poderiam existir significados implícitos. Foi então que os primeiros arquivos sobre a Maxtel foram abertos.

— Onde ele conseguiu o dinheiro? — quis saber Graves.

Marlow encolheu os ombros.

— Uma teia de investidores. Alguns indícios da máfia russa. Manteve a cabeça baixa quando Gorbachev estava no poder, mas se tornou um pouco mais ousado sob a liderança de Yeltsin. O resto é história.

— Alguma conexão comprovada? — prosseguiu Lopez.

Marlow encolheu os ombros novamente.

— Adler já era rico na metade da década de 1990 e foi um dos primeiros alemães orientais a prestar atenção nos investimentos do lado oriental. Ele nunca foi parte de verdade da alta-roda, mas ninguém pode acusá-lo de não ser insistente.

— Eu me lembro de trabalhar nisso — comentou Graves. — Ele foi se aperfeiçoando cada vez mais, tendo cada vez mais sucesso, mas manteve sua ficha limpa. No final da década de 1990, os jornais daqui o chamavam de Murdoch do Leste.

Marlow balançou a cabeça.

— Um ou dois de seus competidores venderam tudo para ele sem nenhuma discussão, apesar de suas próprias fatias de mercado serem consideráveis. Mas não há nada definitivo. Tirando que seu consentimento foi repentino, até mesmo dramático. Boris Isarov, da Global Technology, estava no topo quando Adler o derrubou. A Global começou a perder espaço, executivos importantes debandaram. Todos eles, de fato, com exceção de um: Vladimir Bilinski, o braço direito de Isarov e um homem difícil, ex-coronel da KGB e tudo mais.

— O que aconteceu com ele? — perguntou Lopez. — Eu me lembro desse nome.

— Ele foi para o escritório de Moscou em seu Volvo com o motorista e o guarda-costas num dia de manhã, como de costume, depois de se despedir da esposa e dos filhos. E pronto. Não se ouviu falar de nenhum deles novamente. As polícias russa e alemã investigaram o caso, sem muito afinco. O próprio Isarov começou uma investigação. Se ele descobriu algo, ninguém sabe. Mas, logo depois, sua própria família morreu em um incêndio em casa. A esposa e os quatro filhos. O mais velho tinha 12 anos e o mais novo, 2. Isarov vendeu sua posição majoritária na Global para a Maxtel logo depois daquilo e se aposentou.

Graves e Lopez trocaram um olhar.

— Eu sei o que vocês estão pensando, mas não se esqueçam de que a Europa Oriental nos anos 1990 era como o Velho Oeste. Adler não era o único sujeito a jogar sujo. E não há absolutamente nada que o conecte a tudo isso. Isarov e Adler eram amigos íntimos e permaneceram assim. Ele foi ao funeral da família Isarov, saíram fotos nas primeiras páginas do *Isvestia* e do *Die Welt* naquela primavera mostrando ele confortando Boris, inclusive o convidou para sua casa de veraneio em Saint-Tropez naquele verão. No outono após o acidente, Adler pagou generosamente pela sua participação na Global.

— Onde estava Adler quando a tragédia ocorreu?

— Em Dallas, fechando a negociação de uma estação de rádio local. — Marlow olhou novamente para o monitor. — Mais adiante, ele se expandiu para derivativos e *swaps* de crédito, obrigações de dívida colaterizadas, veículos de titularização e todo tipo de tramoia bancária, até mesmo *subprimes*, mas conseguiu evitar os problemas quando a bolha financeira estourou em 2008. Ficou rico, permaneceu rico e agora controla uma rede de televisão e estações de rádio ao redor do planeta, assim como um grupo de jornais, majoritariamente aqui nos Estados Unidos, mas também tem um ponto de apoio na Índia e na China.

Marlow rolou rapidamente uma página.

— Hoje em dia ele é um dos mocinhos. Um mecenas no que diz respeito às entidades, especialmente na África, onde tem uma reputação muito boa; e ele patrocinou cadeiras em universidades por toda parte, da Nigéria ao Nebraska. Apoiar pesquisas como o Projeto Dandolo é um hobby para ele, que leva uma vida normal. Viúvo, já que a esposa morreu jovem e nunca se casou novamente. Mora em Lausanne e, na sua propriedade, numa redoma de vidro, está um Trabant, um carro da Alemanha Oriental, a primeira coisa que ele comprou quando começou sua ascensão. Adler mandou folhearem o carro a ouro. Ele não passa muito tempo na Suíça, apenas o suficiente para garantir requisitos de residência. — Marlow recostou na cadeira. — É isso. Mas, se vamos vigiá-lo de perto, precisamos de mais sobre seu passado.

— Posso ajudar — disse Graves.

— Prossiga.

Graves examinou seu próprio monitor.

— Eu tenho o seguinte. Seu pai era técnico na usina de Boxberg. Sua mãe era dona de casa, algumas vezes fazia faxinas na casa da família de um político local. Adler tinha um irmão mais velho que morreu aos 17 anos em alguma espécie de acidente de caça, em 1974. Ele frequentou uma escola local, então conseguiu uma bolsa de estudos para a Universidade Humboldt de Berlim. Começou em física e mudou para economia.

— Algo mais sobre sua formação em negócios? — perguntou Marlow.

— Nada formal. Acho que enxergou boas oportunidades quando o Muro caiu e foi atrás delas.

— Ele tinha cerca de 30 anos na época. Começou tarde para os padrões de muitos dos novos rapazes.

— Entre 1982 e 1988 lecionou em uma *Fachhochschule* em Cottbus. Viajou muito para o Oriente depois que sua esposa morreu. Não tem filhos.

— Então, o que o levou a se interessar pelo Projeto Dandolo especificamente? — perguntou Marlow.

— É apenas um de muitos, pelo que parece. — Graves olhou para as anotações no monitor. — A Maxphil está envolvida em investigar formas de recuperar os estragos causados à herança cultural do Iraque, por exemplo, e outro projeto tem a ver com um programa de pesquisa sobre a história das origens da matemática e da astronomia. Ambos projetos conduzidos por universidades. A principal para o projeto do Iraque é Houston, a outra é Humboldt, sua antiga *alma mater*.

— Todas muito respeitáveis.

— Sim — assentiu Graves, equilibradamente, fechando o arquivo que tinha aberto e saindo do programa.

Ela tirou os óculos e apertou a parte do nariz onde eles estavam apoiados.

O telefone azul tocou. Marlow falou brevemente. Enquanto escutava, sua expressão mudou.

— Cedo assim? — falou ele. — Mas não tive tempo de lhes passar todas as informações...

A voz do outro lado o interrompeu.

— Entendi — disse ele. — Está bem. — Marlow escutou um pouco mais, sua expressão mudando novamente, desta vez para uma de surpresa incrédula. — Sim, claro. Imediatamente.

Ele desligou o telefone cuidadosamente e se levantou antes de falar:

— A pessoa no telefone, não preciso nem dizer, era Sir Richard.

— O que ele está nos enviando das montanhas agora? — perguntou Lopez.

Marlow olhou para Graves.

— Você e eu vamos voar para Istambul amanhã. Vamos nos encontrar com o major-detetive Haki, do serviço de segurança turco. Ele está cuidando do desaparecimento do lado de lá.

— Que forma de começar seu trabalho — disse Lopez, sorrindo. — Não tive tanta sorte, imagino.

— Você odeia viajar — disse Marlow. — Você precisa acabar com tudo o que está fazendo para receber qualquer coisa que enviemos para análise. Urgência total.

— O que eles encontraram?

— Vão nos passar os detalhes quando chegarmos lá, mas há um e-mail codificado a caminho — respondeu ele. — Mas, nesse momento, Hudson quer que eu vá à sua sala. Ele está com uma visita que quer me conhecer.

— E quem é essa pessoa?

— Rolf Adler.

9

Marlow passou a Graves as informações do encontro com Adler no caminho para o aeroporto.

— Por que ele estava lá?

— Só Deus sabe quanta influência ele tem para ter chegado até nós antes mesmo de começarmos — respondeu Marlow —, mas ele sabia tudo sobre os arqueólogos e ofereceu seus serviços para ajudar a localizá-los. Hudson foi vago, mas é óbvio que Adler tem alguma influência.

— Como ele é?

Marlow encolheu os ombros.

— Ele tem aquela pátina que as pessoas muito ricas têm: uma espécie de brilho, uma espécie de confiança que os outros simplesmente não possuem. Parece mais novo do que é, obviamente se exercita um pouco. Cabelos grisalhos, olhos encapsulados. Muitas joias, mas todas elas estão ali com seu intuito: abotoaduras, anéis, prendedor de gravata, relógio. Tudo sinalizando que suas lojas mais básicas são Asprey's, Cartier e Tiffany's.

— Mas você não captou nada dele?

— Sexto sentido, você quer dizer? Não.

— Alguma coisa para nos aproximar dos arqueólogos?

Marlow não conhecia Graves ainda, e um instinto que estava forte dentro dele, especialmente agora, era nunca mostrar suas cartas a ninguém até ter certeza sobre as pessoas. Ele conhecia suas próprias fraquezas e também sabia como, mesmo com sua guarda levantada, elas ainda eram capazes de surpreendê-lo. Houve momentos em que ele tinha pensado em desistir, entregar seu pedido de demissão, mas no final sempre hesitava e agora sua carreira o levara além desta opção, e ele fora iludido suficientemente para acreditar que o amor de sua vida tinha ido embora. O que sobrou para ele — tudo o que sobrou — foi seu trabalho. E uma chance de se redimir.

— Como ele quer ajudar? — Graves prosseguiu.

— Como você acha? Gastando rios de dinheiro para resolver o problema.

— Mas ele ia querer saber sobre o que já descobrimos?

— Isso não pareceu preocupá-lo.

— E preocupa você?

— O que você acha? — perguntou Marlow com um leve sorriso.

Ele estava sentado próximo dela no carro, e Graves sentiu o calor da coxa dele ao longo da sua. Ela estava se perguntando se aquilo era intencional ou não quando ele se moveu levemente e se afastou.

— Você acha que eles ainda estão em Istambul? Adkins e seus amigos?

— Duvido — respondeu ele, ainda com aquele sorriso tímido no rosto.

Istambul estava escura e chuvosa. A iluminação da rua chamava atenção, junto das luzes das dúzias de pequenas lojas repletas de tudo, desde bules de café até tapetes — desde *kilims* simples até tapetes de seda persa ornamentados que eram vendidos por 50 mil cada. Tudo se dobrava em reflexos no asfalto lustroso e escorregadio por causa da chuva e nos paralelepípedos. A área ao redor do grande bazar de Kapari Carsi cintilava em vermelho e dourado.

Eles fizeram check-in no hotel perto da praça Sultão Ahmet e partiram até o lado europeu da cidade em um táxi Hyundai amarelo, depois da costumeira discussão exaustiva com o motorista a respeito da tarifa. A impressão que eles tiveram do Grande Bazar tinha sido passageira.

Dirigindo na habitual velocidade desvairada de um taxista de Istambul, eles dispararam pelo distrito de Sehzadebasi e viraram à direita na Kimyagar Dervis e na Vezneciler, passando por prédios universitários, virando à esquerda antes da prefeitura, para enfim chegar a uma rua despretensiosa logo ao norte da mesquita de Laleli.

Depois de pedirem para o motorista deixá-los não muito longe do endereço que lhes fora dado e de se assegurarem de que ele partira com o carro, mesmo resmungando por causa do valor da gorjeta, eles caminharam sob a fina chuva até um prédio de fachada simples e com uma porta ameaçadora ao lado de um amontoado de placas de bronze que indicavam as patentes dos ocupantes. Abrigaram-se debaixo do toldo da entrada. Uma fileira de campainhas em um dos batentes da porta tinha apenas números como identificação. Graves tocou no número 5.

Não demorou muito para ouvirem o som que abria a porta, mas Marlow ficou olhando para os dois lados da rua vazia enquanto esperavam. Apenas para se assegurar. Mas não havia nada que indicasse que eles não estavam sozinhos ali no que agora tinha se transformado em um chuvisco congelante.

Um homem jovem com um bigode preto estava parado no vestíbulo. Ele vestia o uniforme internacional do serviço secreto — terno escuro, camisa branca, gravata escura — e tinha o tipo de feições — comuns, indistintas — que seriam esquecidas imediatamente. Algumas vezes havia passado pela cabeça de Graves que muitos de seus colegas poderiam ter sido recrutados com base em aparências assim, por serem tão perfeitos para o trabalho.

Ele os cumprimentou solenemente e os levou por um corredor com a luz fraca até uma porta em que bateu sem muita força antes de abri-la imediatamente e gesticular para entrarem. Então o homem sumiu.

A sala em que eles se encontravam era grande e clara, além de um caos de desarrumação. Os livros que ocupavam a maior parte de uma das paredes estavam desalinhados, muitos sobrando no chão, outros, misturados com pastas de camurça, elevando-se em pilhas prestes a cair sobre o belo tapete de Isfahan, cujo cheiro parcialmente os asfixiava. As demais paredes eram pontilhadas com uma colagem de mapas, gráficos, desenhos de crianças e uma ou duas reproduções de pinturas escuras de Rembrandt. Uma mesa acomodava um velho computador Dell, que evidentemente não era muito usado e que estava parcialmente enterrado por mais papelada. Uma escrivaninha ornamentada ficava em frente às janelas altas. Um MacBook Air fechado se empoleirava precariamente em um canto correndo o risco de ser jogado ao chão por outra Manhattan do que pareciam ser livros de contabilidade, mas poderiam ser livros de direito.

O homem atrás da mesa se levantou para cumprimentá-los. Ele não era muito diferente do próprio Rembrandt na meia-idade. Tinha a barba bem-feita, um rosto rechonchudo e um corpo que combinava com o rosto. Seu nariz era abatatado e seus cabelos, que estavam ficando grisalhos, era finos e rebeldes. Os olhos eram pequenos, cinzentos e sagazes, e sua expressão, uma mistura de humor e tristeza — o rosto de um homem que tinha passado por muita coisa, levando na cabeça, mas nunca deixando nada o derrubar. *Um homem*, pensou Marlow, *cuja companhia você provavelmente apreciaria, mas que você nunca deixaria de levar a sério.*

— Bem-vindos! — disse ele, em inglês, enquanto dava a volta na mesa para apertar a mão de Marlow, dar beijos discretos nas bochechas de Graves e se apresentar. — Alguém lhes ofereceu chá? Não? Vou cuidar disso.

Mas ele não cuidou. Em vez disso, se apressou para tirar mais montanhas de livros de duas poltronas douradas e fez uma pequena limpeza em volta delas para que Marlow e Graves pudessem se sentar.

— Eu deveria ter feito isso mais cedo... afinal de contas não é como se eu não soubesse que vocês estavam vindo... — Ele se moveu rapidamente, puxando sua própria cadeira e ficando de frente para eles, com os cotovelos sobre a mesa e as pontas dos dedos se encostando. — Fizeram boa viagem?

Eles agradeceram.

— Bom, bom. O táxi foi bom? Eu teria mandado um carro oficial para vocês, mas não gostamos de chamar atenção para nós mesmos nesse departamento — continuou o major-detetive Cemil Haki. — Mas não temam... o táxi era um dos nossos. Assim como o motorista. Vocês adivinharam?

Ele riu do silêncio dos dois.

— Orhan é um dos nossos melhores mensageiros — continuou. — Ele adora brincar de taxista. Autêntico demais algumas vezes. Mas a segurança de nossos convidados é sempre preponderante em sua mente.

— Isso é reconfortante — disse Graves.

— E seguimos nossas recomendações. Em todas as mensagens para o mundo externo provenientes desse departamento, na verdade, nós gostamos de nos apresentar como simples policiais. Vocês entendem, não? Confiança é uma mercadoria tão rara que é sempre uma pena desperdiçar.

Seu tom se tornou brevemente arrependido.

Marlow estava olhando para uma fotografia emoldurada na parede atrás do detetive, entre as duas janelas, a única coisa nas paredes que estava pendurada de forma reta como um cunho em seu gancho. Talvez tivesse uns 70 anos e exibia um homem esbelto, de lábios finos e que parecia distinto com um terno imaculado, de cor clara, e um cigarro em uma piteira pendurada em dedos elegantes.

O detetive seguiu seu olhar.

— Você o reconhece? — perguntou ele.

Marlow sacudiu a cabeça, negando.

— Mas ele é familiar...

— É o tio do meu bisavô, o famoso coronel... mais tarde general... Haki. — O detetive sorriu. — Eu não me pareço com ele. A não ser em meu campo de trabalho. — Fez uma pausa antes de continuar. — Ele se envolveu com os britânicos duas vezes pelo menos. Houve um negócio famoso envolvendo um gângster chamado Dimitrios no final dos anos 1930 e, dez anos depois, um engenheiro britânico chamado Graham teve os dedos queimados ao se meter com alguns agentes alemães. Os alemães sempre gostaram de se intrometer na Turquia, você sabe; era quase como uma espécie de colônia não oficial para eles e, obviamente, odiavam os russos, que também estavam tentando se meter aqui... — A voz dele foi desaparecendo, deixando a tímida evocação pairar no ar. — Ásia Menor, o Berço da Civilização, o Homem Doente da Europa... todo esse tipo de coisa.

— Eu sabia que seu nome era familiar — disse Marlow.

— Eu achei que você pudesse conhecer.

Haki entrou no modo profissional, empurrando a pilha de livros de contabilidade tão bruscamente que ela desmoronou — um acontecimento ignorado por ele — e puxando o laptop fino como um lápis para o centro de sua escrivaninha. Ele o abriu e se ocupou com suas teclas e seu trackpad por alguns momentos.

Grunhiu com satisfação e então levantou os olhos, o brilho da tela dando ao seu rosto uma iluminação levemente sinistra.

— Não encontramos nenhum rastro deles ainda — informou ele.

— Vocês descobriram *alguma coisa*? — perguntou Graves, ignorando um olhar de advertência de Marlow.

— Não teríamos lhes convidado ao nosso santuário interno à toa — respondeu Haki, sua própria voz permanecendo educadamente neutra.

— Conte-nos o que você sabe — disse Marlow. — O que eles estavam procurando? Temos que encontrá-los.

10

— Como vocês sabem — disse o major-detetive —, nossos amigos estavam investigando o local em que o líder veneziano Enrico Dandolo foi enterrado. — Ele gesticulou para que ambos olhassem para uma foto que tinha sido aberta no monitor do Mac. — Esse é o monumento dele na grande Basílica de Santa Sofia, a apenas uma curta viagem de ônibus de onde estamos sentados. A construção é quase tão velha quanto a própria cristandade e foi uma igreja até que nós, muçulmanos, tomássemos a cidade em 1453, quando foi transformada em uma mesquita. Quatrocentos anos depois, sua natureza foi alterada novamente e ela virou um museu. Mas sua função original como local de culto, a casa de Deus, de Alá, ainda a santifica aos olhos de muitos.

— Ser uma catedral não impediu Dandolo de profaná-la — observou Graves.

— Ah, a fúria daqueles Cruzados!

— Então por que existe um memorial para ele lá?

— Por muitos anos imaginou-se que aquilo indicava a localização de sua tumba; mas na verdade era um embelezamento do século XIX.

Eles olharam para a pedra de mármore cinza, fixada no chão de uma das galerias da igreja e virtualmente indistinguível de suas lajes vizinhas, a não ser por uma borda entalhada onde lia-se as palavras incisadas: HENRICUS DANDOLO.

— Então onde está o verdadeiro túmulo? — perguntou Marlow, enquanto pensava: *E por que isso é tão importante? Por que os turcos envolveram sua polícia secreta em uma investigação de pessoas desaparecidas?*

— Aparentemente é um mistério — respondeu Haki. — Até que nossos arqueólogos fizeram sua descoberta. Parece que foram os primeiros a descobri-lo. De qualquer forma, não há registro de que alguém mais tenha feito aquela descoberta, embora algumas provas sugiram que arqueólogos alemães tenham xeretado o local no começo do século XX. — Ele passou a mão sobre o trackpad do computador. — Aqui. — Apontou na tela. — Essa é a Igreja de Santa Irene. Não fica longe de Santa Sofia, apenas um pouco ao norte, mas é muito mais velha, fundada pelo próprio imperador Constantino. Essa é uma das construções cristãs mais velhas do mundo. Havia um templo romano lá antes. Constantino construiu uma igreja sobre aquilo para provar algo.

— E Adkins e os outros encontraram o túmulo lá — disse Marlow.

— Sim.

— Como eles souberam onde procurar?

O sorriso morreu no rosto de Haki.

— Ninguém saberá disso precisamente até que os encontremos, mas o que sabemos é que existiam alguns papéis nos arquivos municipais de Veneza e aquilo certamente *parecia* não ter sido visto por ninguém há séculos. Qualquer que seja o caso, aqueles documentos deviam conter uma pista. É a única explicação possível. Dandolo deixou sua marca em sua cidade e ele estava extremamente velho quando morreu, então era provável que houvesse *alguma* pista. O estranho é não ter sido descoberta por tanto tempo. — Haki parecia pensativo. — Quem sabe?

— O que eles acharam?

Haki fechou o computador e recostou em sua cadeira.

— Eu ainda não lhes dei chá — disse ele. — E vocês devem estar exaustos.

— Não se preocupe. Conte-nos o que puder.

O agente turco abriu os braços.

— Eles estavam se aproximando de alguma coisa, isso com certeza, mas tendo em vista o que aconteceu a eles, parece que não eram os únicos a saber sobre isso, embora achassem que eram. — Ele inclinou o corpo para a frente, cotovelos sobre a mesa novamente, mas dessa vez suas mãos formaram punhos cerrados, que ele abria e fechava, delicada e insistentemente, enquanto falava. — Ninguém sabe exatamente quantos anos Dandolo tinha quando morreu, mas, como vocês sabem, ele tinha pelo menos 95 anos. Uma idade estupenda para sua época.

— Uma idade estupenda para nossa época — disse Graves.

— Ele morreu aqui em Constantinopla... quero dizer, Istambul... em 1205. Tinha chegado ao poder um tanto tardiamente. Já tinha mais ou menos 70 anos e estava ávido para usá-lo. Talvez essa avidez tenha sido o que o manteve vivo. Como vocês provavelmente sabem, ele também era cego, ou pelo menos tinha a visão seriamente prejudicada. Ninguém sabe por quê. Talvez ele tenha sofrido um acidente ou uma doença de algum tipo, mas aquilo aconteceu quando ele tinha cerca de 60 anos, trinta e poucos anos antes da Quarta Cruzada, e parece que aconteceu... aqui.

— Nessa cidade? — perguntou Marlow.

— Nessa cidade.

— O que aconteceu? — perguntou Graves.

— Não sabemos. Mas uma punição-padrão para crimes sérios no Império Bizantino era... cegueira. Eles pegavam uma lupa e queimavam os olhos usando a luz do sol, exatamente como um menino queima uma folha de papel.

— Meu Deus — murmurou Graves.

— Como vocês dizem — respondeu Haki —, talvez o executor público que estava encarregado da tarefa tenha "pisado na bola" e deixado o futuro doge de Veneza ainda com alguma visão. Acho que ele não podia ser totalmente cego, porque não teria sido capaz de conquistar o que conquistou se tivesse sua visão. Um homem cego em sua posição precisaria ter confiança absoluta de pelo menos um pequeno grupo de pessoas, e confiança, como eu disse...

Novamente sua voz foi se apagando.

— Mas ninguém tem certeza de nada disso — observou Marlow calmamente.

— Nenhum dos relatos escritos na época afirma. — Haki inspecionou a escrivaninha até desenterrar uma pequena sineta de bronze, tocando-a em seguida. Ela emitia um som minúsculo que não parecia alto o suficiente para atravessar as paredes da sala, mas aparentemente o fizera, pois Haki explicou: — Estou tocando a sineta para pedir chá. Eu quero, mesmo que vocês não queiram. Toda essa conversa...

Um homem jovem com um paletó branco apareceu com uma bandeja de bronze segurando um bule com um bico elegante. E um outro menor, três canecas cheias de chá fumegante, uma tigela com torrões de açúcar mascavo e alguns figos secos recheados com nozes. Haki colocou um torrão de açúcar atrás de seus dentes frontais superiores e pegou uma caneca. Ele sorveu ruidosa e alegremente através do açúcar.

— Melhor assim! — disse.

Marlow seguiu o exemplo, mas sem o açúcar. Graves achou a caneca muito quente para segurar confortavelmente.

— Desculpe-me — disse Haki. — Você não está acostumada a isso. Temos guardanapos na bandeja.

Ele lhe passou um.

— Adkins e sua equipe — recomeçou o detetive — estavam fascinados pela habilidade que Dandolo mostrava, mesmo com sua idade e sua deficiência, em manipular todo um exército estrangeiro poderoso e o desviar de seu verdadeiro objetivo, Jerusalém, para direcioná-lo contra a principal rival comercial de Veneza, Constantinopla, com o mais fraco dos pretextos. É claro que ele foi ajudado pela nossa propensão natural à ganância e ao ganho, mas o doge estava lhes pedindo para atacar irmãos cristãos, e eles não eram apenas um bando qualquer de mercenários. Eles eram um exército cruzado, que tinha recebido a benção e o encorajamento do próprio papa. De qualquer forma, tudo aquilo fora em grande parte ideia de Inocêncio III em primeiro lugar.

— E ele teve sucesso? — perguntou Graves.

— Sim — respondeu Marlow. — À custa de diminuir o poder do que restava do império grego. — Ele pensou por um momento. — E *como* ele fez isso? Isso é o que Adkins e companhia estavam tentando descobrir.

— Não sei muito bem se consigo acompanhar sua linha de raciocínio — respondeu Haki. — Mas o que eu tenho a dizer é relevante. O que foi deixado, quando os vitoriosos dividiram a terra entre eles em meio a muita disputa e mais derramamento de sangue, foi uma estrutura política fraturada e instável, uma espécie de pastiche de como era na Europa Ocidental naquela época, pequenos reinos lutando uns com os outros, ninguém dando as costas a ninguém. Foi uma espécie de vácuo e, apesar de ter levado outros 250 anos, aquilo abriu as portas da Europa a nós, os turcos. Os muçulmanos.

— Um vácuo pelo qual Dandolo foi responsável — ressaltou Marlow.

— Sim. Não que ele se importasse com isso, imagino. — Haki bebeu um gole de seu chá. — Sacrificar o futuro por um ganho de curto prazo não é nada novo. E em todos os departamentos de nossas vidas, muitos de nós não damos importância a quem ferimos, contanto que consigamos o que queremos, seja um novo negócio ou um novo amante. As pessoas fazem o que querem fazer. Ninguém tem nenhum controle sobre o que outra pessoa escolhe fazer com sua própria vida, independente do quanto algumas vezes gostamos de achar que temos. Aceitação pode ser algo amargo. — Ele terminou de beber seu chá fumegante e fez uma careta. — Já está ficando frio — observou. — Mais?

Eles sacudiram a cabeça recusando.

— Nós sabemos se os arqueólogos encontraram algo que respondeu suas perguntas? Alguma coisa na tumba? — persistiu Marlow. — O desaparecimento deles está conectado a algo que acharam no túmulo.

Haki concordou.

— Acho que eles descobriram mais do que desejavam.

— O quê?

— Domínio do comércio do Mediterrâneo e as rotas para o sul e para o leste não era tudo que Dandolo estava buscando — disse o major-detetive. — Preciso fazer apenas uma pesquisa um pouco mais aprofundada, mas lhes mostrarei amanhã. E o resto da história pode ser explicado melhor quando vocês virem por si mesmos o que temos. — Ele olhou para seu relógio. — Mas não esta noite. Tenho que preparar algumas coisas, além de outros assuntos para tratar, antes de tomar meu cansativo caminho de casa e ficar com minha mulher e minha família. — Ele levantou a mão para silenciar as objeções deles. — Por favor. Como dizem, vocês estão "no meu território" agora e devem permitir que eu seja o melhor juiz de como devemos proceder. Precisaremos de tempo amanhã, e até mesmo pessoas como nós são incapazes de funcionar eficientemente sem descanso. Eu mandarei um e-mail que estará no laptop de vocês no momento em que voltarem ao hotel. Espero que vocês os tenham deixado no cofre de lá se não os trouxeram consigo. Essa cidade pode ter a mão muito leve. Sim? Ótimo. — Ele tocou a sineta novamente e o homem discreto de antes imediatamente se materializou. — Zafer, organize um transporte para essas duas boas pessoas voltarem ao Four Seasons.

Era um táxi amarelo diferente dessa vez — um Toyota — e um outro motorista. Esse dirigia tranquilamente e não falava, nem a tarifa foi discutida em nenhum momento. Mas ele ficava olhando para o retrovisor e, pela expressão em seu rosto, viu algo de que não gostou. Virou algumas vezes em ruas menos movimentadas que claramente não os estava levando por nenhuma rota direta ao hotel e então olhou novamente para o espelho.

— *Boktan* — murmurou ele. Sem olhar para seus passageiros, acrescentou em inglês: — Segurem-se firme.

11

Tinha parado de chover, mas as ruas ainda estavam lisas e molhadas, e a poluição no ar que a chuva deixara ao cair tornaram-nas escorregadias também. O motorista acelerou um pouco e deu um cavalo de pau abruptamente, rodando o carro 180 graus antes de manobrá-lo entre uma fanfarra de buzinas furiosas de outros veículos, reduzindo em seguida a marcha para sair cantando pneu pela Babiali Cadessi na direção da Ponte de Gálata.

Mas o utilitário esportivo preto que os seguia também era veloz, e o carro fez a curva atrás deles. Não havia nenhuma dúvida agora.

O motorista virou para oeste novamente na Nuruosmaniye e então para sul, cruzando a rede de ruas em Emin Sinan e Mimar Hayrettin, disparando enquanto os pedestres se dispersavam e gritavam. O utilitário insistia atrás deles, derrubando uma banquinha de um comerciante e criando uma cascata de falsos relógios Rolex. Eles continuaram, embrenhando-se por ruas que mal eram largas o suficiente para que os veículos pudessem passar. As luzes do carro perseguidor refletiam no deles enquanto Marlow e Graves se abaixavam e sacavam suas armas.

Marlow fez uma artimanha para olhar pela janela traseira e conseguiu ver um vulto colocando o corpo para fora da janela do carona do outro veículo, segurando o que parecia ser uma submetralhadora Uzi. Porém, enquanto ele mirava, o utilitário passou por um buraco na rua que era fundo demais até mesmo para seus grandes pneus aguentarem. O veículo deu um solavanco, e o atirador, agarrado com força à moldura da janela, estalou como um galho fino, deixando sua arma cair. O utilitário deu uma guinada no asfalto, arrastando sua lateral na cantaria dos prédios que se enfileiravam na rua, rodou enquanto derrapava e então parou.

O táxi deles seguiu por um beco escuro tão sinuoso que parecia quase impossível o carro seguir suas curvas, mas, depois de um tempo, ele se alargou. O motorista virou em uma esquina, entrou com o carro em um pátio, pisou no freio, desligou o motor e apagou as luzes.

Todos os três ficaram sentados em silêncio, recuperando o fôlego e escutando o rugido ininterrupto do trânsito distante. O motorista se virou em seu assento, com a pistola na mão, e olhou atentamente pela janela traseira. Então a tensão sumiu de seus ombros.

— Pegamos os *amciklari* — disse ele, embora sua voz ainda estivesse tensa. Ele olhou para os dois. — É melhor arranjar outro transporte para vocês. Esse carro não serve agora.

Ele tirou o celular do bolso, apertou uma tecla e logo estava conversando em tom urgente com alguém do outro lado da linha.

Vinte minutos depois, quando o relógio marcava meia-noite e quinze, uma limusine escura da Mercedes deixou Marlow e Graves no famoso e caro hotel, no agitado distrito turístico que eles tinham escolhido precisamente por causa da multidão e do anonimato.

— Alguma bebida? — perguntou Graves, movendo-se na direção do bar.

Ela estava se sentindo trêmula, o cansaço a tinha alcançado, mas ela tentava digerir o que Haki tinha lhes contado e prever o que ele guardara para o dia seguinte.

— Primeiro para os quartos — disse Marlow, deixando a urgência longe de sua voz. — Precisamos checá-los.

Graves pegou seus laptops no cofre da recepção e o seguiu no elevador. Eles tinham uma suíte com quartos e banheiros se abrindo um de cada lado de um grande salão central, equipado com conexão sem fio e banda larga necessárias a qualquer turista ou homem de negócios que pudesse ficar nesse tipo de hotel. Graves estava prestes a colocar os laptops sobre a mesa de centro quando Marlow a impediu.

— Apenas um momento.

Ela ficou observando enquanto Marlow entrava em seu quarto, voltando com uma fita métrica retrátil de metal. Uma porção de livros e revistas estavam casualmente dispostos na mesa de centro, numa das cabeceiras e na escrivaninha que ficava debaixo das janelas e tinha uma vista espetacular para a Sultanahmet Camii e para o mar de Mármara ao fundo. Movendo-se agilmente, Marlow mediu com exatidão a distância das margens das revistas e livros até as beiradas das mesas. Ao conferir as três primeiras medições, ele relaxou, mas aquela sensação desapareceu depois que fez o mesmo com a mesa de centro. Ele verificou novamente. Então refez a medição das distâncias na escrivaninha. Por fim, afastou-se.

— Cheque seu quarto, Laura — disse ele a Graves. — Cuidadosamente.

Ela obedeceu e voltou.

— Nada faltando.

— Tudo como você deixou?

— S-Sim...

A inquietação dele estava começando a afetá-la. Ela queria relaxar. Em seguida, lançou um olhar para o frigobar.

— Qual é o problema?

— As revistas não estão como as deixei. Um centímetro fora do lugar. Tivemos visitantes. E aqueles sujeitos com certeza não estavam nos seguindo apenas para checar se estaríamos voltando para cá. Quem quer que sejam, eles sabem sobre nós.

12

Constantinopla, ano de Nosso Senhor de 1171

Trinta anos antes de a Quarta Cruzada atacar a maravilhosa cidade de Constantinopla, os negócios em Veneza não estavam indo bem.

Tampouco iam bem para os venezianos que moravam em Constantinopla.

Foi por isso que uma frota fora organizada em Veneza. Uma frota de guerra. O doge, Vitale Michele, dividira a cidade em seis distritos, de forma que pudesse aumentar a arrecadação de impostos e pagar aqueles gastos. Mas quando a coisa toda tinha dado errado? Vitale Michele se perguntava sobre aquilo. Eles tiveram boas relações com Constantinopla por anos. O imperador dos gregos bizantinos, Manuel, era inclinado ao Ocidente e amigável, mesmo quando, no passado, seu domínio precisou lidar com exércitos cruzados que passavam a caminho de Jerusalém.

Recentemente, ele vinha ficando ambicioso. Estava reduzindo os privilégios dos 20 mil negociantes venezianos que viviam dentro e ao redor de Constantinopla e favorecendo, por outro lado, seus rivais de Amalfi, Gênova e Pisa. E ele tomara um enorme pedaço da costa dálmata da Hungria. Aquilo sim era preocupante.

A decisão fora tomada no começo de 1171.

O quarto dia de fevereiro, na Festa de Santo Isidoro, sempre foi considerado um dia desafortunado para o mundo. A tradição dizia que naquele dia bebês nasciam sem consciência — pessoas que não tinham coração. No começo da manhã do Dia de Santo Isidoro daquele ano, as famílias na comunidade genovesa perto do Chifre de Ouro foram acordadas por uma comoção nas ruas.

Os genoveses se encolheram em suas camas, juntando seus filhos a eles. Ouviram marteladas estrondosas em seus portões e então o barulho de madeira lascando e dobradiças sendo arrebentadas enquanto suas portas eram arrombadas. Arrancados uivando de seus lares, homens, mulheres e crianças foram levados para as ruas e abatidos por carrascos encapuzados, de constituição física pesada, muito maiores do que os gregos habituais, alguns montando cavalos, a maioria a pé.

Incêndios foram iniciados e se tornaram conflagrações ferozes enquanto a brisa intensa do norte encorajava as chamas. Quando a alvorada chegou, a comunidade genovesa não existia mais. Apenas algumas construções e ruas permaneceram intactas. A maior parte do distrito foi reduzida a cinzas.

Manuel I Comneno, 50 anos de idade e um governante experiente, passou a mão em sua barba em um gesto pensativo. A coisa tinha sido desagradável, porém necessária, além de um total sucesso. Até mesmo seu grão-vizir, que, ele sabia, tinha sua própria rede de espiões, não suspeitava de nada daquilo. A última peça do mecanismo em seu plano para esmagar aqueles presunçosos venezianos estava em seu lugar. Rumores sobre o responsável pela atrocidade já estavam circulando. Enquanto isso, nada fora poupado para dar ajuda e auxílio solidário àqueles genoveses que tinham sobrevivido. Gênova ficaria agradecida. Eles comeriam em sua mão.

— Dizem que foram os venezianos que fizeram aquilo — continuou o grão-vizir, suavemente.

— Bem, eles foram longe demais dessa vez — respondeu o imperador.

O grão-vizir observou o rosto de seu amo. Existiam muitos venezianos em Constantinopla. Enfrentá-los poderia ser... imprudente.

O rosto de Manuel estava impassível quando ele continuou:

— Eles têm sido confiantes demais que são superiores há muito tempo. Isso nós não podemos tolerar.

— O que o senhor pretende fazer?

— Escute com atenção.

Aquilo levou um pouco de tempo para ser preparado, mas, quando o golpe dos gregos foi desferido, foi com toda a força. No dia 12 de março, os soldados de Manuel foram atrás de todos aqueles venezianos que viviam dentro de seus territórios. Houve pouca destruição dessa vez e quase nenhuma matança, mas o efeito foi devastador.

O dia seguinte viu uma longa caravana de italianos, com as poucas posses que tinham recebido permissão para guardar empilhadas em carrinhos de mão ou carregadas em trouxas, saindo na direção oeste, pelo Portão Dourado. Eles não tinham cavalos consigo, nem burros; nem mesmo bois.

— Foi ajuizado expulsá-los sem nada? — perguntou o grão-vizir.

— Certamente! Temos que ensinar uma lição a esses cães — respondeu Manuel. — Eles podem se considerar afortunados por não termos matado todos eles.

— Mas e quanto a seus lares e tudo que está dentro deles... e quanto a seus navios, suas mercadorias, *tudo*?

— Confisco é confisco — disse o imperador. — Além do mais, você deveria estar satisfeito. Terá alguma coisinha para encher seus cofres.

Eles estavam observando a maré de refugiados de uma torre alta sobre o portão. Uma das concubinas de Manuel lhe dava na boca *sorbet* de figo enquanto ele olhava para baixo e via a coluna de pessoas que se movia com lentidão. O governante sugava o doce preguiçosamente. Ele e o grão-vizir compartilhavam um pensamento comum: a maioria dos homens que estavam caminhando 300 metros de distância abaixo deles nunca chegaria à sua cidade natal.

Ambos sabiam, também, que Veneza não aceitaria tal afronta de forma pacífica.

— Eles virão atrás de nós — disse o grão-vizir.

— Deixe que venham. Estaremos prontos.

Manuel Comneno acariciou o cabelo da garota que o estava alimentando. Tudo estava se encaixando perfeitamente em seu lugar.

13

Veneza, no mesmo ano

— Eles fizeram *o quê*? — rosnou o doge Vitale Michele, quando recebera a notícia.

Seu braço direito e chefe de operações especiais, o atento Enrico Dandolo, de 60 anos, abriu os braços.

— Não podemos dizer que não esperávamos por isso. Mas ficamos confiantes demais.

— Isso será um desastre para o comércio. A cidade de Zara já se rebelou contra nós e se alinhou aos húngaros. E, como se perder nosso principal porto na costa dálmata não fosse suficiente, agora enfrentamos a inimizade dos gregos.

— Devemos buscar outras rotas para o Oriente. Egito...

— Muito longe! Muito custoso! De qualquer forma, eles não são nem cristãos e agora aquele desgraçado do Saladino tem praticamente todo o controle por lá...

O doge caiu num silêncio reflexivo. Saladino. Não é um homem para se confiar. Ambicioso demais. Inteligente demais. Eles não conseguiriam fazer com que *ele* baixasse a cabeça para ninguém. *Deus*, ele pensou, *exatamente quando tudo estava indo tão bem. O que estava havendo com o mundo?*

— Então o que o senhor sugere, *Altissima*?

O tom suave de Dandolo interrompeu sua linha de raciocínio. Ele se recompôs e chegou à decisão que sua mente o levara desde o início. Veneza teria que estalar o chicote. Colocar aqueles cães na linha novamente. Foi então que Vitale Michele deu ordens para que uma frota de guerra fosse preparada. Os venezianos reclamariam das taxas adicionais, mas, se fossem obrigados a ver os benefícios a longo prazo, acabariam concordando. Ele mesmo lideraria a expedição.

— E você virá comigo — disse Vitale a seu assistente.

Dandolo era um homem que ele preferia manter ao alcance dos olhos. Outro que era ambicioso e inteligente demais para seu próprio bem. Mas o homem também era um mestre da espionagem. Ele teria sua utilidade no Oriente.

No outono eles estavam prontos. A armada partiu da laguna em setembro, mas, depois de uma viagem de dez dias, ancorou muito ao sul de seu objetivo, na ilha de Quios, para que eles se preparassem para o ataque. Enquanto estavam lá, receberam a notícia de que Manuel queria abrir negociações, o que poderia — quem sabe — levar a algum tipo de acordo que seria feito sem a necessidade de lutar.

— Não lhe dê ouvidos — aconselhou Dandolo.

— É claro que lhe darei ouvidos — retrucou o doge. — Se pudermos poupar o custo de uma guerra...

— Ele está jogando para ganhar tempo.

— Mesmo se estivesse, ele não seria um rival à nossa altura. Não há ninguém no mundo que possa derrotar Veneza no mar.

Dandolo se opôs e sugeriu que pelo menos uma missão poderia ser útil — uma missão secreta, claro — ao Reino de Jerusalém. Os cristãos tinham o controle da Terra Santa há quase cem anos e, apesar de seus recursos serem escassos, talvez valesse a pena trazer o reino para o lado de Veneza.

Aquilo fez sentido para Vitale e o doge deu sua permissão, mas não sem exigir um comprometimento de que seu subalterno voltaria, independente de quaisquer circunstâncias, no momento em que fosse convocado. Dandolo levou três navios e velejou para o sul e o leste no mesmo dia em que os embaixadores venezianos velejaram para o norte para se encontrar com os líderes gregos em Constantinopla. Enquanto isso, a frota veneziana em Quios aportou e ficou esperando.

14

Istambul, no presente

— Tivemos ataques a bomba aqui muito recentemente, e quem sabe quando teremos mais? — dizia o detetive Haki. — Mas não conseguimos achar nada até agora que conecte esse caso aos terroristas islâmicos. Afinal de contas, já aconteceram ataques como este por todo o mundo; a maioria das principais capitais e cidades passou por algo do tipo. Mas isso... isso é, de alguma forma, diferente.

— Você está dizendo que acha que os homens que nos seguiram e vasculharam o hotel não eram terroristas? — perguntou Graves, imediatamente se arrependendo por estar ansiosa demais.

Ela se lembrou do que Hudson tinha lhe dito: "muito específico para terroristas".

— É o que lhe parece, Laura? — perguntou Marlow, impacientemente.

— Não estamos descartando isso — disse Haki. — Não estamos descartando nada. Mas precisamos ter certeza do que temos à nossa frente antes de irmos nessa direção. Não houve nenhum comunicado de nenhum grupo reconhecido, nenhum pedido de resgate, nenhum vídeo no YouTube, nada.

— Então o que é que vocês *têm*? — perguntou Marlow.

— Encontramos o utilitário onde eles o deixaram. Manchas de sangue, mas nada além disso. Levaram o atirador junto deles... ferido ou morto... mas já estamos trabalhando nisso.

Eles já tinham visto o laboratório dos arqueólogos na Universidade de Istambul. Estava vazio — tão vazio que parecia nunca ter sido usado.

O major Haki tinha deixado que Marlow e Graves cuidassem daquilo, e eles passaram um pente fino no local, mas não havia nenhuma impressão digital, nenhum fio de cabelo, que indicasse que o laboratório estava em uso constante uma semana atrás. Eles enviaram os detalhes que reuniram, junto com fotos da tumba de Dandolo, para Nova York, onde Lopez estava lutando contra qualquer tipo de burocracia necessária para contatar as pessoas certas nas universidades de Yale e Veneza a fim de extrair as descobertas que os arqueólogos haviam mandado antes do desaparecimento.

Agora eles estavam no carro a caminho do Pera Palace Hotel, em Gálata, onde Adkins, Taylor e De Montferrat estavam hospedados.

— Não espere muita coisa aqui também — avisou Haki, enquanto o carro deles estacionava.

Os três quartos estavam situados lado a lado ao longo de um corredor no terceiro andar do hotel. Eram quartos de casal grandes e tinham sido deixados exatamente como foram encontrados depois que o desaparecimento foi anunciado.

Era como se eles tivessem sido arrumados pelo hotel depois que os hóspedes tinham saído. A única diferença era que os sabonetes e xampus de cortesia, e toda a parafernália colocada em banheiros de hotel no mundo inteiro, não tinham sido trocados. Mas não havia nenhuma garrafa plástica pela metade, nenhum recipiente jogado no lixo, nenhum pente descartado ou touca de banho também à vista, e todas as toalhas, lençóis e fronhas das camas tinham desaparecido.

— Quem quer que seja que os sequestrou tinha uma mente organizada — disse Graves.

— Se é que eles foram sequestrados — acrescentou Marlow, enquanto uma nova ideia o atingia.

— Porque ter todo esse trabalho se não for por isso?

— Por que ter todo esse trabalho de qualquer forma? Nós sabemos que as descobertas dessas pessoas, seus computadores e o que quer que estivesse neles desapareceram misteriosamente. Ou os sequestradores quiseram se assegurar de que a trilha deixada pelas vítimas fosse a mais fria possível, ou... — disse Marlow, sua voz perdendo força no fim.

— Ou?

— Ou isso é alguma espécie de pista falsa.

— Talvez eles fossem marcianos de mente organizada. Pelo que temos para nos guiar, eles poderiam ter sido levados por um feixe de luz de uma nave espacial.

Marlow olhou para ela.

— Quem quer que tenha sido, essa pessoa deixou alguém por aqui para nos vigiar.

— Os homens de Haki estão nos protegendo.

— Ainda há a visita ao nosso hotel. Eles acharam que estavam sendo meticulosos lá também. Mas não pegaram nada.

— Eles não nos pegaram. Mas vão ficar por aí até nos pegarem.

— Querem descobrir qual é o nosso próximo passo. E quanto nós já sabemos. Devem ter imaginado que nossos amigos teriam enviado trabalho às suas universidades. Eles queriam nos assustar. Táticas grosseiras. Táticas de gângster. — Marlow pensou por um momento. — Estão em uma situação em que só têm a ganhar.

— Como assim?

— Eles cobriram seus rastros perfeitamente. Isso cada vez se parece menos com uma operação terrorista. Aquelas pessoas não estão preocupadas em deixar pisadas na neve.

— Não temos certeza disso. Não há um modus operandi fixo para esses grupos.

— Nós pegamos o que pudermos aqui e voltamos à base. Rápido. Precisamos descobrir o que Adkins e seus amigos encontraram, porque alguém mais quer muito essa informação.

— Leon deve estar nos mandando relatórios detalhados sobre os arqueólogos a qualquer momento.

Eles foram interrompidos pelo major Haki.

— Se vocês tiverem terminado, meus amigos, vou mandá-los de volta ao Centro de Operações. Seus colegas de Nova York encaminharam novas informações para lá.

— Você vem conosco?

Haki sorriu.

— Tenho alguns pequenos detalhes para resolver aqui antes de partir. Mas estarei apenas uns 15 minutos atrás de vocês. E digo isso em termos de tempo anglo-americano, não em tempo turco. Em outras palavras, quando digo 15 minutos, significa realmente 15 minutos.

No Centro de Operações, onde Haki tinha preparado uma suíte de salas sobre seu escritório, Marlow observou Graves abrir seu laptop e consultar o arquivo seguro no e-mail.

— As informações adicionais que você requisitou.

— Ótimo.

— Adkins primeiro. Tem uma foto melhor também.

Ela girou o computador. Marlow olhou para um homem de cabelos claros e olhos castanhos com uma covinha no queixo. Logo em seguida vinham várias informações que importavam ou não: Adkins era casado e tinha uma filha, estabilidade de longo prazo, mas tivera um ou outro caso extraconjugal. Democrata. Não era enormemente ambicioso, mas publicara trabalhos amplamente respeitados, particularmente em relação à Mesopotâmia antiga.

Marlow partiu dali.

— Mesopotâmia. O berço da civilização — disse ele, pensativo. *Babilônia. A primeira civilização. Os egípcios, os romanos e os gregos todos aprenderam dali. Toda a sociedade moderna, em todos os seus aspectos, é apenas um desenvolvimento do que foi estabelecido na Mesopotâmia muitos milênios atrás.* — Há alguma conexão aí? — perguntou ele.

Graves encolheu os ombros.

— Poderia haver. Era onde é o Iraque hoje em dia. Existia uma crescente fértil há 8 mil anos e dela veio praticamente o primeiro de tudo: língua escrita, religião organizada, sociedade urbana, economia, matemática, artes e arquitetura, campanhas de guerra estruturadas e, acima de tudo, uma compreensão da astronomia. Para você ter uma ideia, eles usavam isso para prever o futuro. A civilização levou milhares de anos para se desenvolver e o poder passou da Assíria para a Babilônia e voltou à sua origem durante aquele tempo; porém suas raízes estavam na civilização verdadeiramente antiga da Suméria. Mas a Mesopotâmia durou a maior parte de 6 mil anos. Perto do fim, os caldeus, que eram excelentes astrônomos, estavam fazendo cálculos que virtualmente não são comparados até hoje em dia, apesar dos avanços e do desenvolvimento técnico que ocorreram desde então.

— Qual é a área principal de Adkins?

Graves rolou a página, franzindo a testa.

— Matemática e astronomia. Aqui está uma nota a respeito de um dos trabalhos sobre os quais sua reputação foi construída. É sobre um babilônio, um caldeu chamado Kidinnu, que era atuante por volta de 325 a.C.

— Quem é ele?

— Ele era um dos maiores astrônomos. Mas o trabalho foca em uma descoberta em particular que o babilônio fez. Ele conseguiu calcular a duração do ano solar com um fator de erro de apenas quatro minutos e 32,65 segundos.

— Impressionante.

— Foi mais preciso que a segunda melhor tentativa, feita por um astrônomo tcheco no final do século XIX. Ele quase não foi superado, mesmo hoje em dia.

— Como foi que Kidinnu fez isso? Nós sabemos?

Graves olhou para ele.

— Não sabemos. Mas, de qualquer forma, também não sabemos como os egípcios iluminaram os túneis dentro das pirâmides, por exemplo. Não há nenhum sinal de fuligem de tochas queimadas e ainda assim deveria haver uma fonte de luz para eles trabalharem.

— E Kidinnu não tinha telescópios.

Graves estava séria.

— Ainda assim ele conseguiu fazer cálculos que apenas conseguimos comparar com os radiotelescópios mais poderosos à disposição. Os caldeus teriam sido rivais à altura dos melhores astrofísicos da nossa época. E eles viveram há mais de 2.500 anos.

— No fim de uma civilização...

— ... que já vinha crescendo havia quase 6 mil anos.

Marlow olhou pela janela para os edifícios modernos e brilhantes de Istambul. Ele estava se perguntando o que um especialista em ciência antiga estava fazendo em uma escavação relacionada ao começo da Idade Média. Então ele se virou de volta para o computador e rolou a página para ver as novas informações sobre os outros dois.

Ele olhou para a fotografia de Rick Taylor. A imagem mostrava um homem bonito com olhos cinzentos e uma barba bem-aparada.

— Ele também é casado — disse Graves, olhando por cima do ombro de Marlow. — De linhagem escandinava, alguns anos mais velho do que Adkins. Três filhos, todos do seu segundo casamento.

— E ele não é apenas um arqueólogo também, é?

Graves consultou as anotações.

— Isso é interessante, Jack.

Era a primeira vez que ela tinha usado o seu primeiro nome — involuntariamente — e ela o olhou de relance para ver o efeito, mas não conseguiu perceber nada em seu rosto.

Graves prosseguiu:

— Ele *começou* em arqueologia e antropologia, mas mudou de área, e é uma mudança interessante. Ele fez seu doutorado em astrofísica. Também estudou mecânica quântica, observando a dualidade das partículas, o comportamento de onda e as interações entre energia e matéria.

— E o que isso nos diz?

— Não sei.

— O efeito da energia na matéria...

Marlow parecia pensativo. O fantasma de uma ideia estava passando por sua cabeça. Por enquanto ele a descartaria por ser fantástica demais. Mas voltaria a ela mais tarde.

— Mas, basicamente, seus interesses e muitos de seus trabalhos tratam das propriedades físicas dos corpos celestes. Ele também fez pesquisas aprofundadas sobre Copérnico e Galileu — continuou Graves.

— Muito mais tarde do que nosso amigo Dandolo — ressaltou Marlow. — Copérnico nasceu por volta de 1470 e Galileu, um século mais tarde.

Graves concordou com a cabeça.

— Mas eles estavam envolvidos no mesmo tipo de pesquisa e, de acordo com o trabalho de Taylor, havia um outro sujeito trabalhando na mesma teoria que a deles... de que a Terra e os planetas giravam ao redor do Sol... mas esse sujeito foi muito tempo antes.

— Prossiga.

— Seu nome era Aristarco de Samos. Ele viveu em por volta de 300 a.C. e tinha uma teoria de que a Terra e os outros planetas descreviam órbitas em volta do Sol, ao invés de tudo girar em volta da Terra.

— O que aconteceu a ele?

— Seus ensinamentos foram reprimidos pela Igreja mais tarde, exatamente como ela reprimiu as descobertas de Copérnico e Galileu que apontaram para a mesma coisa.

— Bem — disse Marlow —, a Igreja sempre invalidou qualquer coisa que colocasse sua autoridade ou o que estava escrito na Bíblia em questão. "O Senhor lançou os fundamentos da terra; ela não vacilará em tempo algum... E o sol nasce, e o sol se põe, e corre de volta ao lugar donde nasce." É por isso que a pesquisa científica teve tantas dificuldades.

— É verdade — concordou Graves. — Qualquer um como Galileu, sob o domínio da Igreja Católica, era reprimido.

— Mas pergunte a si mesma... o que tudo isso tem a ver com a tumba de Dandolo?

Graves encolheu os ombros.

— Alguém por aí acha que havia alguma coisa muito importante escondida dentro dela.

— Talvez.

Graves o olhou. Marlow se perguntou se Laura sabia que ele não estava depositando toda sua confiança nela. Seria um erro subestimar sua inteligência. Ele teria que traçar seu raciocínio cuidadosamente.

— Veja — disse ela, escolhendo suas palavras. — Esses dois sujeitos têm uma *base* em arqueologia. Posso ver que eles também tiveram conhecimentos muito especializados que podem ser aplicáveis a esse projeto, mas...

Mas Marlow já estava olhando para a informação sobre Su-Lin de Montferrat.

— Que mulher! — disse ele, com uma voz que Graves desconfortavelmente achou irritante. — Por que diabos não há uma foto dela?

Mas escute isso. italiano, chinês, alemão e inglês fluentes. Bom francês e espanhol. Conhecimentos básicos de russo. — Ele fez uma pausa. — Vida particular: muito pouco. Casamento desastroso com um acadêmico francês, que acabou em lágrimas. Parece ter se devotado ao trabalho desde então. — Ele fez outra pausa. — Terminou seus estudos em Veneza, estudando chinês antes de trocar para história. Especialista no começo do período medieval, passou a focar seus trabalhos em arquivos, manuscritos e afins, mas antes, e isso me interessa, ela escreveu um ensaio sobre egotismo que ganhou um prêmio em seu primeiro ano, baseado em alguns dos ensinamentos de Lao Tzu, mais precisamente discordando deles.

— E?

— Ela discute a autoabsorção como parte do transtorno de personalidade limítrofe.

Esse era um problema que Marlow conhecia; tinha sido vítima de alguém que sofria desse mal.

— Sim?

— Isso pode ser importante. Pense sobre o que sabemos a respeito de Dandolo e imagine o tipo de pessoa cujo ego é tão poderoso e desenfreado que domina todo o resto. A pessoa que sofre disso pode *inventar e acreditar em um personagem para si mesmo* que sirva aos seus objetivos na vida em um determinado momento. As pessoas à sua volta podem ser incluídas nisso, mas se, e quando, as circunstâncias mudarem, a pessoa que sofre desse transtorno pode desligá-las, impiedosamente descartar qualquer pessoa ou coisa que não lhe sirva mais e inventar um personagem completamente novo que lhe convenha naquele momento, reescrevendo o passado em sua mente de tal forma que ela pode se isentar de qualquer responsabilidade ou culpa. Como uma cobra trocando sua pele. E é possível que uma pessoa assim passe a vida de forma completamente plausível. Esses indivíduos quase nunca são descobertos até ser tarde demais.

Os músculos de Marlow ficaram retesados. Ele sabia tudo sobre aquilo, mas permaneceu em silêncio. Se pessoas assim pudessem ser controladas, essas seriam qualidades muito úteis em certas profissões, incluindo a sua própria. E ele sentiu os pedaços de estilhaço se contorcendo em seu coração. Tudo o que ele disse foi:

— Detalhes?

— Bem, existem páginas de basicamente material acadêmico, original e perspicaz, o que a fez ganhar o prêmio, mas então ela sai pela tangente. E eu destaquei isso, porque achei fascinante. Escute: Lao Tzu estava se referindo a egoístas quando descreveu pessoas que, sem precisar de cordas, se *amarram*. Esse é o inconveniente desse tipo de comportamento. Ele o limita, o confina em uma bolha que você criou em torno de si mesmo. Tais pessoas se tornam seus próprios prisioneiros inconscientes, em grande parte porque são incapazes de experimentar, expressar ou compreender emoções normais. É por isso que elas podem ser tão impiedosas quando é uma questão de autoproteção, de interesse próprio. De certa forma, elas não sabem o que estão fazendo. — Laura olhou por cima de seus óculos para Marlow, então voltou seu olhar para o monitor. — Mas, e isso é o que Su-Lin contradiz, o interesse próprio motiva *todos* os animais, e isso nos inclui.

— E o que isso quer dizer?

— Nós pensamos que alguns animais ferozes ou perigosos, como crocodilos, devem ter um lado bom porque são "afetuosos" com suas crias. Isso é puro sentimentalismo. Tudo o que eles estão realmente fazendo é cuidar do futuro da sua raça. É interesse próprio. Apenas os humanos, e possivelmente um punhado de ordens mais elevadas de animais, como golfinhos, podem mostrar verdadeiro altruísmo, colocando outras pessoas antes de si mesmos. E isso é até mesmo raro.

Marlow encolheu os ombros.

— Faz sentido.

— Isso explica as pessoas que têm o tipo de ambição que Dandolo tinha, a mais pura crueldade na busca do seu objetivo. E isso pode ser importante para nós.

— Vamos encontrar essas pessoas primeiro. — Marlow olhou pela janela novamente. A rua abaixo estava deserta a não ser por um utilitário esportivo Porsche, escuro, que diminuiu a velocidade levemente quando passou em frente ao prédio. Ele observou enquanto o veículo saía do campo de visão. — Essas três pessoas que estamos procurando tinham qualificações adicionais que iam muito além das que elas precisavam para apenas investigar a tumba de alguém que morreu em 1205 — disse ele. — E esse era um projeto grande. Tinha muito dinheiro investido. Nesses tempos de crise.

— Em que você está pensando? — perguntou Graves, observando o rosto dele.

Marlow encolheu os ombros.

— Em que *você* está pensando?

Ela abaixou a tela de seu computador.

— Estou me perguntando para quem eles *realmente* estavam trabalhando.

15

Reino de Jerusalém, ano de Nosso Senhor de 1171

— Você virá comigo — avisou Dandolo.

Seu braço direito era um monge da nova Ordem de Cisterciense que era seu assistente pessoal já há quase dez anos, desde que Dandolo o arrancou de seu noviciado e o forçou a servi-lo. O irmão Leporo preferia a vida do lado de fora do monastério, mas ele nunca abandonara os laços com seus colegas religiosos e então tinha contatos entre os sacerdotes trabalhando no Reino de Jerusalém — um em particular que estava se saindo muito bem com o comércio de escravos local.

— Se esse é o seu desejo, *Altissima* — respondeu o monge, sorrindo silenciosamente para si mesmo com mais essa marca da aprovação do seu amo e das vantagens que ele via nisso para si mesmo.

Foi através do contato de Jerusalém que Leporo, algum tempo atrás, muito antes de deixar Veneza, teve conhecimento de algo que os Cavaleiros Templários estavam protegendo.

O homem não tinha sido específico, e nem poderia sê-lo, pois os Templários mantinham seus segredos muito bem guardados. Mas dizia-se que aquilo era algo de valor inestimável, de um poder incrível, algo de uma idade inimaginável que tinha chegado às mãos dos Templários por meios desconhecidos.

— Mas eles dizem que isso não é para ser usado por qualquer um — comentou o monge comerciante de escravos.

— E o que isso significa?

— Dizem que um dos Templários, na época em que aquilo caiu em suas mãos, tentou dominá-lo.

— E?

— Ele era um homem sensato, um homem frio, um administrador competente. — O monge olhou para Leporo. — Uma mente forte.

— O que aconteceu a ele?

— Ele se tornou arredio, negligenciou seu trabalho. Ficou obcecado com a coisa. Tentando fazê-la trabalhar para ele. O Grande Mestre, sem que ele soubesse, tirou aquela coisa de sua custódia e a trancou. Ele reconheceu que aqui estava um poder a ser respeitado, se não pudesse ser compreendido.

— E que fim teve o administrador?

— Ele foi achado um dia na praia, vasculhando os seixos. Qualquer pedra do tamanho de um pequeno livro, lisa, arredondada, ele colocava em uma saca que carregava consigo. Foi levado de volta a Jerusalém, onde rezaram por ele, mas o homem gemia dia e noite em sua cela, se debatendo contra suas paredes. — O monge fez uma pausa. — Até que um dia fez-se o silêncio.

Leporo ficou calado por um momento antes de perguntar:

— Mas os Templários não tentaram descobrir o que ele estava procurando? Nessa coisa?

O comerciante de escravos olhou para ele.

— Os Templários não são tolos, irmão. Eles decidiram que aquilo era uma Relíquia Sagrada e a trataram com o respeito que acharam que ela merecia.

— Mas eles sabiam do seu poder?

— Eles sabiam de seu valor. Seu valor de mercado. Os Templários são bons em avaliação. Eles abandonaram Deus por *mamon*. Fizeram isso há muito tempo... assim como eu. Assim como muitos de nós, aqui, encurralados entre o sol e a areia.

E agora, cinquenta e poucos anos depois de sua fundação, os Templários da Terra Santa estavam com sérios problemas financeiros. Vinte anos antes, eles tinham começado a se concentrar menos em proteger peregrinos na Terra Santa do que em cuidar de suas propriedades e de seu dinheiro em troca de uma taxa. Esse empreendimento no ramo bancário e dos seguros não tinha se saído mal, mas os Templários não haviam esquecido que também eram guerreiros, e que o braço-forte da seita de monges guerreiros era quem estava lhes custando dinheiro. Nas batalhas, os Templários nunca recuavam. Eles preferiam morrer. Uma guerra ruim, dessa forma, poderia lhes custar noventa por cento de seu contingente, e recrutar e treinar substitutos era oneroso.

— Os Templários talvez possam ser persuadidos a se desfazer desse artefato — disse o amigo de Leporo —, isso se o preço estiver correto.

E eles o tinham bem ali, no seu quartel-general na face sudeste do monte do Templo, em Jerusalém. Leporo tinha compartilhado essa informação com seu amo. *Ele nunca teria o dinheiro ou a influência para comprar aquilo para si mesmo*, raciocinou, *mas, uma vez que tivesse saído das mãos dos Templários, quem sabe...?*

Mas, na viagem até lá, eles tinham achado que nunca alcançariam o porto cruzado de Acre.

As velas de piratas da Berbéria apareceram cerca de 1 quilômetro ao sul quando passavam pelo Chipre, e houve pânico a bordo quando os piratas mudaram o rumo e começaram a persegui-los. Os venezianos tinham o vento a seu favor, achavam que poderiam ser mais rápidos que eles, mas não era para ser.

Os piratas tinham dois insinuantes *dhows*, dos grandes, que cortavam as águas calmas do mar Branco como facas. Eles vinham lado a lado com a rapidez de lobos, colocando-se um ao longo do bombordo, e o outro a estibordo da galé veneziana. Os mouros vestidos com roupas claras jogaram cordas com pesados ganchos de ferro sobre a embarcação e se aproximaram de sua grande, porém lenta presa.

A batalha foi feroz e sangrenta. Treze venezianos caíram, incluindo o segundo em comando, o marquês de Verona, antes de os italianos substituírem pânico por disciplina e seus marinheiros começarem a lutar contra os piratas. Os mouros, apesar de combatentes habilidosos, estavam em menor número e contavam com a surpresa e o medo como seus maiores aliados. Eles fugiram sob golpes pesados das espadas de lâmina larga dos venezianos e debandaram, voltando aos seus próprios navios, tentando cortar as cordas que estavam enganchadas para escapar. O capitão teria deixado que eles fizessem isso, mas Dandolo o confrontou, ordenando uma saraivada de disparos de besta de curto alcance para abater tantos piratas quanto pudesse.

O resto se rendeu, oferecendo os frutos de saques anteriores que eles carregavam como resgate por suas vidas.

Dandolo olhou fixamente para eles, ajoelhados, ensanguentados, acabados.

— Matem todos — ordenou ele. — E afundem seus navios. Mas antes...

E para o espanto do capitão e da tripulação, mas não de Leporo, ele ordenou que trouxessem o chefe dos piratas até ele e o colocassem de joelhos no convés da galé. Pegando uma espada de um dos marinheiros, Dandolo cortou os braços do homem.

— Jogue-o no mar. Deixe que ele alimente os tubarões.

Eles chegaram a Acre dois dias depois, enriquecidos pelas mercadorias dos piratas.

Na longa jornada via terrestre, na direção sul de Acre a Jerusalém, por mais quente e empoeirado que estivesse, eles puderam relaxar um pouco. O rei Almarico mantinha a estrada bem-policiada e havia pouco risco de qualquer tipo de ataque contra a caravana coesa do séquito de Dandolo.

Depois de algum tempo eles chegaram aos portões da Cidade Santa.

Almarico, um homem durão na casa dos 30 anos que falava árabe tão fluentemente quanto seu francês nativo, além de um italiano aceitável, lhes deu as boas-vindas de forma cortês, embora contida. Mas Dandolo não estava interessado em causar uma boa impressão ao rei. Ele não queria causar complicações desnecessárias, mas sabia que Almarico precisava manter Constantinopla ao seu lado — um fato que Dandolo tinha convenientemente deixado de mencionar ao doge Vitale.

Era culpa do próprio doge se ele não tinha percebido aquilo por conta própria. A possibilidade de Almarico apoiar Veneza abertamente era tanta quanto a de se achar uma cura milagrosa para a lepra de seu filho.

O irmão Leporo, obviamente, sabia desde sempre que o interesse de Dandolo era, na verdade, pelos Templários. Relíquias de qualquer tipo eram úteis e, se ele conseguisse se apossar de uma que fosse poderosa para levar para casa, aquilo seria uma vantagem política e tanto. Como monge, Leporo estava bem consciente da crescente avidez da Europa por coisas que um dia tinham pertencido aos fundadores da cristandade — Cristo e seus discípulos. Se aquelas coisas tivessem pertencido a mártires, melhor ainda. A posse de uma mecha de cabelo, de um dedo ou uma lasca da Vera Cruz poderia transmitir status ao seu dono, fosse ele um rei ou um abade. E, algumas vezes mais importante até mesmo que o status: redenção dos pecados.

Leporo também sabia muito bem que seu amo estava de olho na coroa do doge — o *corno ducale* — para si mesmo.

— Não há mal algum em fazer amizade com os Templários — disse Dandolo a ele.

— Claro, *Altissima*! A rede bancária deles se estende por toda Europa. Eles não apenas são isentos de impostos locais, mas imunes às leis, em qualquer lugar. O próprio papa lhes deu total liberdade para tomar decisões. Eles possuem propriedades por todos os lados e estabeleceram milhares de filiais, de Cádis a Calais, de Albi a Alepo.

— Mas, apesar de tudo, seus lucros não são suficientes! Eles precisam de dinheiro vivo na Terra Santa, e esse é o calcanhar de Aquiles de que podemos tirar vantagem.

— Ainda assim, se levarmos em conta o que eles controlam e o que possuem, eles são mais ricos do que muitos reinos.

— *E eles estão acima das nações*. Eles são... — Dandolo saboreou a nova expressão que ele mesmo tinha cunhado — ... *multinacionais*.

Leporo estava certo. Dandolo sonhava se tornar doge e transformar Veneza em um poder para rivalizar e superar aquele dos Templários. Ele não se sentia velho, mas já estava com 60 anos. Quanto tempo lhe restava? Ele era impaciente, mas sabia que tinha que ser o oposto, se tudo que sempre cobiçou um dia fosse se tornar realidade. Ainda assim, ele jurou que faria o que pudesse com o período de vida que Deus lhe concedesse. Ele realizaria seu sonho, com ou sem a ajuda de Deus.

Talvez, com o passar do tempo, Dandolo pudesse até mesmo controlar os próprios Templários.

Mas, por enquanto, eles seriam amigos úteis para se ter — se ele fosse capaz de persuadi-los.

16

Dandolo levantou antes da alvorada na manhã do quarto dia, se vestiu sozinho com seu robe mais caro e partiu para a mesquita de Al-Aqsa. Desde o triunfo dos cristãos na Primeira Cruzada, os Templários a tinham ocupado como o centro de suas operações militares e bancárias.

Al-Aqsa era um dos locais mais sagrados do Islã. Aqui, o profeta tinha apeado de seu corcel mágico, Al-Buraq Al-Sharif, para rezar na Cúpula da Rocha que tem a marca de seu pé. Agora, sob o poder dos Templários, com suas salas frescas, seus corredores e espaços abertos, todos os traços do Islã encobertos ou removidos, a construção era um modelo de eficiência secular, embora houvesse um quê de monastério ali também. Crucifixos simples estavam pendurados nas paredes, e volumes caros da Bíblia com iluminuras estavam acomodados em púlpitos na assembleia — que um dia tinha sido a *musalla* — e por todo lado. Celas para a acomodação dos cavaleiros foram organizadas em volta do vasto átrio central.

Dandolo e seu séquito — incluindo Leporo, dois intérpretes (um em caso de necessidade e o outro para corrigir o primeiro se qualquer coisa pudesse, acidentalmente ou propositalmente, ser perdida na tradução) e uma discreta meia dúzia de guarda-costas — foram recebidos no portão principal por dois jovens altos e com aparência austera usando roupas simples em marrom marcadas com uma discreta cruz vermelha. Dandolo se perguntou se essa forma moderada de se vestir tinha a intenção de lhe mandar algum tipo de sinal. Onde estavam os robes brancos resplandecentes brasonados com a grande cruz vermelha no peito, nas costas e nos antebraços? Será que tinham mandado *subalternos* para recebê-lo?

Fosse a afronta real ou imaginária, ele a engoliu e permitiu ser escoltado até o outro lado do átrio, já ficando com calor sob o sol, apesar dos gramados bem-regados e das palmeiras, até chegar a um conjunto de pequenas construções com o teto arredondado que um dia tinham sido projetadas para o uso de sacerdotes veteranos e estudiosos do *Quran*. Os criados dos Templários pararam na porta de uma das construções e então entraram. Eles saíram novamente alguns instantes depois e se posicionaram um em cada lado da porta, permitindo a entrada de Dandolo, dos intérpretes e de Leporo. Os guarda-costas permaneceriam do lado de fora. *Não adiantou nada disfarçá-los como monges*, pensou Dandolo, irritado; mas os Templários não tinham chegado ao lugar onde estavam sendo estúpidos.

A modéstia do local em que eles tinham entrado inicialmente não era muito diferente da sala onde ele se encontrava agora. Ela era mobiliada de forma simples, apenas distinguível da cela de um monge por seu tamanho, pois era grande, pouco iluminada e fresca. A única decoração nas paredes brancas que estavam descascando eram crucifixos simples de madeira e não havia nenhuma cama. Em seu lugar, duas mesas de madeira comuns e, em um cavalete, uma veste de cota de malha.

Dois homens estavam sentados atrás das mesas. Um deles se levantou e inspecionou seus visitantes com olhos distantes de um azul surpreendente. Um homem delgado, com um rosto de pele áspera bronzeada e enrugada pelo sol, estava vestido com um robe preto tecido com lã leve. O outro, pequeno, porém forte, cujos olhos eram pretos e intensos, usava o hábito preto de um cisterciense sob o manto marrom dos Templários que tinham acompanhado o grupo de Dandolo desde o portão.

— Enrico Dandolo — apresentou-se Dandolo, quebrando o silêncio. — Enviado especial do doge de Veneza.

— Eu sei quem você é — respondeu o homem de preto, em italiano perfeito. — Eu sou Odo de Saint Amand. A seu serviço.

O sorriso dele era tão árido quanto um deserto.

Odo de Saint Amand. O que *ele* estava fazendo aqui? Dandolo achou que o homem estivesse em Paris. E que honra estava lhe sendo concedida ao ser recebido pelo grão-mestre em pessoa?

— O que podemos fazer por você? — continuou Odo, no mesmo tom neutro. Ele não apresentou seu companheiro. — E, como você pode ver, seus intérpretes não são necessários — continuou ele. — A não ser que você prefira que eu continue em francês. Você pode achar falhas no meu italiano. Está um pouco enferrujado.

— Seu italiano não deixa nada a desejar.

— Bom, então você pode dispensá-los. E seu outro homem.

— Com sua permissão, ele fica.

Depois da mais breve das pausas, Odo concordou com a cabeça. Os intérpretes se retiraram e se juntaram ao resto do grupo de Dandolo do lado de fora.

Assim que os quatro homens estavam sozinhos, Odo gesticulou para que Dandolo e Leporo se sentassem nas simples cadeiras de madeira na sala. Não havia mais nenhuma mobília, a não ser um armário robusto que estava encostado a uma parede. Nenhum refresco foi oferecido, nem mesmo água.

Odo relaxou levemente.

— Tenho certeza de que você concordará que é melhor mantermos nossa discussão aberta ao menor número possível de ouvidos.

Dandolo o observou. Quanto o grão-mestre já sabia sobre a verdadeira natureza de sua missão?

— Fico grato que o senhor nos honre com sua presença aqui.

— Por que não os Hospitalários? — interveio o outro templário, com seu tom mordaz.

— Porque os Cavaleiros Hospitalários não compartilham de fato... todos... os seus interesses — respondeu Dandolo, com uma medida igual de agressividade velada na voz.

Onde esse homem queria chegar?

— Você quer dizer que eles não são tão interessados em dinheiro? — continuou o homem com a veste marrom.

Ele poderia ter continuado, mas Odo o silenciou.

— Por que você veio até aqui? — perguntou ele ao veneziano.

— Para expressar minha admiração pelo seu trabalho. Por falar nisso, minha intenção é fazer o mesmo pelos Hospitalários, pois através de suas proezas as duas Ordens ajudaram a assegurar e manter a Fé cristã no local de nascimento de Nosso Senhor. E para estender a mão em forma de amizade em nome de Veneza, em nome de meu amo, doge Vitale.

— O que o faz achar que precisamos de sua amizade? — perguntou friamente o outro templário.

Odo o advertiu:

— Fique calado, Thomas. — Virando para Dandolo, ele disse: — Você deve perdoá-lo. Ele está aqui, se você quer saber, para se assegurar de que eu não faça nada precipitado.

— Vá direto ao assunto — falou Thomas, acrescentando relutantemente —, por obséquio.

— Certamente — disse Dandolo. Olhando para Leporo, ele continuou: — Achamos que os senhores podem ter... algo à venda. Se for mesmo o caso, é possível que estejamos interessados em adquirir tal peça.

Para si mesmo ele pensou, *eles já sabem.*

17

— E o que é a tal peça que você está interessado em adquirir? — perguntou Thomas.

— Uma relíquia — falou Leporo pela primeira vez. — O senhor é um irmão cisterciense, irmão Thomas. O senhor entenderá nossa avidez. Uma Relíquia Sagrada, que gostaríamos de adquirir para a proteção e a maior glória de nossa Basílica de São Marcos e de nossa cidade. — Ele hesitou. — Nós nos encontramos em águas turbulentas e precisamos da proteção do braço do Senhor.

— Você está se referindo ao seu confronto com os gregos de Bizâncio — respondeu Thomas bruscamente.

Não existia nada que essas pessoas não soubessem?, pensou Dandolo. Ele devia lidar com eles com sutileza. Mas para ganhar o quê, exatamente? Contava apenas com a palavra de Leporo para acreditar que eles tinham algo de enorme valor. Verdade, ele confiava em seu assistente, e o julgamento de Leporo em assuntos como esse raramente estava equivocado. Bem, ele tinha vindo até aqui e não deixaria passar a oportunidade que se apresentava para seu próprio engrandecimento. E, afinal, possuía dinheiro mais do que suficiente a seu dispor para satisfazer mesmo esses monges guerreiros interessados em dinheiro.

Dandolo imaginou, também, que a presença do grão-mestre e a natureza agressiva do frade Thomas eram boas indicações a respeito do que eles estavam preparados para colocar sobre a mesa.

— Nós buscamos fazer a vontade de Deus — respondeu ele, de forma simples. — Mas para fazê-la de forma justa, nós, pobres humanos, necessitamos de toda ajuda que pudermos conseguir.

Fez-se o silêncio na sala então. Era possível ouvir a brisa sacudindo as folhas das palmeiras do lado de fora e a conversa abafada dos homens de Dandolo enquanto esperavam na sombra além da sala.

Os dois Templários trocaram um olhar. Odo, Dandolo supunha, era a favor de levar as negociações adiante; Thomas era contra.

Então Odo andou até o armário, o destrancou e, de dentro dele, tirou uma bolsa de couro, que ele posicionou sobre a mesa entre eles.

Era uma bolsa pequena; o couro era áspero e estava bastante desgastado. Os dedos finos de Odo desamarraram os cordões que a mantinham fechada.

Ele tirou uma pequena caixa de ferro e uma chave, anexada por uma tira de couro. O homem colocou a caixa na mesa, enfiou a chave na fechadura e a virou em uma complexa série de movimentos nos sentidos horário e anti-horário que Dandolo achou difícil de acompanhar. Sem dúvida Odo lhe contaria o segredo da abertura da caixa, se um acordo fosse fechado. Finalmente a tranca fez um clique e se abriu. Odo levantou a tampa com enorme cuidado.

A caixa era revestida com lã cinza. Dentro dela estava uma tabuleta de argila com um tamanho que caberia confortavelmente na palma de sua mão. Um lado estava coberto com uma série densa de símbolos, mas eles não guardavam nenhuma relação a nenhum alfabeto ou sistema numérico que Dandolo já tivesse visto. O outro lado estava vazio, embora Dandolo pudesse distinguir uma impressão de polegar, sem dúvida marcada por quem quer que tivesse escrito na argila quando ela ainda estava úmida.

Logo atrás dele, Leporo não foi capaz de suprimir um suspiro de decepção. No entanto, Dandolo manteve seu rosto inexpressivo enquanto Odo colocava a tabuleta ao lado da caixa. Ele olhou para o recipiente de joias novamente e viu que havia uma inscrição de algum tipo nele e outra no eixo da chave, mas ele não era capaz de compreendê-las.

O frade Thomas ficou tenso enquanto a tabuleta era retirada da caixa, e Dandolo percebeu que os olhos do monge ficavam aguçados com... o quê? Algo como ânsia? Desejo?

Ele tinha notado a relutância dos Templários para se desfazerem desse pedaço de argila seca que não parecia nada impressionante. Enquanto olhava para os olhos de Odo, fixos na tabuleta, ele viu algo ali também. Arrependimento? Indecisão? Mudança de planos? Mas então os olhos se levantaram para encontrar os dele.

Dandolo não queria fazer contato direto com aqueles olhos — ainda não. Ele encarou a escrita — pois essa era a única coisa que ele era capaz de pensar que aquilo era — no pedaço áspero de terracota. Ao fazer aquilo, ele se encolheu. Não podia ter certeza se não estava imaginando aquilo, mas lhe pareceu, brevemente, que as letras, que se pareciam mais com impressões das patas de passarinhos, ganharam um brilho vermelho-escuro, como sangue.

Ele olhou de relance para Leporo para ver se ele tinha notado algo, mas o rosto do monge estava impassível. Dandolo se controlou. Odo, ele percebeu, o estava observando.

— Uma peça interessante — disse ele.

— Não é mesmo? — respondeu Odo.

— Não há muito para se ver — comentou Leporo.

Odo ignorou o comentário, enquanto Thomas fuzilava Leporo com os olhos. Mas o monge se recompôs e disse:

— Concordo com o irmão Leporo. É realmente uma coisa pequena. Talvez não seja digna de sua atenção. Podemos apenas nos desculpar.

Dandolo levantou a mão para silenciá-lo. Ele manteve seus olhos em Odo.

— Conte-me sobre essa... coisa. Tenho que dizer que não é exatamente o que eu esperava.

Odo lhe deu outro sorriso amarelo.

— Sei que você está desapontado pelo tamanho. Ou você pensou que a caixa pudesse conter a ponta da lança que perfurou o torso de Nosso Senhor no monte Gólgota, ou os ossos dos dedos ainda com as joias do apóstolo que tocou a ferida causada por aquela lança... São Tomé.

— Essas seriam coisas maravilhosas e realmente Relíquias Sagradas.

— Essa coisa é mais antiga que isso.

Dandolo olhou novamente para a tabuleta. Ele podia ver, sem ser um especialista, que aquilo era velho, realmente muito velho. Parecia tão antigo quanto o próprio Tempo.

— Posso tocá-la?

Odo abriu os braços:

— Claro. Mas tenha cuidado. Há coisas sobre essa tabuleta sobre as quais não temos total certeza.

Dandolo esticou a mão de forma hesitante.

A argila estava fria como a morte, tão fria que queimava; e dura, dura como um diamante. Ele não ousou levantá-la e afastou a mão, em vez disso. Dandolo queria aquilo, isso ele sabia. Mas a que preço? Ele pensou em seus guarda-costas do lado de fora e na pesada caixa de florins venezianos carregada por um dos cavalos de carga em sua comitiva. Ele pagaria qualquer coisa... mas era melhor não se mostrar muito ávido pela relíquia. Ele começaria a barganhar pela metade do valor que tinha trazido consigo — já uma soma muito mais alta do que pretendia.

Dandolo permaneceu em silêncio.

— Ela foi feita muito tempo antes da chegada de Nosso Senhor a essa triste terra — continuou Odo. — Ninguém sabe quando exatamente. Nem onde.

— Como ela acabou sob seus cuidados?

Odo olhou de relance para Thomas. Foi estranho, mas pareceu que ele estava pedindo permissão para responder.

— Ela está em posse de nossa Ordem há muitos anos. Ela foi deixada para nós pelos herdeiros do bispo Ademar de Le Puy. Dizem que ele a descobriu e a adquiriu em Alexandria pouco antes de sua morte, depois do sucesso da primeira cruzada contra os fatímidas e os seljúcidas, quando os expulsamos dos Locais Sagrados. A tabuleta é mencionada nas cartas de Ademar. Ele a chama de Pergaminho Sagrado. Talvez ele achasse que ela era um bloco de impressão e tenha tentado imprimir seu significado nesta tabuleta. Mas não sabemos.

Dandolo sabia sobre Ademar. O bispo tinha sido um dos principais instigadores da cruzada que terminara de forma tão bem-sucedida no final do século anterior. Um homem de poder e influência extraordinários. Foi dito que, tivera ele alcançado uma posição proeminente mais cedo, os Lugares Santos teriam sido conquistados e mantidos para sempre. A história de como ele mobilizou cem homens amedrontados e desorientados contra 5 mil sarracenos nas planícies abaixo de Masyaf e derrotou o inimigo completamente havia se transformado em lenda. Alguns diziam que o Salvador em pessoa tinha descido do céu para vir em sua ajuda. Outros, a meia-voz, falavam de demônios.

— Por que ele a deixou para vocês? — A pergunta saiu quase antes de ele a ter articulado em sua mente, mas Dandolo se corrigiu imediatamente; ele tinha sido muito direto. — Quero dizer, ele pretendia recuperá-la?

Odo hesitou antes de responder.

— O que você diz é verdade. Ele acreditava que uma força poderosa para o bem repousava nesse modesto pedaço de argila. Mas foram seus descendentes que a deram a nós para... custódia. Nossa correspondência com eles, décadas depois de o bispo ter ficado louco, indicava que eles sentiam a necessidade de que a peça fosse mantida em... segurança.

A mão de Odo se estendeu na direção da tabuleta, ele a pegou e a colocou de volta em sua caixa, abaixando a tampa e pegando a chave.

— Talvez estejamos, no fim das contas, sendo apressados — disse ele. — Não podemos dizer que isso seja uma relíquia cristã. Isso não vai redundar na glória de Veneza. Uma coisa pequena, na verdade. Podemos ter outras...

— Mas ela desempenha um papel, um papel-chave, na nossa herança cristã — falou Thomas, repentinamente.

— Ademar mencionou algo em suas cartas — disse Odo. — Não somos capazes de compreender aquilo. Ele se refere ao Livro do Apocalipse. "E, havendo aberto o sétimo selo, fez-se silêncio no céu quase por meia hora." Você conhece o trecho. Ele vai do oitavo ao décimo capítulo do livro.

Dandolo conhecia o trecho. Ele olhou novamente para a tabuleta e pensou nos sete anjos e no que o estrondo de suas trombetas evocou. Uma saraivada infernal de fogo e sangue; destruição dos mares e da vida ali existente; uma estrela flamejante envenenando toda a água potável; a ruína dos céus; e o horror adicional que as últimas três trombetas invocaram. *Ai, ai, ai dos que habitam sobre a terra! Por causa das outras vozes das trombetas dos três anjos que hão de tocar ainda...*

Era como se uma voz vinda das profundezas da terra estivesse recitando as palavras para Dandolo: ... *foi-lhe dada a chave do poço do abismo... e subiu fumaça do poço, como a fumaça de uma grande fornalha, e com a fumaça do poço escureceu-se o sol e o ar. E da fumaça vieram gafanhotos sobre a terra; e foi-lhes dado poder, como o poder que têm os escorpiões da terra. E foi-lhes dito que não fizessem dano à erva da terra, nem a verdura alguma, nem a árvore alguma, mas somente aos homens que não têm nas suas testas o sinal de Deus; e foi-lhes permitido, não que os matassem, mas que por cinco meses os atormentassem; e o seu tormento era semelhante ao tormento do escorpião, quando fere o homem. E naqueles dias os homens buscarão a morte, e não a acharão; e desejarão morrer, e a morte fugirá deles...*

Dandolo pensou nos gafanhotos, os demônios com rostos humanos e cabelos de mulher longos e esvoaçantes, mas com dentes como os de um leão e seus corpos escamados como uma armadura, e pensou nos Quatro Cavaleiros liberados em seguida pelo toque da trombeta do sexto anjo; e no terrível silêncio do sétimo, cujo som de trombeta ele ainda aguardava, mas que escutaria no fim.

18

Dandolo olhava fixamente para Odo.

— O que isso significa? — perguntou ele.

— Não somos capazes de compreender — respondeu Odo. — Mas sabemos que o bispo acreditava que essa coisa tem o poder de dar a um homem a força que a humanidade não deveria ter. Uma força que o homem não pode controlar.

A mente racional de Dandolo descartou aquilo, mas, contra sua vontade, ele estava fascinado e — será que era essa a palavra certa? — atemorizado.

Ele se recompôs. Será que estavam tentando iludi-lo ainda *mais*? Mas os rostos tanto de Odo quanto de Thomas estavam profundamente sérios.

— É por isso que mantivemos essa coisa como um segredo guardado com muito cuidado por tanto tempo — continuou Odo. — Mas...: e não faço nenhum segredo disso... precisamos de dinheiro vivo agora, se quisermos manter os Lugares Santos protegidos. E, se um dia perdermos o controle aqui, não desejaríamos que essa coisa caísse nas mãos dos sarracenos. No Egito, o poder de Saladino cresce a cada dia.

— Há mais um mistério — falou o irmão Thomas lentamente — sobre o qual você deve saber.

Ele olhou para seu amo, que, depois de um momento, concordou com a cabeça.

— Dizem — começou Thomas —, e o bispo Ademar acreditava nisso, que foi com essa tabuleta que Satanás tentou Nosso Senhor no deserto.

O templário fez uma pausa enquanto os italianos escutavam atentamente. Depois de um tempo ele continuou:

— Mateus, Marcos e Lucas descrevem as tentações de Cristo; Mateus e Lucas em detalhes. Que Ele deveria transformar pedras em pão para se alimentar; que Ele deveria se jogar do topo de um templo, confiando que os anjos O carregariam e O salvariam; e que Ele deveria ter domínio sobre todas as nações da terra em troca de Sua aliança ao próprio Satanás. Mateus faz dessa a última tentação de Cristo. — Thomas fez mais uma pausa. — E Cristo recusou: *Está escrito: ao Senhor teu Deus adorarás, e só a Ele servirás.* Ele não quis tocar a tabuleta que Satanás lhe ofereceu, a tabuleta que lhe daria o poder supremo. Porque Ele sabia que se não fosse capaz de convencer as pessoas de Suas doutrinas através de Seu próprio poder e Sua própria persuasão, elas não valeriam nada. Não há atalho para a Bênção.

— Usando essa tabuleta? O próprio Diabo a fez?

— Essa é a impressão de seu polegar no verso — disse Thomas, sem se alterar. — Acreditamos que, se os símbolos escritos nesse pedaço de argila pudessem ser decifrados e interpretados de forma apropriada, o homem que tivesse esse conhecimento teria a chave para a habilidade de mover nações.

— Então ela *poderia* ser usada para o bem.

Thomas olhou para Dandolo de forma severa.

— Isso nunca aconteceria se um reles mortal a controlasse.

E Ademar acabou louco, pensou Dandolo, olhando para a tabuleta e vendo os caracteres escritos sobre ela brilharem em vermelho mais uma vez.

Então a visão passou. Ele percebeu que o grão-mestre e o monge o estavam observando com expectativa.

Ele mediu suas palavras:

— Eu humildemente reconheço a sabedoria de sua decisão de que uma coisa assim deveria ser guardada tão segura e secretamente quanto fosse humanamente possível e que ela deveria ser mantida longe das mãos dos sarracenos a todo custo — disse ele. — Se o manto de tal responsabilidade deve cair nos ombros de Veneza, então sou o último homem a virar as costas a isso. Se, ao mesmo tempo, eu puder oferecer alguma compensação material à brava e nobre Ordem dos Cavaleiros Templários, os maiores bastiões de nossa Fé no Ocidente, então o privilégio e a honra serão em dobro.

— E qual preço você coloca nesse privilégio? — perguntou Odo, depois de respeitar uma pausa educada para marcar a gravidade do que todos que estavam presentes sabiam que era um discurso puramente político.

Dandolo não olhou para Leporo quando respondeu, sem hesitação.

— Quinze mil florins venezianos.

O cálculo pareceu ter ocorrido sem a participação do monge. Aquilo eram três quartos de tudo que Dandolo tinha trazido consigo. E o velho homem já sabia que, se eles empurrassem o preço para mais de 20 mil, ele lhes daria cartas de crédito para cobrir o montante. Uma aposta cara, mas o dinheiro que trouxera consigo vinha de seus próprios cofres. Dandolo tinha que ter o pergaminho, como Ademar o tinha chamado. Independente do custo. Ele lidaria com o doge e o Conselho Veneziano mais tarde e recuperaria o dinheiro. Sabia muito bem que a expedição do doge Vitale contra Constantinopla fracassaria e que então ele precisaria de qualquer amigo que pudesse arranjar. Dandolo só precisava de paciência e tempo. Em seu tempo alcançaria seus objetivos, ele sabia disso agora.

19

Uma hora depois, os Templários aceitaram fechar o negócio por 25 mil. Uma quantia fantástica, o que levou Leporo a olhar para Dandolo com desconfiança quando os quatro homens se levantaram e apertaram as mãos.

A tabuleta foi devolvida à sua caixa, o recipiente foi trancado com a chave, que foi amarrada novamente a ele, e a mercadoria foi entregue a Leporo, que a guardou em sua bolsa com extremo cuidado. Agora, finalmente, Odo tocou uma sineta em sua mesa e ofereceu aos italianos comida e bebida. Eram onze horas da manhã e o sol estava alcançando seu zênite. A comitiva veneziana recusou um convite para passar a noite e partiu na viagem de volta a Acre. Dandolo, silenciosamente triunfante enquanto algo profundo dentro dele, algo que ele não podia identificar, manifestava-se, estava ansioso para chegar a Quios agora e, como a lua estava cheia, ele decidiu viajar durante a noite. Eles sairiam de Jerusalém no final da tarde.

Antes de comerem, Dandolo disse a Leporo para se assegurar de que seus homens não bebessem vinho antes de viajar, uma precaução necessária, pois os Templários, surpreendentemente, tinham tentado lhes oferecer a bebida em abundância. Os venezianos resolveram beber uma cerveja leve — não se podia confiar na água: ela continha doenças.

Nesse caso, foi uma atitude sensata da parte deles.

O ataque veio às três horas da manhã, quando a caravana veneziana já tinha entrado alguns quilômetros no deserto ao norte de Jerusalém. Os agressores vieram das montanhas ao leste, com a lua por trás deles, montando cavalos e vestindo robes pretos. Suas balaclavas cobriam seus rostos, deixando apenas os olhos visíveis.

Dandolo ficou feliz por eles não o terem pegado despreparado. Seus homens, em um sinal combinado anteriormente, de supetão dispuseram os animais de carga em um círculo que formava um muro vivo. Todos os objetos de valor e as provisões para a jornada até o porto foram colocados dentro do círculo e os guarda-costas, vinte homens apenas, mas armados até os dentes com lanças, dardos pesados, espadas, machados e arcos, posicionaram-se atrás das mulas nervosas. Os cavaleiros eram cerca de quarenta homens e, a princípio, cercaram os venezianos encurralados, surpresos por seu ataque ter sido previsto.

Mas eles não desistiram. Dez deles cavalgaram com vontade na direção do grupo brandindo montantes e manguais, golpeando onde podiam as mulas, que se debatiam e coiceavam, mas incapazes de alcançar o grupo protegido atrás delas. Então eles recuaram e deixaram que seus arqueiros assumissem o controle.

— Quem diabos são eles? — gritou o capitão da guarda de Dandolo. — Piratas do deserto? Não deveria haver nenhum nessa estrada! Os Templários a limparam.

— Não pense que podemos contar com a ajuda de uma patrulha templária — respondeu Dandolo, empunhando um dardo. Os arqueiros tinham se aproximado sobre seus cavalos e estavam agora com as flechas em riste, mas eles estavam perto o suficiente para serem atingidos pelo dardo de um homem forte, e Dandolo ainda era um. Ele mirou com cuidado, levando em consideração o luar fraco e enganador, e arremessou seu dardo, observando enquanto a arma descrevia um arco no ar e o vendo penetrar profundamente no pescoço de seu alvo, onde a cabeça se juntava ao torso. As camadas de lã da veste do homem não serviam como proteção contra a pesada lâmina da lança voadora do veneziano.

O homem se inclinou lentamente para a frente sobre sua montaria, antes de tombar sobre a areia cinza e pálida, onde uma mancha escura rapidamente apareceu enquanto ele se esforçava futilmente em uma última tentativa infeliz de se levantar.

Encorajados por isso, os guarda-costas venezianos soltaram uma enxurrada de dardos enquanto os espadachins vestidos de preto se aproximavam sobre seus cavalos em outra investida. Muitas das lanças acertaram alvos, afundando-se nos flancos dos cavalos ou nas coxas e dorsos dos agressores, o que permitiu eliminar mais cinco homens da escaramuça de uma vez.

Os defensores comemoraram, mas os agressores permaneceram em um silêncio sombrio. Eles se reagruparam, novamente cavalgando em volta do grupo para circundá-lo e tomando cuidado para permanecer fora do alcance dos dardos. Os arqueiros posicionaram flechas em seus arcos e as dispararam, em uma saraivada que matou duas mulas e três guarda-costas; as flechas com plumas pretas caindo como chuva do céu e perfurando olhos e pescoços desprotegidos, suas hastes cintilando na luz prateada. As mulas atingidas coiceavam os céus enquanto guinchavam como *banshees* em sua agonia de morte, enquanto cavalariços se esforçavam para acalmar as sobreviventes que empinavam e relinchavam; rédeas tensas cortando suas mãos e derramando sangue.

Outra rajada mortal foi desferida logo em seguida, antes que os defensores tivessem tempo de reagir; a maioria das flechas sibilantes afundando na areia dessa vez, mas algumas ainda atingindo os inimigos e seus animais. Duas das mulas se soltaram e fugiram a galope, arrastando seus tratadores feridos pelo deserto atrás delas até que se perdessem de vista, engolidas pela escuridão.

Dandolo tinha aguentado demais. Ele se moveu agilmente até seu cavalo inquieto, que estava junto da bagagem no centro do círculo, e o montou, desembainhando sua própria espada. Ele fez seu cavalo saltar sobre as mulas restantes, que tinham sido puxadas para formar um círculo mais apertado, e cavalgou diretamente na direção do homem que parecia ser o líder dos agressores. O vulto mascarado girava um mangual ameaçadoramente em volta de sua cabeça, procurando um local para cravar sua bola cheia de pontas afiadas, e por fim escolhendo entre a coxa do veneziano e o pescoço do cavalo, mas Dandolo se encolheu em sua sela para evitar ser atingido e, aproximando-se rapidamente, levantou sua espada exatamente quando o mangual passou por sobre sua cabeça, desferindo um golpe com toda sua força em direção ao corpo do homem e partindo-o no lado direito de forma que todo o torso, desde o pescoço até a cintura, fosse rasgado.

A ponta da espada não se soltava do local onde ela tinha acertado a pélvis do homem, e Dandolo foi derrubado de seu cavalo, trazendo consigo seu oponente. Eles rolaram juntos no chão, mas o agressor de preto, que Dandolo temia ainda ter forças para colocar as mãos em volta do seu pescoço, começou a se contorcer e esticar seu braço que ainda estava bom em um esforço frenético para recuperar o equilíbrio. Dandolo o empurrou com as pernas para se soltar e colocou-se de pé, observando enquanto o homem, que tinha o lado direito do corpo praticamente destacado do resto, se contorcia no chão ao seu lado.

Ele podia ouvir a luta continuando atrás dele, mas pareceu distraído daquilo e de todo o perigo de receber uma lança ou flecha em suas costas desprotegidas. Depois do que aparentou ser uma eternidade, ele se virou a tempo de ver os cavaleiros negros fugindo em direção ao sul, deixando para trás homens e cavalos mortos ou moribundos.

O círculo de animais se desfez e os italianos sobreviventes, em choque, começaram a contar as baixas.

O capitão da guarda se aproximou rapidamente. Ele segurou Dandolo pelo ombro.

— O senhor está bem? — perguntou.

— Ofegante, mas viverei — respondeu Dandolo, carrancudo.

— O que devemos fazer? Ir atrás deles?

— Não. Nós os enfraquecemos o suficiente. Eles não voltarão essa noite. — *Mas tentarão novamente*, pensou ele. — Devemos viajar dia e noite até chegarmos a Acre, não importa o que aconteça. — Estava muito longe para voltar a Jerusalém e procurar a ajuda de Almarico. Além disso, se os agressores fossem quem ele achava que eram, tal manobra seria inútil.

Ele se curvou sobre seu oponente, cujas convulsões tinham agora se reduzido a alguns espasmos agonizantes, e, apoiando-se no que sobrou do seu dorso com sua bota, tomando cuidado para não escorregar no sangue, arrancou a balaclava de lã que cobria o rosto do homem.

Sob o luar, o rosto claro do irmão Thomas reluzia diante dele, os olhos negros loucos de raiva. Mas enquanto Dandolo observava, os olhos ficaram vidrados, as íris se voltaram para cima e desapareceram sob as pálpebras e toda a expressão sumiu de seu rosto. Repentinamente ele parecia quase em paz.

— O que eles estavam procurando? — perguntou o capitão da guarda.

Dandolo olhou para ele.

— Não faço ideia.

— O que devemos fazer? Devemos enterrá-los?

Dandolo riu daquilo e, montando seu cavalo novamente, virou-o em direção ao norte e seguiu cavalgando.

20

Istambul, no presente

Estava no meio da manhã quando o major-detetive Haki chegou de volta e os conduziu até sua sala. Uma mesa e uma área em volta dela tinham sido liberadas. Sobre o tampo do móvel estava uma série de pastas perfeitamente arrumadas.

— Isso é tudo o que fomos capazes de coletar — falou Haki. — Junto com o último material que lhes enviamos do professor Lopez em Nova York. O material que ele pôde colher de Yale e Veneza, imagino. Obviamente, essa parte está encriptada em seu computador, mas transferi para o meu laptop... deixe-me ver se consigo achar... — Nesse momento, ele parou repentinamente para inspecionar sua mesa entre papéis sob os quais seu MacBook tinha facilmente sido enterrado. — Esse é o problema de uma coisa tão pequena e discreta — resmungou. — Para vocês terem uma ideia, eu consigo me lembrar de quando os computadores eram do tamanho de malas. E isso nem parece ter sido há tanto tempo.

— Não foi — disse Marlow, perguntando-se o quanto do comportamento de Haki era encenação.

Será que o detetive tinha tentado decifrar o material de Leon? Mas a urgência da situação não lhe deixava tempo para refletir sobre aquilo.

— Vou deixá-los fazendo isso — falou Haki, indo até sua escrivaninha e se ocupando com outra papelada.

Ele não pretendia sair da sala.

Marlow tinha que confiar nele. Ele pegou o laptop de Haki e o abriu. Rapidamente acessando o material de Leon, confirmou que ali estavam indicações e confirmações contidas na cópia impressa do material transferido eletronicamente de Yale e Veneza, junto com um comentário e algumas observações preliminares do próprio Leon. Ele guardou aquilo tudo na memória e apagou o arquivo do laptop. Sabia pelas suas próprias medidas de segurança intuitivas que a encriptação estava intacta — ninguém mais tinha tentado acessá-la.

O material impresso nas pastas mostrava detalhes da tumba aberta, como estava quando Adkins, Taylor e De Montferrat desapareceram. Havia algumas fotografias gerais que mostravam uma câmara subterrânea revestida com algum tipo de madeira de lei que havia sobrevivido séculos, embora as cenas pintadas — presumivelmente da vida do falecido doge — há muito tempo tinham descascado e desbotado. Lá estavam os restos do que pareciam ser bandeiras carregando brasões de armas dispostas sobre um chão de terra batida. O caixão de bronze ficava sobre um plinto de pedra baixo. Sua tampa tinha sido removida e o cadáver dentro dele estava visível, vestido com um robe de brocado desbotado, tão engomado que mantivera seu formato depois que o corpo envolvido por ele tinha encolhido, pois o cadáver, pelo que Marlow e Graves podiam julgar pelas fotografias, tinha murchado em vez de apodrecer.

A próxima pasta tinha fotografias detalhadas.

— Vejo que Adkins, Taylor e De Montferrat foram cuidadosos em deixar artefatos e itens de joalheria em seus lugares — disse Graves.

— Sem dúvida isso aconteceu antes da remoção para o Museu Topkapi. Eles foram acompanhados e supervisionados por colegas turcos o tempo todo — completou Marlow.

— O local foi colocado sob forte vigilância desde que a escavação começou — informou Haki, de sua mesa.

Eles estudaram as fotos, examinando-as em busca de qualquer pista que pudesse responder a pergunta de por que Brad Adkins e sua equipe tinham desaparecido. Não havia nada óbvio. Algo que eles tinham levado consigo, então? Ou que tivesse sido tomado deles?

— O que diabos eles encontraram? — perguntou Marlow.

— Algo que alguém mais estava procurando?

— Até aí está claro. E quem queria aquilo?

— Não podemos manter a imprensa afastada disso por muito mais tempo. E as famílias estão cada vez mais ansiosas. Estamos ficando sem desculpas para lhes dar.

Marlow se voltou às fotografias novamente. Elas mostravam o cadáver em detalhes. Anéis de ouro e rubi estavam frouxos ao redor de dedos murchos aos quais os sinais de luvas roxas ainda se prendiam. O rosto, a única parte do corpo claramente visível, era uma bola encolhida, quase só de osso, coberta com uma camada fina de pele profundamente bronzeada. Seu nariz fora reduzido a dois buracos ovais, enquanto a boca se resumia a um buraco escancarado, e os olhos, a órbitas vazias. Seis fotografias mostravam detalhes do rosto, especialmente da pele em volta dos olhos, onde cicatrizes de queimadura ainda eram levemente discerníveis. E em uma terceira pasta havia fotografias das mãos.

— Olhe para a mão direita — disse Marlow, depois de estudar uma foto com atenção e a entregar a Graves. — O que você vê?

Ela olhou com cuidado.

— Parece uma garra.

Marlow lhe entregou outra fotografia.

— E olhe para essa daqui, da esquerda.

Graves olhou fixamente para a fotografia colorida de alta densidade e a comparou à primeira. Ela as colocou lado a lado sobre a mesa. A mão esquerda, ou o que tinha sobrado dela, estava aberta, como se relaxada no sono, os longos dedos dobrados, mas sem nada da agonia que caracterizava os dedos da outra mão do doge.

— Talvez ele tivesse artrite — sugeriu ela.

A mão direita parecia ter pertencido a alguém atormentado pela dor.

— Isso não é artrite — contestou Marlow.

Ele tinha visto outra mão como aquela uma vez antes, em Londres. Ela pertencera a um antigo agente duplo da Alemanha Oriental que conseguira escapar da Stasi, mas não antes de ter sido torturado cruelmente por eles. Ele chegou a falar sobre aquilo com Lopez, que o acompanhava na época.

Todos os dedos da mão direita do homem haviam sido quebrados sistematicamente. Marlow olhou para o detetive do outro lado da sala.

— Preciso ver os restos pessoalmente — disse ele. — Há algo que não foi descoberto. Se soubermos o que é, nós os encontraremos.

Ele estava pensando que algo talvez não tivesse sido notado, fosse uma pista bem-escondida, uma impressão no solo, algo deixado para trás por Adkins, Taylor ou De Montferrat. Algo que para qualquer outra pessoa parecesse sem importância e que um fotógrafo, por mais minucioso que fosse, pudesse ter deixado passar.

Haki pegou o telefone e fez três ligações em rápida sucessão. Ele parecia estar passando de sala em sala até que chegou ao oficial que ele precisava para arranjar a permissão que buscava, pois a cada ligação seu tom ficava mais autoritário, mais impaciente. Mas o processo todo demorou menos de cinco minutos e, no fim desse tempo, um sorriso tinha voltado a seus lábios.

— Vamos no meu carro — disse ele.

O interior da Igreja de Santa Irene era simples e modesto, mas a força da devoção que tinha ocupado aquele local ao longo dos dezoito séculos de sua existência, até quase uma época muito recente, atingiu Marlow como uma marreta. O local estava fechado para os turistas e cercado por uma guarda militar.

O interior estava vazio a não ser por dois jovens soldados entediados e armados com Kalashnikovs. Eles estavam parados perto de um grande buraco retangular no chão no corredor sudeste. Fazia frio dentro da igreja e ambos obviamente odiavam aquele posto.

Tudo na tumba estava em seu lugar e apenas um plástico cobria os artefatos e o corpo para protegê-los da poeira. Sobre ela, postes de madeira apoiavam um teto de ferro ondulado. Entre os postes, mais cobertura de plástico estava esticada. Haki abriu caminho por entre duas camadas plásticas e desceu agilmente até o poço por uma pequena escada anexada a um dos lados. Os três ficaram sobre o corpo, e Marlow se inclinou na direção do cadáver, olhando atentamente para sua mão direita.

Não havia dúvidas a respeito daquilo. Alguém, em algum momento bem posterior à morte de Dandolo, tinha estado ali e quebrado todos os seus dedos, inclusive o polegar.

— Por que fazer isso? — perguntou Haki, sua voz sussurrada.

Marlow se afastou e respondeu brevemente:

— Para abrir a mão — disse ele, olhando em seguida para Graves. — Viu o suficiente?

— Sim.

— Então vamos voltar e ver o que mais Leon tem guardado para nós.

O telefone celular de Haki tocou e ele falou brevemente.

— Há algo mais — alertou Haki. — Algo que estará de volta do nosso próprio laboratório... a qualquer momento.

21

Ano de Nosso Senhor de 1171

Preciso de um homem melhor para ser o capitão de minha guarda pessoal, pensou Dandolo assim que chegou em segurança de volta a Quios, lembrando-se da batalha sobre a areia. Mas haveria tempo suficiente para providenciar aquilo.

Ele se parabenizou por ter sido capaz de prever a duplicidade dos Templários e por ter mantido a natureza da transferência do dinheiro em segredo de todos, menos Leporo. Ele também se parabenizou por ter mantido o sigilo de como abrir e fechar a tranca da caixa até mesmo em relação ao monge, mas arranjou um tempo para pegar o jeito sozinho, praticando com a caixa vazia — a tabuleta em si, embrulhada por um lenço de seda, guardada em segurança dentro de uma manga de sua túnica.

Tanto a caixa quanto a chave, ambas feitas de ferro, eram obras de um mestre chaveiro, que deve ter trabalhado para Ademar, pois elas eram velhas, mas não tão velhas assim; talvez tivessem cerca de 70 anos.

A inscrição na chave não fazia sentido algum para Dandolo — aquilo parecia ser uma série de números, em uma escrita que poderia ser aramaico.

Quanto ao que estava escrito na caixa, estava em latim, em um código tão simples que ele levou, na viagem de Acre a Quios, menos de um dia para decifrar. O *sentido* do que estava escrito era outro assunto: contava sobre uma águia negra descendo sobre a terra, suas garras esticadas. *Nada podia impedir o ataque da águia*, dizia a mensagem, *a não ser...* Mas estava faltando o fim da charada.

Assim que tinha dominado a habilidade de manipular a tranca, Dandolo passou a deixar a caixa fechada, porém vazia. A chave e a tabuleta ele mantinha consigo em todos os momentos. Não podia carregar a caixa para qualquer lugar a que fosse, mas descobriu que ficava desconfortável se a tabuleta não estivesse permanentemente sob sua mão. Além disso, a caixa trancada servia como um engodo útil, e nada nem ninguém, ele sabia, era capaz de abri-la sem a chave. Ela havia sido feita tão habilmente e era tão bem-encaixada que nenhum pé de cabra poderia forçá-la. Ele tinha certeza de que nem mesmo o pó explosivo cinzento que falavam que os chineses produziam seria capaz de amassá-la.

Como ele previra, a missão diplomática a Constantinopla se arrastara em negociações infrutíferas. O doge Vitale precisava que lá ele se juntasse aos outros venezianos para ver o que poderia ser salvo, se é que ainda era possível salvar alguma coisa. E havia um objetivo oculto: Vitale precisava que Dandolo estabelecesse uma rede de espionagem. Veneza teria sido louca de não aproveitar uma oportunidade dessas para estudar o verdadeiro poderio de seu adversário em potencial. Vitale não tinha governado Veneza sabiamente por 15 anos sem aprender um ou dois truques: ele sabia que antes de lançar tal operação precisava acalmar os gregos — já convencidos de sua superioridade intelectual sobre os venezianos — com uma sensação de segurança. No momento em que acharam que podiam confiar na missão diplomática, chegaria a hora de trair aquela confiança.

Dandolo não estava triste de partir de Quios tão cedo. O inverno de 1171 dera passagem à primavera de 1172. Agora o tempo estava quente e úmido e, embora estivesse contida momentaneamente, a peste tinha se alastrado em um navio durante a ausência de Dandolo na Terra Santa. Em números que cresciam a cada dia, homens tinham intensas suadeiras, antes que as reveladoras bolhas aparecessem em suas virilhas e debaixo de seus braços. Depois daquilo, a morte era uma questão de dias.

O navio tinha sido rebocado para um local afastado do resto da frota e a tripulação estava de quarentena, mas as coisas não estavam indo bem e a longa espera atacava os nervos da força-tarefa veneziana. Dandolo considerou a ideia de incendiar a embarcação, com sua tripulação dentro dela, mas desistiu daquilo. Ele calculou que tal medida serviria apenas para minar ainda mais o moral, que já estava em baixa, dentro da frota.

Uma nova viagem, então. Dandolo se preparou para ela ordenando que seus robes mais resplandecentes fossem colocados em seus baús — ele sabia como os gregos em Constantinopla davam importância à pompa, embora duvidasse de que o melhor espetáculo que Veneza pudesse fazer fosse capaz de impressioná-los. Ah, as riquezas daquela cidade!

Eram três dias de navegação pela frente. O mar estava calmo durante todo o tempo, cintilando em dourado sob o sol, durante o dia, e em prateado sob a lua, à noite. Os ventos eram amenos e frescos e geralmente estavam a seu favor. Dandolo gastou aquele tempo se isolando com Leporo, examinando seus papeis e os novos planos e ofertas que ele poderia trazer à mesa de negociação no Palácio de Bucoleão.

Aqui, talvez, a primeira oportunidade apareceria. Não havia como duvidar do poder que a tabuleta tinha, ele só precisava saber domá-lo e usá-lo. Mas esse conhecimento logo chegaria. Enquanto isso, Dandolo pensava em qual era a melhor forma de jogar Vitale e os gregos uns contra os outros. Com o planejamento certo, e Vitale desprestigiado, haveria apenas um homem para preencher aquela lacuna.

— Sua estrela está se erguendo — disse Leporo, lendo a mente de seu amo.

Dandolo, imerso em seus pensamentos, não respondeu. Se ele se mostrasse orgulhoso muito precipitadamente, tudo podia acabar fracassando.

Eles chegaram na manhã do quarto dia.

22

O grupo de Dandolo encontrou a delegação veneziana alojada na mansão desocupada de um compatriota rico que tinha vivido em Constantinopla por metade de sua vida. Para chegar até lá, eles tinham passado por ruas calçadas com lajotas de mármore branco. Por todo lado nesse quarteirão as fachadas das casas possuíam esse mesmo revestimento.

A cidade dava a impressão de estar em férias permanentes. Ouro e prata estavam em evidência por todo lado, desde as tramas dos vestidos das mulheres até a decoração dos cajados que até os homens de posição mais modesta carregavam. As cores das roupas usadas, os toldos sobre as lojas e restaurantes e até mesmo os estúdios de artesãos eram amarelos, verdes e roxos, e a cidade parecia ser dominada por uma incrível energia — por todo lado, as pessoas estavam engajadas em suas atividades, desde fazer negócios até se divertir, com uma intensidade que desconcertava os venezianos mais conservadores.

Dinheiro passava livremente de mão em mão e, se existiam distritos pobres na vastidão dessa capital do Oriente, eles estavam bem escondidos. As ruas eram limpas e odores desagradáveis não se ocultavam nelas. Enormes estátuas de bronze e mármore embelezavam as amplas praças, figuras dos santos e de Nossa Senhora, enormes cruzes ornamentadas, assim como grupos retratando heróis da Grécia Antiga — lançadores de discos e lutadores, corredores e lançadores de dardos, assim como um poderoso Héracles e um Belerofonte montado em Pégaso. Quatro cavalos magníficos dominavam a entrada do hipódromo, onde multidões se amontoavam nos eventos que aconteciam três vezes na semana.

O pior que se podia dizer era que o cheiro de perfume algumas vezes pairava de forma muito pesada no ar e o interior das igrejas era igualmente carregado com incenso. No centro da cidade, duas imponentes construções se destacavam em relação à multidão reluzente de pessoas e construções: O Palácio de Bucoleão, que mais parecia um bolo branco de casamento, e a vasta e contemplativa Basílica de Santa Sofia, que tinha a seu norte a mais discreta mesquita da cidade.

O imenso e impressionantemente ornamentado Palácio de Bucoleão era um local projetado para atingir com uma flecha de admiração o coração do mais orgulhoso visitante estrangeiro, com suas portas de puro cedro e suas trancas, ferrolhos e acessórios — até mesmo a mais humilde calha —, tudo de ouro ou prata. Mas os olhos penetrantes de Dandolo notavam rachaduras no gesso aqui e ali, ou poeira varrida para um canto; e se esse era o caso aqui, no coração dourado da cidade, o que mais permaneceria escondido que não combinava com a confiança chamativa que o lugar exalava? Todo local tinha seu calcanhar de Aquiles, exatamente como qualquer pessoa. Dandolo faria com que sua missão fosse descobrir aquilo. Mas ele também via que, como as coisas estavam, Constantinopla era, do ponto de vista de um inimigo em potencial como Veneza, praticamente inexpugnável.

Como primeiro passo, ele decidiu dar especial atenção ao anfitrião da delegação, o comerciante de seda Tonso Contarini, que estava vivendo em seu palácio de campo logo do lado de fora das Muralhas de Teodósio, em sua propriedade a oeste da cidade, enquanto a delegação veneziana ocupava sua casa em Constantinopla. Mas ele passava a maior parte do tempo em seu escritório, sobre o qual ostentava um apartamento opulento.

Contarini, originalmente de Pisa, vivia há tanto tempo na Grande Cidade que seu grego e seu árabe eram agora melhores do que seu italiano, que tinha um tom levemente antiquado. Suas gírias estavam vinte ou trinta anos atrasadas.

Ele tinha praticamente a mesma idade de Dandolo, mas seu cabelo tingido, sua maquiagem e seu corpo bem-torneado contradiziam seus anos, e suas mãos e seu pescoço bronzeados estavam enfeitados com colares e anéis de ouro e turquesa. A maioria dos expatriados italianos remanescentes não fora tão longe em adotar os excessos gregos, mas Contarini tinha vivido aqui há mais tempo do que qualquer um, e eles o viam como o pai da comunidade. O anfitrião da delegação tinha um rosto ingênuo, difícil de imaginar como pertencente a uma mente de negócios sagaz que residia nele. Seus olhos azul-claros pareciam ser os próprios emblemas da mais franca honestidade.

Ele aceitou as discretas propostas de amizade de Dandolo aparentemente de coração aberto e, pouco depois, os dois davam a impressão de serem companheiros inseparáveis. Contarini inclusive oferecia a seu compatriota os serviços de sua Casa de Mulheres — outro costume grego que ele tinha adotado, que, por sua vez, fora influenciado por amigos e colegas muçulmanos dentro da cidade.

Enquanto isso, os diplomatas venezianos e gregos permaneciam enclausurados em conferências e impasses. Os italianos não pareciam ter notado, ou, se tivessem, não pareciam ter dado nenhuma atenção ao trabalho de construção naval ocorrendo na longa e ampla enseada do Chifre de Ouro. Dandolo não perdera tempo em organizar, entre seus próprios homens, cinco agentes para vagar pela cidade e descobrir qualquer informação que achassem que poderia ser útil — de comércio até política interna e armamentos. Cinco homens em um lugar tão gigantesco era uma missão improvável, e Dandolo, disfarçado, fora pessoalmente em segredo ao Chifre para fazer uma estimativa da força naval grega. Ele contou 150 galés de guerra em boas condições de batalha e muitas mais que, em contraste, deixavam muito a desejar tendo em vista seu estado.

Ele discutiria o assunto com o doge Vitale.

Contarini conhecia todo mundo e organizou um jantar em homenagem a Dandolo, embora nominalmente tivesse sido oferecido ao doge. Havia duzentos convidados, em sua maioria gregos, mas também parceiros de negócios muçulmanos e os mais importantes membros da delegação, misturando-se a generais e almirantes gregos e servidores civis do gabinete do grão-vizir. Em um grupo de pessoas tão deslumbrantes, faltava apenas o próprio imperador — mas ele estava fora em uma caçada no campo ao norte de Gálata e aquela era, afinal de contas, uma ocasião informal.

Também presentes, Dandolo tinha notado, estavam alguns homens enormes do distante norte, quase todos de cabelos vermelhos ou louros. Eles usavam os cabelos compridos e tranças, e cada um deles também tinha um grande bigode que dava voltas, alguns inclusive tinham tranças nos bigodes. Seus brincos e pingentes eram de ágata ou ametista, com padrões geométricos complexos, e seus braceletes de bronze eram entalhados com cenas de caçada — lobos, ursos, veados ou javalis atraídos por cães, enquanto os caçadores estavam parados em matagais próximos, prontos com arcos e lanças curtas. Muitos deles usavam tiaras de ouro ou prata. Suas vestes, apesar do clima ameno, eram coletes de couro ou pele e calças de couro para dentro de botas macias. Eles estavam contidos. A maioria já parecia bêbada, embora a comida ainda não tivesse sido servida.

— Quem são eles? — perguntou Dandolo a seu anfitrião.

Contarini olhou de relance para os homens.

— Ah, eles são os chefes da Guarda Varegue do imperador.

— Homens incomuns.

— Sim. Todos do extremo norte. Inglaterra e Escandinávia... lugares tão frios e ermos que, só para nascer lá, você precisa ser forte, o que dizer então de sobreviver...

— O que eles estão fazendo aqui?

— Ah, eles têm defendido os imperadores daqui há gerações. Alguns desses nasceram aqui, embora você não possa dizer ao olhá-los. Eles são muito fechados entre si e têm suas próprias mulheres. Novatos chegam do norte e, de tempos em tempos, um navio ou dois cheio de novas mulheres de sua terra, apenas para manter a linhagem fresca, são importados. Elas são trazidas pelo rio Dniepre, na Rússia, até o mar Negro, e então velejam na direção sul até aqui.

— O que os trouxe até aqui?

— O de sempre. Negócios. Bem, foi por isso que eles vieram até aqui em primeiro lugar, embora os primeiros ingleses, ouvi dizer, tenham aparecido há cerca de cem anos, depois que os franceses do norte invadiram e tomaram seu país. Eles não podiam suportar serem governados por um bando de normandos, então emigraram primeiro para seus amigos na Escandinávia. A partir daí seguiram as longas rotas de comércio em direção ao sul de lá, e aqueles que não encontraram raízes ao longo do caminho acabaram no império grego.

— Algum deles fala italiano?

— Não, mas seus oficiais falam grego.

Um pensamento cruzou a mente de Dandolo.

— Eu gostaria de conhecê-los — disse ele.

— Você não vai achá-los amigáveis — falou Contarini, olhando para seu convidado cuidadosamente.

— Mesmo assim...

— Não tente subornar qualquer um deles — continuou Contarini, com uma leveza de tom que contrariava sua percepção.

Dandolo se contraiu por dentro. Ele tinha pensado que estava manipulando Contarini. Mas estava enganado.

— O que você quer dizer com isso? — perguntou, rindo e bebendo seu vinho. — Estou apenas curioso.

— Eles são designados por causa de sua lealdade. É inquestionável. E é direcionada ao imperador. Apenas a ele.

— E se o imperador morrer?

— Então eles trocam para o próximo imperador. — Contarini abriu os braços e relaxou um pouco. — Não importa se o novo é um usurpador. Não importa se o novo imperador assassinou o último para chegar onde está. Se for bem-sucedido, ele recebe a lealdade dos Varegues.

— Isso parece ser uma fraqueza — disse Dandolo. — Ser capaz de alternar sua lealdade dessa forma.

— Como o pior tipo de mulher — replicou Contarini, com uma risada. — Mas, então, a verdade é que o trabalho deles é proteger o cargo de imperador, não apenas um indivíduo que o detenha: então a aliança deles é com o trono, se assim você preferir, e não com quem quer que calhe de o estar ocupando em determinado período. — Contarini olhou para onde estava o grupo de cinco vikings, em um círculo fechado, destacado da multidão barulhenta e diáfana à sua volta. Seus narizes pareciam sentir o cheiro de pétalas de rosa, vinho, especiarias e perfume que pairava como um véu quase palpável sobre o salão abobadado com paredes douradas em que a festa estava acontecendo. — Existe um, de qualquer forma — continuou ele —, que fala bom grego e, agora que parei para pensar nisso, até um pouco de italiano. Ele tem uma amante italiana, uma pisana, uma conterrânea minha, aqui na cidade. Os outros Varegues desaprovam, mas eles normalmente são um grupo tranquilo entre si. E com os forasteiros, bem, eles são como cães de caça. Ferozes. Mas, uma vez que você tenha conquistado sua confiança, tornam-se devotados a você. O problema é ganhar a confiança em primeiro lugar.

Dandolo seguiu o olhar de seu companheiro.

— Apresente-me.

23

A primavera estava arrastando seus pés na direção do verão. A delegação veneziana tinha partido havia três semanas, com o abatido potencial de uma trégua em suas mãos, para voltar a Quios. Dandolo advertira Vitale sobre a incidência de peste sob a frota e sua posterior contenção; mas nenhuma outra notícia tinha vindo da ilha. Dandolo e seus próprios homens ficaram para trás, para acertar alguns detalhes, como ele havia explicado a Contarini, bastante certo de que dessa forma a notícia chegaria aos ouvidos dos gregos, mas eles próprios pretendiam partir na semana seguinte. O assunto se tornara urgente.

— Não estou feliz — disse Leporo. — Já devíamos ter partido.

— Eu sei — respondeu Dandolo. — Mas não tardará.

— Não vejo por que não podíamos ter partido com o resto da delegação. Está na hora de irmos embora dessa, dessa... Babilônia.

O monge olhou em volta, para as sombras, temendo ouvintes escondidos. Dandolo olhou para ele.

— Não é comum de sua parte ser tão, como devo dizer?, espiritual. Imagino que você esteja se referindo à Prostituta da Babilônia quando compara essa cidade a um antro de vício. — Dandolo sacudiu a cabeça. — Essa cidade não é uma linda mulher que entranha em você, lhe tira tudo e o deixa sem nada.

— Minhas obrigações podem incluir coisas mundanas — respondeu o cisterciense —, mas, antes de mais nada, sou um homem de Deus. Essa cidade não é nada além de uma fossa de esgoto. E ela é exatamente igual a uma prostituta sem fé.

— Uma que é muito lucrativa.

Leporo balançou a cabeça impacientemente.

— O senhor sabe o que quero dizer.

— Você quer dizer — respondeu Dandolo, sério — que ela é menos como uma mulher sem fé e abandonada do que como um lugar perigoso para nós.

— O senhor deposita muita confiança em Contarini.

— Não deposito absolutamente nenhuma confiança nele — retrucou Dandolo, bruscamente. — Mas enquanto eu puder usar sua amizade, usarei.

A frota grega tinha ido ao mar apenas alguns dias depois da partida da delegação. Seu destino era secreto, mas não teria sido necessário nenhum Pitágoras para descobrir aonde ela estava indo. Apenas imunidade diplomática — ou a necessidade de se assegurar de que Veneza recebesse um relatório da rota em Quios — tinha poupado o grupo de Dandolo da prisão, disso ele tinha certeza. Os gregos o mandariam para casa como o portador das más notícias. Eles, sem dúvida, achavam que sua vitória em Quios seria decisiva. Eram marinheiros tão bons quanto os venezianos e sua frota era maior em trinta galés.

Seu tempo havia sido bem gasto, acreditava Dandolo. Seus homens tinham juntado muitas informações úteis, e ele deixaria uma rede de contatos na comunidade italiana, homens subornados por dinheiro e ameaçados pela mais suave das pistas acerca do que poderia acontecer a seus amigos e familiares em seu país caso não cooperassem. Vitale já tinha uma parte das informações, mas não todas. Dandolo não queria que o doge voltasse a Veneza com muitas fichas para barganhar em suas mãos.

Dandolo sempre esteve certo de que os gregos não tinham nenhuma intenção de manter qualquer trégua, mas que se apressariam para mandar sua frota até Quios para expulsar os venezianos em direção ao oeste com seus rabos entre as pernas. Sua marinha era forte. Por outro lado, seu exército tinha poucos recursos financeiros e humanos. Os gregos se sentiam tão fortes que achavam que podiam negligenciar sua defesa. Mais alguns poucos anos disso, ele refletiu, e Constantinopla seria uma maçã madura para ser colhida.

Dandolo nunca teve a intenção de se juntar à força veneziana em Quios e combinou com Vitale que ele devia tomar seu próprio caminho de volta a Veneza, assim que tivesse finalizado suas operações na Grande Cidade. O plano era que Vitale seguisse com a força expedicionária no fim do verão, se a trégua desse sinais de estar mantida.

Mas então chegaram notícias a Dandolo que o preocuparam muito.

— De alguma forma — informou Leporo a ele certa manhã —, o imperador Manuel ficou sabendo do fato de termos trazido alguma espécie de amuleto mágico.

Dandolo apertou a manga onde ele carregava o pergaminho com ele a todo momento. Aquilo os gregos nunca teriam. Embora ainda não soubesse como domar seus poderes, ele o sentia, instintivamente e sem qualquer dúvida. Aquilo era dele, mas o velho homem o possuía tanto quanto era possuído por ele. Dandolo morreria antes de se separar daquilo. Era quase, ele sentia, como se aquilo o tivesse escolhido.

Ele se sacudiu. *Superstição*, ele refletia, *era algo ardiloso, desconcertante e poderoso. Se existia qualquer mágica naquela tabuleta, certamente ela estava na habilidade de um homem em interpretar e agir de acordo com as informações na sua misteriosa escrita.*

A tabuleta era valiosa, disso ele não tinha nenhuma dúvida, ainda mais depois que os Templários tinham tentado roubá-la dele de forma tão violenta, tão desesperada. Ele a pressionou contra a lateral de seu corpo com o braço, sentindo um frio anormal mesmo através do pesado brocado de sua túnica.

O frio o queimou.

Mas uma dúvida irritante passava por sua cabeça. Afinal de contas, nenhum homem sensato negaria a força do sobrenatural, e o homem racional diria que o sobrenatural era simplesmente aquilo que não tinha sido descoberto. Quem quer que tivesse feito o "pergaminho" — e ele não acreditava naquela baboseira do Diabo — tinha sido, com certeza, um ser racional, ciente daquilo que estava fazendo.

Naquele momento a porta se abriu para a entrada do jovem soldado Varegue, Frid, a quem Dandolo tinha sido apresentado na festa de Contarini.

— O que você acha, Frid? Acha que devemos adiantar nossa data de partida?

Leporo olhou fixamente para o jovem Varegue. Ele o odiara à primeira vista e agora ainda mais por causa da forma repentina com que Dandolo lhe oferecera sua confiança.

Tinham sido duas semanas terríveis para Frid, envolvendo uma enorme mudança em sua vida e uma intensa confusão dentro de si mesmo, uma confusão que ele ainda não tinha solucionado.

24

Logo após o jantar de Contarini, Frid fora intimado a comparecer ao quartel de seu chefe, o líder da Guarda Varegue, o *akolouthos*, John Nomikopoulos em pessoa. Não um viking, mas um grego. Nomikopoulos, no entanto, tinha que se curvar aos costumes e preconceitos de suas tropas. O líder disse a Frid que ele estava na fila para uma promoção, uma honra maior, mas que, para poder se qualificar, teria que abandonar todos os laços com sua amante genovesa, Margareta.

Frid tinha 26 anos. Uma esposa para ele fora selecionada entre as norueguesas da comunidade Varegue e era esperado que o viking fizesse a coisa certa. Mas Frid, deparando-se com uma escolha, descobriu quase que para sua surpresa que ele queria Margareta mais do que qualquer outra coisa. Ele passou dias e noites ajoelhado em seu alojamento que se parecia com uma cela, rezando por orientação, mas nenhuma veio. Seu coração e sua mente, no entanto, permaneciam inalterados.

Talvez aquele não tivesse sido o caso se não fosse por um novo fator em sua vida, que havia sido sujeitado a desconcertantes pensamentos nos últimos 14 dias. Seguindo sua intimação à sala do *akolouthos*, Frid aceitara outro convite — para ir em segredo ao lar de um comerciante de armas dinamarquês em um quarteirão distante da cidade, perto do Palácio de Blaquerna no setor noroeste.

Lá, o enviado especial veneziano o estava esperando.

Logo ficou claro para Frid que Dandolo sabia tudo sobre sua situação e estava em uma posição de lhe oferecer uma forma de sair dela. Se ele abandonasse os Varegues — uma coisa inédita, mas não proibida —, Dandolo lhe ofereceria o posto de capitão de sua própria guarda e, neste caso, o enviado especial não tinha nenhuma objeção a ele levar Margareta a Veneza consigo. O assunto já havia sido resolvido com a família da moça e, se assim ele escolhesse, Frid poderia se casar em pouco pelo próprio assistente pessoal do enviado especial, um sacerdote ordenado e um monge cisterciense.

— É claro que você não tem nenhuma obrigação — tinha dito o veneziano —, mas deve tomar sua decisão sem demora, pois logo estaremos deixando a Grande Cidade e você e Margareta só terão essa única oportunidade para se juntar a nós.

Lealdade era preponderante na constituição mental de Frid. Ele fora treinado para isso e instruído para nunca abrir mão dela ou mudar sem motivos fortes. Ela foi semeada em seus ossos a partir da infância. E sua lealdade, desde que ele se juntara à guarda nove anos atrás, como um rapaz de 17 anos inexperiente de Gotland, tinha sido a favor do imperador Manuel.

Mas ele conhecia Margareta agora há um ano, um longo tempo para mantê-la esperando e, ao longo daquele ano, seus sentimentos haviam crescido. O que ele não teria feito por ela? Essa parecia ser uma oportunidade verdadeiramente oferecida por Deus para mudar, mesmo que apenas uma vez na vida, o lugar em que ele colocava sua fidelidade e sua confiança.

E ele levaria Margareta de volta à sua terra natal. Bem, à Itália, pelo menos. Em relação à atrocidade contra os genoveses em Constantinopla, Frid sabia quem tinham sido os verdadeiros culpados. Seu dever o tinha obrigado a ser um membro do destacamento dos Varegues enviado para matar os genoveses, pois assim a culpa poderia ser jogada sobre a comunidade veneziana.

Frid nunca contaria a uma vivalma sobre a traição. Mas ele devia a Margareta algo em troca daquilo. Pisa fora um aliado próximo de Gênova.

Em cinco dias ele havia tomado sua decisão e agido de acordo com ela. Dois dias depois, respondia a um novo uniforme e a um novo amo, além de ser um homem casado. Ele sabia que teria problemas para impor sua vontade sobre a dos italianos da guarda pessoal de Dandolo, mas não tinha nenhuma dúvida de sua autoridade. Não estava tão certo de como lidaria com o monge Leporo, que celebrara a cerimônia de casamento com o mínimo de boa vontade e que, ele percebia, ressentia-se de ter que dividir a confiança de Dandolo consigo. Mas aquilo, ele tinha certeza, seria resolvido pelo tempo.

25

— Então...? — perguntou Dandolo novamente. — O que você acha?

Frid não estava acostumado a ter sua opinião requisitada. Era o suficiente se acostumar a falar italiano e não norueguês. Mas ele sabia o que estava em sua cabeça:

— Devemos ir — disse.

As mudanças de suas circunstâncias o deixavam ansioso para terminar o trabalho, para ir embora da cidade em que ele passara os últimos nove anos de sua vida. Dandolo olhou para Leporo do outro lado da sala.

— Sua opinião foi reforçada — disse, de forma seca. — Cuide dos preparativos.

— O senhor não confiou na *minha* opinião — contestou Leporo.

— Cuide dos preparativos — repetiu Dandolo.

Leporo estava a ponto de sair quando ouviu batidas furiosas na porta.

— Abra a porta — ordenou Dandolo.

Um dos venezianos da equipe do velho doge entrou. O homem estava ofegante, desfigurado.

— O que houve, Francesco? — perguntou Dandolo.

— Estou vindo do porto — respondeu o mensageiro, equilibrando-se contra uma mesa e lutando para respirar normalmente. — A notícia é ruim. Um navio grego acabou de voltar de Quios...

— Sim?

— Nossa marinha foi massacrada. O ataque veio na alvorada, quando ninguém estava preparado. Perdemos doze navios, afundados ou com danos irreparáveis. Eles incendiaram o navio-almirante com todos os marinheiros. Não mostraram nenhuma piedade. Mais onze navios foram capturados.

Dandolo empalideceu. Ele esperava que os venezianos tivessem sido mais difíceis de derrotar, pegos de surpresa ou não. Cada navio representava uma perda de capital de talvez 1.500 florins.

— O que aconteceu?

— Estão dizendo que o mesmo vento que estava atrás das velas dos gregos deu a volta depois do ataque e assustou e dispersou nossos navios. Eles não conseguiram se reagrupar e contra-atacar. Os gregos abaixaram as velas, usaram seus remos para se moverem e abateram a todos os nossos que conseguiram alcançar, um por um.

— Mas o que estávamos fazendo? Por que não estávamos preparados? O que os *nossos* remadores estavam fazendo? — perguntou Dandolo enquanto uma enorme gritaria de triunfo vinha da direção do porto.

— A maior parte dos nossos navios tinha apenas a tripulação mínima a bordo. Todos os outros estavam em terra. Não houve tempo para reuni-los. Vitale tinha confiado na trégua e além disso...

— Além de *quê*?

— A peste — falou o homem, ofegante. — A peste tinha se espalhado. Eles montaram um *lazaretto* e colocaram os doentes em quarentena, mas não foram capazes de impedir a propagação. Metade de nosso contingente estava morta, ou morrendo, quando os gregos atacaram.

Os sons da vitória tinham ficado mais altos; era como se o triunfo dos gregos estivesse agora batendo à sua porta. Um de seus navios devia ter ancorado e sua tripulação estava espalhando as notícias.

Dandolo pensou rápido.

— Reúna nossos homens — ordenou a Frid. — Mande que todos guardem todas as suas coisas e que estejam prontos para partir à noite. Avise que é uma ordem minha. Cheque as marés. Vá com ele, Francesco. Sairemos o mais tardar na inundação da alvorada.

— Eles nos deterão se quiserem — advertiu Leporo.

— Deixe que tentem — retrucou Dandolo.

Ele estava pensando, *a única utilidade que temos para eles agora é como emissários que levarão as más notícias para casa.* Mas ele não ia correr riscos. A segurança da tabuleta tinha prioridade em relação a qualquer outra coisa em sua mente.

Dandolo progrediu até o cais de Gálata onde seus três navios estavam atracados, mas foi interrompido por um contingente da Guarda Imperial grega.

— Enrico Dandolo, enviado italiano? — perguntou o capitão.

— O que você quer? Como você ousa abordar um diplomata veneziano?

— O senhor está preso.

Dandolo foi levado imediatamente para o Palácio de Bucoleão, mas em vez de ser conduzido através de seus portões, ele foi carregado rudemente por um beco ao longo de uma lateral e empurrado por uma entrada secundária. Tudo aconteceu em silêncio.

Aqui, não havia nada de mármore branco, nada de ouro, nada de prata, nada de refinamento. Paredes de pedra escura o cercavam. Ele foi empurrado por um corredor e por uma longa escadaria, entalhada na pedra até as profundezas da terra.

A escadaria terminava em um saguão iluminado por tochas que bruxuleavam em seus candeeiros. O fedor era sufocante. Cinco portas de madeira, pretas de fuligem e graxa, espalhavam-se nesse espaço. Os carcereiros que tinham se encarregado dele o despiram de forma grosseira, mas, mesmo em seu pânico, Dandolo notou que um deles, o encarregado das roupas, as dobrou cuidadosamente e as colocou sobre a mesa que era a única peça de mobília do saguão. Então eles destrancaram uma das portas e o arremessaram para dentro da masmorra.

Ele estava sozinho na penumbra. O lugar não tinha janelas e apenas uma luz cinzenta vinha da fresta entre a porta e a parede. A cela era limpa e livre de vermes, e a palha do colchão também estava limpa e seca. Além do colchão de palha e a cama de madeira rústica em que ele estava disposto, havia uma cadeira, uma mesa e uma metade de barril em que ele poderia urinar e defecar. Dandolo sabia o que eles estavam armando.

Dandolo contou três dias. Ninguém falou com ele e não lhe trouxeram nenhuma comida. Água era entregue uma vez por dia, em um copo de madeira que ele era obrigado a devolver vazio independente de quando a portinhola se abria, sempre em horários irregulares do dia ou da noite. A portinhola permanecia aberta apenas por alguns segundos e se ele perdesse essa oportunidade, ficaria sem nada para beber até o dia seguinte. Sim, ele sabia o que eles estavam armando, mas se recusava a ceder.

Dandolo passava horas escutando, mas não ouvia nenhum barulho a não ser a abertura violenta da portinhola — nenhuma voz distante, nada do vento, nenhum passo, nada. Ele tentou rezar, mas na maior parte do tempo ele pensava — será que ele sairia dali? O que eles fariam? Por que ele estava naquele lugar? Será que eles estavam atrás da tabuleta, o pergaminho sagrado de Ademar? Será que sua duplicidade tinha sido descoberta? Sua rede de espiões? Será que ele fora traído por um deles, ou foi Contarini que tinha dado a ordem?

O pergaminho estava sempre em sua mente. Ele o assombrava, atormentava-o como uma comichão que não podia ser coçado. A ausência do gélido frio familiar da tabuleta contra sua pele o atormentava como a lembrança de um amor perdido. Ele tinha sido enfiado fundo em uma dobra da manga de seu robe interno quando o prenderam.

A chave e a caixa estavam em sua bagagem com Leporo, mas o monge não era capaz de abrir a caixa.

Será que o pergaminho tinha caído nas mãos de outra pessoa? Esse era o pensamento que dilacerava seu espírito.

Ele podia suportar seu estado físico. Embora estivesse com fome, com frio e nu, ele foi poupado de outros abusos. Dandolo podia apenas pensar que algum tipo de respeito por seu status diplomático limitava seus carcereiros.

No quarto dia, a porta foi destrancada. Dois homens entraram, trazendo uma lamparina consigo e a luz com que Dandolo não estava mais acostumado machucou seus olhos. Ele se levantou de sua cadeira enquanto a porta se fechava atrás deles.

Os homens tinham pouco mais de 30 anos, pareciam durões, barbados, com olhos frios, e inteligentes. Rostos dos quais não se podia esperar nada — nem misericórdia, nem humor. Os rostos de pessoas a quem era impossível apelar.

Eles gesticularam para que ele se sentasse, imóvel, sem falar. Dandolo fez aquilo, ciente de como seus membros estavam fracos.

Mal ele tinha se acomodado e um dos homens se moveu depressa, inesperadamente, chutando com violência a cadeira debaixo do velho doge. Ele caiu, esparramando-se no chão, ralando seus cotovelos e joelhos, torcendo seu pé com força. Uma dor lancinante lhe disse que um de seus dedos do pé tinha sido fraturado ao ficar preso na beira de um piso solto.

Ele achou que os dois o chutariam então, urinariam sobre ele, bateriam sua cabeça contra as pedras, mas eles mantiveram distância. Apenas quando ele tentou se levantar que o primeiro homem o empurrou de volta em direção ao chão com a biqueira de sua bota.

— Seu cão veneziano — disse o outro, mas sua voz era amena, sem malícia, como se ele estivesse declarando um simples fato comprovado.

Dandolo começou a se levantar novamente e, dessa vez, eles permitiram. O primeiro homem recuperou a cadeira e a segurou para que ele se sentasse mais uma vez. Dandolo hesitou.

— Sente-se, seu espião italiano imundo — rugiu o homem, repentinamente, sua voz rasgando os ouvidos de Dandolo.

Ele o pegou pelo cabelo e o arremessou sobre a cadeira com tanta força que ela balançou e suas pernas se alargaram para fora.

Irritado, Dandolo começou a falar:

— O que vocês querem de mim? Vocês sabem o que vai acontecer quando Veneza...?

— Veneza não fará nada! — interrompeu o homem mais agressivo.

— Conte-nos o que você descobriu — disse o homem calado, empoleirado na beira da mesa, tirando uma das luvas e mexendo com ela com sua outra mão.

Dandolo falou:

— Não sei do que vocês estão falando.

Sua primeira e devastadora sensação foi uma de alívio. *Eles não estão atrás da tabuleta. Eles não sabem.*

26

Mas então seu pesadelo se concretizou. O homem com as luvas enfiou a mão em uma bolsa em seu cinto e tirou a tabuleta.

Ele a colocou cuidadosamente sobre a mesa.

— O que é isso?

Dandolo hesitou antes de responder.

— Um talismã. Uma herança de família. Eu o carrego comigo para todos os lugares.

— Um amuleto? — perguntou o homem, mas ele não estava rindo.

— Se você preferir. Ele não tem nenhum valor.

Dandolo lutou para manter sua voz calma.

O outro homem sacou uma adaga de seu cinto e, segurando-a pela bainha, sentiu seu peso em sua mão. Seu pomo era no formato de uma cabeça de leão, em ferro.

— Então você não vai se importar se eu esmagá-lo — disse ele.

Dandolo controlou sua respiração. Eles notariam o mais leve sinal de tensão.

— Ele tem valor para mim — retrucou ele.

— Conte-nos o que você descobriu, se isso tem valor para você — sussurrou o primeiro homem. — Não queremos isso. Nós lhe devolveremos.

— Está escrito em código, não está? Você estava planejando levá-lo de volta a Veneza com você, ou você ia enviá-lo? — perguntou o primeiro homem, continuando o interrogatório.

— Se você estava pensando nisso, você está sem sorte — disse o homem com a adaga. — Seus navios estão confiscados e seus homens estão confinados a seus aposentos a bordo.

— Quem? — perguntou Dandolo, rapidamente, um lampejo de esperança dentro dele.

— Seus homens! O Varegue que você recrutou, seus guarda-costas e seus marinheiros. Todos menos um monge que fugiu. Voltou correndo ao seu monastério. É o que eles sempre fazem ao primeiro sinal de confusão.

Dandolo suspirou aliviado. Eles não tinham capturado Leporo.

O outro homem colocou sua luva sobre a mesa e se levantou novamente. Ele se inclinou e aproximou seu rosto ao de Dandolo, enquanto o outro o empurrava contra a cadeira.

— Conte-nos o que você sabe ou vamos torcer suas bolas com arame. — A voz permanecia suave. Ao ouvi-lo, era possível pensar que ele estava seduzindo uma mulher. — E isso será apenas o começo.

— Vocês podem me matar — respondeu Dandolo, sem demonstrar emoção. — Mas Veneza nunca se esqueceria de tal insulto. Minha cidade vai se erguer e vai arrancar o coração de seus corpos.

— Ah — disse o homem. — Não é nosso costume executar criminosos como você.

Alívio o inundou. *Não é nosso costume executar...* Então, ele podia enfrentar um ano ou dois na prisão, na pior das hipóteses, enquanto esperava para ser trocado. Ele era suficientemente importante!

O primeiro homem ajustou a postura.

— Isso é perda de tempo — disse ele, decidido. — Vamos conseguir uma confissão e vamos fazer com que seja assinada em seu lugar. E vamos mandá-la de volta com você, pendurada em seu pescoço. Sabemos que você vinha nos espionando. Sua rede aqui foi desmantelada.

Alguém o traíra, então. Em quem ele tinha sido suficientemente tolo para confiar? Quem ele subestimara? Ele havia respondido suas perguntas em segundos. Tirando seus próprios homens, existia apenas um homem na Grande Cidade que poderia ter descoberto sobre sua missão secreta.

Contarini. Um compatriota, mas não um veneziano; um homem que tinha vivido longe de seu lar por tanto tempo que agora já era mais grego do que italiano.

Dandolo amaldiçoou a si mesmo por confiar no homem. Será que ele não tinha aprendido até agora que nunca se pode saber o que está no coração até mesmo de seu melhor amigo? De agora em diante ele confiaria apenas em uma coisa.

Mas ainda existia espaço para manobra.

— Vocês vão me mandar de volta?

O homem abriu os braços.

— Claro. — Ele fez uma pausa. — Mas também o colocaremos em uma masmorra da qual você nunca escapará.

Então Dandolo compreendeu. Ele se lembrou de qual era a punição-padrão para traição no império grego. Lágrimas de pânico e fúria encheram seus olhos.

27

Vieram buscá-lo no meio da manhã do dia seguinte. Eles o tinham banhado e vestido e, assim que foi capaz, ele colocou a tabuleta de volta em seu esconderijo. Eles lhe ofereceram carne, frutas e vinho, mas ele não tocou em nada além da água — e apenas um pouco de água. Ele não dormira, querendo manter seus olhos abertos tanto quanto pudesse.

— Lave-o e vista suas roupas. — Ele tinha ouvido a voz calma do homem com as luvas dizer. — E prepare-o. — Dandolo sentiu o cheiro do perfume almiscarado do homem quando ele se inclinou em sua direção e sussurrou. — Vamos deixar que você fique com seu talismã. Você vai precisar dele.

A tabuleta de argila áspera foi colocada delicadamente em sua mão direita. Ele fechou seus dedos firmemente em volta dela. Nada importa mais, ele dizia a si mesmo, do que ele tê-la de volta. Se ela estivesse com ele, nada que eles pudessem fazer, inclusive matá-lo, podia detê-lo.

Ele absorveu tudo que podia ver, por mais que não tivesse nenhuma importância, desde o copo simples que comportava sua bebida até os padrões de luz criados sobre a cantaria das paredes.

Mas então eles colocaram um capuz preto em sua cabeça. Ele foi conduzido desde a cela, amarrado, depois colocado sentado em algum tipo de carroça, e então seguiu por ruas repletas de multidões a zombar dele.

Lá percorreram um longo caminho. Quando pararam e ele foi tirado do veículo, pôde ouviu o bater das ondas e sentiu o sol em suas mãos. Era um dia quente e ele suava debaixo de seus robes, embora se sentisse calmo, quase morto, por dentro.

Dandolo foi obrigado a subir alguns degraus de pedra. No topo deles um soldado removeu o capuz e ele olhou ao seu redor. A princípio a luz ofuscou sua visão. O sol estava quase em seu ápice e ardia como uma bola branca em um céu muito azul. Nenhuma nuvem o enfeitava.

Dandolo ficou de pé sobre uma plataforma larga, que devia ter sido posicionada bem no alto de uma das torres fortificadas do sul que pontilhavam as muralhas que corriam ao longo da costa entre a cidade e o mar de Mármara. A plataforma era feita de mármore branco, as pedras encaixadas tão perfeitamente que pareciam formar uma superfície sem divisão. Na outra ponta estava um comprido púlpito elevado, sobre o qual alguns gregos vestindo robes oficiais estavam sentados. Dandolo semicerrou os olhos para ver quem eles eram. No centro estava o grão-vizir; o imperador não estava presente. Ao lado do vizir, Dandolo distinguiu a figura de Tonso Contarini. Por um momento seus olhos se cruzaram. Contarini abaixou os dele.

As duas laterais da praça estavam lotadas de espectadores, pois esse era um espetáculo público. Dandolo estudou os rostos ali e seu coração deu um salto de esperança quando, entre eles, pôde ver Leporo. O monge tinha trocado seu hábito preto por uma modesta túnica grega. Leporo e ele compartilharam um breve olhar. O monge discretamente fez o sinal da cruz no ar.

No centro da plataforma ficava uma mesa, grande o suficiente para abrigar o corpo de um homem deitado. Dandolo viu que ela tinha tiras de couro para prender os tornozelos, as coxas, os braços, os pulsos, o torso e o pescoço. Uma espécie de travesseiro de couro, estreito, com laterais elevadas, estava pronta para receber a cabeça e segurá-la com firmeza. Sobre ele estava uma espécie de aparato — um tripé com um braço ajustável em seu topo, que por sua vez era equipado com um buraco em que algo deveria ser encaixado.

Dandolo se apoiou quando sentiu suas pernas falharem. Dois soldados o sustentavam enquanto o levavam até a mesa, onde outro homem esperava por ele, acompanhado de dois assistentes. Os três estavam vestidos com calças *tschalvar* pretas, mas seus troncos estavam nus. Cada um deles usava um gorro e uma máscara pretos.

Aquilo parecia estar acontecendo a outra pessoa. O espírito de Dandolo pairava sobe seu corpo enquanto ele era entregue aos assistentes. Eles eram homens robustos. Um deles o segurava sobre a mesa enquanto o outro apertava as tiras de couro ao seu redor. Dandolo permitiu que eles fizessem aquilo sem reagir e, quando tinham terminado, ele descobriu que não podia se mover. O suor corria por seu corpo debaixo de seus robes.

Eles posicionaram varetas de madeira em suas pálpebras para manter seus olhos abertos. Suas mãos agarravam o ar.

Agora os assistentes se afastaram e o terceiro homem se inclinou sobre ele. Olhos de lince, olhos de aço, que fitavam diretamente os dele. O homem desapareceu do campo de visão de Dandolo, então reapareceu segurando uma lupa em uma armação de bronze, que ele encaixou no buraco no braço sobre o tripé.

Era uma lente convergente. Dandolo observou enquanto o homem a ajustava para que ela se alinhasse ao sol. Suas pálpebras se esforçaram para se fechar apesar das varetas que as mantinham abertas. Seu corpo se contorcia contra os grilhões.

Um raio concentrado de luz do sol atravessou a lente e brevemente chamuscou seu rosto enquanto o homem movia o instrumento para que o raio ficasse na direção de seus olhos. O homem cobriu a lente com um pano preto até que ele a tivesse posicionado corretamente.

O olho direito primeiro.

Dandolo se encolheu enquanto observava a mão firme do homem guiar o instrumento. A dor era como nenhuma dor no mundo tinha sido antes. O sol reluzente atingia seu olho enquanto o executor imperial o guiava. Dandolo podia sentir o olho borbulhar e irromper, e a agonia era como uma lança de ferro fervente enfiada com força em sua cabeça. Sua testa derramava suor e ele podia sentir outro líquido, esse mais viscoso, escorrendo por sua bochecha na direção de sua boca. Ele não sabia se estava gritando ou não.

O feixe de luz se moveu lentamente sobre o dorso do seu nariz na direção do olho esquerdo. As pálpebras lutaram contra as varetas que as mantinham abertas, os músculos que as controlavam instintivamente tentando proteger o olho.

E agora, um milagre! Seu olho sobrevivente viu o executor olhar à sua volta por um momento. Ninguém mais estava perto. E o homem levantou o braço e moveu levemente a lente para que o feixe concentrado se dispersasse. Quando ele voltou ao seu trabalho, o feixe que passou por sua pupila entrando na sua retina o feriu de verdade, mas ele *não cauterizou o olho.*

Agora ele ouviu seus próprios gritos. Agora ele sentiu seu corpo arquear e se esticar em vão contra as amarras de couro. E seu olho esquerdo viu, depois de um longo minuto, enormes formas amébicas em roxo, azul e dourado flutuarem contra ele, que se debatia enquanto elas se amontoavam em um espaço estreito.

O executor se afastou, parecendo ocupado, e desatarraxou a lupa de seu encaixe. Os assistentes se aproximaram e soltaram as tiras de couro antes de passarem sem muita preocupação uma atadura em volta dos olhos arruinados, e então colocaram de pé o veneziano que estava chorando, babando e vomitando na parte frontal de sua roupa.

Dandolo fechou os olhos, apertando com força até que estrelas multicoloridas apareceram no interior de suas pálpebras, enquanto era empurrado para a frente, descendo os degraus, e colocado na carroça novamente. Ele não precisava de capuz agora. Sem ver nada, foi levado pela cidade na direção norte, passando pelo Chifre de Gálata, e deixado no cais onde seus barcos estavam atracados. Ele ouviu tropas ficarem em estado de alerta e o chacoalhar e retinir de suas armas enquanto isso acontecia.

Então uma voz. Uma voz deglutida e formal na escuridão de seu mundo. A primeira voz que ele escutaria que pertencia a um rosto que não imaginava ver novamente.

— Você foi acompanhado até seus navios e partirá na primeira maré para Veneza. Razões para nossa sentença e o modo de execução serão despachados com você. Que essa seja uma advertência para que sua cidade nunca mais nos espione.

Dandolo foi deixado sozinho. Ele escutou pessoas recuando e, depois disso, silêncio a não ser pelas ondas batendo nas pedras e os gritos das gaivotas. Tudo em sua cabeça latejava. Ele não conseguia se obrigar a abrir os olhos. Não podia se mover. Nem ousava fazer aquilo. Sentiu seu corpo balançar. Mas, depois de uma eternidade, percebeu um braço sobre o dele, o guiando, e o aroma familiar de um homem que ele conhecia. E uma voz que também lhe trazia lembranças.

— Apoie-se em mim — disse Leporo. — A rampa de embarque está próxima. Temos um farmacêutico. Assim que estivermos no navio, cuidaremos de seus olhos. — Leporo posicionou sua cabeça perto da de Dandolo. Este pôde sentir os lábios do monge tocarem sua orelha quando ele sussurrou: — Eu subornei o carrasco. Vamos lavar seu olho esquerdo e ungi-lo. Não consegui convencê-lo de poupar os dois. O trabalho tinha que ser visto para ser feito adequadamente. Mas, com a graça de Deus, o senhor poderá ser capaz de ver novamente. Não perfeitamente, mas parcialmente. Com a graça de Deus. Em seu tempo.

Ah, pensou Dandolo. *Tempo*...

Então um pensamento urgente o atingiu e sua mão direita investigou dentro de sua manga. Ele suspirou, apesar de sua dor, indulgentemente.

Ele ainda estava lá.

28

Istambul, no presente

Eles estavam olhando para a última fotografia no lote que Marlow tinha pedido que Lopez extraísse. Essa não fora tirada no local onde ficava a tumba, mas no laboratório que Adkins vinha usando na Universidade de Istambul.

Era uma foto de uma chave. Uma chave não muito grande, embora fosse muito antiga.

Tinha 7 centímetros de comprimento, com uma cabeça em forma de diamante e dentes complexos; e em seu eixo uma inscrição estava gravada. A chave, que parecia ser feita de ferro — o metal corroído pela idade, mas sem estar enferrujado — tinha sido fotografada pelos dois lados, colocada sobre uma superfície branca fosca. A inscrição começava de um lado e terminava do outro lado do eixo.

Mas a qualidade da fotografia era ruim e a escrita quase não era legível.

— Esse parece ter sido o único artefato removido da tumba — disse Haki.

— Onde ela está agora? — perguntou Marlow.

— Não sabemos — respondeu o detetive. — Deve ter sido levada com o resto do material que desapareceu junto de nossos amigos.

— Você consegue entender alguma coisa da inscrição? — perguntou Graves.

— Major Haki, você tem uma lupa? — falou Marlow.

Depois de inspecionar sua mesa, Haki apareceu com uma pequena lupa de plástico.

— É isso o que tenho — disse ele, desculpando-se.

— Obrigado.

Marlow estudou atentamente as fotografias por um longo tempo. Finalmente ele ajeitou a postura.

— Não são palavras, são numerais — anunciou. — E, se estou certo, está em aramaico. — Ele entregou a foto a Graves. — Eles inventaram um código numérico e esse pode ser um exemplo disso, mas precisamos de uma foto melhor.

— Há algo que eu não entendo — disse Graves. — Essa chave, pela sua aparência, por seu design, deve datar do...

A voz dela foi sumindo com perplexidade.

— Sim? — incitou Marlow.

— Começo da Idade Média. Século XI, talvez um pouco mais tarde. — Ela ficou com uma expressão pensativa, então continuou. — O aramaico se extinguiu como língua viva e foi substituído pelo árabe no século VII, trezentos anos antes de essa chave ser feita.

— A mensagem que traz a inscrição pode explicar isso.

— Assim que chegarmos a Nova York.

Eles foram interrompidos por uma batida na porta.

— Ah — disse o major-detetive Haki. — Finalmente!

Um dos funcionários de terno escuro entrou rapidamente. Ele estava carregando uma caixa de plástico. Haki a pegou e a colocou sobre a mesa.

— Isso era o que eu queria lhes mostrar — disse ele. — O único artefato, se é que podemos chamar assim, que nossos homens recuperaram da própria tumba depois que Adkins e seus amigos foram raptados. Mas tivemos que verificá-lo antes de passá-lo a vocês.

Haki abriu a caixa e tirou algo macio, embrulhado em papel de seda. Esse ele removeu delicadamente para revelar, ainda embrulhado em papel celofane transparente selado, um par de luvas brancas de algodão.

— Nós as achamos sob o plinto onde repousa o caixão de Dandolo. Vejam.

Sem remover o celofane, ele as girou.

— Eu precisava saber se elas tinham sido deixadas por seus cientistas — continuou Haki. — Mas elas pareciam muito velhas. Estou impressionado que o Dr. Adkins e seus amigos, ou qualquer outra pessoa, não tenham descoberto as luvas. Mas tivemos mais tempo e estávamos procurando não por artefatos antigos, que estavam todos expostos claramente na tumba, mas por pistas modernas, então cavamos um pouco mais fundo.

— Ontem você disse que Adkins e os outros foram os primeiros a descobrir a tumba — interrompeu Marlow.

— Eu disse que era isso o que *parecia*. — Haki abriu os braços. — Não sou arqueólogo. Achei melhor pedir a nossos especialistas para datá-las. Agora, espero, podemos ver o resultado do trabalho deles.

Ele tirou um envelope pardo de uma caixa e o abriu, encontrando uma única folha de papel A4. O detetive a leu rapidamente.

— Parece que alguém realmente chegou aqui antes de seus amigos — anunciou ele. — Cerca de cem anos antes.

29

Mais tarde naquele mesmo dia, tendo se despedido do major-detetive Haki e de volta ao seu hotel — um hotel novo, mais perto do aeroporto internacional de Atatürk —, Marlow e Graves repassaram as informações. Enquanto ponderava, Marlow se viu olhando para a mão de Graves sobre a mesa diante dele. Ela estava usando seu pesado anel de esmeralda, mas seu olho foi atraído pela pequena e desbotada tatuagem de coração em seu dedo mindinho. Parecia que alguém tinha tentado apagá-la e certamente ela não deveria ter um identificador tão fácil em seu corpo. Ele ficou imaginando qual era a história por trás daquilo. Bem, aquela era a história dela, e corações partidos não eram tão incomuns.

— Agora vamos à parte complicada — disse Graves, incapaz de ler os pensamentos registrados no rosto de Marlow.

— Haki é muito encantador, mas ele não tem a menor ideia do que aconteceu. Talvez ele não esteja tão preocupado. A Segurança Turca não foi violada.

— Verdade, mas não é como se estivéssemos indo embora de mãos vazias.

— Chegamos aqui com uma cesta cheia de perguntas e não estamos mais perto de descobrir o que aconteceu a Adkins e sua equipe. Mas não há mais nada para nós aqui. Talvez de volta à base sejamos capazes de descobrir mais coisas sobre o *porquê* de eles terem desaparecido.

— Avisaram as famílias de Adkins e Taylor. Mas elas foram impedidas de falar.

— Quando é o nosso voo?

— Seis e meia da manhã.

Marlow olhou para seu relógio.

— Mande as novas informações para Leon. Talvez ele tenha algumas ideias a respeito do código na chave.

— Esse é o meu departamento e já estou trabalhando nisso — disse Graves, irritada.

Marlow e Lopez se conheciam havia alguns anos, mas ela não se deixaria ser tratada como uma estagiária.

— As luvas também.

— Aquelas malditas luvas! Só me trazem dor de cabeça — reclamou Graves.

Marlow se sacudiu. Ele estava cansado e sabia que sua companheira também estava. Eles não tinham comido nada desde o café no início daquela manhã. E, quando se encontrava nessa situação, tinha que lutar com mais afinco para afastar os pensamentos negros que o acometiam, que nunca o deixavam. — A chave, a mão quebrada... tudo aponta para a razão para o desaparecimento de Adkins.

— Haki vai nos manter informados de qualquer coisa nova.

— Você confia nele? — perguntou Marlow.

Graves ficou desconcertada.

— Que escolha temos? Suas credenciais batem.

— Ele excluiu islamitas — disse Marlow, pensativo.

— Aonde você quer chegar?

— Não há nada em absolutamente nenhum registro sobre o que poderia ter sido enterrado com Dandolo. Ele foi uma figura importante na história veneziana. Trouxe enorme prosperidade e estabilidade financeira à cidade-estado. Novas rotas de comércio, domínio sobre o Egito e Creta, e isso em uma época em que os turcos seljúcidas tinham expulsado os cristãos da Terra Santa.

— Tudo muito interessante, mas isso não tem nada a ver com nossa missão...

Graves parou repentinamente. Ela estava ficando muito cansada para raciocinar, Marlow percebeu, e isso era algo perigoso.

— Vamos comer — sugeriu ele.

O hotel era moderno e funcional. Seu restaurante era cavernoso, sombrio, elegantemente inóspito e mal-iluminado. Ele não era mais atraente do que a elegante comida turca que servia. E a ideia de comer ali, com mais algumas horas de trabalho em seguida em outro de seus quartos severamente mobiliados, deprimiu os dois.

— Vamos encontrar um restaurante de verdade — decidiu Marlow. — Esse lugar é como um necrotério.

Graves, novata em trabalho de campo e ansiosa com relação à segurança, concordou emocionalmente com a ideia, mas sua cabeça questionou o risco, e ela o expôs, acrescentando:

— Não há uma boa chance de não termos conseguido despistar quem quer que esteja tão interessado em nós?

— Há um lugar nessa mesma rua. É seguro. Dá para ver daqui.

Ele apontou. A uma pequena distância, luzes vermelhas e douradas bruxuleavam em uma fachada chamativa.

Mas ele checou sua arma. Uma Heckler & Koch USP Compact 9mm. Leve e discreta, ela era capaz de fazer um grande estrago de perto. Ele abriu sua jaqueta apenas o suficiente para deixar Graves vê-la. Ela balançou a cabeça, batendo com a mão em sua bolsa a tiracolo. *Ótimo*, ele pensou. *Não é tão novata assim, afinal de contas.* Seus computadores estavam no cofre do hotel, em compartimentos ocultos dentro de suas malas. Tudo estava seguro.

Como nas redondezas da maioria dos aeroportos, as ruas e prédios em volta do hotel compartilhavam sua desolação. O restaurante era um oásis, devendo sua existência a funcionários de companhias aéreas cansados de comida de plástico.

Já estava escuro a essa altura e as luzes dos postes da rua e da fachada do hotel eram refletidas nas superfícies polidas de carros enquanto eles seguiam do estacionamento até a rua. Alguns ônibus, caminhões e carros passavam em alta velocidade indo e vindo do centro da cidade, mas o som principal que pontuava a noite era o barulho de motores de aeronaves, pousando com um gemido ou decolando com um rugido.

Havia um cheiro metálico e empoeirado no ar.

Eles tinham cruzado metade do estacionamento quando Graves viu o primeiro vulto, pelo canto do seu olho. Se o homem não tivesse se mexido ela nem o teria visto, pois até mesmo o leve movimento de inclinação que ele fez enquanto começava a correr na direção deles foi confundido a princípio com uma ilusão causada pela luz.

Marlow percebeu sua reação imediatamente e puxou a pistola automática de seu coldre, segurando a arma firmemente enquanto ficavam um de costas para o outro; seus olhos se esforçando para distinguir o vulto novamente, Graves seguindo seu olhar.

Mas não havia nada. O homem tinha desaparecido.

— Ele estava lá. — Graves respirou. — Eu sei disso.

— Vamos. De volta ao hotel.

Eles retomaram seus passos. Não havia ninguém por perto; o porteiro do hotel tinha desaparecido dentro do saguão com a iluminação fraca. *Se houver qualquer agressor à solta*, Marlow pensava, *ele atacará agora.*

De repente houve uma rajada de movimentos atrás deles, à esquerda e à direita. Os homens deviam estar escondidos atrás de carros. Há quanto tempo eles deviam estar observando o hotel, esperando apenas por uma chance como essa? Como será que eles conseguiram montar essa emboscada?

Houve um som abafado e suave — o barulho de uma arma com silenciador — e uma bala passou zunindo perto de sua orelha direita. Graves já estava agachada, sua pistola posicionada e pronta, balançando de um lado para o outro. Marlow se virou rapidamente e disparou um tiro no homem que tinha atirado em sua direção, um vulto encapuzado vestido de preto a 15 metros de distância. Ele caiu, mas Marlow não teve tempo de se assegurar, pois o som de tumulto e o disparo abafado de uma arma atrás dele o fizeram se virar novamente. Três homens, igualmente vestidos de preto, com capuzes sobre suas cabeças, tinham capturado Graves e a estavam arrastando rapidamente na direção de um utilitário esportivo Porsche Cayenne que estava parado perto com as portas abertas e o motor em funcionamento.

Jack começou a correr na direção deles quando outra bala passou perto dele. Ele se abaixou enquanto ouvia o som suave de um terceiro tiro abafado.

30

Veneza, ano de Nosso Senhor de 1201

Eles tiveram uma jornada dura. Havia chovido durante dias e todas as estradas estavam enlameadas, retardando seus cavalos e fazendo com que suas três carroças de bagagem parassem tão frequentemente que eles estiveram próximos de abandoná-las. Passando por todo o campo, os pântanos e as sombrias casas de fazenda, eles se moviam lentamente por causa das condições climáticas enquanto toda a cor sumia das árvores e da grama. Até mesmo a lama que se grudava, que se prendia a tudo, desde as roupas encharcadas até seu cabelo, parecia cinzenta.

— Olhem ali! — gritou Godofredo de Villehardouin repentinamente.

Os outros viraram seus olhares na direção para que ele estava apontando.

Do outro lado da lúgubre planície do Vêneto eles podiam ver no horizonte um contorno desbotado da cidade. Soltaram suspiros de alívio. Mas a parte difícil — as negociações — ainda não tinha chegado.

Godofredo de Villehardouin, um dos embaixadores do grupo — que contava com seis nobres e generais franceses — fez uma pausa para refletir sobre a missão deles. Os homens, em plena garoa que caía sobre seus ossos doloridos, tinham parado para olhar Veneza, que mal podia ser reconhecida por causa da fina neblina. Em algum lugar acima deles, havia um indício de que o sol estava lutando para irromper. Eles montaram um acampamento improvisado com o intuito de esperar o retorno dos mensageiros que anteriormente tinham sido enviados para anunciar a chegada do grupo.

Aquilo tudo tinha começado havia alguns anos. Uma cruzada liderada pelos reis da Inglaterra e da França e o sacro imperador romano fracassara em sua missão de retomar Jerusalém, perdida para o exército de Saladino 14 anos antes, dos turcos. Aquilo era um problema constante para Roma, que convenientemente ignorava o fato de Jerusalém ser também a cidade mais sagrada do Islã depois de Meca; e o jovem enérgico que assumira como papa em 1198 queria reconquistar a cidade. O problema era chegar lá. O Reino de Jerusalém tinha sido reduzido a algumas cidades costeiras e elas estavam passando por sérias dificuldades para evitar o próprio fracasso.

Os líderes da nova força cruzada que estava sendo organizada em resposta ao apelo do papa Inocêncio, o conde Balduíno de Flandres e o marquês Bonifácio de Montferrat queriam atacar a partir do sul, usando um Egito rico em grãos como sua base de operações. E para isso eles precisavam de uma frota para levar seu exército até o outro lado do Mediterrâneo.

Os melhores armadores estavam em Veneza e Gênova. Mas Gênova não era a melhor aposta. Consequentemente essa foi a razão da vigente missão diplomática em Veneza.

Tudo estava demorando. As coisas não estavam bem-organizadas, acreditava Godofredo. Ele esperava que a eloquência de pelo menos um dos outros embaixadores que o acompanhavam, Conon de Béthune, ajudaria a facilitar tudo. Ele havia ouvido falar que o doge de Veneza, Enrico Dandolo, apesar de muito velho e, ao que parecia, cego, era um negociador nato.

Algumas horas depois os mensageiros retornaram com a notícia de que o doge e seu conselho os esperavam quando fosse conveniente para os Cruzados e lhes estendiam as mais calorosas boas-vindas. Alojamentos aquecidos e secos e roupas limpas também tinham sido preparados para o grupo.

Para os esfarrapados franceses, aquilo parecia quase bom demais para ser verdade.

Depois de terem tomado banho, vestido roupas limpas e se alimentado, aquecidos finalmente e descansados, seguiram-se três dias das costumeiras conversas que não levavam a lugar nenhum sob o pretexto de hospitalidade e amabilidade. Todos estavam tentando agir com cautela — mas aquilo era esperado. Havia uma diferença, no entanto, e Godofredo se perguntava se ele era o único que tinha percebido.

Ele sondou quatro de seus companheiros, mas eles estavam alheios a qualquer coisa fora do normal. Inclusive apreciaram a necessidade de tomar banho — uma formalidade a que não estavam acostumados — antes de visitar as cortesãs que foram colocadas à sua disposição.

Mas Godofredo de Villehardouin não se tranquilizou. Sua apreensão ficou pior. Algo estranho parecia ter penetrado na sua alma.

Depois de alguma hesitação, ele compartilhou seus medos finalmente com Conon, o mais indiferente e, na opinião de Villehardouin, o mais inteligente dos seis franceses.

— Senhor de Béthune, uma palavra...

— Diga, senhor marechal.

Villehardouin hesitou, sem saber exatamente como organizar suas palavras, mas ele não era mais capaz de manter suas dúvidas para si mesmo, por mais que as tivesse expressado sem muita certeza.

— Você sente que, de alguma forma, estamos começando a pensar *em total conformidade* com os venezianos?

De Béthune olhou para ele atentamente antes de responder.

— Você comeu muita comida boa e bebeu muito vinho bom, Godofredo. Todos nós fizemos isso. E é o descanso e o calor depois de nossa dura jornada. — Ele esperou um momento. — Não se preocupe. Estaremos preparados quando chegar a hora.

31

Depois de algum tempo, a delegação foi convocada à Câmara do Conselho do palácio do doge. O enorme interior abobadado impressionava os homens do norte com sua grandiosidade, mas não menos do que os postos solenes dos 46 conselheiros em suas túnicas vermelhas e douradas decoradas com pele de arminho.

No centro deles estava sentado Dandolo. Apesar de seus 91 anos, ele estava sentado de forma imponente no trono ducal, os dedos retorcidos de sua mão esquerda segurando o braço de seu assento, a direita escondida dentro de seu robe. Ele tinha a barba feita e dava para ver que ainda havia carne sobre seus ossos. Exalava uma vitalidade que não parecia natural para um homem de sua idade.

Apenas seus olhos não tinham luz alguma, embora Godofredo pudesse jurar ter visto uma cintilação rubi no olho esquerdo.

Depois que as gentilezas preliminares e apresentações ficaram para trás, Conon começou:

— Meus lordes — disse ele. — Viemos à vossa nobre cidade e corte como enviados dos principais barões e cavaleiros da França, que assumiram a Santa Cruz com a intenção de se vingar daqueles que ultrajaram Nosso Senhor Jesus Cristo ao usurparem a cidade de Jerusalém e, se for a vontade de Deus, recapturá-la para a Igreja.

Ele fez uma pausa para dar ênfase. Percebeu que estava ansioso — mais ansioso do que tinha imaginado — para trazer os poderosos e sérios homens de negócios para o seu lado.

Ele faria qualquer coisa por isso.

Conon notou, também, que todos os homens olhavam o tempo todo para o doge para avaliar sua reação. Limpando a garganta, ele continuou:

— E como os grandes lordes da França que nos mandaram sabem que em nenhum lugar do mundo existe uma nação mais preparada para auxiliá-los nessa grande empreitada, eles rogam a vocês, em nome do Nosso Senhor Deus, para compartilhar sua compaixão por Jerusalém e a ofensa causada a Deus por sua captura pelos bárbaros e graciosamente fazer o melhor possível para nos prover uma frota para esse propósito, tanto navios de guerra quanto de carga.

Houve uma longa pausa, um silêncio de expectativa durante o qual os conselheiros com suas expressões frias observaram os enviados que estavam isolados no meio da câmara.

— E como o senhor sugere que iniciemos essa louvável tarefa? — perguntou o doge finalmente.

— De qualquer forma que o senhor deseje propor — respondeu Conon imediatamente, para seu desconforto, pois parecia *não ser sua voz* que estava falando. Ele lançou um olhar sobre seus colegas, que estavam, apesar disso, sorrindo e gesticulando em aprovação. — Contanto que nossos líderes possam satisfazer suas condições e arcar com os custos — acrescentou ele, controlando-se.

Mas, enquanto continuava, ele se viu totalmente fazendo o jogo dos venezianos, perdendo a chance de fazer o seu próprio, de barganhar e explorar a responsabilidade que Veneza deveria mostrar sem hesitação para com a Igreja.

— Entendo — disse o doge. Ele olhou ao redor para seus conselheiros e trocou palavras sussurradas com aqueles que estavam mais próximos. Então, segurando o descanso de braço do trono com sua mão esquerda, sua mão direita ainda firmemente acomodada dentro de seu robe, ele se levantou. Um monge cisterciense idoso ao seu lado se apressou para ajudá-lo, mas ele se livrou do homem. Recuperando o equilíbrio, ele olhou, pelo menos Conon tinha certeza de que ele tinha *olhado*, penetrantemente para os olhos do embaixador e continuou. — Seus líderes franceses estão requisitando muito de nós. Essa é uma empreitada ambiciosa, que deve ser levada muito a sério. Debateremos o assunto e lhe daremos nossa resposta em uma semana.

Conon começou a falar, mas o doge o interrompeu com um gesto.

— Não se surpreenda com essa demora. É um assunto importante, que requer toda a nossa reflexão.

Ao dizer isso, ele se curvou rigidamente e partiu, com o monge o acompanhando de perto, na direção da porta que ficava a uma pequena distância atrás do trono. Dandolo parecia saber o caminho. Junto à porta estava um enorme homem ruivo com cicatrizes de batalhas, em cujo braço esticado o doge se apoiou. Esse homem — que não era italiano, desconfiou Conon, notando o olhar furioso que o monge disparou contra o gigante — conduziu o doge pela porta. O resto da assembleia dispersou sem cerimônia. A audiência estava encerrada.

32

Dandolo sabia que não havia necessidade de convencer seu conselho do que fazer. Seu olho bom reluziu enquanto ele dispensava Leporo e, para a irritação do monge, convocou seu guarda-costas, Frid, para uma conferência secreta. Eles ficaram enclausurados juntos por um longo tempo.

— Está na hora de colocar nosso plano em prática — disse o veneziano.

A lealdade de Frid a Dandolo não tinha vacilado nem uma vez nos trinta anos em que ele serviu ao doge. Na verdade, depois da morte de sua esposa, Margareta, por causa da doença transmitida pela água, um ano depois de sua chegada a Veneza, em 1172 — o ano da queda do doge Vitale depois de sua expedição desastrosa contra Constantinopla —, que foi seguida de perto pela morte do bebê do casal, a lealdade de Frid tinha crescido até se tornar dependência. Dandolo se tornou sua única família e, se pensava em voltar às terras do norte, era com a mesma intensidade que pensava em voar até a lua.

Mas Frid era um viking e não tinha esquecido a especialidade de seus ancestrais. Ele conhecia a arte de construir navios que cruzavam oceanos.

Ao longo dos anos, Dandolo gradualmente o deixara a par do segredo do seu grandioso plano. Juntos, eles o haviam desenvolvido.

Tinha sido necessária uma quantidade enorme de paciência, e aquilo os dois possuíam. Mais ainda desde que, depois de quase três décadas estudando e lutando com uma vontade de ferro contra a intrusiva morte, o doge tinha emergido triunfantemente de seu escritório em um dia de primavera do último ano do último século com o olho esquerdo cintilando loucamente.

Dandolo tinha finalmente desvendado o segredo escondido na tabuleta misteriosa, o grande segredo que ele sempre soube que ela carregava. Aquilo lhe deu a habilidade para exercitar a maior de todas as artes. Tudo o que ele sempre quis foi a ocasião. E agora, como se Deus a tivesse colocado em seu colo, na forma desse exército cruzado de franceses rudes, ele tinha os meios para usar essa arte e para fazer de si mesmo o Mestre da Terra.

— Vamos construir a frota, e eles pagarão por ela. Mas a frota será nossa — sussurrou Dandolo, quando estavam sozinhos em seu escritório.

— Eles vão encomendar uma frota grande, muito maior do que precisam — adicionou Frid.

— Exatamente — respondeu Dandolo, com uma ponta de sorriso.

Frid foi até um baú trancado, abriu-o e, de dentro dele, tirou vários rolos de papel. Os projetos.

Durante muito tempo eles estudaram aquilo juntos.

— Navios como o mundo nunca viu antes — sussurrou o doge.

— As pessoas saberão.

— Eu confundirei suas mentes — disse Dandolo. — Confundirei as mentes até dos armadores, e eles farão o que eu desejar, sem questionar.

— O poder e a glória serão seus — falou Frid.

Dandolo olhou para ele bruscamente.

— Não. Serão pela glória de Veneza!

33

No fim do prazo que o doge tinha estabelecido, os enviados foram convocados novamente para confrontar o conselho.

— Nós debatemos devidamente a respeito de seu pedido — começou o doge. — E pela graça da cidade, concordamos em consentir. Vocês, de sua parte, devem determinar que aceitam nossos termos e que podem arcar com os custos que nosso trabalho incorrerá.

Os embaixadores trocaram olhares — novamente parecia que eles eram incapazes de fazer qualquer outra coisa que não fosse o que o doge sugeria.

Conon de Béthume e Godofredo de Villehardouin, embora tenham olhado um para o outro, não encontraram nenhum traço de inquietação em suas mentes. Eles não conseguiram ler nada além de silenciosa concordância e triunfo nos olhos de cada um.

O doge sinalizou para o monge cisterciense Leporo, que estava sempre ao seu lado. O homem de Deus se levantou, desenrolou um pergaminho que lhe foi entregue por um arauto, limpou a garganta e começou a ler:

— Nós nos comprometemos a construir cargueiros para carregar 4.500 cavalos e 9 mil escudeiros; outros navios serão construídos para 4.500 cavaleiros e 20 mil sargentos da infantaria. O contrato que oferecemos incluirá o equivalente a nove meses de alimentação para os homens e forragem para os animais. Nosso preço... — O monge fez uma pausa neste momento, de forma imponente. — ... é de 89.500 grossi venezianos.

Essa era uma soma enorme, mas os enviados balançaram a cabeça em consentimento imediatamente

— Além disso... — O monge estava prestes a continuar, mas o próprio Dandolo assumiu, levantando-se e segurando o corrimão de madeira em frente a seu trono com a mão esquerda.

— Além disso — declarou ele, sua voz tremulando de emoção —, devemos cumprir esse compromisso: que pelo período de um ano depois que tivermos partido de Veneza nessa grandiosa missão, devemos nós mesmos agir a serviço dessa guerra santa e a serviço do Deus que lhes dá Sua proteção. Pelo amor desse Deus, nós mesmos forneceremos, de nossos próprios cofres, mais cinquenta galeras armadas à frota, com apenas essa condição: que todos os espólios da guerra sejam divididos entre vocês e nós, meio a meio, resultando de quaisquer que sejam nossos êxitos por terra ou mar.

— Nós concordamos — respondeu Conon.

Godofredo de Villehardouin olhou para ele, finalmente com uma ponta de dúvida em sua mente. Mas quando tentou recapturar aquela incerteza e estudá-la, ela desapareceu como um sonho.

34

Para celebrar a importância da ocasião, Veneza ofereceu uma Missa Solene na Basílica de São Marcos, em que os maiores e melhores da cidade se amontoaram.

Ao se lembrar dela mais tarde, Godofredo de Villehardouin ainda se maravilhava com aquilo.

Depois da elevação da hóstia, lembrou ele, os seis enviados franceses apareceram diante do altar elevado e se ajoelharam, incapazes de esconder sua emoção, em frente aos cidadãos de Veneza. Suas lágrimas fluíram e logo o doge e todas as pessoas reunidas ali choraram também, preenchidos, como muitos disseram depois, pelo mistério do Espírito Santo e um profundo senso de justiça da empreitada de que eles estavam prestes a participar.

Exatamente no momento em que as emoções estavam à flor da pele, Dandolo subiu os degraus até o púlpito e ficou de frente para a multidão resplandecente que preenchia cada canto da igreja, cujos mosaicos deslumbravam à luz de 10 mil velas.

Controlando-se, o doge, segurou a beirada do púlpito com sua mão esquerda, fitou os enviados com seus olhos estranhos e declamou para seus súditos:

— Cidadãos de Veneza! Testemunhem a honra que Deus lhes concedeu ao inspirar a mais maravilhosa nação do mundo a abandonar todos os outros povos e todos os outros assuntos mundanos de comércio e negócios e nos escolher para se juntar a eles em uma empreitada tão digna como a libertação do Nosso Senhor em pessoa do jugo dos sarracenos.

Terminadas as formalidades, Leporo se encontrou com os franceses em um escritório privado, onde eles repassaram os mínimos detalhes da viagem ao Egito. Assim que isso tinha sido resolvido, o doge, que os enviados achavam que estava ocupado com suas preces, juntou-se a eles.

— E o que devemos dizer sobre a data de nossa reunião aqui para o embarque? — perguntou Godofredo.

Dandolo já tinha se decidido sobre o assunto.

— Temos uma frota para construir e vocês têm um exército para reunir — disse ele. — Hoje é sexta-feira, dia 9 de março — prosseguiu. — Festa de Santo Antão. O domingo de Páscoa é daqui a 16 dias...

Godofredo calculou por um momento.

— Todos precisamos de tempo — continuou ele. — Acredito que deveríamos marcar a data para a Festa de São João do ano que vem. Que essa seja a data em que estaremos todos reunidos aqui e de prontidão.

Mais uma vez, os embaixadores da França se viram consentindo sem hesitar.

Dandolo sorriu.

— E agora resta apenas que as escrituras baseadas em nossos acordos diante de Deus sejam preparadas e assinadas.

— Há ainda a questão do sinal — disse Leporo, sorrindo também.

— Um mero detalhe — acrescentou o doge. — Sei que os senhores não trouxeram uma quantia tão grande quanto a soma acordada de 5 mil grossi consigo, pois a generosidade e a grandeza dos presentes que os senhores nos trouxeram não permitiriam que isso coubesse em seu comboio de bagagem. Mas os senhores podem estar certos de que temos bancos capazes e dispostos a lhes conceder a quantia como empréstimo nos termos mais vantajosos.

Pegar emprestado conosco para poder nos pagar, pensou Leporo, orgulhoso do plano, que tinha sido uma contribuição sua. *E os juros que se acumulam vão beneficiar nosso Sagrado São Bento, padroeiro de minha Ordem.*

Dois dias depois, Godofredo, Conon e o resto assinaram ou fizeram suas marcas nos documentos de compromisso, que seus secretários, membros da Ordem dos monges brancos, tinham lido em voz alta.

Agora, eles estavam se preparando para partir. Mas, enquanto entregava aos enviados suas cópias das escrituras, pesadas com selos e fitas, o velho doge repentinamente caiu sobre os joelhos.

— Deixem-me jurar mais uma vez, pelos Evangelhos Sagrados e pelo corpo de nosso próprio santo padroeiro, Marcos, que vou seguir fielmente todas as condições dispostas nesses pesados compromissos.

Ele tateou com sua trêmula mão esquerda na direção dos enviados, mas Godofredo poderia ter jurado que mais uma vez tinha visto o olho esquerdo do homem brilhar em vermelho.

Conon se inclinou para segurar a mão do doge. Ele sentiu como se segurasse uma empunhadura de ferro congelado.

— E deixem-me implorar que os senhores honrem seu lado do acordo também — falou Dandolo, com uma voz cheia de emoção.

— Assim juramos, *Altíssima* — respondeu Conon.

Visivelmente confiante, permitindo ser ajudado por Conon, o doge se colocou de pé, uma das mãos vagando até um grande crucifixo incrustado de rubis que ele usava por cima de seu robe.

Conon ficou surpreso ao encontrar lágrimas em seus próprios olhos e viu que seus companheiros também estavam chorando.

Mas eram lágrimas de felicidade.

— Enviaremos cartas sobre esse assunto ao papa Inocêncio — disse ele.

— Faremos o mesmo — disse Leporo, enquanto Dandolo, aparentemente fragilizado por suas emoções, era levado nos braços de seu guarda-costas gigante.

No dia seguinte, os franceses se despediram.

Sozinho na sacada de seu escritório, Dandolo observou enquanto eles partiam. Sua visão entrava e saía de foco. Ele se sacudiu e semicerrou os olhos. Tinha lutado contra a morte para chegar até aqui, para poder alcançar seu propósito.

Também enfrentara a visão cada vez pior de seu olho, que Leporo salvara subornando o executor em Constantinopla havia tantos anos, tempo suficiente para desvendar o código da tabuleta. Tinha sido necessária a mais secreta erudição para fazer aquilo e um cristão armênio idoso, em particular, para auxiliá-lo. O armênio fora versado nos antigos ritos caldeus e provara seu valor inestimável, mas estava morto agora — um afogamento trágico.

Ele rogava fervorosamente para que Deus lhe deixasse viver mais alguns anos, que não permitisse que o que tinha sobrado de sua visão desvanecesse nos próximos anos, e assim ele teria os desejos de seu coração realizados.

Seus pensamentos se voltaram a Constantinopla.

Estou voltando, Grande Cidade, pensou ele. *Posso não vê-la novamente, não com esses olhos; mas estou voltando. E incendiarei suas glórias até que nada sobre delas além de carvão e água sibilante. Queimarei seu enorme olho dourado e repleto de deleite e deixarei nada além de cinzas em seu lugar.*

35

Berlim, no presente

Um vento cortante soprava na Unter den Linden vindo do leste. Eram seis horas da manhã e, da enorme janela em seu escritório no quinto andar do prédio da Maxtel, Rolf Adler ficou observando uma folha de jornal zanzar sobre a calçada deserta até que o vento a levantou e a arremessou contra o tronco de uma das tílias que delineavam a rua, onde o pedaço de papel se debatia em vão como as asas de um pássaro ferido. Estava quente no escritório e a iluminação era suave, em forte contraste com a sala externa iluminada por neon onde as três secretárias já estavam debruçadas sobre seus computadores ou no telefone, acordando funcionários em apuros nas universidades de Veneza e Yale.

Adler estava acostumado a quatro horas de sono profundo e despreocupado — hoje em dia, sozinho mais frequentemente do que acompanhado, pois sexo para ele se tornava cada vez menos interessante, e as mulheres, cada vez mais entediantes.

Ele não dormia mais do que isso desde a adolescência. Isso foi no tempo em que, em vez de acordar em sua cobertura em Berlim no último andar do edifício da Maxtel na Unter den Linden, ou em sua mansão nas montanhas acima de Saint-Tropez, ou em seus apartamentos de Londres, Paris ou Nova York, ele acordava na fria escuridão de uma cabana de ferro ondulado ou na pequena e surrada casa de sua infância brutal em Cottbus. *Acorde cedo para seguir em frente*, seu pai tinha lhe aconselhado, entre sessões de extermínio a garrafas de *schnapps* compradas no supermercado e de espancamento da pequena e nervosa mãe, sua avó.

A última noite de sono tinha sido irritantemente agitada, mas agora, vestido com o que ele gostava de achar que era sua armadura — um terno cinza-carvão de 5 mil euros da Billis & Dunn com uma camisa branca de algodão egípcio bem-engomada e uma gravata escura com um padrão discreto de Elizabeth Miranda —, Adler pensava sobre o dia de trabalho.

Ele gostava desses momentos de tranquilidade, embora nessa manhã em particular não estivesse se sentindo nem um pouco calmo. Mas também gostava de cuidar de seus investimentos, e isso incluía aqueles que não eram para fins lucrativos.

Algo dera completamente errado com o Projeto Dandolo. E aquele projeto carregava muito mais peso do que mera filantropia.

Adler se apoiou sobre a superfície preta de sua escrivaninha e tocou numa tecla em um compartimento embutido em sua superfície. Segundos depois, uma loura magra entrou na sala, com os cabelos presos de forma frouxa em um laço preto de veludo. Ela estava no fim da meia-idade. Fora bonita algum dia, mas agora estava ficando esquelética em suas tentativas de lutar contra os anos com dietas a qualquer custo. Olhos castanhos tímidos. Um jeito nervoso e evasivo. Mas completamente confiável.

Ele parara de dormir com ela havia anos, quando notou que as brincadeiras estavam ficando um pouco pesadas demais mesmo para ela suportar. E, além disso, seu marido tinha batido nela quando notou as cicatrizes profundas em suas costas; mas Adler não a demitira.

Tal devoção canina era um artigo raro; era a única virtude em todas as suas fraquezas.

— O que está havendo, *frau* Müller? — O tom dele era neutro

— Acabamos de contatar o gabinete do reitor em Veneza.

— Sim?

— Ele não ficou muito feliz com...

Adler se aproximou e parou ao lado dela. A mulher se encolheu, esperando um golpe, mas ele não veio.

— Estou pouco me fodendo para os sentimentos dele, *frau* Müller — disse Adler, calmamente. — O que você realmente conseguiu?

— Ele está enviando toda a informação que eles têm imediatamente.

— Assim está melhor. E Yale?

— Estamos colocando pressão neles há dias. Mas nossos homens lá finalmente relataram progresso. Aparentemente houve um embargo...

— Sim, sim. Estou sabendo disso.

Adler se voltou para a janela, impaciente. *Frau* Müller já havia se assegurado de que os executivos da Maxphil na Costa Leste tivessem deixado claro para os acadêmicos responsáveis por processar o material do Projeto Dandolo em ambas universidades que eles não apenas perderiam patrocínio se não cumprissem exatamente o que seu benfeitor exigia. Um acidente quase fatal sofrido pelo filho de 6 anos de um deles — o pequeno garoto tinha escapado da morte por pouco, vítima de um cão de guarda que inexplicavelmente se soltara de sua corrente e entrara no jardim da família — fora o suficiente para sacudir um pouco as coisas por lá. Com sorte e com o tratamento hospitalar adequado, no entanto, ele seria capaz de andar novamente em muito pouco tempo.

Adler sorriu. Boa *frau* Müller. Ela podia ter medo da vida, mas era boa em obedecer ordens. Qualquer ordem. Tinha até cuidado para que as contas do hospital fossem pagas.

Ele a dispensou e se sentou em frente à sua escrivaninha, forçando-se a respirar de forma profunda e regular. Não podia deixar sua ansiedade vencê-lo, independente do quanto estivesse em jogo.

Sua cadeira era macia e confortável demais. Aquilo o irritava. Ele se levantou novamente e andou de um lado para outro da sala, seus sapatos sociais, de um tom escuro de cinza, silenciosos sobre o parquê de teca.

Sua ansiedade o levara a correr um enorme risco havia alguns dias, e ele tinha sido tolo o suficiente para passar por esta situação na porta de sua casa. Naquele momento, uma dúzia de seus homens estava nas ruas, contornando os problemas. Mas até que soubesse que o assunto estava resolvido, ele não podia descansar.

Rolf mordeu com força as articulações de sua mão direita, com tanta força que a pele ficou vermelha e esbranquiçada em volta das marcas. A superfície de seu indicador direito estava endurecida e permanentemente enrugada por causa daquele tipo de tratamento ao longo dos anos.

Mas Adler continuava inquieto. Ele não estava entendendo aquilo perfeitamente e, apesar de seus esforços particulares, estava preocupado que alguém mais estivesse.

36

Quarenta e oito horas antes, um carro subia a Wilhelmstrasse vindo da direção da Pariser Platz. Era um sedã grande e escuro e seu motorista teve um pouco de dificuldade para estacioná-lo numa vaga apertada de uma tranquila rua em Pankow. Ele havia dirigido uma distância curta desde o centro de Berlim, onde estavam mantendo a prisioneira isolada no andar pouco frequentado abaixo do porão do prédio comercial.

Agora, a prisioneira estava acorrentada e amordaçada no chão do banco traseiro do carro.

Ele tinha chegado um pouco cedo e os capangas que estava esperando encontrar ainda não estavam lá, mas ainda estava escuro e as ruas, vazias. Não muito longe dali ficava o prédio de apartamentos caindo aos pedaços, um resíduo dos velhos tempos da República Democrática Alemã, que seria o destino final de sua carga.

Ele se distraíra com a dificuldade para estacionar o carro. Afinal de contas, essa era uma entrega rotineira, já realizara cinco ou seis no último ano, nunca fez perguntas, apenas pegou o maço de euros no fim do dia e foi até a casa de apostas e seu pub irlandês favorito.

Então ele foi pego completamente de surpresa quando ouviu o tilintar de correntes em algum lugar próximo ao seu ouvido esquerdo e logo sentiu os aros frios de metal se enrolarem em volta de sua garganta e apertarem firme.

Graves foi instantaneamente drogada de forma pesada no momento em que o utilitário Porsche tinha partido com o motor roncando do estacionamento do hotel em Istambul e, quando foi despertada em uma sala sem nada que chamasse atenção e sem janelas, iluminada de forma desconfortável com neon quando as luzes estavam acesas, e completamente escura quando estavam apagadas. Ela não fazia a mínima ideia de onde estava. Tinha apenas uma lembrança extremamente vaga de viajar alguma distância, embora pudesse se lembrar do ritmo de um pequeno avião; mas aquilo poderia ter sido algo que aconteceu entre uma semana e um ano atrás. Ela não vira seus agressores e apenas se lembrava de uma espiadela de um casal europeu, um homem e uma mulher. Ela mal podia ter certeza até mesmo daquele detalhe.

Mas eles a deixaram sozinha na sala, depois de jogarem água gelada sobre ela e lhe acertarem alguns chutes, apenas para fazer com que Graves recobrasse os sentidos. Muito mais tarde, eles trouxeram um pesado banco de madeira com buracos em seu assento através dos quais passavam cordas de nylon para amarrá-la a ele. Depois daquilo, os homens encapuzados e anônimos — ela sabia que eram homens, por causa de seu cheiro e de sua força — tinham coberto sua cabeça com um capuz de pano grosso, amarrando-o apertado em volta de seu pescoço e a deixaram lá.

Graves estava aterrorizada. Ela achou que contaria a quem quer que a tivesse raptado tudo o que sabia, apenas em troca de um copo de água. Não haveria necessidade de torturá-la, dizia a si mesma, certamente eles não pensariam em fazer aquilo.

Quando os interrogadores entraram na sala, eles o fizeram muito suavemente. Ela achou que havia ouvido a porta se abrir e sentiu uma brisa muito tímida em seus tornozelos, onde sua calça jeans estava acima de suas botas de cano curto — não a tinham despido, isso era um alento, e tinham permitido que fizesse suas necessidades fisiológicas, então ela não estava sofrendo nenhum desconforto físico, além das cordas apertando seus braços e pernas. Graves estava totalmente consciente e sua mente estava clara, mas esse era um pequeno consolo por não ser mais capaz de enxergar. Ela podia apenas ouvir pequenos sons de um número indeterminado de pessoas que pareciam vir de todos os lados ao seu redor.

Sem aviso, o banco foi derrubado brutalmente e ela caiu desamparada com ele, batendo com seu braço e com sua perna esquerdos no chão de concreto e ralando a têmpora no capuz de pano. Alguém segurou sua cabeça e a puxou para levantar seu corpo junto com o banco, torcendo seu pescoço e fazendo seus ouvidos zunirem. Uma voz com um sotaque irreconhecível sussurrou perto de sua orelha, falando inglês:

— *Onde está?*

Antes que ela pudesse responder, alguém a acertou na cabeça com um taco de beisebol, forte o suficiente para derrubar o banco novamente. Dessa vez ela caiu sobre o seu lado direito.

O ataque continuou por um longo tempo e com tanta intensidade que o núcleo central de sua mente, que até então conseguira manter a sanidade permanecendo isolado ao que acontecia a ela, começou a se entregar.

A mesma pergunta, a única que eles faziam, foi repetida ininterruptamente. Sangrando, chorando contra sua vontade e passando a língua por dentro da boca para se assegurar de que seus dentes ainda estavam intactos, ela percebeu que finalmente tinha sido deixada em paz.

Graves ouviu a porta abrir, alguém saindo da sala e, por fim, ela fechar. Mas estava ciente de que não estava sozinha. Depois de uma hora de silêncio, durante a qual ela podia ouvir apenas a respiração das outras pessoas na sala e as páginas de uma revista sendo viradas, a porta abriu e fechou outra vez e, imediatamente, uma conferência sussurrada aconteceu, e ela foi capaz de distinguir uma nova voz, mais calma e civilizada do que as outras.

A língua falada era alemão. Ela não entendia muito o que conversavam, mas achou que pelo menos parte do murmurinho vinha de pessoas que não tinham alemão como primeira língua.

Finalmente a nova voz silenciou os outros.

— Ela não sabe de nada — disse, impacientemente. — Livrem-se dela.

37

Houve muita atividade então. Graves foi desamarrada e o sangue em suas veias ardia enquanto se via livre para circular livremente mais uma vez. Ela esticou suas pernas atadas e tentou colocar sua mente para funcionar, calculando e avaliando, como havia sido treinada. Era verdade que ela nunca tivera muita experiência em trabalho de campo, mas seu treinamento levara tais situações em conta e ela deveria ser capaz de lidar com aquilo. Fingiu estar mais fraca do que aparentava — o que não era uma tarefa árdua — e permitiu que a acorrentassem sem oferecer mais do que a resistência simbólica que eles poderiam esperar.

Os homens não tiraram o capuz de sua cabeça, mas ela notou que a corda que o mantinha no lugar tinha afrouxado levemente ao longo de sua tortura e, embora estivesse doída e abalada, percebeu que seu corpo não estava muito danificado. Eles não haviam quebrado nenhum osso.

Ela ainda estava vestida com as roupas que usava quando a sequestraram — jeans, camisa, botas e um suéter —, apesar de sua jaqueta curta de couro e sua bolsa terem sumido. Jack Marlow teria recuperado seu laptop e outras bagagens no hotel além de alertar Haki e a Intersec. Mas ninguém sabia onde ela estava — ela mesma não fazia a menor ideia. A não ser que...

Eles a deitaram no chão frio e saíram. Voltaram momentos depois arrastando algo que farfalhava. No minuto seguinte ela estava dentro de um saco para cadáveres, cujo zíper estava sendo fechado.

Eles a carregaram por uma porta e a colocaram em um elevador, que levou um tempo interminável para completar sua jornada. Dentro do saco, além de não poder ver nada, ela estava se sentindo claustrofóbica e tinha que lutar contra o pânico. Percebeu que nem mesmo sabia se era dia ou noite e, lá dentro, também não tinha noção da temperatura, então sabia apenas que eles tinham saído do prédio qualquer em que a estavam aprisionando.

Ela ouviu uma porta de carro se abrir. O saco foi aberto — ele era muito volumoso para caber entre os bancos dianteiro e traseiro do carro onde agora a apertavam; o espaço tão estreito que ela mal podia se mover, apesar de que, assim que a deixaram sozinha, ela conseguiu se contorcer até ficar em uma posição mais confortável. Graves podia agora sentir o cheiro de plástico e gasolina do interior do veículo, além de voltar a escutar mais claramente. Porém ela ainda não fazia a menor ideia de onde estava, ou sobre a identidade de seus sequestradores, que agora se comunicavam entre si com vocábulos monossilábicos e guturais.

A porta do motorista fechou. O carro se moveu. Ela estava suando e podia sentir o cheiro de seu próprio corpo, rançoso e um pouco fedido depois de seus dias de cativeiro. Sonhando com um banho, ela se contorceu um pouco mais para checar o quanto ainda podia se mover — seus membros desejavam poder se esticar novamente — e, enquanto fazia aquilo, percebeu que as correntes estavam mais frouxas do que havia pensado, e que seu suor, mesmo dentro de suas roupas, tornava-a mais capaz de deslizar um pouco dentro das amarras que a prendiam.

Ela experimentou se soltar, de forma extremamente lenta e cuidadosa, pois sabia que muitos movimentos e barulhos alertariam o motorista. Mas também sabia que estava sozinha com ele.

Não havia muito trânsito. O carro estava se movendo com facilidade, embora eles não estivessem indo rápido. Graves não fazia ideia de quanto tempo ela tinha antes de chegarem a seu destino. Até lá, ela precisava estar livre.

Depois do que pareceu ser uma eternidade, tinha conseguido soltar um dos braços.

38

Graves não tinha terminado quando o carro freou até parar. Suas pernas ainda estavam imobilizadas, mas ela tinha os dois braços livres e conseguira se livrar do capuz e se mover até ficar em uma posição em que estivesse parcialmente sentada no chão. Se ela se levantasse mais um pouco, o motorista a veria e perceberia o que tinha acontecido. Ela se concentrou em seu timing. Depois que o carro parou, Graves esperou por vinte segundos. Não ousou esperar mais tempo, independentemente de quais fossem as consequências com as quais teria que arcar. Em um movimento, então, levantou seu torso até que ele ficasse ereto e jogou a corrente solta sobre a cabeça do motorista, posicionando-a em volta do seu pescoço, apertando-a com toda sua força e mantendo uma pressão desesperada até o homem, que começou a se sacudir e lutar, finalmente desfalecer.

Graves olhou ao seu redor pelas janelas do carro, mas em todo o espectro de 360 graus ela não viu absolutamente nenhum movimento. Havia três caminhões estacionados um atrás do outro a alguma distância em uma rua sombria e sem árvores que poderia ser em qualquer lugar. Prédios altos de apartamentos baratos construídos no fim dos anos 1950 estavam afastados da rua, separados por pedaços arenosos de solo em que cresciam algumas esparsas áreas de grama e amontoados de ervas daninhas teimosas. Os prédios pareciam abandonados.

Subindo para o banco traseiro, ela se apressou em livrar seus pés das correntes. Em seguida, se soltou, feliz por terem deixado que ficasse de botas, e olhou ao seu redor novamente. Foi quando notou três homens parrudos vestidos com jalecos saírem juntos do prédio mais próximo, a 100 metros de distância, andando na direção do carro.

Graves viu que o motorista ainda estava sentado atrás do volante, mas não sabia se o tinha matado ou não. Não havia tempo para descobrir agora. Ela se arrastou sobre o banco até a porta do lado oposto, a destravou e a abriu, jogando-se para fora e tentando se colocar de pé sobre pernas que tremiam e quase se recusavam a suportar seu peso. Por fim a jovem se forçou a se erguer e imediatamente adotou uma posição parcialmente agachada.

Ela ficou imaginando se seria capaz de correr. Espiando por cima da beira da janela, viu agora que os homens tinham percebido algo estranho e tinham começado a correr de forma desordenada. Era agora ou nunca. Rangendo os dentes ao sentir a dor lancinante em suas pernas, ela se lançou na única direção em que podia ir — para longe deles.

39

Graves não olhou para trás. Quando pegou o ritmo, sua circulação voltou rapidamente. Acelerou a velocidade e passou a correr constantemente a passos largos. Ela era mais leve e, como imaginou, estava em melhor forma física do que seus perseguidores, mas eles não estavam zonzos por causa de fome, nem com a boca seca por causa da sede e, acima de tudo, sabiam onde estavam.

A rua diante dela era infinita e não havia como se proteger, mas finalmente ela desembocou numa praça onde estavam algumas pessoas e, graças a Deus, um grande e reluzente ônibus amarelo. Ela leu o mostrador: *Hauptbanhof.* Estação Central.

A jovem olhou por cima do ombro. Os homens tinham chegado ao outro lado da praça, talvez 50 metros distantes. O grupo não diminuiu o ritmo e um deles estava colocando a mão no bolso do jaleco, tirando um pequeno objeto metálico que cintilou na primeira luz do dia. Uma pistola automática.

Laura não tinha dinheiro. Seu telefone celular estava sumido havia muito tempo. Ela tinha a aparência de alguém que passara longas noites maldormidas. Também não fazia ideia de onde estava. Mas sabia que, onde quer que estivesse, aquele era um país de língua alemã. O que significava que ela podia passar sem chamar muita atenção para si própria. A porta do ônibus se abriu e passageiros se empurraram para se desviarem dela ao entrar.

Havia apenas uma esperança, mas era improvável. Não havia motivo para depender daquilo.

Os homens estavam se aproximando. Exatamente quando as portas começaram a fazer o chiado de fechar, Laura saltou sobre a plataforma.

Ela caminhou pelo corredor do ônibus e torceu para que o motorista não notasse que seu tíquete não fora carimbado na máquina. Ocupando um assento perto da traseira, olhou para trás na direção da praça que se afastava. Os homens tinham parado e estavam confabulando. Eles saberiam a rota que o ônibus fazia.

Ela precisava chegar a algum lugar central — algum lugar onde pudesse recuperar as forças. Se conseguisse descer na estação central, conseguiria se misturar à multidão; ganharia tempo.

No terceiro ponto, um dos perseguidores subiu. Ele não olhou para ela e ocupou um assento vago duas fileiras atrás. O ônibus estava enchendo e logo não havia mais lugares vazios.

Eles estavam viajando por um largo bulevar quando ela decidiu que era o momento de descer. Ela tinha um plano.

Graves abriu caminho até a traseira do ônibus, passando por onde o homem estava sentado em um assento no corredor, perto da porta de saída. Tentou ganhar tempo se movendo atrás dele e, afundando as pontas de seus dedos indicadores com força nas concavidades debaixo das bases de suas orelhas, apertou com força. O homem não teve tempo de mostrar surpresa antes de tombar para a frente. Graves se acotovelou até chegar à porta. Ela estava na rua antes que qualquer um no ônibus tivesse notado seu desaparecimento.

A hora do rush matinal tinha começado e as lojas estavam levantando as grades. Ela seguiu no que achou ser a direção leste e passou por várias outras lojas antes de chegar ao local por que estava procurando, pois a essa altura já tinha percebido que, onde quer que estivesse, aquela era uma cidade de certa importância e tamanho. Uma estação do metrô. Sobre a escadaria da entrada, seu nome: Tiergarten. E não muito longe dali, a coluna elevada instantaneamente reconhecível do Obelisco da Vitória no meio do parque.

Estou em Berlim.

O próximo passo era seguir até o ponto de contato da Intersec, mas, por causa de cortes internacionais, algumas das agências tinham sido redefinidas ou simplesmente fechadas. Berlim fora um local de suma importância durante a Guerra Fria, mas os tempos tinham mudado e o foco, deslocado. A presença da Intersec na cidade havia sido reduzida a um representante oficial dentro da Interpol.

Ela não tinha ideia nem mesmo de que dia da semana era. Mas agora podia se orientar.

Graves deu uma corrida dolorosa pela Strasse des 17. Juni e tinha acabado de chegar ao Portão de Brandenburgo na Pariser Platz quando a exaustão se manifestou. Ela curvou as costas, repousando as mãos em seus joelhos, estabilizando a respiração. Só mais um esforço, disse a si mesma. Mas, enquanto se levantava, viu três homens vestidos com conjuntos esportivos pretos e tênis de corrida aparecendo atrás da fila de árvores no lado norte da avenida da qual ela acabara de sair. Eles começaram a correr em sua direção.

Ah, merda, pensou, forçando seu corpo a se mover mais uma vez. Ela cruzou a larga praça a leste do arco triunfal e seguiu pela Unter den Linden. Havia muitas pessoas na rua agora, mas Laura sabia que o fato de estar na multidão não impediria que seus perseguidores atirassem. Graves continuou correndo.

Mais adiante ela viu um letreiro de neon vermelho em um dos novos prédios comerciais. MAXTEL. Um lampejo de esperança se acendeu nela. Sabia que não seria capaz de chegar à segurança da Intersec agora, mas a Maxtel poderia proporcionar algum tipo de proteção.

Os três homens estavam se aproximando rapidamente e o lampejo se apagou. Ela sabia que não tinha nenhuma chance de chegar até o prédio comercial.

Naquele momento, enquanto ela parava, exausta, uma Mercedes CLS 63 AMG cantou os pneus e parou na calçada ao seu lado. O motorista se inclinou e abriu a porta do carona.

— Entre! — ordenou ele.

Graves obedeceu, rapidamente. Atrás dela, seus perseguidores tinham sacado suas automáticas. O carro partiu fazendo barulho, deixando para trás uma desaforada fanfarra de buzinas.

Graves se virou para seu salvador, chocada e aliviada ao reconhecê-lo. Aquele lampejo de esperança fora compensado.

Jack Marlow sorriu para ela.

— Você está em segurança agora.

40

Nova York, no presente

— Seu timing foi quase perfeito — comentou Graves com ele mais tarde.

Ela não tinha levado muita fé no chip que implantaram no seu braço esquerdo antes de a operação turca ter começado. Além disso, haviam explicado que o sistema não era infalível, mas, em segurança e de volta a Nova York, ela tinha razão para estar agradecida. Se Marlow tivesse chegado mesmo um minuto mais tarde, ela estaria acabada.

— Perdemos o sinal do GPS várias vezes e então, quando a levaram para um porão escondido no subsolo, ele sumiu de vez, mas a tínhamos localizado em Pankow, apesar de não sabermos onde você estava antes disso. Talvez eles tenham imaginado que faríamos algo assim e tenham sido capazes de bloquear o sinal. Nós a localizamos novamente quando você fugiu e eu a segui desde então. Eu teria encontrado você mais cedo, mas a perdemos novamente no ônibus. Mas eu anotei a rota e a encontrei novamente quando você desceu, embora tenha demorado algum tempo para alcançá-la depois disso.

— Por que Berlim?

— Isso nós não sabemos.

— Vi um letreiro do prédio da Maxtel logo antes de você chegar e ter me salvado.

Marlow encolheu os ombros.

— Não quer dizer nada. Adler também estava muito ansioso para localizá-la. Ofereceu toda a ajuda que podia. — Ele sacudiu a cabeça.

— Não por sentimentalismo, no entanto. Ele quer saber o que aconteceu aos seus três arqueólogos desaparecidos tanto quanto nós. Acha que sua reputação está em jogo.

— Por que ele está envolvido nisso, afinal de contas?

— É o projeto dele. A Maxtel colocou 1 milhão de dólares no Projeto Dandolo através da Maxphil, e isso lhe dá o direito de ser mais do que um espectador preocupado — respondeu Marlow, mas ele não parecia confortável. — Adler está limpo, de qualquer forma. Chequei com Sir Richard e só Deus sabe com quem mais no alto escalão.

Leon Lopez tinha entrado no escritório enquanto Marlow estava falando, um maço de papeis em sua mão.

— Ele provavelmente está financiando a Intersec também — disse Lopez. — Praticamente tudo mais é privatizado hoje. Por que não nós?

— Adler é um homem de negócios. Para ele é um hábito querer saber o que está acontecendo com seu dinheiro — falou Marlow.

— Ele não é o único — disse Graves.

Marlow se virou para ela.

— Quero que você pense novamente. Você pode nos dizer algo mais, absolutamente qualquer coisa, sobre essas pessoas?

— Se você ainda está pensando em algo na linha de um desses grupos como a al-Qaeda, não. Acho que havia um casal europeu lá a princípio. E eu também diria que os métodos que essas pessoas usam não são típicos de grupos terroristas. Aí permanece a pergunta que eles me faziam sem parar.

Graves tremeu ao lembrar daquilo.

Ela esfregou seus braços cheios de hematomas. Estava de volta há três dias e tinha acabado de ser liberada do hospital da Intersec. Foi avisada que levaria um mês para que estivesse completamente recuperada.

— Se eles são as pessoas que chegaram à tumba antes... se eles são as pessoas que levaram as descobertas dos nossos cientistas e então desapareceram com Adkins e os outros... eles devem saber que não encontramos nada que possam ter deixado passar — disse Lopez.

— Isso não faz sentido — contestou Marlow. — O que quer que estejam procurando, eles estão desesperados para localizar. Temos que presumir que Adkins, Taylor e De Montferrat não foram capazes de ajudá-los, ou eles não teriam vindo atrás de Laura. Mas o fato de que nós, ou os homens de Haki, não achamos o que eles querem, não lhes traz nenhuma garantia

— Enquanto isso, temos isso para seguir — disse Lopez, colocando os papéis sobre a mesa em frente a eles.

O que eles tinham era um conjunto de impressões de alta definição da chave desaparecida. A inscrição nas laterais de seu eixo estava agora claramente visível, o entalhe tão claro quanto no dia em que fora feito.

Marlow olhou longa e atenciosamente para aquilo.

Às onze horas da manhã seguinte ele convocou uma reunião. Os três repassaram suas descobertas juntos.

— Imaginei que fosse algum tipo de código numérico — começou Marlow.

Graves estava inclinada sobre ele e seus cabelos roçaram a bochecha de Jack.

— Isso é escrita aramaica — continuou ele. — Ou esse é o uso consciente de uma língua arcaica, ou a própria chave é realmente muito velha. Não podemos saber isso até termos a chave para podermos datá-la, mas o aramaico estava sendo substituído, gradualmente, pelo árabe como a *lingua franca* do Oriente Médio por volta do século VII depois de Cristo.

Ele olhou para os dois ao seu redor.

— A história é muito importante. Como lhes disse, aramaico é uma língua antiga, datando dos tempos babilônicos. Não sabemos de onde ele veio originalmente, mas os arameus eram um povo que se estabeleceu na parte norte da Mesopotâmia e se espalhou a partir de lá, enquanto os velhos impérios da Babilônia e da Assíria caíram em decadência.

Marlow parou bruscamente, pensando nas especialidades dos cientistas envolvidos no Projeto Dandolo. Então ele percebeu que os outros estavam olhando para ele com expectativa.

— O que temos aqui — continuou ele — é um código baseado em guemátria. É uma prática antiga de atribuir numerais a letras ou grupos de letras tanto diretamente quanto por associação. Ela pode operar em vários níveis de complexidade, mas esse não é muito difícil. O que é difícil é entender qualquer coisa do significado das palavras associadas aos números.

— E o que diz isto? — perguntou Graves.

— O primeiro lado descreve uma águia escura descendo sobre a terra. Uma águia, talvez um abutre. Suas garras estão esticadas para agarrar o mundo e seu bico está pronto para dilacerá-lo. E ela não pode ser impedida a não ser que...

— A não ser que o quê?

Marlow esticou a mão para pegar a segunda fotografia, que mostrava o outro lado do eixo da chave.

— *A não ser que eu abra a caixa e você escolha ser salvo.*

Os três se olharam.

41

Jerusalém, no presente

Geoffrey Goldberg estava parado na porta de sua loja de produtos elétricos na Misgav Ladach, próximo ao oeste da mesquita de Al-Aqsa. Como em todos os lugares, os negócios estavam fracos, e ele passava seu tempo parado na porta da loja, vendo o mundo passar.

A jovem mulher tinha chamado sua atenção dois dias antes. A princípio, ele a confundiu com apenas mais uma turista japonesa tentando achar o caminho para a Cidade Antiga — ou ela devia ser uma das poucas viajantes independentes daquele país, ou havia sido separada de seu grupo.

Certamente parecia perdida.

Foi quando ela passou diante da loja pela terceira vez, sempre vestida da mesma forma, gradualmente ficando mais desgrenhada, que Geoffrey, um bom homem e um pilar dos rotarianos locais, começou a levar aquilo mais a sério.

Havia uma vulnerabilidade na jovem mulher que lhe trazia um sentimento de compaixão. Ele estava convencido de que ela precisava de ajuda.

Ao vê-la parar na rua bem em frente à sua loja, parecendo pensativa e triste enquanto as pessoas que se movimentavam agitadamente a acotovelavam, o coração de Geoffrey derreteu.

Cruzando a rua, Geoffrey logo estava a seu lado. Ele era naturalmente um homem tímido e, quando chegou perto dela, ficou na dúvida sobre o que deveria fazer. Mas os olhos que encontraram os dele pareciam aflitos e perplexos, então ele se recompôs.

— Posso ajudá-la? — falou ele em inglês.

Ela olhou para ele sem expressão.

— O quê?

— Você parece estar, hum, precisando de ajuda. Posso ajudá-la?

A mente da mulher pareceu se ocupar do presente então, pois seus olhos perderam o vazio e ela olhou para Geoffrey, agradecida.

— Ajudar? Ah, sim, por favor!

— Você se perdeu?

O olhar vazio novamente.

— Venha até a minha loja — sugeriu Geoffrey.

O comerciante pegou seu braço e a conduziu até o outro lado da rua. Assim que eles entraram, ele a sentou em uma cadeira e foi até atrás do balcão no cubículo que continha uma pequena cozinha e uma máquina para fazer café.

Ele lhe entregou uma xícara e se encostou com a sua própria no balcão ao lado dela.

— Qual é o problema? — perguntou, sentindo-se incomodado.

— Não sei.

Ela estava à beira das lágrimas.

— Você se perdeu de seu grupo?

— Não sei! — gemeu ela, repentinamente. — Não sei onde estou. Onde eu estou?

Geoffrey ficou surpreso.

— Em Jerusalém. Na Cidade Antiga. Perto de Al-Aqsa.

— Onde?

— Jerusalém. Em Israel.

— Ah...

Mas ela continuou parecendo confusa. Geoffrey tentou uma abordagem diferente.

— Qual é o seu nome? — perguntou.

Ela olhou para o comerciante com um pânico de arregalar os olhos.

— Meu nome?

Geoffrey tinha percebido a essa altura que algo estava extremamente errado. Ele viu que a garota começara a suar. Parte dele começou a se perguntar se fora precipitado se envolver, mas a mulher parecia infeliz em vez de irritada.

— Será que você tem um passaporte? — perguntou ele gentilmente.

— Acho que sim. — Ela revirou sua bolsa, mas então a deixou cair sobre seu colo enquanto olhava de forma estranha para o vazio. — Não sei quem sou, ou onde estou, ou como cheguei aqui — disse a mulher de forma direta.

Mas Geoffrey podia ver o canto de um passaporte saindo de um compartimento interno da bolsa.

— Posso?

Ela não reagiu, e ele delicadamente apanhou o documento e o abriu. Era um passaporte italiano e lá estavam sua foto, a data de nascimento e um nome. Um nome incomum. Su-Lin de Montferrat.

Geoffrey pegou seu telefone e ligou para a polícia.

42

Istambul, 1915 d.C.

O general Erich Ludendorff tinha relutado muito para se comprometer com essa missão. A Alemanha estava há um ano em uma guerra marcada por impasses, e ele sentia que seu lugar adequado era ou em Berlim ou no Front, não preso aqui. Obviamente sabia que a pátria precisava manter uma firme influência controladora nos restos fragmentados do Império Otomano e que, se eles não cuidassem bem da Turquia, o Homem Doente da Europa, a Rússia ocuparia aquele espaço; mas certamente aquilo podia ter sido deixado para os diplomatas.

Apesar disso, quando o renomado arqueólogo e seu compatriota, Robert Koldewey, enviou um telegrama com notícias sobre suas descobertas na Igreja de Santa Irene, ele obedeceu as ordens para ir até lá avaliá-las, assim como para fornecer um pouco de força militar e presença de alto escalão para apoiar os esforços da Marinha alemã. E o pedido informal de seu amigo e oficial general, o marechal von Hindenburg, na verdade, fora uma ordem levemente velada como, depois de 33 anos no exército, ele aprendera a reconhecer rapidamente.

Istambul — ou Constantinopla, como ainda a chamavam usualmente — era uma joia em que muitas pessoas demonstravam interesse; mas os britânicos os estavam irritando, com sua habitual arrogância de quem controla as ondas, e os franceses estavam se agitando na periferia — novamente, como de costume. Os alemães, por outro lado, tinham dois cruzadores de batalha aportados, o *Goeben* e o *Breslau*, e seu próprio homem, o almirante Wilhelm Souchon, a postos e pronto para se tornar o almirante-general do Império Otomano.

A Turquia estava no bolso da Alemanha, mas os alemães agiam com cautela, renomeando com deferência os navios de guerra como *Yavuz Sultan Selim* e *Midilli*. E Souchon usava um chapéu fez com seu uniforme.

Ainda assim, era uma situação delicada. Todos sabiam que o Império Otomano sob o poder de Mehmed V estava mal das pernas e que havia um poderoso movimento nacionalista, os Jovens Turcos, sob um novo líder, Kemal Atatürk, esperando impacientemente para eclodir. E os alemães tinham que fingir que sua força militar estava sob o comando otomano.

Ludendorff era um soldado acima de tudo, mas ele não havia ascendido ao número dois do Alto Comando sem ter aprendido alguns outros aspectos do jogo. Se Koldewey tinha algo que a pátria poderia usar para sua vantagem, ótimo. E não faria mal, Hindenburg sugerira quando eles se despediram em Berlim, aproximar-se de Atatürk também.

Koldewey, cinco meses mais novo do que Ludendorff, possuía muita influência. Ranzinza e antiacadêmico, renitente e misógino, ele nunca ocupara uma posição na universidade. Estudara arquitetura e história da arte, mas não tinha brilhado em nenhuma das duas áreas. Sua arqueologia era em grande parte autodidata, mas sua determinação insistente quando comandava uma escavação lhe concedera uma reputação internacional, especialmente por seu trabalho na Turquia e naquelas partes do Império Otomano definidas pelos rios Tigre e Eufrates — a antiga Mesopotâmia. Ele tinha não apenas localizado os famosos Jardins Suspensos da Babilônia, mas também a Torre de Babel e a Grande Porta de Ishtar, além de contar com a admiração e o apoio pessoal do kaiser Guilherme.

Ludendorff não era um homem que se perturbava por causa dos outros, mas ele estava apreensivo por seu primeiro encontro com o estudioso cascudo. Certamente ninguém no mundo se igualava a Koldewey em seu conhecimento da civilização mais antiga da Terra.

Koldewey não tivera nenhum problema em persuadir a administração otomana para convencê-los de que podia sair escavando por

Istambul, e suas leituras e pesquisa o tinham levado à Igreja de Santa Irene, onde ele começara uma cuidadosa escavação – que revelou não o templo antigo que esperava encontrar debaixo das fundações da igreja, mas uma tumba de uma época muito mais recente. Foi para lá que Ludendorff foi convidado depois que os dois homens se conheceram na sala para fumantes do Pera Palas Hotel, dois dias antes.

Eram cinco horas. Koldewey gostava de começar cedo.

A igreja estava cercada por uma guarda militar, mas apenas Koldewey e cinco assistentes poderiam ser encontrados em seu interior.

— Bem vindo, *Herr General* — cumprimentou o arqueólogo.

Ludendorff grunhiu, seu olho imediatamente atraído por um conjunto de prateleiras de madeira em um lado do grande buraco retangular em que Koldewey estava. Sobre elas, vários artefatos tinham sido cuidadosamente dispostos.

— Chegaremos a eles em um momento — disse o arqueólogo, seguindo o olhar do general. — Primeiro, desça comigo até aqui e veja isso.

Ludendorff desceu agilmente a escada estreita de pinho que tinha sido posicionada em uma parede da escavação.

No centro do túmulo escavado, um caixão ornamentado estava apoiado sobre um plinto. Sua tampa estava aberta e, dentro dele, Ludendorff podia ver um cadáver vestido com uma roupa elegante disposto em ótimo estado.

— Coloque isso — disse Koldewey, entregando ao general um par de luvas brancas de algodão. — Temos que ser cuidadosos para não contaminar nada.

— O que você tem para me mostrar?

— Isso. — Koldewey se inclinou sobre o cadáver e apontou para algo aninhado de forma frouxa na mão direita do corpo. — Eu queria lhe mostrar isso *in situ*, como eu a achei. — Ele tirou da mão do cadáver uma pequena tabuleta de argila, do tamanho aproximado de um bloco de papel. O objeto saiu facilmente. — Ela estava presa de forma tão apertada que tive que quebrar os dedos para soltá-la — explicou o arqueólogo. — Não é um trabalho que eu goste de fazer, mas era a única opção. Não quis me arriscar a quebrar a tabuleta. Acabou que eu não precisava ter me preocupado, pois ela é dura como basalto. Apenas um golpe firme com um martelo a destruiria.

— O que é isso? — perguntou Ludendorff.

Koldewey olhava para ele.

— Vim até aqui achando que poderia encontrar algo sob o chão da igreja. Eu tinha visto alguma coisa nos arquivos em Veneza que atraiu minha atenção ao local. Mas eu estava esperando um templo romano, um templo de Mithras, talvez, ou, se tivesse sorte, algo mais antigo. Existe um local de culto aqui desde antes que qualquer um possa se lembrar. Mas *isso*...!

Ele colocou a tabuleta cuidadosamente nas mãos do general, que estavam protegidas pelas luvas.

— O que é isso? — perguntou Ludendorff novamente, vendo apenas um pedaço de terracota acinzentado modelado de forma tosca e coberto com marcas indecifráveis que não eram muito diferentes de pegadas de um pequeno pássaro.

Koldewey ficou calado por um longo momento antes de falar novamente. Naquele silêncio, Ludendorff sentiu parte da excitação do homem — e algo mais, que ele com surpresa reconheceu como medo.

— Se estiver certo, essa é a chave para um poder com o qual, até agora, apenas fomos capazes de sonhar.

Ludendorff não entendeu. O que Koldewey tinha falado soava mais do que melodramático, mas seu tom era extremamente sério.

— Explique-se, senhor — disse o general.

Ele estava com calor sob seu uniforme, apesar de estar cedo, e não gostava desse homem desajeitado de camisa de manga curta, com seu cabelo rebelde e sua barba desgrenhada.

— Não tive tempo ainda para fazer um estudo completo sobre ela, mas posso ler o suficiente para saber o que o encanto abrange.

— Encanto?

— Encantamento, invocação, teorema... tratado, talvez. Mas já tenho certeza suficiente de que, quem quer que consiga compreender e interpretar isso adequadamente... — Koldewey parou de forma abrupta. — É muito cedo para dizer — concluiu ele, tentando se precaver e mudando de enfoque.

— O que são essas marcas?

— É uma escrita antiga... cuneiforme. Foi usada pela primeira vez há 5 mil anos e já posso dizer que esse é um exemplo muito antigo. Está escrito na linguagem da Suméria, a mais antiga civilização que conhecemos.

— E isso é importante?

Os olhos de Koldewey cintilaram e sua expressão ficou impaciente. Que tolo esse general parecia ser! Apesar disso, o arqueólogo sabia que precisava do apoio do homem, se quisesse levar a tabuleta para a Alemanha sem o conhecimento de mais ninguém.

— É uma sorte *nós* a termos encontrado — disse ele, de forma direta, esticando o braço para pegar a tabuleta de volta.

Assim que estava em suas mãos, ele a transferiu para uma pequena bolsa de chita e de lá para o bolso do paletó que vestia agora.

— O senhor pode tirar as luvas— disse ele. — E vou lhe mostrar as outras peças que encontramos.

Ludendorff tirou as luvas com alívio. Elas irritavam suas mãos quentes. Furioso, ele as jogou no chão da tumba, chutando-as para debaixo do plinto.

43

Entre os outros objetos retirados da tumba e dispostos nas prateleiras havia mais um artigo de relevância. Uma pequena caixa de ferro, trancada e extremamente decorada.

— Achamos que isso foi feito em uma data muito posterior para abrigar a tabuleta — explicou Koldewey. — Mas não podemos ter certeza. E não fomos capazes de encontrar uma chave, então não podemos abri-la. Procuramos por todo lado, mas nosso tempo aqui é limitado. — Koldewey encolheu os ombros. — Acho que a chave está perdida para sempre.

— Force a caixa para abri-la. Use explosivos, se for necessário.

Koldewey olhou fixamente para Ludendorff.

— Tentamos todos os meios para destrancá-la sem causar danos, mas é como se ela tivesse sido selada. Sem a chave, não há possibilidade de abri-la. É fechada tão hermeticamente quanto uma ostra.

— Você abre ostras com uma faca.

— Se fizer isso da forma errada, você pode se machucar seriamente. E existem algumas ostras que nunca se abrirão.

— Você ainda não me contou de quem é essa tumba. Ou como ele se apossou dessa coisa.

— A primeira parte de sua pergunta eu posso responder. A segunda, não. Mas acho que ele sabia o que era. Ele foi para o túmulo segurando-a como se sua vida dependesse daquilo e a força de sua mão não enfraqueceu em setecentos anos.

Naquela noite, os dois homens se sentaram para beber conhaque na varanda da residência do embaixador *Freiherr* von Wangenheim, olhando para a névoa fina que ficava sobre o Bósforo, tornando as luzes dos navios fantasmagóricas e indistintas.

— Duas coisas — disse Koldewey.

— Sim?

— Devemos fechar a tumba cuidadosamente e devemos nos assegurar de que pareça que ela nunca foi aberta. Todos os traços da nossa escavação devem ser erradicados. Ninguém nunca deve saber o que descobrimos.

— Há os guardas e seus assistentes.

— Os guardas não têm ideia do que estavam vendo. Meus assistentes... posso lidar com eles.

Ludendorff entrelaçou os dedos.

— E a segunda?

— Precisamos levar a tabuleta... e a caixa... daqui para Berlim. Posso fazer um estudo minucioso lá, em paz.

— Muito fácil.

— Mas os turcos não podem saber sobre isso. Eles devem pensar que não tiramos nada de lá. Fiz uma lista de todos os artefatos encontrados aqui, mas omiti esses dois.

— Qual é o grande segredo?

O estranho olhar de excitação e medo voltou ao semblante de Koldewey.

— Eu lhe contei tudo que sei e tudo que suspeito. O senhor deve confiar em mim quanto ao resto. A Alemanha deve confiar em mim.

Ludendorff estava ciente da forma como o kaiser enxergava Koldewey e concordou com a cabeça vigorosamente.

— Quando?

— Amanhã na alvorada. Vou viajar com os artigos pessoalmente.

— Os otomanos...

— Os otomanos já foram avisados que meu trabalho aqui está no fim. Eles precisam de nós. Acham que os protegeremos dos russos e de seus próprios revolucionários. Eles não são um problema.

Ludendorff concordou novamente, terminou seu conhaque e começou a se levantar. Koldewey o impediu, segurando sua manga.

Ludendorff, que odiava contato físico, forçou-se a não recuar enquanto o arqueólogo o fixava com seus olhos.

— Não conte a ninguém sobre isso. Conte a seus ajudantes de campo apenas o que for necessário para que eles façam os preparativos.

— O segredo está a salvo comigo.

— É de suma importância que isso permaneça em segredo. Nem Hindenburg, nem mesmo o kaiser devem saber.

Ludendorff ficou desconfiado, mas algo nos modos do homem o convenceu de que ele estava certo.

— O que você vai fazer?

— Desvendar o mistério. Consultarei Einstein e Max Planck. Precisarei da perícia deles, mas eles não terão que saber toda a verdade. Você e eu nos encontraremos em Berlim e...

Koldewey parou bruscamente e voltou seu olhar para as águas que dividiam a Europa da Ásia. Havia coisas de que ele sabia que não era seguro confiar nem mesmo a Ludendorff — talvez especialmente ao general.

Se estivesse certo em suas suspeitas, ele tinha em suas mãos um poder com que outros homens só podiam sonhar.

44

Veneza, ano de Nosso Senhor de 1202

Ninguém gosta de passar fome.

O doge Enrico Dandolo tinha acabado de celebrar seu 92º aniversário. Era o começo do verão e o exército de Peregrinos em direção a Jerusalém tinha sido confinado na ilha de San Nicolò. A frota completa estava ancorada em Castello e os novos navios feitos para cruzar oceanos que faziam parte dela eram indistinguíveis, a olhos não iniciados, das galés comuns, navios de guerra e barcos de transporte que constituíam a maior parte das embarcações. Ninguém questionou nada.

O doge tinha cuidado daquilo.

Dandolo segurava a tabuleta fria com a inscrição curiosa sobre ela apertando-a em sua mão direita, sob seu robe. Havia um bolso especial dentro de sua manga direita onde podia alojá-la, mas ele aprendera que ela era mais poderosa quando estava em sua mão. Ele tinha apenas que pensar nas palavras escritas nela e podia sentir as mentes de homens se vidrando enquanto ficavam sob seu controle.

A arma mais poderosa do mundo. Mas ele também aprendera que ela deveria ser usada com discernimento e que requeria uma forte vontade para ser controlada. Ele não conseguia achar que a tabuleta tinha uma vontade própria, mas sabia o suficiente para respeitar a força dentro dela. *Não era a argila em si, mas a inscrição.* Mas apenas a cópia mais perfeita poderia replicar aquilo. E quem poderia fazer uma cópia de algo tão complicado? Somente alguém profundamente familiarizado com o original. O velho armênio? Ele estava morto. As únicas outras pessoas que sabiam daquilo eram Frid e Leporo. Frid era tão leal que era como se fizesse parte do próprio corpo de Dandolo. Quanto a Leporo... o monge era um seguidor, em quem não se deveria confiar tanto quanto se confia em seus próprios membros; mas ele sabia apenas tanto quanto era necessário que ele soubesse. E seu ódio em relação a Frid tinha durado décadas; aquilo estava sob controle.

A tabuleta lhe servira bem até agora. O exército de que ele precisava estava reunido. Agora estava na hora de colocá-lo à prova.

Dandolo se virou para seus companheiros, franzindo a testa enquanto desejava que seu olho esquerdo os deixasse em foco.

— Tudo está ocorrendo dentro do plano? — perguntou ele.

— Sim, *Altissima* — respondeu Leporo. — Interrompemos os navios de suprimento que levavam comida a San Nicolò. Já faz uma semana. Eles têm água, mas não o suficiente, e com o tempo ficando mais quente, ela vai apodrecer nos barris.

Dandolo levantou uma das mãos.

— Não queremos forçar demais — disse ele. — Obediência é o estado de que precisamos, não ressentimento. Reabasteça a água. E fique atento em relação a doenças. Devemos ter cuidado. Deixe Frid assumir o controle disso. Eles confiam em Frid. Ele é mais próximo deles do que nós. Deixe que continuem querendo comida. Precisamos de cães que estejam suficientemente famintos para lutar.

Ele balançou a cabeça na direção de Frid, que estava parado ao lado da porta. O norueguês retribuiu o gesto e saiu. Leporo observou enquanto o homem saía. Ele não mostrava nenhuma deferência ao doge e, mesmo assim, o doge o tratava mais cordialmente do que já tinha tratado seu fiel monge.

Mas sua hora chegaria.

— E agora — disse Dandolo, interrompendo seus pensamentos. — Agora para Zara.

Leporo encolheu os ombros parcialmente.

— O senhor nunca fará com que eles concordem com isso.

— Eu farei com que eles concordem com qualquer coisa que eu quiser. Junte os líderes deles.

Dandolo pensou sobre aquilo. O jogo de xadrez estava se desenrolando como ele desejava. Desde a Páscoa, os Cruzados vinham chegando a Veneza e os venezianos alojaram a todos na pequena e árida ilha de San Nicolò. Uma vez lá, não havia como eles conseguirem comida e bebida a não ser por água — e os venezianos controlavam os barcos.

Os Cruzados tinham outro problema. Como ele planejara, o grande número de homens que a liderança francesa esperara não tinha se materializado. Não havia pessoas suficientes para preencher a frota que Veneza construíra para eles, muito menos para pagar por ela. Mesmo entregando todo seu dinheiro e suas barras de ouro e prata, todos os seus tesouros, tudo menos seus cavalos e as coisas de que eles precisavam para lutar, Leporo calculou que ainda estavam faltando 35 mil grossi. Mas os venezianos tinham um contrato e ele precisava ser honrado.

Ninguém discordou daquilo e, assim como o Conselho Veneziano, eles comiam na mão de Dandolo. Enquanto isso, se os Cruzados se recusassem a se juntar a ele em sua expedição contra a cidade de Zara, ele ficaria com o dinheiro que haviam lhe dado e a frota, e eles que se danassem.

Mas eles não recusariam, Dandolo refletiu com satisfação enquanto apertava a tabuleta, com tanta força que ela machucava sua mão. Era como se sua mão carregasse a impressão física de seus símbolos. Eles não poderiam sair da ilha sem seus navios. Ele colocaria o local em quarentena e deixaria que morressem de fome. Animais e homens, cavaleiros e escudeiros, cozinheiros e prostitutas seriam tratados igualmente, até mesmo se tentassem enfrentá-lo.

Zara era uma cidade cristã. Dandolo estava mais do que ciente de como o papa reagiria se ele a atacasse. Mas aquilo não o preocupava. Ele sabia quanto Inocêncio III queria essa cruzada. A tabuleta — o pergaminho sagrado do bispo Ademar — tinha cuidado daquilo. O doge pensou no bispo, que morrera trancafiado e afastado do mundo.

Ademar tentara desvendar seu segredo, mas teve sucesso apenas parcial. E aquele conhecimento o levara à loucura.

Ele sorriu. A beleza da coisa era que ele era capaz de obrigar homens a fazer precisamente o que ele queria e, com um pouco de cenografia e um pouco de atuação de sua parte, eles faziam aquilo sem nunca estarem *cientes*.

45

Dandolo não precisava do Conselho para isso. Ladeado por seus guardas, com seus uniformes em prateado e amarelo, ele estava vestido com robes de cetim pretos com uma mitra ducal branca bordada com fios dourados em sua cabeça.

Ele estava parado ao lado de seu trono num púlpito de uma câmara de audiência privada, revestida de carvalho escuro e cheio de ícones da Paixão de Cristo pendurados. Leporo estava sentado na mesa do secretário. Frid se encontrava de pé atrás do trono. Incenso pairava no ar. As janelas altas deixavam a luz entrar. Os metais preciosos, joias e as folhas de ouro nos ícones piscavam e cintilavam na luz das velas.

Impressionante. Assustador.

A atmosfera serviria a seu propósito.

Os Cruzados foram trazidos para dentro, mas não encontraram assentos na área central em frente ao púlpito. Dois dos embaixadores originais, Godofredo e Conon, estavam na companhia dos líderes da empreitada, Balduíno e Bonifácio. Eles tinham uma aparência péssima. Dois meses em San Nicolò sem água para se lavar tinha causado aquilo.

Os dois líderes estavam tão bronzeados que não se pareciam mais com os aristocratas que eram. Balduíno — alto, 30 anos de idade, com olhos frios de um azul tão pálido que eram quase brancos, cabelo e barba pesados e castanhos. Bonifácio — troncudo como um camponês, vinte anos mais velho, um guerreiro experiente. Alguém, um dia, lhe causara uma ferida feia no rosto, atestada por uma cicatriz. Seus olhos pretos e astutos eram os olhos de um homem a ser observado. Nenhum traço de fios brancos no cabelo ou na barba.

Dandolo exagerou, apalpando a tabuleta enquanto se sentava no trono. Fazê-los achar que ele era totalmente cego. Deixar que eles mostrassem compaixão. Esses homens do norte sentimentais cairiam nesse truque, ele tinha descoberto.

O doge sorriu para eles, um sorriso de compaixão ferida, de compreensão sentida. A resposta deles à proposta de Zara fora exatamente como planejara: aceitação confusa. Mas ele viu que teria que trabalhar com aqueles homens um pouco mais.

Existiam poderes na tabuleta que ele ainda não tinha sido capaz de desvendar. Ele precisava usar seus próprios recursos agora para desferir o golpe de misericórdia.

Apertando a tabuleta, passando seus dedos sobre sua superfície irregular, ele colocou mãos à obra.

— Posso compreender sua reação, mas lhes rogo... reflitam! A cidade de Zara era nossa, era o nosso tesouro. Ela era... ela é... a joia mais preciosa da costa dálmata e foi crucial para nossa rota comercial com o Oriente. Nós a nutrimos, nós despejamos nosso amor e afeição sobre ela, nós a ajudamos, nós derramamos lágrimas de sal sobre ela. Mas... — O doge fez um gesto de arrependimento com sua mão esquerda no ar. — Mas, como uma prostituta ingrata, a cidade nos desprezou e, há vinte anos, rebelou-se, declarando-se independente e, para piorar as coisas, enviando emissários ao papa e ao rei da Hungria, implorando a eles, e justificando suas súplicas com mentiras, que lhe dessem sua proteção. Mas o controle daquela cidade é nosso por direito e *nós o teremos de volta.*

— É uma cidade cristã — contrapôs o conde Balduíno.

— Ela é, como o senhor assinalou. Mas a sua ação foi cristã? Eu acho que não. — Dandolo recostou. — Os senhores nos conhecem. Nós mantemos nossa palavra. Vejam a frota que preparamos para vocês, dedicando todos os nossos recursos ao trabalho durante os últimos 18 meses. Mas meu povo sacrificou muita coisa para alcançar isso, e eles ainda estão querendo dezenas de milhares de grossi dos senhores. Os senhores devem nos pagar o dinheiro que devem.

Os Cruzados se entreolharam. O marquês Bonifácio falou firmemente por todos eles:

— Estamos em concordância com o senhor, *Altissima*. Mas nós lhe demos tudo o que temos. Tudo menos as coisas de que precisamos para lutar e...

— Se não pagarem, devo lhes dizer que os senhores não vão mover um pé de San Nicolò. E não verão um barco vir lhes trazer provisões. Nem mesmo água.

— Se houver alguma forma...

Dandolo inclinou o corpo para a frente.

— Há. Ajudem-nos a reconquistar Zara. Não somos capazes de fazer isso sozinhos, ou já teríamos feito há muito tempo. Mas com sua ajuda, podemos e conseguiremos.

Os Cruzados abaixaram a cabeça. Era como se sua vontade não estivesse dentro deles mesmos.

46

— Seremos *excomungados* — disse Leporo mais tarde, quando eles estavam sozinhos.

Apesar de ter renunciado aos votos, o monge sentiu um calafrio passar por sua espinha ao pensar naquilo.

— Que nada! — falou Dandolo. — Deixe que o papa faça o que ele bem entender.

— Estou pensando nos Peregrinos de Cristo.

— Eles não farão nada que eu não queira que façam! — exclamou o doge. — Veja: nós tomamos Zara. Nós dividimos o que quer que levemos da cidade meio a meio com os Peregrinos. Com sua metade, se for suficiente, eles nos pagam a diferença do que devem. Então eles têm sua frota e podemos passar o inverno lá. Na primavera estarão descansados, renovados, de barriga cheia, terão fodido com aquelas putas dálmatas até ficarem em forma e podemos mandá-los à Terra Santa, ou a qualquer outro lugar que queiramos mandá-los.

— E quanto ao Legado Papal?

Dandolo olhou com cuidado para seu acompanhante.

— O cardeal Pedro que se foda — rosnou ele. — O homem é tão efetivo quanto uma bexiga em uma vareta contra uma maça de ferro.

— Mas quando essas notícias chegarem ao papa, ou se o senhor desafiar o cardeal...

Dandolo gesticulou impacientemente.

— Inocêncio já deu ao Senhor de Zara uma carta prometendo excomunhão imediata a qualquer um que atacar a cidade.

Dandolo olhou para Leporo com desprezo.

— Deixe que ele faça seu pior. Uma carta! Sejamos modernos, Leporo! Uma carta daquele cretino que se veste de forma extravagante em Roma não mandará nem mesmo um rato ao inferno. Agora escute. Assim que eu tiver o acordo com os Peregrinos assinado e selado, envie a eles um pouco de comida e vinho. Não muito e nada muito bom. Pés de porco e o Veneto mais barato que você conseguir encontrar. Em barris, não em garrafas. Eles podem receber as coisas boas mais tarde. E convoque uma missa em São Marcos. Faça com que os líderes dos Peregrinos estejam presentes.

— Qual é o motivo da missa?

— Vou receber o símbolo da Cruz.*

Leporo mal podia conter sua risada.

— Ajoelharei chorando no altar enquanto o arcebispo em pessoa costura a cruz vermelha em minha mitra. Ou talvez eu use uma azul. Azul fica melhor em mim, eu me lembro. Ficaria surpreso se metade da população de Veneza não recebesse a Cruz também.

— Isso seria bom?

— Pense, Leporo. Precisamos deixar alguém em Zara para se assegurar de que Emérico da Hungria não tente nada depois que seguirmos adiante.

— Seguir adiante?

— Deixe para lá! Faça o que estou dizendo. Quero essa missa no crepúsculo amanhã. Muitas velas. Pode incluir a mística. E incenso.

— *Altissima.*

Leporo viu a boca do inferno se abrir diante dele.

Quando foi deixado sozinho, Dandolo refletiu. Esse teatro que havia planejado era a cereja no bolo. Ele deixou de lado os pensamentos lúgubres sobre mortalidade. Agora ele se sentia rejuvenescido. *Afinal de contas*, refletiu, *todos chegam ao seu último Natal, à sua última Páscoa, à sua última foda, ao seu último prato de carne, ao seu último copo, à sua última cagada. Mas até isso acontecer, você deve seguir adiante.*

---

* A aceitação da cruz cristã é parte de um juramento ou voto, especialmente para participar de uma cruzada. (*N. do T.*)

Havia muito a ser feito.

Zara. Zara sucumbiria e seria punida por sua presunção. Ele mataria cada dálmata infectado por varíola em que pudesse colocar as mãos. Seria bom testar esse bando de idiotas franceses — ver do que eles eram capazes. Alguns deles morreriam, mas a causa era de seu interesse e esse seria um ensaio que também traria recompensas práticas. Depois que tivessem disciplinado Zara, poderiam deixar os filhotes e cuidar dos cães. Constantinopla se acuaria diante deles.

Seu pênis se agitou com aquele pensamento, uma cabeça de tartaruga sacudindo de dentro de seu casco antediluviano.

47

Conon e Godofredo observaram as preparações apressadas.

— A Bem-aventurada Maria deve ser agradecida por isso! Febre e doença tratadas e o acampamento limpo — disse Godofredo, quase sem conseguir acreditar na mudança de sorte.

Conon compartilhava seu alívio. O exército prisioneiro ainda era mantido em San Nicolò, mas eles tinham recebido bom vinho e a melhor carne. E putas, claro, putas limpas, checadas e trocadas toda semana pelas freiras de Santa Clara. Os cavalos receberam a melhor aveia e a mais pura água de nascente, trazida por uma infindável corrente de carros de boi das Dolomitas. Os próprios Peregrinos estavam estimulados a agir depois da longa e incerta espera em que quase passaram fome, e qualquer sussurro de divergência tinha desaparecido. Todos se jogaram de corpo e alma na grande vitória a ser conquistada em breve.

— Será bom de agora em diante — falou Conon. — Estou sentindo.

— Deus queira que seja assim — respondeu Godofredo, agora mais pensativo novamente.

Ele ainda estava, bem no seu âmago, incerto por causa do sigilo que sentia por parte dos venezianos. Presos na ilha, seus homens não tinham notícias do mundo exterior a não ser o que lhes era passado pela cidade.

— Devemos confiar em Veneza — disse Conon, lendo seus pensamentos. — E devemos nos mostrar animados. Nem Roma nem Zara têm a menor ideia de nossos planos.

No outono tudo estava pronto. Outubro se arrastou sobre Veneza desde a laguna, mas havia ainda dias de sol forte quando o mar estava tranquilo e a brisa que vinha das águas soprava contra velas recémlevantadas que ondulavam ansiosamente, como se estivessem impacientes para serem fechadas. As velas eram brancas no sol; as cristas pintadas nelas brilhavam de forma fresca e limpa. Não havia um coração que não estivesse cheio de energia inquieta.

Finalmente o último armazenamento tinha sido feito, os homens subiram a bordo. Os lugares vazios criados pelo déficit de guerreiros cruzados foram preenchidos com voluntários das sombrias terras do Vêneto e da própria Sereníssima República. Havia ventos favoráveis vindo do noroeste. O mar se desenrolava como um tapete.

Na Noite de Todos os Santos a frota estava pronta para a viagem na direção sudeste até seu destino.

A maré que os levaria se elevava na alvorada.

48

Na segunda-feira, 11 de novembro, eles ancoraram do lado de fora de Zara, uma cidade próspera, com torres brancas e telhados vermelhos, confortavelmente espalhada atrás de muralhas resistentes. Os sinos já tinham começado a badalar sua advertência antes de a última parte da frota, de quase quinhentos navios, aproximar-se lentamente. A galé do doge, pintada com cinabre, foi a que chegou mais perto da costa, a cerca de 1 quilômetro. Sob um toldo vermelho, o doge estava sentado, esquentando seus ossos ao sol do outono. Em resposta aos sinos das torres da cidade, címbalos foram tocados e trompetes soavam da proa de seu navio, de muitos de seus navios.

Mas, afora badalar seus sinos, a cidade não fez nada além de adotar uma posição defensiva. Dandolo sorriu ao pensar no que deveria estar passando na cabeça do governador enquanto o homem examinava a frota ancorada à sua porta.

Zara não poderia fazer nada contra tal força.

Talvez se rendessem sem lutar. Parte dele esperava que eles não fizessem isso. Essas pessoas precisavam ser punidas. Resistência lhe daria a desculpa de que ele precisava, e ele queria ver do que esses Cruzados eram capazes. Acima de tudo, o doge precisava de provas de que eles obedeceriam sem questionar. Ainda não estava confiante em seu poder.

Ele ficou imaginando quais eram os sentimentos dos moradores de Zara quando viram que Veneza tinha o apoio de um exército de peregrinos cristãos. Ficou imaginando quanta fé eles depositavam na carta do papa agora. Mas mesmo se não depositassem fé alguma e enviassem mensageiros a Emérico da Hungria procurando ajuda, seria tarde demais.

Nada poderia salvá-los.

Os próximos dias viram os navios de transporte levando cavalos, homens e máquinas de cerco — catapultas e manganelas para arremessar pedras — até a costa. Havia aríetes e túneis de madeira cobertos por peles grossas embebidas em água para proteger aqueles que lá estavam abrigados do óleo fervente e do fogo grego que seria jogado do topo das muralhas sobre o exército inimigo. Havia escadas longas e torres sobre enormes rodas que deveriam ser levadas até as muralhas para o ataque final.

Durante alguns dias o ar foi preenchido pelo barulho de martelos e serrotes sendo usados enquanto os carpinteiros construíam esses equipamentos e as tropas montavam acampamento em volta das muralhas e afiavam suas armas. Escadas foram montadas nas proas de vários navios, trazidos para investir contra as muralhas à beira-mar.

O governador da cidade solicitou uma negociação. Um portão lateral se abriu na muralha oeste e ele e sua comitiva saíram a cavalo até a costa, onde estava o acampamento veneziano.

Dandolo estava esperando por ele.

— O que você quer? — perguntou o doge.

O governador, um homem jovem, com aparência frágil, abriu os braços.

— Paz — disse ele, de forma simples.

— Você entregará sua cidade sem lutar? Pois esses são meus termos.

— Zara é uma cidade rica — respondeu, com seu orgulho ferido. — Nós lhe daremos uma recompensa razoável.

— Mas você estaria nos pagando com o que é nosso por direito, afinal de contas.

— Podemos resistir a um cerco.

— Por quanto tempo? Você tem olhos. Você vê que nossos engenheiros já estão sabotando suas muralhas banhadas pelo mar. Seria uma pena ver uma cidade tão bela quanto a sua esmagada como uma barata.

O governador abaixou a cabeça.

— Resistir seria tão fútil quanto varrer folhas no vento. Pelo menos ordene que seus sapadores parem até que tenhamos negociado. Nós os vimos preparando madeira para incêndios. Podemos sentir o cheiro da nafta.

— Eu lhe dei meus termos.

O governador estava suando. Seus robes cerimoniais pesavam e o esfolavam. O sol estava alto no céu e não havia vento. Poderia-se achar que o ano estava acabando de nascer, ao invés de morrer.

— Pelo menos nos dê tempo para evacuar a cidade em paz. Nosso povo é inocente.

— Aqueles com menos de 20 anos podem partir. O resto deve sofrer as consequências de sua rebelião: aqueles que estavam vivos quando a cidade se rebelou contra nós e arrogantemente declarou independência, apenas para procurar proteção sob o domínio de outro amo.

— Quanto tempo?

— Hoje é sexta-feira. Na segunda, abra a cidade para nós, ou encare as consequências.

O governador se retirou.

Enquanto cavalgava de volta à cidade com seu séquito, ele pensou, *há muitos rostos que um monstro pode assumir: o de um frei santo, o da mulher dos sonhos de alguém, o de um banqueiro templário. É muito comum alguém aceitar uma caixa bonita apenas para descobrir que ela não contém nada além de merda.*

O rosto de Dandolo era o rosto do ícone de um mártir. Santo demais para ser verdadeiro.

49

Paris, no presente

Laura Graves se sentou no café Grizzli na parte sul da rue Saint-Martin, bebendo um espresso e pensando sobre a informação que ela recebera de Lopez e sobre o novo progresso que eles obtiveram com o reaparecimento de Su-Lin. Sem sua memória, o que quase não ajudava.

Aquilo estabelecia outra barreira para eles saltarem. Ela falaria com Marlow sobre isso Estava impaciente, mas antes precisava resolver mais algumas coisas em sua mente. Graves saíra para refrescar a cabeça, mas não estava adiantando. Sua mente estava irritada. Ainda carregava um ressentimento em relação a Marlow por ele liderar essa missão, por tomar o trabalho que ela presumiu ser seu; mas ao mesmo tempo havia algo a seu respeito que ela achava que dificultava o ressentimento. Graves não estava acostumada a se sentir insegura sobre seus sentimentos. Não gostava disso.

Ela mexeu no pingente de esmeralda que estava usando novamente naquele dia e folheou o *Libération* sem prestar atenção a nenhuma palavra; as manchetes sobre a economia decadente, manifestações de estudantes e os índices de popularidade do presidente que estavam despencando quase não eram notícias. Ela estava tão absorta em seus pensamentos que quase não notara as outras pessoas, na maioria turistas, bebendo café debaixo do toldo na varanda à sua volta. Então olhou para todos com habitual profissionalismo. Entre eles estavam uma loura elegantemente magra e mais velha acompanhada de um americano um pouco mais novo que obviamente era seu amante, um quarteto de estudantes franceses que discutia e um homem de meia-idade elegantemente vestido. Ele provavelmente estaria mais à vontade no Café de la Paix. Quando Damien se aproximou para anotar seu pedido, ele falou em francês com um sotaque alemão.

Graves desistiu, deixou euros suficientes sobre a mesa para pagar o café e caminhou, virando a esquina para chegar à sede da Intersec.

Paris não é sempre uma cidade bonita. Ela pode ser cinzenta, triste e sombria. O lugar estava assim naquele momento, e exatamente igual uma semana atrás, no dia que eles trouxeram Su-Lin de avião até o recentemente reformado, mas ainda horrível, aeroporto Charles de Gaulle. Depois a levaram de carro ao escritório da Intersec no bulevar de Sébastopol, uma rua que um dia tinha sido requintada, mas que hoje era cheia de estabelecimentos comerciais, do rio em direção ao norte, até Strasbourg Saint-Denis.

O escritório da Intersec ficava no extremo sul, perto de Châtelet, em um edifício projetado por Haussmann. Havia muitos escritórios de advocacia na vizinhança, pois o local ficava a poucos minutos de caminhada dos tribunais centrais na Île de la Cité. Muitas vezes os escritórios ocupavam o que um dia tinham sido apartamentos. O escritório da Intersec não era exceção. Era grande, dois apartamentos combinados e com isolamento acústico; a discreta placa de bronze da porta vermelho-escura dizia: *Boyer-Fogel & Associés, Avocats à la Cour.*

Não havia nenhum quadro nominal na parede que ficava de frente para a rua e tampouco um nome ao lado da campainha, uma entre muitas, no saguão de entrada.

Eles tinham mandado o jatinho particular a Jerusalém para buscar Su-Lin de Montferrat assim que ficaram sabendo.

Jack Marlow tinha escolhido Paris para ela porque, pelos padrões da Intersec, era uma cidade tranquila. Era também onde muito dos trabalhos mais importantes e secretos da empresa eram feitos. Havia uma banca de jornal abandonada do lado de fora, uma cabine telefônica velha e um poste de publicidade com pôsteres dos filmes e produções teatrais mais recentes. Perto dali, a rue de Rivoli se estendia na direção leste-oeste por toda a cidade.

Marlow estava inclinado para fora da janela do local onde um dia fora a sala de visitas. Ele estava olhando na direção sul para a torre do relógio na Quai de l'Horloge e para o pináculo preto e estreito da Sainte-Chapelle, mas estava perdido em seus pensamentos.

Parte de sua mente ainda voltava teimosamente ao tempo que ele passara em Paris antes de a Intersec o transferir para Nova York; memórias ruins, mas aquele lugar provavelmente sempre teria o mesmo efeito sobre ele. A maior parte de sua atenção, no entanto, estava ocupada com o problema causado pela perda da memória que acometera De Montferrat.

— Temos pouca coisa para seguir. Ela tinha as roupas que estava usando quando foi encontrada em Jerusalém, mas, tirando isso, um pacote de Kleenex e alguns trocados nos bolsos, nada mais. Nada de carteira, nenhum documento além do passaporte — disse ele, virando-se para Graves. — Absolutamente nada escondido. O que temos na bolsa? O que disse a análise forense?

Graves consultou uma lista.

— Havia um batom dentro da bolsa, outros itens de maquiagem, uma caneta, um maço de Camel com um cigarro, um isqueiro Bic, um passaporte italiano que certamente é genuíno... e um lenço. E não havia nenhuma chave de casa ou do carro, nenhum cartão de hotel, nenhum recibo... nada que indicasse qualquer experiência recente ou qualquer trilha que seja. Sabemos que as autoridades em Jerusalém contataram todos os hotéis e agências de turismo prováveis e eles não encontraram nada. Limpo *demais*.

— Tão limpo que poderíamos nunca ter ficado sabendo se não tivessem enviado os detalhes à Europol.

Por sorte, o sujeito encarregado da segurança de lá anotou os dados e os passou à Intersec. A comunicação foi encaminhada diretamente à Seção 15 por causa do Projeto Dandolo. Aquilo foi por pouco e Marlow não gostou do que acontecera. Ele ficou se perguntando se alguém estava tentando obstruí-lo. Também se perguntava se podia confiar em Graves, mas acabou não o fazendo. Ele sabia que ela desejava seu trabalho. Laura moveu o anel de esmeralda para o dedo mindinho a fim de cobrir a velha tatuagem, ele tinha notado. Será que ela percebera que ele estava olhando? O anel ficava frouxo naquele dedo.

— Leon mandou notícias de volta de Veneza? — perguntou ele.

— Deve chegar a Nova York hoje.

— Por que não enviou diretamente de Veneza?

— Não confiou na encriptação de lá.

Jack deixou aquela passar.

— Conte-me assim que souber.

O ar frio da cidade refrescou a mente de Marlow. Não bebia Jameson havia muito tempo, mas, na noite anterior, enquanto lutava para resolver o problema sobre o que fazer com a arqueóloga — ainda com os sintomas da amnésia que a afetara quando foi descoberta em Jerusalém —, ele tinha feito um bom estrago em uma garrafa. Hoje estava pagando o preço.

Pensou sobre De Montferrat. Mulher atraente, inteligente, disposta a ajudar se pudesse. Existia uma expressão calorosa em seus olhos, embora eles ainda conseguissem ser enigmáticos. Talvez fosse por sua perda de memória. Jack não podia ter certeza. Mas não havia dúvidas de que ela era intrigante.

Estava frio demais para ficar confortável e uma chuva fina tinha começado a cair, deixando escorregadias a calçada cinzenta e a rua movimentada ao longo da qual o tráfico em mão única seguia para o norte. Os plátanos sem folhas que delineavam o bulevar balançavam suavemente na brisa leve, os últimos frutos do outono, pequenas bolas de pele áspera e marrom ainda se agarrando aos limites mais externos dos galhos mais altos. Ele fechou a janela e se virou para dentro do quarto.

Era um quarto grande e iluminado, com paredes brancas que combinavam com a maior parte da mobília. Pinturas e serigrafias de Allen Jones, Hannelore Jüterbock e Mark Upton estavam penduradas nas paredes. Graves estava em sua escrivaninha no canto mais afastado, virada de frente para as duas janelas altas perto de onde Jack estava parado. Para variar, seu Mac estava desligado e ela, concentrada em um livro de capa dura, a partir do qual ela fazia referências cruzadas com os documentos de uma pasta azul. Ela levantou os olhos quando ele se virou e pegou seus óculos de leitura. Totalmente recuperada, com um terninho elegante, Laura parecia revigorada e brilhante

Mas também parecia preocupada.

— O que diabos fazemos com ela? — perguntou Graves.

Marlow se sentou na poltrona Wassily preta perto da bancada de computadores agrupados sobre um console baixo alinhado a uma das paredes:

— Vamos ver como a memória dela se desenvolve. Mas eu tenho uma pergunta.

— Sim?

— É sobre o que você anda pesquisando. De Montferrat. Pode não levar a lugar algum, mas é um nome estranho o suficiente para que seja mais do que uma coincidência. O que você descobriu?

Ela tirou o cabelo de seu rosto com um gesto rápido e olhou para ele. Quando seus olhos se encontraram, ambos sabiam que ainda carregavam uma tensão entre si que eles não deveriam permitir que atrapalhasse o trabalho.

— Chequei árvores genealógicas e só Deus sabe que elas não seguem em uma linha totalmente clara até aqui, mas... — Graves parou abruptamente para voltar algumas páginas no livro que vinha consultando. — Aqui vamos nós: Bonifácio de Montferrat, nascido em 1150, morto em 1207, filho de William de Montferrat e Judith von Babenberg. Homem importante na Europa de sua época. Sua corte era uma das mais culturalistas do mundo. Mas, escute isso: seu primo, o rei da Suábia, foi casado com Irene Angelina, a filha de um imperador grego, Isaac II, que tinha sua corte em Constantinopla.

Marlow olhou para ela.

— Há uma ligação?

— Sabemos que Bonifácio era um dos líderes da Quarta Cruzada. O pai de Irene foi deposto em um golpe. Sem lágrimas por ele, Bonifácio não era um sujeito tão bom assim, mas, quando os Cruzados tomaram

Constantinopla para Dandolo, eles colocaram Isaac de volta no trono, com seu filho Aleixo como cogovernante. Eles não duraram muito, mas...

— Existe uma conexão, então. Mas é improvável.

— Não tenho tanta certeza e você não deveria tirar conclusões precipitadas. Se alguém poderia ter compartilhado o interesse de Dandolo em controlar Constantinopla, Bonifácio é o homem.

— E você acha que Su-Lin é descendente dele?

Graves encolheu os ombros.

— Consigo apenas rastrear os De Montferrat até cerca de 1900, mas não vejo por que não.

Marlow pensou sobre aquilo.

— E essa é a conexão dela com o Projeto Dandolo? Claro, seus colegas deviam saber disso.

— Poderia ser uma coincidência.

Ela balançou o cabelo novamente.

— Vamos pedir a Leon para pesquisar sobre o pai de Su-Lin. Era um empresário rico, não era? Algo relacionado a química industrial?

— Algo assim — respondeu Graves. — Você não fez seu dever de casa?

— Desculpe, senhorita. Vou falar com Su-Lin sobre isso também. Talvez traga algo à tona.

Graves parecia perplexa.

— Nunca se sabe.

— Por que você está olhando para mim assim?

— Não, não é por nada — contestou Marlow.

Ele a está chamando de Su-Lin, pensou Graves. *Não de De Montferrat. Uma pequena indício, mas...*

— Essa coisa de memória — disse ela, em voz alta. — Isso me traz à minha segunda pergunta. Ela não perdeu sua habilidade para ler, perdeu?

— Não.

— Então ela deveria ter sido capaz de ler o nome em seu passaporte.

— Tocamos nesse assunto. O psicólogo responsável diz que ela pode ler, mas não é necessariamente capaz de interpretar. Ela pode *ler* o nome, mas não é capaz de *conectá-lo* consigo mesma. Não ainda.

— Ela ainda me preocupa.

— Ela está completamente limpa: passou por um exame médico completo. Nenhuma escuta ou qualquer dispositivo, implantado ou não. Por que ela teria? — Mas Marlow parecia pensativo. — O importante é descobrir o que aconteceu a ela, Adkins e Taylor. E por quê. Só Deus sabe que foi necessária muita diplomacia para acalmar as famílias.

— Que estão extremamente consternadas.

— Essa não é nossa preocupação principal.

— Vamos lá, Jack... você não é tão frio assim.

Ele olhou para ela, mas não disse nada.

— Temos que entrar na memória dela de alguma forma. É a melhor pista que temos — continuou ela.

Ele olhou para seu relógio.

— Vou até lá agora para entrevistá-la novamente.

Graves parecia preocupada.

— Quem poderia saber que ela está conosco?

— Você ordenou um embargo da imprensa no momento em que ela foi localizada e identificada.

— Sim, claro. Para que mais servem as secretárias?

— Veja bem, isso me preocupa também. Estamos enrolando a Universidade de Veneza por enquanto. Informamos Hudson, mas... — Marlow hesitou antes de continuar, mas ele tinha que confiar nela pelo menos parcialmente para que pudessem trabalhar em equipe, e agora ele não tinha escolha. — ... não revelei seu paradeiro *exato*, nem mesmo para Sir Richard.

Graves olhou para ele atentamente.

— Ele não se opôs a isso?

Marlow mostrou um sorriso tímido.

— Ele ficou uma arara. Eu lhe disse que essa era uma questão de *ultrassegurança*. Isso precisa ser mantido dentro apenas da Seção 15. — Ele fez uma pausa. — Leon sabe, claro. E, até onde o psicólogo dela tem conhecimento, ela é uma pessoa que está sendo interrogada. É isso.

— Você não acha que Hudson vai chegar até a informação se ele quiser?

— Ele tem que confiar em mim se quer que isso funcione. Só Deus sabe contra quem estamos lutando. Quem quer que tenha ido atrás de Adkins, Taylor e Su-Lin, e atrás de nós, e pegou você... essas pessoas não podem ter uma segunda chance. — Ele olhou para Graves. — Quero que você fale o mínimo possível também.

Ele ainda não havia contado a ela de tudo sobre o que suspeitava. Laura era nova para ele. Ela tinha sido indicação de Hudson e era claramente a menina dos seus olhos. Parte de Jack estava furiosa por a terem empurrado para cima dele.

Graves parecia revoltada.

— Merda. Mas é o que se espera de nós.

— Na próxima vez podemos não ter tanta sorte.

— Vou arriscar.

O telefone azul tocou.

— Ultrasseguro do chefe do grupo — disse a voz na linha a Marlow.

Ele olhou para Graves.

— Convocação? — perguntou ela.

— Está acontecendo mais rápido do que eu pensava.

— Você ainda está aí? — perguntou a voz ao telefone, impacientemente. — Sir Richard quer vê-lo. *Agora*.

50

Zara, ano de Nosso Senhor de 1202

O tempo bom se manteve, mas o sol brilhou sobre uma cena cruel enquanto aqueles cidadãos abaixo dos 20 anos começaram a sair forçadamente de Zara.

— Alguns dos jovens se recusaram a partir — disse Godofredo de Villehardouin a Conon, inquieto.

— Não me surpreende — respondeu Conon, desconfortavelmente. — Isso significa se separar de amantes, pais, empregadores, protetores.

— Poderíamos ter mostrado mais misericórdia.

— Mas Dandolo nos ordenou...

— Vi homens e mulheres aos prantos depois que as tropas formaram o corredor do lado de fora do Portão Norte. Havia um casal, um rapaz e uma garota... ela não podia ter mais de 15 anos, mas ele tinha 21, Eles se agarraram como se fossem feitos da mesma carne. Saíram em disparada quando nossos homens foram separá-los, na tentativa de fugir.

— O que aconteceu então?

— Os homens os pegaram de volta — respondeu Villehardouin. — O doge quis que fizessem do casal um exemplo. Eles os apregoaram a cruzes. Atearam fogo em seus corpos.

— Está indo bem — disse Leporo a ele.

Estava funcionando. Dandolo não acreditava em mágica, mas, mesmo assim, a eficiência da tabuleta o assustava.

O que foi que o velho armênio tinha lhe dito?

Ele havia explicado que a chave para a inscrição na placa de terracota lhe mostrava quando a coisa estava em seu melhor estado para uso. Algo relacionado à combinação correta das estrelas e do sol.

Ele contara como os babilônios calcularam que estrelas distintas tinham propriedades físicas diferentes. Eles começaram a pensar sobre a interação entre energia e matéria.

Dandolo não se importara com muito disso; seu foco era único: conhecimento suficiente para fazer a tabuleta funcionar. Contanto que ela fizesse o que ele queria. Mas se houvesse mais...

No entanto, o pensamento do velho armênio era perigoso, e Dandolo manteve o que ele aprendeu para si mesmo.

Ele mandou Frid levar o velho homem em um barco e afogá-lo.

O doge relaxou e observou a frota agora próxima ao porto de Zara. Seu olho reconheceu os grandes navios feitos para cruzar oceanos que ele prometera a si mesmo para a aventura sobre o vasto mar a oeste do Mediterrâneo. Ainda era um assombro para Dandolo que ninguém além de Frid e ele pudesse ver para que serviam. Se tudo corresse bem, com o dinheiro que ele coletasse da vasta e apodrecida cidade de Constantinopla, logo aquela aventura seria empreendida por ele. Se Deus ainda lhe desse o tempo.

Mas antes Zara tinha que sucumbir.

51

O governador escutou melancolicamente o relato. Deram-lhe da alvorada ao crepúsculo do sábado para remover os jovens de sua cidade e, enquanto o sol se afundava no horizonte ocidental naquele dia, os sinos das igrejas começaram a ressoar. Aquele era o sinal; ao fim dos dez minutos, os sinos cessariam e o portão seria fechado. Isso aconteceu em meio a gritos, enquanto algumas pessoas jovens o suficiente para partir ainda foram deixadas do lado de dentro e alguns pais brigavam entre si para empurrar seus filhos pelas portas que se fechavam no último momento.

— Na confusão, três pessoas morreram. Um deles, um menino de 5 anos, esmagado pelo portão. Acendemos as tochas nas muralhas da cidade logo em seguida e o silêncio era como nenhuma outra cidade jamais conheceu — disse-lhe o comandante da guarnição.

O governador levantou os olhos. Ele não estava escutando nada novo, mas o comandante era meticuloso e não deixava nenhum detalhe de fora.

— Podemos vencer? — perguntou o governador.

O militar ficou em silêncio.

— Não quero danos — comunicou o doge aos capitães cruzados. — A propriedade é nossa: quanto mais os soldados a destruírem, mais nos privamos do lucro, e é da sua parte que vocês nos pagam de volta o que devem e ganham sua independência para sua grande empreitada.

— Que assim seja — disse Balduíno de Flandres. — Nós obedeceremos a ordem.

— Digam a seus sargentos para ficarem de olho-vivo em seus homens. E quanto às pessoas...

— Sim?

— Matem todos. Cada um deles. Resistindo ou não. Não quero herdar uma população de traidores.

— Precisamos manter alguns. Homens fisicamente capazes. Como força de trabalho. Precisaremos consertar as muralhas. Não temos como evitar danificá-las se eles resistirem — argumentou Bonifácio, a cicatriz em sua testa ficando esbranquiçada.

— Não — disse Dandolo, decididamente. — Para isso junte os jovens nas montanhas quando estiver acabado. Eles não terão ido longe e voltarão para casa sem questionar. O inverno está chegando; as montanhas não oferecem nenhum abrigo. — Dandolo fez uma pausa. — E assegure-se de que seus homens não destruam nenhum combustível na cidade... pilhas de troncos, velas, elas devem ser poupadas. Devemos torcer para que não usem todo o óleo que têm ao fervê-lo e jogá-lo sobre nós. Enforque qualquer um que desobedecer.

— E quanto às mulheres...? Precisamos de algumas delas — disse Balduíno.

— Pegue algumas nas montanhas — disse Dandolo. — O suficiente para satisfazer a todos. Não queremos brigas por causa de mulheres.

— Como a cidade vai ser dividida quando a tivermos conquistado? — quis saber Bonifácio.

Dandolo havia pensado a respeito daquilo.

— Estamos atacando do lado à beira-mar. Ocuparemos o porto e os distritos do sul. Vocês ficam com os do norte. — Dandolo olhou para eles. — Concordam?

Será que eles sabiam que a parte sul da cidade era de longe a mais rica? Mas o doge já tinha em mente qual seria a resposta dos Cruzados.

— Concordamos — responderam os líderes, sem hesitar.

No domingo eles foram à missa, embora os sinos em Zara tivessem ficado em silêncio. Havia alguma atividade nas muralhas, mas, fora isso, pouco movimento dentro da cidade. Na segunda-feira, 18 de novembro, na alvorada, eles foram à guerra.

As catapultas arremessavam pedras nas ameias enquanto os Cruzados atacavam as muralhas por terra e os venezianos atacavam as fortificações pelo mar. Os engenheiros cavaram sob as fundações, trabalhando com picaretas e pás, suando debaixo da cobertura de peles umedecidas, que os protegia da pior parte do óleo fervente, do fogo e das pedras jogadas das ameias sobre eles. Três vezes durante os dois primeiros dias os agressores foram repelidos. O povo de Zara tinha bons arqueiros e havia muitos jovens com corpos fisicamente capazes na cidade que não tinham abandonado o treinamento militar. Eles não podiam sair dali a cavalo, mas poderiam empurrar as longas escadas e se defenderem com tanta ferocidade que os agressores não conseguiriam trazer as torres de cerco.

Mas o tempo continuou bom. Se tivesse chovido, as rodas que suportavam as torres teriam escorregado nas pedras ou afundado na lama. Mas a batalha ocorreu sob um sol brando do fim do outono. O inverno estava atrasado ali.

O conforto era que o governador não tinha ordenado que ateassem fogo à cidade. Mas Dandolo tinha raciocinado, para onde seu povo fugiria? Se não ateasse fogo, ele poderia acreditar que era possível negociar por suas vidas, caso perdessem. Foi por essa razão que Dandolo não escolhera tentar usar seu poder sobre o governador. Por isso e pela necessidade de ver como os Cruzados lutavam. Mas aquele tinha sido um risco calculado.

No momento, parecia que o governador não tinha intenção de perder. Ou de enfrentar o inevitável. Pois a cidade sucumbiria.

52

No terceiro dia, uma das torres do sudoeste, onde a muralha à beira-mar se encontrava com a muralha que protegia o lado terrestre a oeste, ruiu, desmoronando sobre si mesma e matando todos sobre ela, assim como talvez cinquenta dos sapadores que a sabotavam. Uma brecha foi o suficiente. O pânico dos defensores era palpável, e naquele dia os agressores empurraram as torres de cerco até as paredes em todos os lados virados para a terra. A luta nas ameias foi furiosa. Muitos dos guerreiros que subiram até lá nunca voltaram. Se voltassem, era sem uma das mãos ou dos braços.

Para Dandolo, dava no mesmo se tivessem morrido. Mutilados, de que serviam para ele?

Naquela noite, incêndios começaram na cidade.

— Devemos dominá-la antes que ela se mate — disse Dandolo a Leporo. — Como estão indo nossos homens?

— Frid diz que estaremos dentro da cidade até amanhã no crepúsculo. Se ele não estiver exagerando. Estão cortando as cabeças dos defensores mortos que caíram para fora das muralhas e vão catapultá-las de volta para dentro essa noite. Diminuir o moral. Muitos maridos, pais, irmãos e namorados lá.

— Bom.

— Os incêndios não estão se espalhando. Eles estão controlados. Estão queimando lixo para que possam desobstruir as ruas quando chegar a hora de lutar nelas.

— Frid invadirá pelo sul com nossas forças. Tenho toda a fé nele.

— Esgrima é a área em que ele se sobressai — concordou Leporo, torcendo para que o viking fosse derrubado no primeiro ataque.

Ele assistiria à batalha amanhã com interesse; seria bom ver o tipo de poder que ele mesmo exerceria um dia, assim que Frid estivesse fora do caminho e Dandolo, sem sua proteção e cada vez mais doente, morresse.

A fúria libertada na quinta-feira foi impiedosa. Nesse dia as ameias foram tomadas, ambos os agressores e defensores usando machados e maças. Não havia espaço nem tempo para o refinamento da esgrima aqui. Os venezianos tinham uma tarefa mais fácil, pois a maioria dos defensores estava ocupada com a mais numerosa força cruzada atacando dos outros três pontos cardeais. O cheiro de sangue, carne queimada e óleo quente e as marcas de fumaça e chamas se misturavam aos gritos de animais feridos e aos prantos angustiados de mulheres e crianças enquanto elas tentavam escapar, procurando esconderijos em porões ou santuários nas igrejas, cujos sinos badalavam desafiadoramente até serem silenciados pelo choque de um projétil contra um campanário.

E, como Frid tinha prometido, no pôr do sol, a Marinha veneziana e o Exército da Sagrada Quarta Cruzada comandavam as ameias e os portões e o que tinha sobrado das muralhas e torres da orgulhosa cidade de Zara.

Sexta-feira foi o pior dia. Dandolo convocou Frid pessoalmente para que o homem grandalhão se reportasse.

O viking, desacostumado a conversar muito ou por muito tempo, falou lenta e deliberadamente. Ele estava parado com uma atenção inquieta diante da mesa de Dandolo, os dois sozinhos na sala. Leporo estava ocupado em algum outro lugar, supervisionando o saque que já tinha começado. Dandolo não o queria no seu pé a cada minuto do dia.

— A luta nas ruas foi árdua e feroz hoje — começou Frid. — Nossos homens estavam sempre se perdendo no emaranhado de vielas e se viam isolados ou presos em emboscadas; e os defensores eram pessoas vivendo nos limites infelizes do que, uma semana antes, era uma vida tranquila. Agora eles estavam lutando com a ferocidade de pessoas que não tinham nada a perder.

— Continue.

— Meu pelotão foi separado do resto da força veneziana. Nós viramos numa esquina errada e nos encontramos encurralados diante de uma pequena praça com um poço no centro. Alguns de meus homens são profissionais, mas a massa é composta de marinheiros ou voluntários que receberam a Cruz por causa do senhor.

— Por minha causa?

— O senhor inspirou muitos quando teve aquele crucifixo de seda azul e dourado costurado em sua mitra pelo arcebispo de Veneza na Basílica de São Marcos, logo antes de a frota zarpar. — Frid hesitou antes de continuar. — Mas aquele entusiasmo estava se esvaindo e se enfraqueceu ainda mais quando eles viram que tomar Zara não era o passeio que eles tinham sido levados a acreditar.

— Você fala como se fosse óbvio.

— É a verdade.

Dandolo entrelaçou seus dedos. A pura verdade não o feriria.

— Quando o inimigo fechou o cerco vindo das ruas que levavam até a praça, falei para meus homens se juntarem — continuou Frid. — Eu tinha uma dúzia de atiradores comigo, armados com bestas de repetição que eram rápidas para se recarregar e flechas com pontas de ferro, embora apenas cerca de vinte de cada. Ordenei que formassem um círculo ao redor do poço e disparassem saraivadas.

— Evidentemente você obteve sucesso.

— *Altissima*. — Frid se curvou rigidamente. — A primeira saraivada derrubou uma dúzia de homens, um índice de acerto que fez os agressores recuarem e deixarem seus mortos e feridos espalhados em seu sangue no chão da praça. Um homem tinha recebido uma flechada no pescoço, outro bem no esterno. Ouvi o estalo do osso se estilhaçando quando a ponta da flecha abriu caminho. Outros dois foram atingidos na coxa, mais um na barriga. Um pobre coitado tinha sido atingido na virilha e seus gritos ofuscavam quase qualquer outro som. Aqueles que foram mortos tiveram sorte.

Dandolo balançou a cabeça. Não haveria prisioneiros, nada de suturas feitas pelos barbeiros-cirurgiões venezianos, e ele sabia que Frid não perderia tempo com golpes de misericórdia.

— Meus homens quiseram dispersar atrás dos inimigos, mas eu lhes disse para continuarem firmes. Observei os homens de Zara para ver que armas eles tinham. Espadas, machados, adagas, mas não arcos. Estávamos com sorte. É difícil usar arcos em lutas em meio a cidades, de qualquer forma. Mas eles poderiam ter homens nos telhados. Observei as coberturas, mas não havia nada. Quantos dos desgraçados tinham sobrado eu não sabia.

Frid respirou fundo. Ele estava ficando velho para isso. Seus joelhos ainda doíam e sua cota de malha o tinha irritado, apesar da túnica de merlim que vestia por baixo dela.

— Então vi um vulto no telhado no lado oeste da praça, então mais um. Eles tinham homens com arcos curtos ali, afinal. "Os telhados! Mirem nos telhados", gritei, enquanto um primeiro disparo caía sobre nós, as flechas derrubando cinco de meus homens, mas, por sorte, nenhum dos soldados com bestas. Os homens de Zara estavam disparando a esmo. "Separem-se!" ordenei a meus rapazes. "Corpo a corpo! Arqueiros, mirem nos telhados!"

Frid continuou:

— Corremos para lutar com o inimigo reagrupado na praça, cortando mãos, pulsos, pernas e rostos. Logo todo o espaço estreito cheirava a sangue e suor. Eu permaneci junto ao poço, apoiando-me contra seu muro baixo. Observei o progresso da luta. Meus voluntários estavam sendo partidos ao meio pelos homens de Zara, mas os marinheiros e profissionais de Veneza estavam firmes e ainda havia mais de vinte deles na disputa. Porém mais inimigos estavam chegando à praça. Tomei uma decisão: "Leve alguns de nossos homens até os telhados", falei para o sargento ao meu lado. "Tantos arqueiros quanto você puder juntar." O sargento abaixou a cabeça em reconhecimento e foi fazer seu trabalho. Pouco tempo depois o combate tinha começado no alto e pude ver que aquilo estava nos favorecendo. Um arqueiro de Zara, com as tripas para fora penduradas ao ar, atingiu de forma pesada o chão, caindo sobre dois de seus companheiros que estavam apunhalando um veneziano agachado na praça logo abaixo, um bom rapaz corajoso; eu o conhecia bem. Mais se seguiu e então a salva de disparos do alto mudou de alvo. Agora, mais homens de Zara estavam caindo, atingidos por dardos de bestas. Vi nossa vantagem e tirei proveito, gritando para que meus homens atacassem os defensores titubeantes.

Frid sentiu uma pontada de vergonha daquela lembrança.

— Ao fazer aquilo, dois inimigos jovens e parrudos me cercaram. Meu sargento tinha ido embora, supervisionando a ação nos telhados; o resto de meus homens estava engajado firmemente, destroçando os defensores que ainda não tinham morrido, estavam feridos, ou que fugiam. A batalha estava quase acabada, mas esses dois não partiriam sem me derrubar. "Porco viking de merda", um deles cuspiu em mim. "Faça suas preces, vovô", disse o outro com um sorriso maldoso. E, sem aviso, ele suspendeu sua espada e derrubou o elmo de minha cabeça.

Frid fez uma pausa, lembrando-se do que ele não havia falado. Não contou a Dandolo, porque, por um momento, a crença inequívoca que depositava em seu líder tinha sumido de dentro de si. O que ele tinha dito aos homens de Zara? "Apenas cumprindo ordens"? O viking estava envergonhado. E não podia afastar a memória de sua vergonha:

Seu cabelo vermelho, entremeado com fios brancos, ainda era espesso e a espada o tinha atingido com um golpe inclinado. Ele sentiu a parte plana de sua lâmina, no entanto, e aquilo o derrubou. Ele se segurou ao muro do poço para impedir sua queda. Mas ainda assim caiu sobre um dos joelhos.

Seus agressores rugiram e se aproximaram rapidamente. Homens de talvez 25 anos. Um deles o chutou com força no rosto.

— Eu o vi no portão norte. Você expulsou minha mulher e meus filhos e me prendeu aqui. Você vai morrer lentamente!

— Não devia ter feito aquilo — disse o outro.

Frid respirava com dificuldade, mas estava novamente no controle. Esses dois falavam demais e já estavam bem próximos. Ainda apoiado sobre um dos joelhos e com suas costas contra o muro, ele fingiu estar mais ferido do que realmente estava.

— Tenham piedade — implorou ele. — Apenas obedecendo ordens.

— Que piedade você mostra, filho da puta? — rosnou o segundo homem.

Ele era mais jovem e mais leve do que seu companheiro e parecia menos convencido, apesar da vantagem que achava ter. Frid deu uma guinada para a frente, segurou logo abaixo do joelho as pernas do homem e, assim que ele estava desequilibrado, derrubou-o sobre suas costas e o jogou dentro do poço. O jovem nem teve tempo de gritar. Devem ter se passado cinco segundos antes de eles ouvirem o corpo batendo na água no fundo.

O outro inimigo, recuperando-se do choque inesperado, largou sua espada e tirou uma maça de seu cinto, uma resistente, sem corrente, e deu meio passo para trás, erguendo a arma. Frid podia ser um homem velho, mas ele ainda estava em forma e a pontinha de seu dedo sabia mais sobre lutar do que seu oponente sabia em todo o seu corpo musculoso e jovem. Ele tinha uma scramasax *na lateral de seu torso, um velho facão viking, sua lâmina pesada de ferro desgastada pelo uso até ter metade de sua largura original, mas a lâmina era afiada o suficiente para ele poder se barbear com ela. Havia espaço de sobra para preparar o golpe, que seria usado da melhor forma; mas Frid tinha visto que o homem estava usando apenas uma túnica de malha e calças justas de couro. A parte inferior de sua barriga e suas partes íntimas estavam protegidas apenas por uma barguicha de madeira. Quando o jovem homem de Zara ergueu sua maça, a túnica que ele estava vestindo se levantou, e então Frid empurrou seu próprio corpo para cima e para a frente com seu joelho dobrado, que gritou de dor em protesto, e deu uma estocada com força logo acima e à direita do pênis do homem. A* scramasax *teria entrado até o fim se ele quisesse, pois a carne era macia ali e ele tinha evitado acertar o osso, mas Frid deixou que a arma penetrasse apenas 8 centímetros antes de tirá-la e, enquanto o homem soltava sua maça e trazia as duas mãos até o ferimento e curvava suas costas largas, no instintivo gesto de defesa que Frid esperava, o norueguês se levantou, recuou e levantou a* scramasax *para golpear a base da nuca do homem, separando a cabeça do corpo. A cabeça rolou para longe e o corpo tremeu compulsivamente por um longo momento antes de cair sobre os joelhos e então, ainda se contorcendo, ir ao chão.*

— O que aconteceu então? — interrompeu Dandolo.

— Quando?

— Depois que você perdeu o elmo — instigou o doge.

— Eu os peguei no fim. Então olhei ao redor. Havia provavelmente cinquenta corpos na praça. Os únicos homens ainda de pé eram os meus.

Eu os conduzi com satisfação, erguendo minha *scramasax*, pingando sangue, sobre minha cabeça. Então eu a limpei e a embainhei, passei meus dedos por minha barba para desembaraçá-la, limpando um pouco do sangue em sua lâmina, e me sacudi. *Chega de Zara*, pensei.

O resto foi fácil, apesar de ser um segredo conhecido apenas por Frid a forma como Dandolo tinha conseguido que os franceses fizessem aquilo. E conhecer o segredo não significava que o norueguês o compreendia. Leporo, por outro lado, ficou quieto.

As mulheres, as crianças, aqueles que eram muito velhos para lutar e os guerreiros sobreviventes da cidade foram tirados das igrejas saqueadas, dos porões e de onde mais eles estavam escondidos, depois levados até a praia e confinados em currais construídos a partir de galhos finos trançados firmemente. Havia mil deles e levou um dia e uma noite para chaciná-los. Os Cruzados e os venezianos usaram lanças. Então eles jogaram palha sobre os corpos, temperaram com nafta e atearam fogo às piras improvisadas. Uma fumaça negra se elevou. As fogueiras não se apagaram até a noite de domingo e o fedor era assustador. Naquele momento, Zara, aquela vil e traiçoeira prostituta de uma cidade, era deles e a maior parte dela estava intacta.

Mas aquilo não estava acabado.

53

— Eles fizeram *o quê*? — rosnou Dandolo para Leporo.

Três dias tinham se passado desde a vitória.

— Não foi culpa dos nossos homens. Os franceses começaram.

Eles estavam de pé na sala de recepção da mansão do governador no quarteirão sudeste da cidade, a refeição matinal interrompida de Dandolo espalhada sobre uma mesa debaixo de uma das janelas que tinham vista para o porto.

— Os Peregrinos acham que o acordo não é bom para eles.

— Então eles começaram a lutar contra *nós*?

— Alguns dos homens apenas. Seus líderes estão controlando a insurreição.

— Mande buscá-los — grunhiu Dandolo. — Eu viro as costas por uma *noite* e isso acontece!

Balduíno e Bonifácio, com expressões envergonhadas, chegaram uma hora depois. Todos tinham sido aquartelados de acordo com sua patente e patrulhas foram enviadas para explorar as montanhas ao norte em busca de homens e mulheres jovens apropriados para o propósito que eles deveriam servir, consertar as muralhas e satisfazer aos homens da Quarta Cruzada. Tudo parecia calmo. O plano de passar o inverno em Zara e, nesse ínterim, avaliar e dividir o espólio havia sido aceito por todos. Mas então a luta começou entre alguns dos franceses e dos venezianos a respeito do saque da igreja principal e a confusão se espalhara para as ruas.

— Frid está lá também e agora está tudo em ordem — disse Bonifácio.

Dandolo estava perplexo. Por que tinha havido essa desobediência? Será que a tabuleta o deixara na mão? Será que ele havia perdido a concentração? Era um choque descobrir que, para exercer sua vontade sobre esse exército , que estava começando a pensar como seus escravos, ele não podia relaxar nem um momento.

O doge segurou a tabuleta com mais força. Ela parecia se aninhar em sua mão por sua própria vontade, como se fosse um ser vivo. Será que ele realmente tinha poder sobre ela, ou fora longe demais — será que ela estava começando a ter poder sobre ele?

Dandolo rejeitou aquela ideia. Era absurda. Ele estava no controle, e apenas ele.

— Mas assim serão exércitos para vocês... especialmente aqueles formados por nações que não concordarão — disse Godofredo de Villehardouin a Leporo mais tarde, quando a luta tinha acabado e os dois homens estavam sozinhos.

— Vi pouca coisa — falou o monge. — O que aconteceu?

Durante a breve escaramuça entre os aliados, Leporo tinha ficado enclausurado com Dandolo na mansão, fazendo um balanço dos recursos da cidade.

— Balduíno e Bonifácio começaram a restaurar a paz logo depois que a confusão começou. Mas assim que eles conseguiram acabar com a balbúrdia em um quarteirão, ela começou em outro. Trezentos homens morreram de forma desnecessária. E tudo isso em lutas que aconteceram em uma única noite!

— Que Deus nos guarde!

— Agora já acabou. Os cabeças dos dois lados foram detidos.

— Isso eu sei.

— E você sabe qual a punição que vai ser infligida a eles?

— São quinze principais arruaceiros. O doge, em sua sabedoria, determinou que sua punição seja exemplar. Ele ordenou que eles sejam levados até a costa na alvorada e sejam crucificados.

Godofredo respirou fundo. Mas ele não falou mais nada além de:

— Oremos a Deus para que nosso conflito interno esteja agora acabado para sempre e para que possamos seguir adiante na grande empreitada que temos diante de nós com vigor renovado na primavera.

— Há trabalho suficiente a ser feito para manter os homens ocupados até então — disse Leporo. — Temos que reconstruir o estrago causado quando tomamos esse lugar.

— E descansar. E dividir o que ganhamos. Então teremos nossa frota totalmente quitada.

Leporo sorriu. Dandolo e ele tinham calculado que, dividindo o espólio meio a meio, a parte dos Cruzados ainda não era suficiente para cobrir sua extraordinária dívida. Eles ainda estariam sob o poder de Veneza e não poderiam se rebelar.

— Oremos para que assim seja — disse ele.

54

Paris, no presente

Ben Duff, o psicólogo encarregado do tratamento de Su-Lin, encontrou Marlow no hall de entrada do apartamento especial em que a tinham acomodado.

O esconderijo que a Intersec mantinha era perto da sede, na rue Pernelle. O vidro nas janelas era à prova de balas e a porta da frente era de aço usado em navios de guerra. Uma entrada nos fundos estava escondida na cozinha e a porta para um quarto do pânico construído atrás de uma parede do hall de entrada estava similarmente oculta. O local fora projetado e modificado na época em que a Intersec ainda possuía um orçamento grande.

— Está indo devagar, mas não está indo mal — disse Duff a ele. — Eu teria ficado feliz com um progresso como esse se acontecesse daqui a um mês. E tivemos um avanço desde que nos falamos pela última vez. Durante a noite, na verdade.

— Ótimo. — Marlow manteve a irritação afastada de sua voz.

"Devagar" não era o que ele queria ouvir e estava preocupado com a conversa que tinha acabado de ter com Sir Richard. Os figurões da Intersec estavam mexendo seus pauzinhos.

— Existem alguns aspectos que precisarão de mais atenção, mas acho que estamos no caminho certo.

— Preciso falar com ela sozinho.

Duff parecia em dúvida.

— Ainda não — negou ele. — Preciso estar presente nesse estágio.

— Preciso que você me dê meia hora.

— Dez minutos. E apenas se eu decidir que é apropriado.

Mas Marlow estava impaciente para entrevistar a mulher sem uma terceira pessoa presente. Ele precisava ficar sozinho com ela para entendê-la.

A Dra. De Montferrat estava deitada em uma cadeira chaise longue ao lado da janela acortinada na sala de estar. Ela se moveu quando os homens entraram e se levantou, sentando-se na ponta do assento, balançando suas longas pernas de um lado para outro com uma elegância inconsciente. A Intersec organizara um novo guarda-roupa para ela, a maior parte do qual ela havia gostado, e agora Su-Lin estava muito diferente da turista perdida que Geoffrey Goldberg resgatara do lado de fora de sua loja em Jerusalém. Ela estava vestida com uma blusa de seda cinza-carvão de gola rulê, um terno de cachemira que combinava com a primeira peça e sapatos pretos de couro brilhante com saltos baixos, que aumentavam sua altura em poucos centímetros. Ela havia comido cerca de metade das refeições leves que lhe deram, mas recuperara um pouco de peso desde que fora encontrada. E pelas anotações de Duff, Marlow tinha descoberto que ela pesava 45 quilos.

— Leve para a altura dela — dissera Duff a ele. — Pode ter sido desnutrição enquanto estava perdida.

Ela tinha um corpo de menino; ombros estreitos e quadril fino, apesar dos seios belos e perfeitamente proporcionais; e seu cabelo preto liso era simplesmente longo o bastante para emoldurar um rosto pálido que alguém que não soubesse nada sobre sua ascendência acharia difícil ligar a uma nacionalidade. Os olhos amendoados eram castanho-escuros e ela tinha maçãs do rosto sobressalentes, mas seus lábios eram cheios e generosos e seu queixo era proeminente; seu nariz, delicado e — as palavras de Tennyson vieram à mente de Marlow — "empinado como uma flor".

De Montferrat parecia estar feliz por ver os dois homens, e Marlow notou que Duff tinha se entendido com ela. Um homem tranquilo com quem a pesquisadora havia achado fácil lidar, ele supôs.

Ela tinha uma expressão que dava a impressão de que uma linha de raciocínio fora interrompida pela chegada deles, embora já devesse estar esperando pela visita.

— É bom vê-los — disse Su-Lin.

Uma voz leve, atraente. Ela colocava tanto sentimento na entonação quanto podia. Gostava da aparência do policial alto e levemente desgrenhado com os olhos escuros e preocupados que acompanhavam seu médico.

O apartamento era espaçoso, as paredes pintadas com cores claras; a mobília era moderna e tinha acabamento em branco ou creme. Mas os jardins internos para o qual ele estava virado impediam a entrada da luz durante o dia e a maioria das lâmpadas estavam acesas.

Ela gesticulou para que eles se sentassem.

— Algo para beber? — perguntou Su-Lin. — Chá de limão?

— Jack quer ouvir suas novidades — disse Duff. — E não quero chá de limão, obrigado.

Ela olhou para Marlow, que também sacudiu a cabeça em negativa.

— As novidades que temos — disse ela a Duff. Seu sotaque era quase impecável. Apenas variações de inflexão e uma gramática perfeita entregavam o fato de essa não ser sua língua nativa. — Por onde devo começar?

— Conte a ele sobre o sonho — disse Duff.

De Montferrat pensou por um momento.

— Eu era uma menina pequena novamente. Quando acordei, fiquei me perguntando onde eu estava. Fiquei imaginando como eu tinha chegado aqui. Eu parecia ter passado semanas da minha vida em completa escuridão. Mas isso tudo parecia tão real.

— Ben mencionou que um longo período de perda de memória seria parte de sua condição — disse Marlow.

Ele olhou para seu relógio, esperando que essa história de sonho fosse levar a algo concreto.

Ela sorriu para ele timidamente, dando-lhe o benefício completo de seus olhos.

— Eu estava brincando em um jardim. Então entrei e olhei para o aquário que eu tinha ganhado dos meus pais alguns anos antes, no meu aniversário. Os belos peixes brilhando sob as luzes. O castelo afundado, o naufrágio do navio pirata. As folhas das plantas aquáticas se movendo nas ondas criadas pelas bolhas de ar. — Seu tom não tinha emoção. — Eu achei que estava cansada dos peixes. Desliguei o aquário. Então os dias pareceram passar. Eu saí, brinquei com meus amigos. Eles eram todos meninos. Todos me admiravam. Eu me esqueci do aquário. Mais tarde, olhei para ele novamente. Escuro e vazio. Alguns peixes tinham subido, mortos, até a superfície. Eu os tirei com a rede e os joguei fora. Acho que alguns podiam ainda estar vivos ali dentro, em algum lugar.

Marlow ficou imaginando se essa era uma memória verdadeira. Poucas pessoas são capazes desse tipo de crueldade inconscientes, mas elas existem.

— Esse é o fim?

— Quase. Não pensei mais nos peixes. Saí para brincar novamente. Havia um belo jardim e uma vista de prados e dos campos abertos, com árvores, mas dessa vez eu estava sozinha. Todos os meninos tinham desaparecido... Quando acordei, fiquei confusa. Mas sei que questionei meus arredores, esses arredores, pela primeira vez. Eu estava ciente deles. E estava ciente de mim mesma. Eu sabia quem eu era.

— E sua memória?

Ela teve dificuldades para encontrar as palavras. Duff interveio em sua defesa.

— Ainda existem lacunas importantes — disse ele. — Nenhum reconhecimento de seus pais, por exemplo, não é mesmo?

— Apenas sei que os dois estão mortos. Sei que cresci na Itália a maior parte do tempo. Mas quando você me mostrou fotografias dos meus pais, era como se eles fossem estranhos. Tenho apenas a sua palavra para acreditar que eles são as pessoas que você diz que são. — Ela fez uma pausa. — Tudo o que tenho da minha infância é aquele sonho, e ele não me parece nem um pouco real agora.

— E quanto às memórias recentes? — perguntou Marlow, ignorando uma advertência de Duff.

— Eu me lembro do meu trabalho em Veneza. Eu me lembro de tudo que me ensinaram. Eu me lembro de todo o meu treinamento. E me lembro do Projeto Dandolo.

Marlow focou naquilo.

— Quando essas lembranças voltaram? — perguntou ele a Duff, de forma seca.

— Há menos de uma hora — respondeu o psicólogo. — Precisei desse tempo para confirmar.

— Mas quando falei com você mais cedo, Dra. De Montferrat... — Ele começou, então interrompeu a si mesmo. — Quando você teve esse sonho sobre o qual me falou?

— Ontem à noite. Mas tudo ainda estava embaçado essa manhã. Eu estava com medo de isso tudo que parecia estar voltando a mim ser apenas uma ilusão. Eu quis esperar. Eu precisava falar com Ben antes...

Ela estava ficando agitada. Duff colocou a mão em seu braço para segurá-la. Ela se acalmou rapidamente, mas ele manteve a mão ali.

— Você teria qualquer objeção a conversarmos sozinhos um pouco? — perguntou Marlow a ela.

Seus olhos se arregalaram levemente.

— Não. Não mesmo — respondeu, voltando seu olhar para Duff.

— Certo — concordou ele, relutantemente, franzindo a testa para Marlow antes de se virar novamente para Su-Lin. — Relaxe. Não se esqueça do que eu lhe disse antes de Jack chegar: você tem que ser paciente com essas coisas. Acho que fizemos um grande avanço hoje. Mas a cura leva tempo; você não pode se apressar.

Ela lhe ofereceu um sorriso triste.

Depois que a porta foi fechada atrás dele, a arqueóloga recostou na chaise longue e seus olhos escuros encontraram os de Marlow.

— O que você quer saber? — perguntou ela.

— O que você não contou a Duff.

— Eu não escondi nada dele. — Ela parecia surpresa

— O que aconteceu depois da escavação? O que aconteceu aos outros... Adkins e Taylor?

— Eu não sei. Eu teria contado a Ben. — Agora sua expressão era reservada, talvez amedrontada.

—Algo aconteceu. Algo ruim. Tente pensar. Tente se lembrar.

— Não consigo! É horrível!

— O que é horrível? Conte-me.

Marlow olhou para ela. Su-Lin tinha deitado novamente. Ela estava respirando com dificuldade, fitando-o com seus olhos, mas Jack não era capaz de ler nada no fundo deles.

Ele esperou. Então falou cuidadosamente:

— Vamos começar com o Projeto. Como você se envolveu com ele?

— Você deve ter checado isso. Você provavelmente sabe melhor do que eu.

— Eu gostaria de escutar de você.

Ela parecia pensativa, questionando-se, mas disse:

— Vou ajudá-lo tanto quanto puder. Você precisa ser paciente comigo.

— Pense, então. As vidas de seus colegas dependem disso.

— Eu sei.

— O que vocês descobriram... você consegue se lembrar disso? — tentou ele, mas de forma delicada.

— Se eu pudesse me lembrar, eu lhe contaria.

— Onde vocês estavam quando aconteceu? No laboratório? No hotel?

— Eu não sei!

— Talvez no laboratório?

Marlow sabia que aquele era o local mais provável. É mais difícil tirar pessoas de um hotel movimentado do que de um departamento tranquilo na universidade. Teria acontecido no fim do dia... começo da noite, quando os arqueólogos estivessem se arrumando para ir embora.

Talvez.

— Tente! — persistiu ele.

Mas não havia nada naqueles olhos enigmáticos. Se *houvesse* algo neles, era solidão. Solidão. Aquele era um assunto sobre o qual Marlow estava perto de se tornar um especialista. Foi onde concentrou seus pensamentos. Era algo com que ele poderia se identificar. Talvez aquela fosse a forma de chegar a ela.

O procedimento não estava nas regras de protocolo, mas ele esticou o braço e segurou a mão dela.

55

No meio da tarde, Marlow reapareceu no escritório do quarto andar.

— Como foi lá? — perguntou Graves, enquanto ele entrava apressado.

— Com Su-Lin? Ela reconhece onde está e quem ela é. Nosso problema é seu campo de memória recente.

— A parte que importa.

Ele ignorou o comentário.

— E você?

— Um pouco de cada coisa.

Mas Graves tinha dificuldade em afastar a excitação de sua voz.

— Conte-me.

Marlow estava prestes a se sentar na cadeira em frente à mesa da assistente, e ela empurrou seu computador de lado, pronta para falar. Mas então o BlackBerry de Jack tocou. Ele checou o número de quem estava ligando antes de se virar e sair da sala novamente.

Graves observou enquanto ele partia, colocou seus óculos de leitura e pegou a pasta em que ela estava trabalhando, a mesma de que precisaria para a conversa que eles estavam prestes a ter. Ela sentia-se ansiosa para fazer aquilo.

Pensou em Marlow contra sua vontade. Ela pensava nele demais.

Trabalhavam juntos já havia algumas semanas. Laura se orgulhava de sua habilidade para descobrir o que motivava uma pessoa tão rapidamente. Aquilo tornava trabalhar com eles algo mais fácil. Leon Lopez fora uma moleza. Tranquilo, amigável, de coração aberto àqueles em quem ele confiava e bem-humorado. Não tinha levado muito tempo para que eles se entendessem. Desde que saíram de Nova York, ela sentia falta de Leon.

É claro que ninguém nunca sabe o que está se passando na mente de outra pessoa, mas você tem que reconhecer onde pode depositar confiança.

Graves foi treinada para fazer aquilo apenas com cautela extrema. Todos têm um ponto fraco sob suas couraças e isso pode ser explorado; mas Lopez era um colega com quem Graves achava que podia contar.

Marlow era diferente. Não era apenas seu jeito reservado. Ele era um homem que mantinha a guarda alta. Na defensiva. Mas contra o quê?

Algo deve ter acontecido a ele para deixá-lo daquele jeito. Algo que o tenha machucado, ou algum deslize profissional, enterrado no passado, que tenha feito com que ele construísse tais paredes à sua volta.

Ela pensou nos olhos escuros dele e na cautela que, no fundo, eles carregavam.

Também ouviu quando seu parceiro levantou a voz levemente, do lado de fora, no corredor. O que ele estava dizendo era indistinto, embora ela pudesse argumentar que ele falava francês. Então Marlow desligou o telefone e ela ouviu o som de seus passos sobre o parquê enquanto ele voltava.

Graves sacudiu sua mente para voltar à realidade. Ela não podia negar que seu interesse era pessoal e muito menos que se sentia atraída por ele, mas qualquer coisa naquela direção teria que esperar. Havia trabalho a ser feito e não era nada menos do que loucura em seu campo de trabalho até mesmo pensar em um relacionamento pessoal com um colega. Morte e traição estavam sempre muito próximas para aquilo.

Mas Graves tinha algo aqui com o que ela poderia realmente impressioná-lo.

— Desculpe por isso — disse Marlow com uma voz que não revelava nada.

Ela voltou a seu modo profissional sem perder tempo e abriu a pasta.

— Temos boas e más notícias — começou.

— Más primeiro — disse ele, sentando-se, mas sem relaxar um músculo, braços esticados, apoiando-se levemente sobre a mesa.

— Leon está de volta a Nova York. Veneza expôs algumas coisas interessantes.

— Ele enviou seu relatório?

— É nisso que andei trabalhando essa manhã.

— Diga.

— Certo... má notícia primeiro. — Ela o encarou. — Leon deu uma olhada minuciosa no Archivio di Stato na nossa área de interesse. Ele procurou documentos datando de 1160 a 1210.

— Deve ter demorado bastante.

— Aqueles arquivos são de mil anos atrás. Há quilômetros de estantes.

— Sim, realmente. E a má notícia é?

— Sabemos que Dandolo se tornou doge em 1192, quando ele tinha mais de 80 anos, e que ele morreu em 1205. Mas ele foi ativo politicamente durante anos antes de assumir como líder da cidade-estado. Existem algumas coisas sem importância sobre ele entre 1160 e 1169, mas depois de 1170... nada.

— Arquivos de computador? Negativos?

— Leon procurou isso... o armário está vazio.

— Isso acontece só com o material sobre Dandolo?

— Sim, apenas Dandolo.

Marlow refletiu sobre aquilo.

— Destruído. Ou alguém o levou. — Ele guardou a informação em sua cabeça.

Graves o olhou.

— Quanto tempo você acha que vamos levar para tirar algo de concreto da Dra. De Montferrat?

— Duff acha que mais cinco dias.

— Ele chegou a alguma outra conclusão sobre ela?

— Como o quê?

— Não sei... qualquer coisa mesmo.

Graves se protegeu, decidindo manter quaisquer reservas que ela tinha para si mesma.

— Então... e a boa notícia? — prosseguiu Marlow, com o rosto que ainda parecia fechado.

Ela pegou a pasta e tirou uma folha de papel de dentro.

— Veja isso.

Era uma cópia em alta definição de um manuscrito antigo, mas o que estava escrito nele era completamente indecifrável. Pequenas incisões amontoadas que pareciam pegadas reunidas de pequenos pássaros. A impressão cobria uma área física muito pequena — pouco maior do que a superfície de seu BlackBerry. O fundo era cinza; as letras — ou símbolos — destacavam-se em branco. Então, o que quer que fosse, tinha sido impresso de algo que trazia marcas talhadas, e não em alto-relevo.

— O que é isso? — perguntou ele.

— É nisso que estou trabalhando.

— Foi Leon que descobriu isso?

— Não... eu descobri.

— Conte-me.

Ela estava impaciente para fazer aquilo desde que havia confirmado o que suspeitava quando examinou o documento pela primeira vez.

— Imagino que ninguém tenha olhado para o original desde que isso foi colocado no arquivo. Havia uma anotação anexada a ele com a data de 4 de fevereiro de 1849: "Indecifrável. Escrita cuneiforme? Língua: sumério? Ou acádio? Sem data. Data possível: *cerca de* 1000 a.C.?" Ninguém se preocupou com isso desde então. E você pode imaginar quanto tempo levou para conseguir que os funcionários do museu autorizassem uma cópia apropriada. A burocracia francesa às vezes parece estar presa no próprio século XIX!

— Que arquivo?

— O arquivo no *Musée de Cluny*. Basta descer a rua daqui. O museu da Idade Média.

— Prossiga.

— Foi um tiro no escuro, mas enquanto Leon estava olhando em Veneza, pensei, por que não procurar aqui também? Era melhor eu fazer isso.

— Mas por que aqui?

— Porque o bispo Ademar era francês!

56

Marlow soube imediatamente que sua assistente tinha feito um grande avanço.

— Comece pelo começo — disse ele.

— Certo. — Ela respirou fundo. — O bispo Ademar é mencionado em alguns dos documentos de pesquisa que Adkins e sua equipe conseguiram enviar a Yale antes de desaparecerem. Foi Leon quem o descobriu primeiro. Dandolo o menciona duas ou três vezes.

— Então qual é a conexão?

— Ademar era um dos líderes da Primeira Cruzada, por volta de 1096. O bispo viajou por muitos lugares do Oriente Médio. Ele inclusive passou um tempo em Constantinopla. Morreu na Terra Santa em 1098.

— Ele esteve em Constantinopla, você disse?

— Sim.

— Qual era o passado dele?

— Ademar era o bispo de Le Puy-en-Velay. Existem várias histórias sobre ele, uma delas fala sobre uma visita que fez ao Egito. Pouco depois dessa viagem, ele ficou obcecado com algo, algo que havia achado lá e que, dizem as lendas, tinha a habilidade de transmitir poder supremo a qualquer um que o possuísse.

— Algum objeto?

— Sim. — Os olhos de Graves brilharam. — Só Deus sabe quando esse documento acabou chegando ao Museu de Cluny, mas lá está ele. Ademar não teria ido para Veneza, porque, como eu disse, *ele era francês*.

— Aonde isso está levando?

Marlow já podia supor.

— Ademar teve uma enorme influência na supervisão da Primeira Cruzada e, mesmo depois de sua loucura e de sua morte, muitos dos soldados rasos insistiam que ele ainda estava vivo, e ainda os vigiava, controlando-lhes. Existiam histórias do bispo andando entre eles, lhes dando coragem.

— Não gaste meu tempo com histórias de fantasmas, Laura — disse Marlow, mas ele estava intrigado.

— Não se esqueça de que as pessoas que viveram há cerca de novecentos anos eram menos céticas do que somos. Eles acreditavam *literalmente* nos milagres que as Relíquias Sagradas poderiam fazer, por exemplo. E, se você acreditar o suficiente em algo, você pode fazer aquilo acontecer... ou pelo menos *pensar* que pode.

— E você está dizendo que esse bispo tinha encontrado algum tipo de relíquia no Egito?

— Em Alexandria, sim. Só que eu não acho que era uma relíquia.

— Prossiga.

— Fiz mais algumas pesquisas. Alguns dos papéis que Ademar deixou para trás além desse, e não existem muitos, têm referências a ela. Referências obsessivas, eu diria, a um "*pergaminho sagrado*".

Marlow olhou para a fotocópia que ele estava segurando.

— Isso era algo que ele nunca pareceu ser capaz de entender como usar — continuou Laura. — Ele sabia o que era e o que podia fazer, mas ele nunca foi capaz de fazê-lo funcionar *completamente*. Se teve algum sucesso, a julgar pelas suas escritas, era indiscriminado, aleatório. O que o corroeu foi que ele sabia que deveria haver um método, mas Ademar não conseguia descobrir qual era. — Ela se inclinou para a frente, tensa com a excitação. — E hoje mesmo, enquanto você estava trabalhando com aquela tal de De Montferrat, acho que descobri.

Marlow continuou a estudar o papel.

— O manuscrito original é tinta sobre papel velino — prosseguiu Graves — e está em péssimo estado de reparação agora. Muito do que está escrito nele sofreu erosão com o tempo e então o significado do todo está incompleto. Mas de uma coisa eu tenho certeza: o que está no pergaminho não foi escrito à mão... foi *impresso*.

— Mas pessoas como Gutenberg e Caxton não tinham nascido até o século XV.

— A impressão existia antes deles... isso existe há 3 mil anos. Ademar viajou muito pelo Oriente. A impressão era conhecida na Mesopotâmia antiga, que agora é o Iraque. Mas há mais do que apenas isso.

— A escrita não tem nada a ver com os alfabetos romano ou grego, que seriam os dois usados na época de Dandolo... e na de Ademar. E, como me lembro, a inscrição nas fotos que temos da chave que os arqueólogos descobriram...

— E agora perdida... — interrompeu Graves

— Aquilo também não era aramaico.

— Você está certo! Essa escrita deve ser de muito antes. Ela provavelmente data de por volta de 1000 a.C., a época que o curador do Museu de Cluny sugeriu quando ele escreveu sua anotação em 1849. Mas *pode* ser muito antes até mesmo dessa data.

— Então o que é isso?

— Isso *está* escrito em cuneiforme, como o curador do Cluny supôs. — Graves não foi capaz de resistir a começar uma explicação de que Marlow não precisava. — É uma espécie de proto-alfabeto usado pelos padres e pelos padres-reis que governaram a antiga Babilônia. Ela ainda era usada para propósitos secretos e de rituais bem depois que foi suplantada no uso diário.

— Certo... mas o que diz?

— Nada. São coisas sem sentido.

Marlow olhou para ela com uma expressão séria.

— O que você quer dizer?

— Ou melhor, não exatamente coisas sem sentido. Eu disse que o que você pode ver aqui foi impresso.

— Sim.

— Bem, Ademar deve ter colocado as mãos em algo há quase mil anos, quando estava no Egito. Algo que ele achou ser um bloco de impressão. Ele sabia aproximadamente a idade daquilo e também sabia que os povos antigos do Oriente Médio tinham dominado a arte da impressão. Ele não se preocupou com o fato de os caracteres estarem entalhados, em vez de em alto-relevo. Ele só sabia que aquilo era valioso, que aquilo guardava algum poder, então ele o imprimiu para produzir seu "pergaminho sagrado".

Marlow estava começando a captar a empolgação dela.

— Mas... aquilo *não era* um bloco de impressão?

— Não! Foi isso que me deixou perplexa. O que temos aqui... e é impossível compreender seu significado completamente, porque o pergaminho em que ele foi impresso está muito deteriorado... é uma *imagem-espelho* do que foi entalhado no que imagino ser uma pequena tabuleta de argila. Foi isso o que confundiu Ademar. Foi por isso que ele não conseguiu usá-lo corretamente. Apenas alguns dos símbolos e frases têm a imagem-espelho igual à sua imagem positiva. É por isso que sua leitura dele deve ter sido incompleta. Seu "pergaminho sagrado"... esse pergaminho no museu aqui em Paris... não era o que importava de verdade!

57

Marlow ficou em silêncio por um momento.

— Então o que importa? — perguntou ele.

— Os babilônios escreviam em tabuletas. Eles carimbavam ou entalhavam as letras na argila quando ela ainda estava úmida. Quando já estava seca, eles ficavam com um registro permanente daquilo que era escrito. E eles usavam tabuletas pequenas, suficientemente convenientes para segurar na palma da mão. Portáteis, fáceis de usar: você segura a coisa com uma das mãos e usa a outra para "escrever" sobre ela.

— Então...

Marlow sabia a que isso estava levando.

— Obviamente, eles tinham tabuletas maiores e colunas para escrever, digamos, listas de leis, mas, para a maioria dos propósitos, eles usavam essas pequenas tabuletas de argila. Os babilônios as usavam para tudo, desde livros escolásticos até listas de compras, mas existem também centenas que contêm sofisticadas fórmulas matemáticas e astronômicas. Centenas de milhares apareceram até a época da Guerra do Iraque, quando tudo parou. E muita coisa foi destruída desde 2003. Mas o apogeu para os arqueólogos foi a segunda metade do século XIX e a primeira metade do século XX. Um dos maiores pesquisadores era um alemão chamado Robert Koldewey, que morreu em 1925, aos 70 anos.

— Então o verdadeiro pergaminho sagrado é uma pequena tabuleta de argila. Do mesmo tamanho da área coberta pela impressão nessa fotocópia do manuscrito do bispo Ademar — falou Marlow. — E existem centenas de milhares dessas coisas?

— Existem 30 mil ainda esperando para serem *catalogados* nos arquivos só do Museu Britânico. A maioria deles está lá há um século.

Eles ficaram em silêncio.

— Dandolo conseguiu desviar todo um exército estrangeiro de seu propósito original e usá-lo para esmagar Constantinopla, o maior rival comercial que Veneza tinha — disse Marlow. — Você está me dizendo que ele de alguma forma se apossou dessa... coisa... e descobriu como usá-la para controlar a Cruzada?

— Por que não? — perguntou ela. — Ele estava em Constantinopla por volta de 1170. E ele viajou de lá para a Terra Santa. Como enviado veneziano. Depois que tinha feito sua cópia, Ademar certamente teria deixado a tabuleta original em algum lugar para ficar guardada em segurança.

— E se ele a deixou na Terra Santa, ou alguém a deixou, depois que ele ficou louco?

— Os Templários começaram a guardar bens como garantia ou simplesmente a colocá-los em cofres. Eles se tornaram banqueiros. Eram o equivalente a um banco suíço. Dandolo teve transações comerciais com os Templários cerca de um século depois da morte de Ademar.

— Muito improvável. — Marlow sacudiu a cabeça.

— Você tem uma hipótese melhor? — perguntou Graves.

Marlow pensou um pouco mais.

— E se essa tabuleta ainda tiver o poder de fazer o que fez por Dandolo... se é que fez alguma coisa... se ela ainda existir?

— Não há nenhuma razão para ela não ter. Não será algum tipo de passe de mágica. Será uma fórmula científica. Os babilônios eram interessados no movimento das constelações e no efeito que as várias mudanças de posição das estrelas tinham, ou poderiam ter, sobre seu povo e o que poderia acontecer a eles. Esse era seu principal interesse, observar as estrelas e descobrir pistas a partir delas, para poder controlar o futuro. Pode-se dizer que eles eram astrônomos por acidente. A coisa em que eles estavam realmente interessados era astrologia. Mas isso não desvaloriza o que descobriram sobre as estrelas. Eles eram cientistas acima de tudo e é possível que soubessem mais do que nós sabemos, até hoje. Tanto Einstein quanto Max Planck levavam suas descobertas, tão logo a descobriram, muito a sério. Einstein foi um pioneiro da astrofísica. Planck foi o fundador da mecânica quântica.

— As propriedades físicas de corpos celestes; e as interações entre energia e matéria — disse Marlow, lembrando-se das qualificações especiais, que iam além dos conhecimentos de arqueologia, de Adkins e Taylor.

— Adkins e o resto não estavam apenas trabalhando na tumba de Dandolo com interesse na história do começo do período medieval, estavam? — perguntou Graves.

— Não é o que parece agora — respondeu Marlow, lentamente. — Se você estiver certa, eles estavam procurando por esse... pergaminho.

— Mas o interesse deles não era puramente arqueológico.

— Então, para quem, além de Yale e Veneza, Adkins e Taylor estavam realmente trabalhando?

— E De Montferrat.

— E quem *mais* estava interessado?

— O que você quer dizer?

— Se eles foram raptados, sequestrados... *levados*... as pessoas que fizeram isso certamente não eram as pessoas para quem eles estavam trabalhando!

— Talvez eles tivessem achado que estavam simplesmente trabalhando para suas universidades. Talvez estejamos vendo muita coisa nessa história.

— Não acho que estejamos. Isso explica o motivo de nosso envolvimento.

— Ainda temos que encontrá-los.

— Mande tudo isso para Leon — disse Marlow. — Em total segredo... *ultrasseguro*, como temos que dizer hoje em dia. Ele deve manter contato com Yale e Veneza. Muito discretamente. Ninguém mais pode ficar sabendo disso. Ninguém. Temos que descobrir o que está por trás da máscara.

— Positivo.

— E, muito bem. Você é brilhante.

— De nada.

Eles se olharam. Então a expressão de Marlow mudou.

— Ainda há a questão daquela chave — falou ele.

— Sim — concordou ela.

— É uma pequena chave, onde quer que ela esteja. — Ele tinha um olhar distraído. — Você se lembra da inscrição dela? "*A não ser que eu abra a caixa...*"

Graves olhou para ele.

— Poderia funcionar — disse ela.

— Alguma espécie de cofre! Da mesma época da chave. Feito de...

— Ferro provavelmente. E projetado para conter...?

O rosto dele se tranquilizou.

— Algo do tamanho aproximado de um BlackBerry. Ou de um Palm.

Eles se olharam.

— Mas onde diabos está essa coisa? — perguntou ela.

— Onde quer que esteja, alguém tem a chave para abri-la.

— A pergunta é: Quem?

— Temos que achar a caixa — disse Marlow. — Temos que achar a chave.

58

Já eram mais de onze horas. A equipe do turno da noite já tinha chegado. Marlow era o último a ir embora — *como sempre*, ele pensou. Mas a vida naquele momento não lhe oferecia nada fora do seu trabalho. Ele se lembrou de algo que Boris Cyrulnik tinha escrito em *Falar de amor à beira do abismo*: "Alguém que foi ferido não pode voltar à vida imediatamente. É difícil dançar quando suas pernas foram quebradas."

Mas ele viu seus pensamentos trilhando na direção de Su-Lin.

O telefone azul tocou. Da porta, ele voltou relutantemente para atendê-lo.

— Sei que é tarde, mas achei que você gostaria das minhas conclusões sobre aquele sonho o quanto antes — falou Ben Duff.

Marlow se sentou novamente em frente à sua mesa.

— Tive outra conversa com Su-Lin antes de sair — continuou o psicólogo. — Acho que a experiência foi real. Mas ela discorda. Ela diz que nunca teria feito nada como aquilo.

Marlow pensou no que ouvira.

— Bem, por que duvidar dela?

— Crianças pequenas ainda não aprenderam a não serem egoístas. Mas as regras que a maioria de nós aprende e que viram hábitos à medida que nos tornamos maduros e vivemos com outras pessoas... ocupar nosso lugar na sociedade, em outras palavras... não são absorvidas completamente por algumas pessoas.

— E você está dizendo que ela é uma dessas pessoas?

— Tudo que estou dizendo é que ela pode realmente ter cometido esse ato cruel em sua infância. Isso pode soar como algo sem importância, mas é algo que vale a pena levar em consideração. Existem pessoas que passam pela vida protegidas, por assim dizer, pelo seu egocentrismo, que andam de mãos dadas com sua imaturidade emocional. Isso nunca as abandona. E elas sempre vão escrever um roteiro em suas cabeças que as posiciona como a parte inocente em qualquer situação, mesmo aquelas criadas por elas próprias. Situações ruins, especialmente.

— Prossiga.

— O que acontece é que pessoas assim são difíceis de reconhecer, a não ser que você seja vítima de uma delas. Elas podem funcionar de forma perfeitamente normal em todos os aspectos da vida até serem confrontadas por algo com que não consigam lidar e então elas atacam este empecilho, de uma forma ou de outra. Sua desvantagem é que elas muitas vezes não estão cientes quando uma pessoa normal as revela, mas na maioria das vezes elas conseguem fazer o que querem. Isso foi descoberto há muito, muito tempo. Lao-Tzu estava escrevendo sobre isso há 2.500 anos. Ele descrevia egoístas como pessoas que, "sem cordas, se amarravam". — Duff fez uma pausa. — Desculpe. Estou ficando um pouco obsessivo aqui. Isso não tem nada a ver com perda de memória.

— O que temos que descobrir, antes de qualquer coisa — o tom de Marlow foi vigoroso —, é como ela foi parar em Jerusalém depois de ter desaparecido em Istambul e o que diabos aconteceu a ela e aos outros.

— Ela está tendo um bom progresso — A voz de Duff tinha um tom mais profissional agora. —, depois que você a viu pela última vez, e certamente ela estará pronta para outra sessão com você.

— Quando?

— Amanhã?

— Cedo.

O apartamento de Marlow em Paris era um pequeno duplex sem identificação de propriedade da Intersec, no Quartier de l'Horloge, pouco ao norte do Centro Georges Pompidou.

No momento em que ele fechou a porta da frente, a exaustão o atingiu, assim como a familiar solidão, de alguma forma pior desde que ele conhecera Su-Lin.

Mas a solidão era profunda, como um oceano que ele não tinha forças para atravessar nadando. Pequenos avisos piscavam em seu cérebro sobre como isso o tornava vulnerável, mas eles não eram fortes.

Ele olhou ao seu redor para o espaço branco e frio, com mobília simples e isolamento térmico deficiente, através do qual o vento do norte algumas vezes soprava com vigor insistente. Ele suspirou e tirou seu sobretudo, jogando-o no cabideiro no hall estreito, a partir do qual uma escada em espiral de madeira não muito firme levava até o segundo andar.

Ainda urinou na privada por onde passava uma corrente de ar, lavou-se e trocou-se no banheiro da suíte, subindo logo depois a escada até a sala de estar com sua cozinha americana. Ligou a televisão. Em seguida, zapeou os canais, passando por algumas séries policiais americanas dubladas em francês, um interminável programa de discussão política, um filme antigo — *O açougueiro*, de Chabrol.

Marlow desligou o aparelho como normalmente acontecia. Bem mais de cem canais, em várias línguas, e nada que ele pudesse assistir.

Olhou seriamente para o que havia sobrado da garrafa de Jameson. Talvez ainda restasse um quarto — não era o suficiente para lhe causar nenhum estrago. Mas algo que ele não conseguia reconhecer o estava incomodando, e assim resistiu à bebida — fazendo café, em vez disso.

O agente saiu até a pequena varanda, para apreciar a vista da Sacré Coeur ao norte, A Igreja de São Eustáquio a oeste e, cintilando como uma estrelinha gigante e cafona durante seu show de dez minutos de duração a cada hora, a Torre Eiffel; mas o vento cruel que vinha do norte o fez voltar para o lado de dentro. Ele pegou um romance — *O homem do avesso*, de Fred Vargas —, mas nem mesmo aquilo era capaz de engajá-lo em seu estado de espírito atual.

Marlow pensou na mulher que fizera sua vida parar há um ano. Ele tinha que se livrar daquilo. Mas nada em seus manuais de treinamento dizia qualquer coisa sobre como lidar com uma desilusão amorosa.

Trabalho era o que lhe restava. A única forma de sair do buraco.

Finalmente, ele se sentou em frente à mesa com tampo de mármore que separava a cozinha da sala de estar e trabalhou nas perguntas que precisava fazer a Su-Lin. Por volta de quatro da manhã, ele suspirou, piscou os olhos que ardiam e fez o caminho para o quarto.

Mas sua noite, o que tinha restado dela, foi em claro.

59

O tempo não mostrava nenhum sinal de que melhoraria no dia seguinte. Ainda cedo, Marlow seguiu seu caminho na direção sul pela rue Saint-Martin, cortando pela praça Michelet, onde ele comprou um *The Guardian* do homem de cabelo ruivo no quiosque. Ele sabia que não teria tempo para ler o jornal e o jogou sobre a mesa quando chegou à sua sala, ligando o computador e checando seus e-mails antes de virar-se e olhar para o outro lado do quintal para o qual sua sala tinha vista, na direção das janelas do apartamento onde Su-Lin estava sob vigilância.

Marlow tentou se colocar na posição dela, dentro de sua mente, mas o exercício era impossível e ele o abandonou, olhando para seu relógio. Ainda faltavam quinze minutos até a hora combinada com Duff. Ele pegou o jornal e o folheou afinal, mas, como tinha previsto, não absorveu nada. Estava se sentindo impaciente. E não estava gostando nada de estar de volta a Paris.

Suprimindo as lembranças ruins que ainda obscureciam sua mente desde a noite anterior, ele se concentrou nas perguntas que havia preparado. Ele trabalhara apenas alguns minutos quando ouviu uma batida na porta.

Ben Duff estava adiantado, mas Marlow ficou aliviado por ver um outro rosto.

— Eu já a visitei — disse Duff — e ela está pronta para conversar com você sozinha novamente. — O psicólogo não parecia feliz. — Eu sei que você tem coisas para lhe perguntar que não me dizem respeito, mas mesmo assim ainda vou ficar com você por um tempo. Se tudo estiver indo bem, vou deixá-los sozinhos. Mas não por muito tempo... digamos, uma hora. Ela não será capaz de aguentar mais do que isso.

Marlow balançou a cabeça em concordância.

Eles foram até o apartamento. Houve a mesma oferta de chá de limão, que dessa vez eles aceitaram.

Marlow tinha decidido começar suas perguntas com Jerusalém e trabalhar voltando ao passado a partir dali.

Su-Lin respondeu suas perguntas com dificuldade evidente, mas parecia disposta a ser tão prestativa quanto fosse possível. Ela também estava nervosa; mas aquilo era esperado. Marlow observou os movimentos delicados de suas mãos e de seu corpo enquanto ela preparava o chá, tornando a tarefa monótona, um ritual.

Havia algo vulnerável nela também. Ele precisava manter a guarda alta. Já fora enganado dessa forma antes.

A pesquisadora não se lembrava de nada sobre viajar a Jerusalém. Ela sabia que estava perdida, mas não sabia dizer se conhecia a cidade previamente ou não — ela não conseguira se lembrar de absolutamente nenhuma cidade. Mantivera instintivamente sua bolsa junto de si porque algo lhe dizia que seu conteúdo poderia fornecer uma pista de sua identidade, mas não compreendera o que seu passaporte representava, muito menos sabia que era seu.

— Você poderia estar em Jerusalém em conexão com algo do passado? Algo que você estava pesquisando? — perguntou Marlow.

Ela parecia confusa.

— Como assim? — perguntou.

— Você se lembra do que você estava fazendo em Istambul? — interveio Duff, instigando-a de leve.

Marlow olhou para ele. Seu olhar estava muito claro enquanto ele mirava De Montferrat. Parecia que sua preocupação com ela ia além de seus cuidados profissionais.

— É claro que me lembro de Istambul agora, e do Dr. Adkins e do Dr. Taylor, mas depois daquilo...

Ela parecia angustiada.

— Vamos focar em Jerusalém primeiro — disse Marlow, tão delicadamente quanto era possível. — O que podia estar acontecendo lá por volta da época da Quarta Cruzada... ou um pouco antes?

Ela era capaz de lidar com fatos históricos.

— Era uma cidade cristã. O centro do Reino de Jerusalém, que durou duzentos anos, desde o ano 1099, quando a Primeira Cruzada tomou a Terra Santa dos turcos seljúcidas — disse ela, como se estivesse recitando. — Em 1291, a última cidade do Reino, Acre, foi destruída pelos mamelucos muçulmanos. Esse foi seu fim.

— Mas e a própria Jerusalém? — insistiu Marlow. — Digamos, logo antes da Quarta Cruzada?

— Era uma cidade cristã. Havia um rei cristão — respondeu.

Duff olhou para Marlow e balançou a cabeça mostrando aprovação. Era bom mantê-la em território conhecido.

— Prossiga — disse Marlow.

— Até que ela sucumbiu para os sarracenos sob o comando de Saladino, em 1187. Saladino ocupou a maior parte do país, a não ser as cidades costeiras. — Ela olhou para os dois de forma insegura. — Tudo isso eu lembro. Devo continuar?

— Sim — orientou Marlow.

— A queda da cidade chocou o mundo cristão — continuou ela. — E uma Cruzada foi lançada para recapturá-la, dois anos depois. Essa foi a Terceira Cruzada. A mais famosa. — Su-Lin olhou para Marlow. — A que tinha Ricardo Coração de Leão como um de seus líderes.

— O que aconteceu aos cristãos em Jerusalém quando Saladino assumiu?

— Aqueles que puderam fugiram para a segurança das cidades na costa. Alguns foram vendidos como escravos. Mas não houve atrocidades. Saladino não era esse tipo de homem. Diferentemente de seu rei, Ricardo.

— Existiam... Cavaleiros Templários entre eles?

— Você é bom em história! — falou ela, sorrindo para Marlow, que sorriu de volta. — Sim. Havia um importante centro bancário e comercial, junto dos alojamentos militares. Os Templários ocuparam a mesquita de Al-Aqsa como seu quartel-general. Eles levaram suas operações a Acre quando Saladino chegou muito perto de Jerusalém.

— E o que aconteceu à Cruzada?

— Ela se arrastou até 1192. Mas seus líderes romperam relações e eles nunca retomaram Jerusalém. Houve uma trégua no fim. Os cristãos ficaram com uma faixa na costa como seu reino. Saladino permitiu que peregrinos cristãos desarmados visitassem a Cidade Santa sem serem molestados. Os Templários permaneceram ali, protegendo os peregrinos, tomando conta de seu dinheiro e de suas propriedades, como sempre tinham feito, desde que foram fundados, em 1119. Na época sobre a qual estamos falando, eles já não eram mais guerreiros... eram banqueiros.

Duff recostou em sua cadeira, bebendo seu chá. Ele olhou para Marlow empaticamente. Estava indo bem, até onde ele sabia. Marlow estava impaciente para que ele fosse embora.

— Conte-me, antes de Saladino invadir, quando ainda havia um Reino de Jerusalém por toda a Terra Santa, quando os Templários ainda tinham seu quartel-general no complexo de mesquitas de Al-Aqsa, é possível que Dandolo tenha estado lá?

Su-Lin parecia intrigada.

— Ele esteve em Constantinopla por volta de 1170, não esteve? — incitou Marlow.

Agora a arqueóloga parecia pensativa.

— Ele pode ter estado — disse ela de forma hesitante. — Não sei.

Aquilo pareceu estranho para Marlow.

— É possível que você tenha ido a Jerusalém para descobrir?

— Não sei...

Ela estava começando a mostrar sinais de aflição novamente.

— Você aprendeu tudo isso quando estava fazendo seu doutorado, ou foi mais tarde, quando ganhou a bolsa da Maxphil para o Projeto Dandolo?

Embora tivesse tentado disfarçar, ela empacou com a menção da Maxphil. Mas não parecia ser uma atitude forçada.

— O quê...? — disse ela. — Do que você está falando? Você está me confundindo.

— Esqueça — respondeu Marlow rapidamente. — Eu vi a tumba de Dandolo — continuou ele, mudando o enfoque. — Fascinante.

Os olhos dela brilharam novamente.

— Não é mesmo? — Então Su-Lin pareceu preocupada novamente. — Mas a escavação acabou agora.

— Não necessariamente. Se acharmos seus amigos sãos e salvos.

— O que pode ter acontecido a eles?

Marlow hesitou, olhou para Duff, que balançou a cabeça de forma encorajadora.

— Nós os encontraremos — garantiu ele, imaginando se realmente eles o fariam.

Pessoas ficavam desaparecidas por anos. Ele tentou não pensar naquilo.

Duff tossiu de forma educada.

— Acho que nesse estágio posso deixá-los sozinhos — disse o psicólogo, mais para sua paciente do que para Marlow.

Su-Lin concordou com a cabeça. O doutor se levantou, olhando para seu relógio.

— Mais meia hora — disse a Marlow. — Voltarei depois disso.

Eles ficaram em silêncio depois que Duff tinha partido, olhando um para o outro. Marlow quebrou o silêncio:

— Você já pode me dizer o que descobriu na tumba? Você consegue se lembrar?

Ele se inclinou para a frente na sua cadeira, aproximando-se de Su-Lin.

— Sim, eu consigo. — respondeu ela, finalmente. — Bem claramente.

Ela enumerou uma lista de artefatos, de forma quase automática. Mas não houve menção a uma caixa medieval, ou a uma tabuleta babilônica. Ou a uma chave.

— Isso é tudo que posso lhe contar — concluiu ela. — Posso ter me esquecido de algumas coisas.

— Eu não estava esperando uma lista detalhada — mentiu Marlow.

Ele pensou em lhe contar que tinha uma lista, apenas para desafiá-la, para mostrar que sua pergunta tinha sido um teste, uma armadilha, mas não fez aquilo.

Ela havia se inclinado também. Seus olhos eram cândidos. Ele podia sentir o cheiro da fragrância que a mulher estava usando — um cheiro puro e fresco. Ele lembrou que uma garrafa de L'Eau d'Issey fazia parte da lista de coisas que ela pedira para a Intersec providenciar.

Ela claramente se lembrara de sua fragrância preferida.

Marlow não se esquecera do pedido de Graves. O rosto tão próximo do dele estava tranquilo e confiante.

— Há algo mais que preciso lhe perguntar — disse ele, ajeitando a postura.

— Sim?

— Sobre seu nome.

Ela soltou um sorriso envergonhado.

— É uma terrível mistura, não é?

— Estou me referindo ao nome da sua família.

Será que havia, brevemente, algo nos olhos dela? Mas De Montferrat estava pronta para a pergunta.

— Você está pensando na conexão com o marquês Bonifácio — disparou ela.

— Ele é um ancestral?

Ela riu de uma forma relaxada que irritou Marlow.

— Não acho que chegamos tão longe assim — disse. — Até mesmo minha mãe, que era uma grande esnobe, foi capaz de rastrear seus antepassados até 1800. Não acho que meu pai se importava. Ele estava muito ocupado ganhando dinheiro.

— Mas essa é uma coincidência e tanto.

— Não é mesmo? Rick e Brad costumavam me provocar por causa disso. — Seu rosto se obscureceu novamente. — Eu daria tudo para vê-los novamente, Jack. Em segurança. Qualquer coisa. — Ela olhou para ele. — Quero ajudar de qualquer forma que puder.

Marlow ficou perplexo com a veemência com que ela falava. Inclusive tinha até mesmo se aproximado e colocado a mão no joelho dele. Agora, como se estivesse caindo na real, ela tirou a mão, lentamente.

— Mas deve ter passado pela sua mente que poderia existir uma conexão entre a família de seu pai e Bonifácio — continuou Marlow. — Seu ramo é a pesquisa. Você não apurou isso?

— Ah, sim. Logo que soube do marquês! — Ela riu. Sua risada era como sinos de vento. — Cheguei até 1900. Mas era mais difícil encontrar um rastro antes daquilo. O que sobrou da linhagem dele desapareceu há mais de um século. E meu pai nasceu em 1949.

Marlow se lembrou do que Graves havia falado sobre a árvore genealógica de Bonifácio. Isso confirmava suas informações. Mas ele não tinha tempo para caçar quimeras agora.

Ele hesitou, lembrando-se de como o assunto a deixara angustiada.

— Você não consegue se lembrar de nada sobre o que aconteceu?

A expressão ficou obscura novamente em um instante.

— Eu tentei!

— Qual é a última coisa de que você *se* lembra?

— Se você soubesse como me esforcei para me lembrar!

A intensidade voltou à sua voz. Marlow conteve sua impaciência e ficou sentado em silêncio enquanto ela se recompunha.

— Nós temos que encontrá-los! Apenas você pode nos ajudar!

— Ah, Deus! — reclamou ela repentinamente, ajeitando a postura na cadeira. — Tudo isso. Por que isso tinha que acontecer? — Ela disparou um olhar fulminante para Marlow. — E você... quem é você? Por que você está me mantendo aqui? Alguém mais sabe onde eu estou? — Su-Lin se debulhou em lágrimas. Imediatas e descontroladas torrentes de lágrimas, como se toda a tensão que se acumulara dentro dela desde que recuperou sua memória precisasse escapar. — Esse lugar horrível... não posso sair... é como uma prisão! Eu mal posso ver o céu. Por favor, eu quero ir para casa. Eles devem estar sentindo minha falta.

— Eles quem? Onde é sua casa? — perguntou Marlow brutalmente.

Ela olhou para ele de forma amarga e então virou o rosto para a janela.

Marlow seguiu seu olhar na direção dos céus sombrios e cinzentos como concreto de Paris. A sala tinha ficado escura enquanto mais uma chuva pesada ameaçava cair. Ele se viu esticando o braço para confortá-la, mas ela o afastou.

O agente ficou pensando se devia chamar Ben Duff de volta, mas aquilo concluiria sua entrevista. Ele não queria aquilo. Então ficou esperando até que o momento ruim passasse.

Marlow tinha mais quinze minutos. No fim daquele tempo, ele não tinha ido mais longe. Mas havia tomado uma decisão.

Precisamente meia hora depois de ter ido embora, Duff voltou e de imediato notou a tensão entre sua paciente e seu empregador.

— Ela teve uma recuperação extraordinária, não teve? — falou Duff cautelosamente, quando ele e Marlow estavam sozinhos no corredor do lado de fora.

— Verdadeiramente extraordinária — respondeu Marlow, seus pensamentos em algum outro lugar.

60

Durante os próximos três dias, Marlow quase não viu ninguém além de Su-Lin e, depois da primeira manhã, Duff, pressionado por ele, reduziu sua presença aos poucos minutos iniciais de cada entrevista. O psicólogo, no entanto, nunca se afastava de sua sala e, toda vez que se despedia, lembrava Su-Lin de que ela tinha apenas que apertar um botão que se conectava a uma campainha na sua sala e ele interviria.

Esse procedimento irritava Marlow, mas colocava rédeas em sua impaciência, e o resultado era sua capacidade de se conter toda vez que chegava perto de pressionar muito a paciente, que por sua vez apertaria o botão. E o resultado *disso* foi que ele extraiu mais dela do que ele teria conseguido de outra forma.

Era uma questão de um ganhar a confiança do outro. Marlow aliviou seus medos e suas suspeitas e lhe contou tanto quanto ela precisava saber sobre sua organização.

Ela estava convencida de que estava nas mãos da Interpol, e Marlow lhe mostrou documentos falsos para comprovar aquilo.

— Temos que manter sua localização em segredo, ou seus sequestradores podem tentar recapturá-la — explicou ele.

Aquilo fazia sentido para Su-Lin.

Ele estava certo de que a motivação dela — desvendar o que tinha acontecido aos seus colegas e encontrá-los antes que eles tivessem problemas mais sérios — era sincera.

— Mas eu não posso sair nem um pouco?

— É arriscado demais.

— Só um pouco... para tomar um pouco de ar? Eu sei que estaria em segurança com você.

— Temos que nos concentrar em para onde Brad e Rick podem ter sido levados. Qualquer lembrança, por mínima que seja. Quanto mais tempo levarmos, maior é o perigo.

— Eu sei.

— Vamos continuar.

Ela segurou a mão dele e sorriu.

Mas as informações que ela dava continuavam incompletas e eram liberadas apenas relutantemente pela sua mente.

— É natural — explicou Duff a Marlow. — A mente está se protegendo ao bloquear o enorme trauma que a colocou em sua situação atual.

Aquilo fazia sentido, por mais frustrante que fosse. Quanto mais Marlow tentava trazê-la de volta ao assunto, e por mais tortuoso que fosse o caminho, o estresse que aquilo causava o forçava a se afastar.

— Quando aconteceu? — perguntou Marlow a ela.

— À noite, acho, ou de madrugada. Estávamos quase acabando o trabalho no laboratório.

— Como eles entraram?

— Não sei.

— Você os viu?

— Não exatamente — hesitou ela. — Eles eram cinco ou seis. Todos homens. Talvez uma mulher, mas eu não saberia dizer. Em um minuto estávamos sozinhos, discutindo o dia de trabalho; no seguinte...

— Como eles estavam vestidos? Você se lembra disso?

— Não!... Talvez, roupas escuras. Todos vestidos de forma igual, acho. Eles tinham armas de fogo, facas. Eles nos amarraram. Acho que acertaram Rick e Brad primeiro, para desacordá-los.

— Você gritou? Pediu ajuda?

— Tudo aconteceu muito rápido. Posso ter gritado. Mas depois que me amarraram, eles bateram em mim também. Eu devo ter perdido a consciência. Depois daquilo, eu...

A voz dela foi se apagando tristemente.

Marlow sentiu algo que era perigosamente parecido a compaixão. Mas ele não tirou mais nada dela além daqueles detalhes esparsos. E nem ela se lembrava como podia ter escapado, ou como poderia ter chegado a Jerusalém.

A princípio. Mas então alguns traços de memória vieram à tona enquanto suas conversas progrediram.

— Eles nos mantiveram em algum lugar... escuro. Tinha um chão de concreto. Eu não me lembro de nenhuma janela.

— Você estava amarrada?

— Nossas mãos, sim... para a frente, para podermos comer quando nos davam comida. Nossas pernas, não. — Ela olhou para ele com uma repentina clareza. — Eles nos mantiveram vendados a maior parte do tempo. Não falavam conosco.

Isso era um avanço. Ele insistiu naquilo.

— Algo mais? Parece ser um local impossível de se escapar.

Ela pensou com afinco.

— Tinha uma janela no banheiro. Eles nos deixavam ir ao banheiro. Uma janela estreita.

Marlow olhou para o corpo esbelto dela. Ela era tão magra quanto uma garotinha. Ele deixou o pensamento se desenvolver em sua própria mente: seus sequestradores podem não ter imaginado que ela seria capaz de passar por uma janela daquelas. Mas com as mãos amarradas?

— Você escapou por aquela janela, você acha?

— Ela ficava no alto da parede.

— Será que você *poderia* ter feito isso?

— Não sei! Não consigo me lembrar!

Ela olhou para ele pateticamente. Um olhar perdido. Ele mudou o enfoque.

— Conte-me sobre a escavação.

Ela estava em um terreno mais familiar aqui e falava mais livremente, embora Marlow notasse a expressão de tristeza que cruzava seu rosto toda vez que os nomes de Adkins e Taylor surgiam. Mas ele manteve a atenção dela nos detalhes e nos fatos que diziam respeito aos artefatos que foram descobertos. Ainda existiam grandes lacunas em sua memória. Não importa o quanto ele se desviava para tentar fazê-la revelar algo que ela podia não querer revelar, Su-Lin sempre preservava uma expressão vazia quando o assunto era alguma informação a respeito de uma caixa e uma tabuleta de argila.

A caixa e a tabuleta teriam chamado muita atenção, se a equipe de Adkins as tivessem encontrado. Marlow chegou à conclusão de que os arqueólogos não tinham descoberto nenhum dos dois, embora ele achasse que podia detectar uma expressão de decepção fixa em seus olhos quando os objetos surgiam em seu interrogatório.

Mas ele resistiu a martelar naquele assunto. Não havia motivo para deixá-la em pânico. Não havia nenhum motivo, também, para deixá-la muito ciente da importância daquelas peças.

Ele ficou imaginando se algum dos outros dois tinha encontrado os artefatos e os escondido de seus colegas. Sempre no fundo de sua mente estava a descoberta de que todos os três tinham qualificações de especialista que iam além do campo da arqueologia. Mas qualquer tentativa de fazer Su-Lin falar sobre para quem eles poderiam estar trabalhando, além das universidades de Yale e Veneza, terminava em fracasso.

— Você se lembra de achar uma chave? — perguntou ele, voltando ao assunto no terceiro dia.

— Você me perguntou sobre isso. Não.

— Era pequena, feita de ferro, medieval, com uma inscrição no eixo.

Ela sacudiu a cabeça.

Naquele terceiro dia, ele decidiu lhe mostrar as fotografias da chave. Su-Lin as pegou, olhou para elas com muito interesse e as devolveu.

— Não. Eu gostaria de saber o que diz a inscrição. É aramaico?

— Não me pergunte isso. Sou apenas um humilde policial.

De repente ela olhou para ele e segurou suas mãos novamente. Suas pequenas mãos desapareceram envoltas pelas mãos dele.

— Por favor, me ajude — disse ela. — Eu me sinto tão sozinha.

61

No final do terceiro dia, Marlow convocou uma reunião com Graves e Lopez, que se juntou a eles através do link seguro de Nova York. Eram seis da tarde lá, meia-noite em Paris.

Marlow leu um resumo das anotações das entrevistas com Su-Lin e um sumário das descobertas de Duff. Ele incluiu a informação sobre a falta de uma conexão familiar entre Su-Lin e o marquês Bonifácio.

— Mesmo se houvesse — acrescentou ele —, isso não teria mais do que um valor sentimental, depois de oitocentos anos. — Então ele continuou, direcionando seu discurso agora a Graves. — Talvez devêssemos checar o lado da mãe dela. Talvez ela tenha ligação com Shi Huangdi.

Graves o ignorou. Eles estavam sentados próximos, lado a lado, seus joelhos quase se tocando.

— Então o que fazemos a partir de agora? — perguntou Lopez na tela acoplada no tampo da mesa.

— Não podemos mantê-la enjaulada indefinidamente — disse Marlow, pegando uma pasta e remexendo em um maço de papéis desarrumados.

— Você disse que as fotos da chave não significaram nada a ela? — perguntou Lopez.

— Sim — respondeu Marlow.

— Mas ela deve saber sobre isso. Nós sabemos que os arqueólogos tiraram aquelas fotos — retrucou Graves.

— Acho que não. Duff confirma minha suspeita.

Graves tinha um olhar de desprezo.

— Ela se lembrou de um monte de outras coisas.

— Mas não tudo — atacou Graves.

— Faz sentido imaginar que a chave sobressairia — disse Lopez. — Até onde sabemos, é a única coisa significativa que eles levaram.

— A memória dela ainda não está perfeita.

— Ou talvez seja apenas seletiva — disse Graves.

— Ela não acredita que eles estavam trabalhando para qualquer um que não fosse as universidades — contou Marlow aos dois.

— Talvez ela não soubesse — disse Lopez. — Ainda é possível que um dos outros estivesse... Ou os dois.

Marlow recostou.

— Temos teorias com as quais estamos trabalhando, mas nenhum fato.

— Existe o fato de eu ter sido sequestrada e quase morta — disse Graves.

— Mas quem está por trás disso? Quem sabe, além de nós, o que diabos aquela tabuleta de argila tem escrito sobre ela e o que ela tem o poder de fazer? — perguntou Lopez.

— Pelo amor de Deus, quantas pessoas você imagina que sabem sobre essa coisa? Isso esteve enterrado, um segredo, por séculos — devolveu Graves.

— Tirando quem era o dono daquelas luvas — respondeu Marlow. — Aquelas que Haki encontrou.

— Mas se eles tivessem descoberto cem anos atrás o que a tabuleta poderia fazer, você não imagina que existiria alguma prova de seu uso, em algum lugar do mundo, durante o século XX? — perguntou Lopez.

— Duas guerras mundiais que podemos escolher — disse Marlow. — Uma tonelada de outras menores. A Rússia de Stálin. O Vietnã. O Ano Zero no Kampuchea. A al-Qaeda. Faça sua aposta.

Os outros dois ficaram em silêncio.

— Tomei uma decisão — continuou Marlow. — Em relação a Su-Lin.

Graves e Lopez olharam para ele com expectativa.

— Não podemos mantê-la aqui para sempre. — Ele se virou para Graves. — Então vou recrutá-la.

— *O quê?* — A reação dela foi imediata.

— Acesso limitado às informações, claro. E ela acha que somos a Interpol.

Laura ainda não estava convencida, mas Lopez parecia pensativo.

— Não podemos liberá-la. Temos que mantê-la em segurança. É melhor buscarmos alguma utilidade nela. Su-Lin quer ajudar a encontrar seus amigos; desvendar o mistério. Ela é esperta, ela está do nosso lado...

— De Montferrat não passou por nenhuma checagem de segurança.

— Jack, você tem certeza de que essa é uma ideia tão boa assim? — perguntou Lopez.

— Se não fizermos isso, o que faremos com ela?

Através da conexão de televisão, Graves e Lopez trocaram um olhar.

— Talvez devêssemos conversar sobre isso, Jack — sugeriu Lopez hesitantemente.

— Talvez vocês devessem — complementou Graves, mais seca do que tinha sido sua intenção.

Ela mexeu em seu anel, que hoje não era o de esmeralda, e arranhou a tatuagem escondida debaixo dele.

— Já lhe disse, Laura, ela está limpa — assegurou Marlow, de forma direta, passando a mão no cabelo e encerrando o assunto. — Leon, você pode falar para Laura sobre o pai de Su-Lin?

— Nada de mais. — Lopez se virou para algumas anotações à sua frente. — Marco de Montferrat. Industrialista importante. Criticado pela imprensa durante a época de Berlusconi porque descrevia o político como um imbecil perigoso. Alguns inimigos, como se pode esperar, mas todos eles rivais diretos de negócios. Nenhuma conexão com a Máfia. Grandes fundações de caridade na Índia e na China. Morreu em sua cama em 2005, aos 53 anos. Coração. A esposa morreu um ano depois. Suicídio. Tristeza.

— Então Su-Lin é uma mulher rica — disse Graves.

— Não necessariamente. A maior parte que não foi revertida para impostos... e reconhecidamente não foi muito... ficou para as fundações. Uma parte não entrou na contabilidade, com certeza. Pedi aos meus homens para que dessem uma olhada em um ou dois arquivos de computador de seus bancos na Suíça, e eles são mais difíceis de invadir do que os do Pentágono. Vamos encontrar, mas onde quer que esteja, os rastros foram bem-cobertos.

— Em que valor estamos pensando?

— Não muito... 10 milhões.

— Dólares?

— Francos suíços.

— Parece o suficiente para mim — disse Graves.

— Segundo seus antecedentes, Su-Lin não vive a vida na alta roda — comentou Lopez.

— Descubra qualquer outra coisa que você souber sobre ela. Não vou deixá-la ir muito fundo até que tenhamos coberto tudo. Veja o que você consegue descobrir sobre a conexão com a Maxphil. Eles lhe deram uma bolsa para o Projeto Dandolo, mas ela não conseguiu falar sobre isso.

— Ou não quis — disse Graves.

Marlow olhou fixamente para ela.

— Certo. Vou deixar os dois pombinhos sozinhos — falou Lopez, com um sorriso.

— Vejo você em dois dias — disse Marlow.

— Vou assar uma bisteca para você — falou Lopez. — Nada como uma boa comida caseira.

A palavra *FECHAR* piscou na tela e ela ficou preta.

— Vamos voltar tão cedo assim? — perguntou Graves.

— Sir Richard está ficando impaciente. A esposa de Taylor colocou na cabeça dele que eles foram sequestrados por um grupo fundamentalista turco e ela foi ao *New York Post* com essa notícia. Tenho que mostrar algo para acalmá-lo por enquanto.

— Vamos levá-la conosco?

— O que você acha? Aonde nós vamos, ela vai.

— Nova York em dois dias, então?

— Isso mesmo.

Aliviado com a perspectiva de deixar Paris e as lembranças sombrias que a cidade guardava para ele, Marlow não podia imaginar como estava enganado.

62

Nova York, no presente

As conversas entre a plateia majoritariamente masculina, embora houvesse pequenos grupos de jovens mulheres, também, sentadas em volta das mesas da boate, morreram quando as luzes da casa começavam a se apagar. A única iluminação agora vinha de velas em castiçais pretos. O palco estava banhado por um brilho alaranjado criado por holofotes no teto alto.

O palco tinha duas cruzes de Santo André equipadas com tiras de couro para prender os pulsos, tornozelos e a cintura, além de uma mesa preta no fundo com alguma espécie de equipamento oculto debaixo de um pano.

Música vinha de alto-falantes escondidos por todo o ambiente. Entre seus ritmos estavam entremeados os gritos e sussurros ávidos e submissos de mulheres.

Quatro homens vestidos com calças de couro e capuzes de carrasco apareceram, arrastando entre eles duas garotas, uma delas uma loura negra como ébano, a outra com cabelos escuros e branca como amêndoas confeitadas. As garotas tinham seios fartos e quadris largos e preenchiam seus biquínis de couro vermelho-escuro extremamente apertados. Suas pernas estavam embainhadas em botas que chegavam até a coxa.

As garotas fingiam terror. A atuação não era ótima, pensava Rolf Adler enquanto assistia, mas aquilo satisfaria seus clientes, que não estavam ali pela arte, afinal de contas.

Ele olhava pela janela de vidro espelhado de dentro de seu escritório para o salão da casa no piso abaixo e bebia um conhaque enquanto as garotas eram despidas de seus biquínis e acorrentadas às cruzes. Seus gemidos se tornaram mais aterrorizados.

Elas estavam ficando melhores naquilo, Adler falou para si mesmo, pensando que ele pagaria um bônus à aspirante a atriz que ele contratara como instrutora delas. Fora praticamente um milagre. A garota negra tinha sido trazida da Somália há menos de um mês e a branca era uma ucraniana filha de uma professora que havia fugido para o Novo Mundo em busca de uma vida melhor. Nenhuma das duas falava o que você chamaria de inglês perfeito. Mas elas tinham se mostrado promissoras.

Não que aquilo importasse agora. Tudo que elas tiveram que fazer até então em suas performances era se contorcer e gemer ao receber as chibatadas falsas de chicotes de couro macio. O que elas não sabiam era que o espetáculo de hoje à noite era especial.

Seriam chicotes de verdade. O sangue delas seria realmente derramado. Seus gritos logo não exigiriam nenhum tipo de atuação.

Depois disso ele as mandaria para receberem curativos e se asseguraria de que cada uma recebesse 100 dólares. Depois mandaria alguém levá-las de carro até o interior e jogá-las no meio do nada. Não havia necessidade de matá-las. Muita sujeira e um desperdício de tempo e dinheiro.

Ele arrumaria outras garotas; Adler organizava um espetáculo como esse para convidados selecionados. O resto do tempo, sua boate, Zara la Salope, localizada em um beco que dava na Mott Street, no Lower East Side, e totalmente desconhecida em catálogos ou na internet, proporcionava pornografia de alto nível para um pequeno grupo de sócios, ricos o suficiente para bancar o custo. Apenas um casal no salão não era de frequentadores regulares, um casal tradicional de ingleses de meia-idade: a mulher, rechonchuda, com o cabelo pintado em um tom escuro que ia até a cintura, usando uma minissaia vinte anos mais jovem e 10 centímetros curta demais para o usual; o homem, esguio, grisalho, com lábios úmidos e maxilar longo, olhos azuis tão pálidos que eram quase brancos, seu terno pendurado em seu corpo ossudo como ficaria pendurado em um espantalho.

Empregados valiosos. Evelyn Sparkes e Pip Trotter.

Adler esperava enquanto os jovens homens tiravam o pano de cima da mesa preta para revelar, enquanto a plateia arquejava com expectativa, uma seleção de cassetetes, varas e manguais. Ele assistiu ao primeiro minuto do show para se assegurar de que seus clientes estavam recebendo algo que valia o dinheiro que pagavam, então apertou um botão no painel. Uma cortina de veludo deslizou sobre a janela. Outro botão e o som da boate foi cortado.

Ele voltou à reunião que ele havia convocado.

O escritório, empoleirado no mezanino sobre o salão do clube, não tinha janelas. O sussurro do ar filtrado era agora mascarado pelos tons suaves da sonata para piano de Mozart que substituíra os gemidos ávidos das garotas. Ele era revestido com teca de uma forma que Adler acreditava refletir o melhor gosto da mais cultivada e opulenta classe; penduradas nas paredes estavam pinturas de garotas de olhos úmidos feitas por sentimentalistas Românticos como Jean-Baptiste Greuze. Havia uma mesa pesada com um conjunto de canetas de ouro e caixas para guardar material de escritório. O telefone e o computador estavam escondidos, enquanto a modernidade grosseira dos equipamentos chamava atenção com a impressão geral preferida de Adler, de grandeza imperial.

A mesa tinha uma cadeira de couro atrás dela. De um lado estava sentada *frau* Müller, mais magra, como se fosse possível, do que nunca, seu cabelo louro quase branco e preso em um rabo de cavalo por uma tira elástica de veludo preto. Sua pele pálida, seus olhos, furtivos e castanho-escuros, seu nariz torto, sua leve sobremordida, seus lábios finos, porém ávidos. Adler achava difícil imaginar como essa mulher pôde um dia tê-lo atraído. Quais tinham sido seus apelidos um para o outro? Lobo Mau e Chapeuzinho Vermelho. A lembrança o envergonhava.

Mas sua lealdade e sua discrição garantiam sua posição ao lado dele: e, enquanto o temesse, ela era um faz-tudo confiável, pronta para fazer o que quer que se exigisse dela.

Sua maquiagem não teve sucesso em esconder o hematoma em sua têmpora esquerda.

O chão da sala estava coberto por tapetes de seda do Irã. Havia uma pesada estante de livros que guardava, entre valiosos, porém intocados livros, um conjunto de catálogos de telefone com capa de couro; e uma mesa de centro enfeitada em que algumas cópias intocadas das revistas *The New Yorker*, *Country Life*, *Paris-Match*, *Haus und Garten* e *Manager Magazin* estavam espalhadas com bom gosto.

O lugar tinha sido planejado cuidadosamente. A sala não era apenas o escritório do clube. Era a sede das operações não fiscalizadas da Maxtel no Novo Mundo. Apenas meia dúzia de pessoas sabia de sua existência.

Em volta da mesa estavam dispostos um canapé baixo e três poltronas, todas estofadas com couro. Sobre a mesa com as revistas estava um conjunto de decanters com tampas de prata, um balde de gelo e copos de uísque da Riedel. Nozes e pepinos em conserva foram servidos em tigelas de prata ao lado de guardanapos de linho imaculados. Adicionalmente, havia cinzeiros de vidro, uma caixa de cedro de Cohiba Lanceros e um aparador de fósforos também de prata.

Ignorando a maior parte dessa hospitalidade ofertada, embora cada um tivesse um martíni frozen de Grey Goose diante de si, três homens ocupavam as poltronas. Eles estavam vestindo ternos cinza, camisas claras e gravatas escuras. Seus olhos eram diferentes. O primeiro par era preto, o próximo era castanho e o terceiro, azul gélido.

A reunião tinha ido bem. Tudo estava no lugar. E os três homens — os representantes chinês, indiano e russo das operações da Maxtel em seus respectivos países — haviam passado relatórios satisfatórios sobre suas operações.

A não ser por uma coisa.

— Preciso saber onde está — disse Adler, indo diretamente ao ponto mais importante, o assunto que incomodava sua mente dia e noite e que não o deixava em paz. — Preciso saber rápido. Estou tão perto.

No bolso de seu paletó de veludo roxo, ele acariciou uma chave. Ele nunca ficava sem ela.

Os três homens se ajeitaram em seus assentos. Adler olhou para eles. Guang Chien, Vijay Mehta e Sergei Kutuzov estavam com ele havia anos e eram os melhores e mais leais executivos em sua equipe. E era por isso que dirigiam a Maxtel em seus países — os países mais importantes para os negócios. Os mercados, o potencial e a fragilidade política ofereciam a Adler tudo, tirando um último item.

A influência e os contatos deles se esticavam pelo Oriente Médio e pelo extremo Oriente. Se o que ele estava procurando estivesse na Ásia, eles teriam encontrado.

— Precisamos continuar nossa busca — era tudo o que ele falava.

— Fizemos tudo que podíamos — disse Kutuzov, rodando seu copo em sua mão.

— Nossos acionistas começam a ficar ansiosos — adicionou Chien. — Falo por todos nós.

— Eles investiram pesado nesse projeto — acrescentou Mehta, notando a expressão que tinha tomado o rosto de Adler. — E eles investiram em confiança. Afinal de contas, a Maxtel é confiável. Mas mesmo assim...

— Eles querem ver um retorno. Progresso — rosnou Kutuzov. — Alguma coisa para tranquilizá-los, de qualquer forma. Senão...

— Estou ciente disso — respondeu Adler, incomodado com qualquer sinal de rebelião. Mas ele sabia que Kutuzov tinha um jeito rude, e deixou passar a grosseria no tom do homem. — Pretendo esticar a rede até um pouco mais longe.

Na verdade, ele já havia feito isso. Mas a Europa Ocidental ainda não tinha produzido nenhum resultado e Paris permanecia um trabalho em andamento. Quanto às Américas... Nada mais sairia de ninguém em Yale ou Veneza sem evidenciar sua verdadeira intenção. Dois aparentes suicídios no campus e três arqueólogos desaparecidos eram o suficiente.

Mas Adler não era um homem paciente. Ele não era paciente desde que descobrira, em um dia frio de inverno em Veneza três anos antes, sobre a existência de um objeto que conferira poder ao doge daquela cidade. Um homem de quem ele nunca tinha ouvido falar anteriormente, mas que ele havia passado a colocar num pedestal como seu modelo definitivo.

A princípio ele fora cético, mas então escavou mais fundo, enfurnado no arquivo da cidade, um suborno aqui, um suborno ali, extraiu o que ele precisava, cobrindo seu rastro, e deixou o suficiente para trás para encorajar a curiosidade de outros. Tinha apontado seus ponteiros nas direções certas. Acadêmicos pareciam ser a aposta mais segura. Bom disfarce e um meio bastante lógico e inquestionável para chegar a seu objetivo. Até onde Adler havia sido capaz de verificar, o segredo que descobrira não era compartilhado por mais ninguém, a não ser seu informante inicial, um homem inteligente, mas um bêbado inveterado, agora morto, infelizmente. E a Maxphil era a instituição ideal para financiar um projeto tão valioso.

Adler sorriu para seus colegas. Era como ele gostava de pensar neles. Depois de toda aquela baboseira comunista que teve que suportar enquanto crescia, Adler pensava em si mesmo como um bom amigo da democracia.

— Tomem mais uma bebida. — Ele sorriu. — E eu vou explicar...

Meia hora mais tarde, Adler terminou a reunião. Ele abriu a cortina e ligou o som. Já tinham desacorrentado as garotas e estavam arrastando seus corpos rasgados para o camarim enquanto a música alcançava um crescendo e as luzes se apagavam. No salão, a iluminação aumentou e as pessoas na plateia acenavam para garçonetes do leste europeu vestidas como colegiais para que lhes trouxessem mais bebidas.

— Quanto eles pagam por esses shows? — perguntou Guang Chien, enquanto a reunião dispersava. — Esses shows especiais?

— Mais do que deviam — falou Adler, sorrindo.

— São 5 mil dólares por ingresso — disse Kutuzov. — Mas incluímos uma garrafa de Taittinger.

— Trocado — disse Adler.

Tomar conta da boate o divertia e sua exclusividade garantia a segurança. Não existia um único membro que não teria a própria posição na vida drasticamente comprometida se divulgasse sua existência.

— O que o fez escolher esse nome? — perguntou Mehta. — Zara la Salope? Zara, a Puta. Isso não é muita indiscrição?

Adler lhe ofereceu um sorriso fraco que não prometia nada.

— É uma piada interna — disse ele, pensando em uma cidade que, há muito tempo, fora colocada de joelhos por seu herói.

Seu herói tinha desejado conquistar o Ocidente. Além da joia óbvia que era o Brasil, as ambições de Adler estavam na direção oposta.

Conquiste o Oriente e o problema do Ocidente se resolveria sozinho.

Mas ele precisava da caixa em que a chave em seu bolso se encaixava. Dentro da caixa, ele estava convencido, estava guardando um segredo. E com o segredo em suas mãos, ele poderia alcançar mais do que seu herói um dia tinha sonhado ser possível.

Depois que seus associados saíram, ele se virou para *frau* Müller:

— Precisamos apressar as coisas — disse.

— Sim.

— Diga a eles o que fazer. Perdemos tempo demais naquela linha de indagação.

Ela balançou a cabeça, mas seu patrão podia ver que a mulher estava hesitando. Ele esperou.

Frau Müller o fitou de forma retraída.

— Não devíamos esperar um pouco mais? Parecia tão promissor.

— Se havia algo para tirar deles, já saberíamos agora. Quero que a coisa seja abortada. Mande-os de volta para fazer isso pessoalmente.

Ela balançou a cabeça, com medo em seu rosto. Adler sempre gostava de ver aquilo, algo que o tranquilizava, e sabia que, de alguma forma deturpada, aquela mulher esquelética também gostava daquilo. Então ela saiu.

Ele se virou e se sentou em frente à sua mesa. Sua mente se voltou à próxima reunião, a que seria na manhã seguinte. Aquela por que ele realmente tinha vindo a Nova York.

A reunião com amigos em posições privilegiadas.

63

Zurique, 1917 d.C.

Começo de abril, logo antes da alvorada, e estava frio. Erich Ludendorff estava de pé perto da frente da locomotiva HK1.293, acompanhado por um semicírculo de oficiais do comando especial. Todos estavam embrulhados com sobretudos rígidos de golas altas. Todos estavam tensos. A respiração deles se condensava no ar gélido.

Ludendorff odiava a missão, mas ela era necessária se a guerra, já abandonada como causa perdida por seu colega Tirpitz dois anos antes, tivesse a mais tímida chance de ser vencida.

A Rússia tinha que ser neutralizada para que a Alemanha pudesse se concentrar no Front Ocidental e essa era a única forma de alcançar aquele objetivo. Por sorte, protestos entre o povo russo haviam se espalhado. As dificuldades pelas quais o país estava passando como resultado do conflito tinham forçado o czar a abdicar. A Rússia era agora um país sem líder à beira da revolução.

Havia um novo líder esperando nos bastidores, um líder que estava no exílio há doze anos. E aquele homem estava vivendo aqui, em Zurique.

Os oficiais alemães que esperavam na estação ferroviária central se juntaram quando, vindo de uma entrada escura para a plataforma, um grupo de trinta russos apareceu. À sua frente estava um homem de meia-idade troncudo e careca com um cavanhaque. Ele estava pálido e desnutrido, mas seus traços mongóis e seus olhos severos o tornaram instantaneamente reconhecível a Ludendorff, que deu um passo à frente para cumprimentá-lo.

Nenhum dos dois fez um movimento para oferecer a mão. De sua parte, Ludendorff tinha horror de tudo que Vladimir Ilitch Lenin e seu Partido Comunista representavam. Mas haveria tempo para lidar com eles mais tarde, quando tivessem alcançado o efeito desejado e afundado os russos numa guerra civil. A Rússia então não seria mais uma ameaça à Alemanha. Pelo contrário, a Rússia ficaria grata.

— Está tudo preparado? — perguntou Lenin, olhando para a locomotiva.

O motor, com sua chaminé bordejada e sua fornalha robusta, parecia forte o suficiente para uma longa jornada, mas o único vagão de primeira classe que ela puxava parecia frágil e vulnerável.

— Sim — respondeu Ludendorff.

— O trem tem status extraterritorial?

— Como o senhor estipulou.

— Bom. — Lenin olhou à sua volta. Seu sobretudo aberto tinha uma gola de pele, mas ele estava com a cabeça desprotegida e, debaixo do sobretudo, Ludendorff podia ver que o terno e a camisa do homem estavam amassados. Lenin olhou para seus companheiros e então de volta para Ludendorff. — Nós iremos — disse ele, com uma voz usada para ordenar.

Ludendorff não gostou de seu tom.

— Meu povo vai se sentar na metade da frente do vagão, vocês alemães, segregados, devem ficar com as duas últimas fileiras. — Lenin olhou atentamente para o general. — Mas eu precisarei ter algumas conversas com você — acrescentou ele.

Seu alemão era bom; seu sotaque, carregado.

Cinco minutos depois do horário estipulado às quatro horas, o trem zarpou da *Hauptbahnhof* de Zurique. Ainda estava escuro. Havia gelo no interior das janelas do vagão, mas ele rapidamente se derreteu com o calor dos corpos dos passageiros. Ludendorff não gostava do cheiro dos russos, tanto metaforicamente quanto — como ele rapidamente estava começando a perceber — fisicamente. Seriam alguns dias longos até levar esse bando a Berlim. De lá, Lenin e seus seguidores partiriam cruzando a Suécia e a Finlândia e acabariam na Estação Finlândia, em

Petrogrado. São Petersburgo, que o czar tinha renomeado como Petrogrado dois anos antes, estava na mão dos bolcheviques e de lá Lenin poderia criar o tumulto que quisesse, pensava Ludendorff; contanto que tirasse a Rússia da guerra do czar.

Muito antes daquilo, no entanto, Ludendorff teria entregado o líder comunista e seus companheiros revolucionários. O trabalho dele terminava na Estação Stettiner, em Berlim. A parte que lhe cabia da missão estaria acabada. Graças a Deus.

Ele juntou as mãos dentro das luvas para tentar aquecê-las ainda mais.

Eles cruzaram a fronteira com a Alemanha mais tarde naquele dia e os exilados russos, observando pelas janelas imundas do vagão, comentaram irritantemente sobre a falta de homens nas estações pelas quais passavam no campo e nas cidades. Os únicos machos que eles viram eram idosos, adolescentes ou crianças. Qualquer homem entre 16 e 60 anos estava lutando nas trincheiras da Bélgica e da França. Ludendorff esperava que a situação alemã não parecesse desesperada para suas cargas indesejadas.

No segundo dia, Lenin saiu de seu assento habitual para se posicionar perto de Ludendorff, que estava sentado sozinho, separado de seus oficiais, como ditava sua patente mais alta. Ele sorriu sociavelmente para o general alemão, que acenou com a cabeça de volta de forma cautelosa.

— Eu amo Beethoven — foi o comentário inesperado de Lenin para começar a conversa.

— É mesmo? — respondeu o general, inseguro quanto a si mesmo, odiando o sotaque gutural do homem tanto quanto ele odiava o cheiro da pastilha de violeta que vinha de sua boca.

— Sim — continuou o russo, pensativo. — Mas há parte de sua música que eu não consigo escutar. — Ele fez uma pausa, olhando para Ludendorff. Quando o general permaneceu em silêncio, incapaz de formular qualquer tipo de resposta àquela sugestão, ele continuou. — Especialmente as sonatas para piano. Especialmente a *Appassionata*.

Ludendorff se ajeitou em seu assento.

— E porque isso acontece? — perguntou ele involuntariamente.

Os olhos de Lenin ficaram distantes.

— Porque ela desperta emoções em mim que eu não posso me permitir ter.

Ludendorff olhou para ele com a expressão vazia. Houve uma pausa desconfortável, depois da qual ele falou:

— Espero que o estejam alimentando bem. Parecia que o senhor e seus amigos precisavam de um pouco disso. — Ele abriu os braços. — Não há escassez de comida na Alemanha, como o senhor pode ver. Ouvi dizer que estão com um problema desse tipo na Rússia.

Lenin o ignorou:

— Não posso me permitir emoções que me deixem melancólico e triste. Preciso me concentrar em coisas que sejam sólidas, que sejam materiais. Mas também preciso... — Sua voz ficou mais confidencial e ele se aproximou; Ludendorff podia sentir o cheiro forte de violetas em seu hálito. — ... também preciso ser capaz, sem medo de cometer nenhum erro, mover as mentes dos homens.

A ideia de um homem como Lenin alguma vez se sentir melancólico e triste fez Ludendorff querer rir, mas ele a suprimiu.

— O senhor tem o apoio do estado alemão — assegurou Ludendorff, com sua voz respeitosa sendo usada. Ele tinha lido alguns dos escritos de Lenin, tinha até se obrigado a ler *O que fazer?* Ele não tinha conseguido dar muita atenção a ele, mas tinha pesquisado o suficiente para dizer algo. — E suas ideias cairão em solo fértil.

— Espero que sim — disse Lenin. — Mas preciso ter certeza.

No silêncio que se seguiu, quebrado apenas pelo chacoalhar repetitivo do trem, ele mudou de assento para viajar junto à janela, em frente a Ludendorff.

Os dois homens se olharam diretamente nos olhos. À sua volta, os outros passageiros estavam lendo ou dormindo. Não havia nenhuma conversa a não ser o diálogo incoerente entre a esposa de Lenin, Nadya Krupskaya, que para Ludendorff se parecia com um bacalhau, e sua acompanhante. Uma caneta arranhava papel enquanto um dos oficiais atrás de Ludendorff compilava um relatório.

Por um tempo, Lenin voltou sua atenção às fazendas monótonas pelas quais passavam. Era um dia cinzento e o campo se mostrava sombrio sob um céu da cor de cimento.

— E se *eu* estiver certo — continuou ele, como se o silêncio tivesse durado uma questão de segundos em vez de minutos —, *você* pode ter certeza de que a Rússia vai sair da guerra. Seu front oriental não vai mais existir e você poderá transferir as forças que se tornarem disponíveis para derrotar os britânicos e os franceses. Você vai precisar de todos os homens que tiver. Os Estados Unidos não acabaram de se juntar, finalmente, ao lado dos Aliados? Besteira de vocês afundar aquele transatlântico. Eles poderiam ter ficado de fora disso.

Ludendorff apertou os lábios. O homem estava bem informado.

— O senhor tem nosso total apoio e sem qualquer interesse — repetiu ele com cautela.

— Mas quanto mais rápido eu me mover, mais rápido você pode agir, não é? — falou Lenin.

Ludendorff não sabia aonde a conversa estava indo, mas algo dentro dele não estava gostando do caminho que ela estava tomando. Ele permaneceu em silêncio.

— Meus amigos em Berlim... *um* amigo, eu deveria dizer, um professor de história antiga da Universidade de Moscou, atualmente exilado por causa de suas visões políticas... ele tem se mostrado muito entusiasmado em relação às descobertas feitas por um colega, o seu compatriota, Robert Koldewey — continuou Lenin, olhando pela janela, como se estivesse fascinado com a vista tediosa.

— Não é meu campo — disse Ludendorff. — Não sei nada sobre isso.

Lenin se virou para ele, levantando as sobrancelhas:

— Bem, isso *é* realmente surpreendente. Ouvi dizer que você esteve com Koldewey em Istambul há apenas dois anos.

— Assuntos oficiais, apenas isso.

— Claro.

Lenin fez uma pausa, mas não foi capaz de esconder sua impaciência. Era como se ele estivesse tentando segurar sua ansiedade. Ludendorff aguardou, esperando ser capaz de contestar o que quer que viesse em seguida. Maldição, quanto o homem sabia?

— Ouvi dizer que você trouxe algumas bugigangas da escavação de Koldewey de volta a Berlim — continuou Lenin, sua voz menos leve. — Entre elas, algo de enorme valor... enorme poder.

— Alguns artefatos, sim. Deixei tudo aquilo a cargo de Koldewey. Ele é o especialista.

— Essa... essa coisa de que estou falando — prosseguiu Lenin insistentemente, e não dava para duvidar do brilho em seu olho agora. — Parece que ela está sendo mantida debaixo dos panos. Mas se ela estivesse nas mãos certas, ela poderia ser... como posso dizer?... de enorme valor prático e político.

— Para você?

— Quem mais? — Lenin abriu os braços. — E não se esqueça, meu amigo, que meu sucesso é o seu sucesso.

— Você gostaria que nós déssemos essa coisa a você?

— Um amigo meu, o professor Kaschei, teve várias conversas com o Dr. Koldewey. Discretamente. Eles beberam vodca juntos. Meu amigo professor me assegurou de que há uma linha que vale a pena perseguir. E se nada sair disso tudo, nenhum mal terá sido causado.

— E se algo sair disso tudo?

Lenin sorriu.

— Como eu disse, se eu ganhar, você ganha. Você não precisa pensar nem por um momento que uma República Soviética Russa, com todo o poder de seus recursos naturais e uma força de trabalho realmente motivada, não seria eternamente grata à nossa amiga, benfeitora e aliada, a Alemanha Imperial.

Lenin olhou para ele. Os olhos estavam brilhantes e sombrios, encarando o general. Havia algo de genialidade e algo de loucura neles.

— Mas eu o estou aborrecendo — disse o russo, esticando-se e ficando de pé. — Vou me juntar novamente aos meus companheiros e dormir. Você deveria dormir também. Há pouco mais para se fazer nesse trem, a não ser comer, ler e tentar se manter limpo. — Ele se virou para partir, mas algo o fez se virar. Os olhos fixos em Ludendorff.

— Tudo que peço é que você pense sobre o que propus. Poderíamos mudar a história juntos, você e eu. — Lenin relaxou. — Conversaremos novamente — disse ele enquanto ia embora. — Ainda temos um dia, acho, antes de chegarmos a Berlim.

Deixado sozinho, Ludendorff fechou os olhos. Mas ele não dormiu. Sua mente estava um tumulto; ela nunca ficava assim, mas ele fora perturbado e não havia ninguém que pudesse consultar. Nem haveria, pois não tinha tempo. A programação da jornada até a Estação Finlândia era apertada, mas também era crucial que fosse mantida. Ele ficou pensando por duas horas na ideia que Lenin lhe apresentara.

No fim daquele tempo, porém, sua decisão estava tomada. Independente de qualquer outra coisa que *Herr* Lenin pudesse lhe dizer nas 24 horas em que ele era forçado a permanecer na companhia dos russos, nada o afastaria de seu curso.

64

Edirne, no presente

Parecia que eles estavam andando havia dias, não horas, e a paisagem desagradável ardia sob o sol alto. Pedras cortavam seus pés nas profundezas do vale remoto, eles ainda estavam ofuscados pela luz depois de tanto tempo na escuridão de sua prisão e, mesmo assim, seguiam claudicando, obrigados a ficar de pé, empurrados e agredidos quando um dos dois mostrava qualquer sinal de desmaio.

Mas eles estavam do lado de fora, longe da tortura. E as vendas tinham sido tiradas de seus olhos quando o utilitário preto parou depois de uma longa viagem.

Eles não sabiam onde estavam, tampouco em que país estavam. Em algum lugar quente, algum lugar no sul. Mas as pedras, os tufos de grama e os arbustos esparsos, entre os quais cabras magras forrageavam, davam-lhes poucas pistas. Não havia nenhum povoado, nenhuma pessoa. Mas, drogados e espancados como tinham sido, eles sabiam que não poderiam ter ido muito longe — eles nunca haviam perdido totalmente a consciência, mesmo se a maior parte de sua experiência recente se desdobrasse como um sonho. Quantos dias ou mesmo semanas se passaram desde que foram sequestrados? Cinco? Dez? Quinze? O tempo os enganava.

O que eles nunca tinham sido capazes de entender era como responder a única pergunta que o homem e a mulher — eles o conheciam apenas por suas vozes — encarregados de seus sequestradores e torturadores repetidamente lhes faziam:

— *Onde está?*

Eles sabiam que deveria ser relacionado à escavação em que estavam trabalhando. Em desespero, inventaram respostas que poderiam agradar seus carcereiros, mas elas nunca eram satisfatórias. Agora os dois americanos tinham outras coisas em mente.

Finalmente eles pararam. Seus olhos se acostumaram à luz e eles podiam ver as pessoas que os acompanhavam. Cinco homens, vestidos com camisetas e jeans. Homens jovens, musculosos, com rostos severos e olhares sem vida.

E os outros dois, o homem e a mulher cujas vozes Brad Adkins e Rick Taylor tinham ouvido em sua cela. O homem, magro como uma vara, estava vestido com um traje bege específico para áreas áridas e botas de cano alta. Seu rosto estava coberto por um lenço de seda estampado. A mulher rechonchuda se apertara em um vestido Laura Ashley. Ela também usava um chapéu de palha com uma echarpe enrolada em seu topo. Seu cabelo pintado em um tom escuro ficava pendurado debaixo dele, movido suavemente pelo vento. Ela parecia uma velha hippie. A aba larga de seu chapéu fazia sombra sobre seu rosto, e ela era cuidadosa para manter a cabeça abaixada, mas eles podiam ver sua boca, que era séria e cruel.

O grupo rodeou os dois homens.

— Vamos perguntar uma última vez — disse a mulher, com seu sotaque afetado.

— Uma última vez — repetiu seu companheiro, cuja voz era parecida, estridente.

Houve um silêncio durante o qual os dois homens se olharam em desespero. Repentinamente eles souberam o que lhes aconteceria se não pudessem, nesse último momento possível, fornecer uma resposta.

Os únicos sons eram os sussurros dos talos rígidos dos arbustos, a brisa quente e o ranger entediante dos grilos.

Depois de um longo minuto, o homem consultou seu relógio e olhou para a mulher.

— Silêncio é a resposta de vocês, então? — perguntou ela a seus prisioneiros.

— Nós lhe contamos que não achamos nada.

— É isso, então — disse o homem à sua companheira. — Eu lhe falei isso há dias, mas você nunca escuta.

— Você não está no comando.

— Pior ainda.

— Nós estamos parecendo um velho casal briguento. — Ela ria.

— Não é isso o que somos?

A mulher parou de rir e se virou para seus capangas.

— Vocês sabem o que fazer — disse.

Ela e seu companheiro voltaram andando, ainda discutindo, até o utilitário, estacionado a 75 metros de distância. Adkins e Taylor os observaram. Será que eles realmente tinham andado só aquilo? Eles não conseguiam se lembrar de quando haviam comido pela última vez. Tinham lhes dado água para mantê-los vivos, apenas isso.

Um dos cinco homens que foram deixados ali supervisionava enquanto os outros se dividiram em dois pares, cada um segurando um dos americanos e os arrastando até pedras separadas às quais eles os acorrentaram. As paredes do vale desciam, cobrindo tudo, deixando apenas uma fresta azul do céu acima, em que o sol, como uma enorme bola branca, aparecia como um olho furioso.

Então o quinto homem se aproximou, sacando uma longa faca com uma lâmina larga e pesada. Açougueiro por profissão, ele cortou as mãos e os pés dos homens de forma rápida e eficiente. Então pegou uma faca menor e arrancou suas línguas.

65

Eles estavam a alguns quilômetros de Edirne, bem a noroeste de Istambul, na fronteira com a Bulgária.

Por recomendação do major-detetive Haki, Su-Lin foi deixada na delegacia da cidade. Terem permitido que ela viesse com eles já incomodava Graves, mas Marlow a convenceu de que a arqueóloga já estava suficientemente recuperada. Ela guardava para si mesma suas opiniões em relação à fixação de seu colega pela mulher e seus próprios sentimentos.

Ao olhar para os corpos de Brad Adkins e Rick Taylor, Marlow ficou feliz de eles terem deixado Su-Lin na cidade. Graves desejou que ela mesma tivesse ficado para trás.

Eles foram até o local em dois Toyota Land Cruisers da polícia, com Haki e seus homens em um deles, mostrando o caminho; Graves e Marlow no outro, com seu motorista.

Agora os três estavam de pé ao lado dos cadáveres acorrentados às pedras, a 5 metros um do outro, olhando para eles com a luz chapada da aurora.

— Você está dizendo que eles estão aqui há três dias? — perguntou Marlow.

— Um pastor de cabras os descobriu ontem no fim do dia — respondeu Haki. Não havia nenhum brilho em seu olho agora. — Três dias é o que nossa perícia determinou. Mas não demorou muito para que morressem. Achamos que eles já estavam mortos dez horas depois de serem deixados aqui. — Passou um momento antes de ele continuar. — Perda de sangue, desidratação. Pode acontecer muito rápido. Especialmente quando você leva em conta o que foi feito a esses sujeitos.

O voo noturno no Falcon 7X da Intersec de Paris a Istambul tinha levado pouco menos de cinco horas, mas Marlow nunca se sentira menos cansado, mesmo depois da jornada de helicóptero e carro de Istambul a Edirne e da cidade turca, por um terreno rochoso e inóspito, até o local da carnificina. Seus sentidos estavam em estado de alerta, e o fantasma que o assombrava, esquecido. Se pelo menos aquilo permanecesse desse jeito. Ele tinha dito a Su-Lin que seus colegas estavam mortos. Porém não lhe contou como morreram.

— Então eles foram trazidos até aqui na última quarta-feira e estavam desaparecidos...

— Quinze dias — completou Graves.

Ela estava olhando para os cadáveres, seu rosto abstraído. Existia uma conexão aqui, algo familiar em relação à forma de suas mortes, ela só tinha que situar aquilo.

Marlow e Haki seguiram seu olhar em silêncio. No curto tempo desde suas mortes, os dois homens haviam murchado dentro de suas roupas maltrapilhas. Corvos arrancaram seus olhos e era fácil imaginar, nesse calor, as incursões que larvas tinham feito nos tecidos macios de seus corpos.

As posturas dos corpos mostravam que os dois homens, enquanto ainda restava vida dentro deles, tinham se esforçado para se aproximar.

— E então, podemos transportá-los? — perguntou Haki. — Já fizemos tudo que podíamos aqui.

— Sim — concordou Marlow. Virando-se para Graves, ele disse: — Faça os preparativos e informe as famílias e Yale. Faça isso através do escritório de Nova York. Diga a Leon para colocar Hudson cuidando disso. Mas mantenha segredo e não entre em detalhes. Isso não pode vazar.

Ela balançou a cabeça de forma positiva.

— E quanto a Su-Lin? Vamos a público sobre ela?

Ele olhou para Laura impacientemente.

— Ela não tem família para avisar e não consegue nos dar nenhum nome de amigos.

— Marcas de pneu não muito longe daqui — disse Haki. — E o líder do vilarejo a 4 quilômetros de distância disse que viu um veículo preto desconhecido em uma trilha próxima há três ou quatro dias.

— Alguma chance de ele ter reconhecido a marca?

Marlow não guardava muitas esperanças.

— Ah, claro. Um utilitário Porsche. Ele reconheceu o carro de um comercial em sua televisão via satélite.

Marlow parecia pensativo. Ele sabia que a organização que tinha sequestrado Graves em Istambul era responsável por isso. Mas por que matá-los daquela forma? Será que estavam enviando uma mensagem?

66

Istambul, no presente

Sozinho com ela, Marlow confortou Su-Lin da melhor forma que podia. Mas ela parecia inconsolável.

— Quem pode ter desejado matá-los? Que mal eles haviam feito a alguém?

— Nós vamos descobrir.

Ele quase lhe contou que eles tinham uma pista para seguir, mas se segurou a tempo. Ele se levantou para ir embora.

— Você vai me abandonar?

— Tenho que ir.

— Não me deixe sozinha.

Ele voltou, tomou o corpo dela em seus braços, acariciou seu cabelo.

— Você está perfeitamente segura aqui.

— Fique comigo!

Marlow se forçou a ir embora. A necessidade de mantê-la em segurança era preponderante para ele. Se ao menos pudesse fechar as últimas lacunas em sua memória. Mas algo mais o afligia. Su-Lin estava avançando em sua solidão. Ela era tão vulnerável. Mas ele teria que mantê-la de fora.

Eles não estavam hospedados em um hotel dessa vez, mas em um apartamento sobre a sala de Haki, por uma noite, antes de voltar a Paris. O dia tinha sido gasto contatando Lopez na base, transmitindo os detalhes do que eles haviam achado. Marlow voltou ao Centro de Operações com o coração pesado.

O dia todo Graves ficara distraída. Agora Marlow descobriu o porquê.

— Balduíno de Flandres — disse ela bruscamente, quando Jack entrou na sala.

— O quê?

— Balduíno de Flandres!

— Refresque minha memória.

— Balduíno de Flandres era um dos líderes da Quarta Cruzada — falou Graves. — Ele era o menino de ouro, aquele que eles coroaram imperador do novo império católico no Oriente depois que tomaram Constantinopla.

— E dividiram tudo entre eles.

— Quando vi os corpos, eu sabia que havia algo. Alguma conexão.

Marlow percebeu que o olhar preocupado sumira de seu rosto. Ela estava focada agora.

— Prossiga.

— Não demorou muito para o novo império começar a mostrar rachaduras — continuou ela. — Bonifácio não era mais tão útil para Dandolo, e essa fora a razão pela qual Balduíno recebeu a coroa. Isso e o fato de Balduíno ser mais jovem, menos inteligente, menos experiente, muito mais manipulável, em outras palavras. — Ela fez uma pausa. — Bonifácio estabeleceu seu próprio território em volta de Tessalônica e construiu seu próprio reino. Não havia problema com Balduíno.

— Então Bonifácio se saiu bem.

— Sim, mas ele foi traído pelos búlgaros, que não gostaram de tanto poder tão perto deles. Eles armaram uma emboscada para ele e o mataram no verão de 1207, apenas três anos depois do saque a Constantinopla.

— Certo, mas o que tudo isso tem a ver com os arqueólogos?

— Espere! Os gregos dominados de Constantinopla não estavam fora da jogada. Eles se aliaram ao rei búlgaro, Johanitza, que também não gostava de Balduíno. Johanitza era cristão ortodoxo oriental, não católico, não se esqueça. Houve uma batalha entre Balduíno e Johanitza em abril de 1205, que Balduíno perdeu. O pobre jovem imperador foi levado como prisioneiro. A batalha aconteceu em... *Adrianópolis*.

Marlow soube imediatamente aonde ela estava indo com isso.

— E Adrianópolis é...

— A Edirne dos dias de hoje. Exatamente. E tem mais. Ninguém sabe o que aconteceu a Balduíno exatamente, mas ele desapareceu da face da Terra e há uma história antiga...

A voz de Graves foi se apagando.

— Prossiga.

— A história diz que os captores mantiveram Balduíno como prisioneiro, o torturaram e o levaram a um lugar remoto no campo. Eles arrancaram suas mãos e pés e o jogaram em um vale. Diz a história que ele levou três dias para morrer.

67

Berlim, 1924 d.C.

No Natal de 1924, Robert Koldewey convidou o general Erich Ludendorff para jantar. Nos dez anos desde seu primeiro encontro, ele e Ludendorff, os dois que compartilhavam o segredo, tinham se tornado aliados improváveis. O jantar foi simples, como sempre era no apartamento desarrumado do arqueólogo em Berlim, cheio de poeira e livros, baús e prateleiras de cerâmica antiga, mesas de canto com copos de uísque não lavados sobre elas, todo o local cheirando a tabaco de boa qualidade e lã úmida. Depois da refeição, eles se sentaram frente a frente em poltronas uma de cada lado da lareira.

— Então — falou Ludendorff. — Imagino que você não tenha me convidado até aqui apenas para dizer *Frohe Weihnachten*.

Koldewey não sorriu.

— Como você sabe, os únicos outros homens cientes da existência da tabuleta são Einstein e Max Planck. Mas eles não desconhecem sua importância.

Ludendorff não fazia a menor ideia de quanto Koldewey decidira contar aos dois cientistas, mas ele estava certo de que nenhum deles tinha qualquer ambição por poder pessoal.

— A percepção deles e seus conhecimentos de astronomia, energia e matéria foram inestimáveis — continuou Koldewey, tragando seu charuto . — Com ajuda deles, eu desvendei o código da escrita na tabuleta.

— Meus parabéns — disse o general, embora ele tivesse sentido um mau presságio.

— Estou perto da morte — prosseguiu o arqueólogo com uma voz objetiva. — Eu durarei talvez até fevereiro, mas isso não é garantido. Eu devo passar meu conhecimento a alguém. Você é a única pessoa, logicamente, para esse papel.

— Eu não sei se eu... — hesitou Ludendorff.

— É surpreendentemente simples. Você será capaz de passar o segredo adiante quando a hora chegar. Se um dia chegar. Eu havia pensado em deixá-lo morrer comigo, mas... — Ele parou repentinamente, sem mostrar nenhuma emoção. — ... descobri que não consigo. Deixe que eu lhe mostre. Um pequeno experimento.

De uma bolsa de couro em uma mesa ao seu lado ele tirou a tabuleta. Ludendorff imediatamente notou, na sala iluminada pela lareira, outra luz, um brilho apagado que vinha do pequeno pedaço de argila.

Koldewey se levantou, erguendo aquilo com as duas mãos sobre sua cabeça e fechou os olhos. A sala — Ludendorff não conseguia acreditar nisso depois — escureceu, mas por causa da luz do artefato antigo. Ludendorff se viu levantando também e cruzando a sala até um baú no canto. Era como se outra coisa — algo fora dele — tivesse assumido o controle de sua vontade.

— Levante a tampa — disse a voz de Koldewey, embora ela parecesse vir de dentro da cabeça de Ludendorff.

O homem obedeceu.

— Pegue a pistola.

Ludendorff removeu uma Luger Parabellum do baú.

— Está carregada. Aponte para mim — continuou a voz interior, traiçoeira e irresistível.

Ela parecia se misturar agora inextricavelmente aos pensamentos e desejos do próprio Ludendorff.

— Atire em mim.

Isso é loucura, pensou o general, mas a objeção em sua mente se derreteu imediatamente enquanto ele engatilhava a arma e a levantava. Ele sentiu seu dedo fazer pressão contra o gatilho.

— Chega!

Como se alguém tivesse movido o interruptor, a sala voltou ao normal. Ludendorff viu que Koldewey estava sentado de volta em sua poltrona e a tabuleta não estava à vista. A arma havia sumido também. Ele olhou dentro do baú. Ela estava lá novamente, como se ninguém a tivesse tocado.

O general sentiu um medo maior do que qualquer um que ele já tinha sentido em qualquer campo de batalha.

Naquela noite, Koldewey contou a Ludendorff tudo o que ele sabia, e o general estremeceu ao ouvir seu relato.

68

1927 d.C.

Nenhuma forma foi encontrada para abrir a caixa encontrada juntamente com a tabuleta que Koldewey arrancara da mão direita de Enrico Dandolo. Nem força, nem o mais engenhoso chaveiro tinha sido capaz de abri-la, mas ela fora preservada cuidadosamente, junto com a tabuleta que um dia guardou.

Com a morte do arqueólogo, dois meses depois do jantar que tiveram juntos, Ludendorff se viu o dono tanto da tabuleta quanto da caixa.

Por mais de dois anos ele as manteve em um cofre, sem saber muito bem o que fazer com elas. Muitas vezes chegou a pensar em destruí-las. Ele nunca tinha sido capaz de compartilhar a veneração de Koldewey pelos objetos, embora o arqueólogo o tivesse convencido do poder da tabuleta. Essa convicção nunca tentara Ludendorff a usá-la. Sua experiência à mercê da tabuleta fizera dele um homem abalado.

Mas durante aquele tempo ele também acompanhara o progresso do homem ainda jovem que se sentava agora na mesa do outro lado de sua sala. Eles eram parceiros desde o começo dos anos 1920 e vivenciaram, lado a lado, a tentativa abortada de tomar o poder em Munique no final de 1923. O homem, líder de um novo partido político, tinha sido preso depois que o *putsch* fora cortado pela raiz, mas Ludendorff, já com quase 60 anos, se livrara sem muitos problemas, por causa de sua reputação como herói de guerra.

Ele tinha admirado a forma como o homem se recuperou mais tarde, e acompanhou com entusiasmo e interesse seu progresso e o progresso de seu Partido Nacional Socialista dos Trabalhadores Alemães. Ludendorff não estava muito satisfeito com o governo hesitante de seu antigo colega, agora chanceler da Alemanha, Paul von Hindenburg; e no Partido Nazista ele viu uma chance de seu país se redimir da desonra e do caos econômico que causara a si próprio com o desastre da Guerra Mundial.

Ludendorff estava de pé em frente à mesa no pequeno escritório comum. O lugar cheirava a desinfetante, como se alguém estivesse tentando se livrar de um cheiro ruim. Era um odor tímido, o general notou. Como o cheiro de uma calça usada por muito tempo.

O sujeito na mesa era franzino e tinha 38 anos. Ele radiava uma enorme energia. Cada músculo em seu corpo estava tenso. O uniforme marrom que usava era barato, malfeito e muito grande para seu corpo. Ele não se parecia com um homem que havia sido condecorado com a Cruz de Prata na guerra uma década atrás. Ludendorff se lembrava de que a recomendação para a honraria fora feita por um oficial veterano judeu.

O homem passou a mão com nervosismo no cabelo escorrido que caía sobre sua têmpora esquerda e então o moveu de forma agitada para coçar o bigode-de-broxa, preto como seu cabelo, que crescia debaixo do nariz rijo, um pouco grande demais para seu rosto.

O momento tinha chegado.

Ludendorff tinha pensado muito antes de chegar à sua decisão. Dez anos antes, ele se recusara a abrir mão da tabuleta babilônica em prol do homem que viria a criar, mesmo sem ela, uma inabalavelmente poderosa União das Repúblicas Socialistas Soviéticas. Mas Lenin estava morto há três anos agora e o poder tinha passado a Josef Stalin. Uma quantidade desconhecida, porém perigosa.

A tabuleta e a caixa estavam na pasta de Ludendorff, cuidadosamente embrulhados.

— Estou feliz por vê-lo, general — disse o homem. — Por favor, sente-se. Posso lhe oferecer algo? Chá de ervas? Um copo de água?

Ludendorff teria preferido um conhaque e um charuto, mas ele sabia que o homem não fumava nem bebia. Diziam que ele vivia em uma dieta de frutas e vegetais cozidos no vapor. E mesmo assim seu corpo parecia fraco, flácido. Cabelos pretos e ásperos, que lembravam pelos nas patas de um inseto, cobriam as mãos pálidas e magras.

— Não, obrigado — respondeu o general.

Ele se sentou.

— Disseram que você tem algo para mim.

— Como nós discutimos.

— Ah. — Os olhos do jovem homem cintilaram por um momento antes de assumir uma expressão amena novamente. — Sim. Eu pensei sobre isso. Sou grato a você por sua confiança.

— É na sua causa que eu acredito.

— A causa é tudo. É a obra da minha vida. A redenção do nosso país. — O homem hesitou. — Eu sei que você compartilha essa ambição.

Ludendorff concordou com a cabeça, rigidamente. Eles tinham tido muitas conversas até chegar a essa. O que ele sabia era crucial.

— Posso ver esse... esse artefato... sobre o qual conversamos?

Ludendorff abriu sua pasta e retirou dois embrulhos, colocando-os sobre a mesa e os abrindo.

— A caixa um dia carregou a tabuleta. Nós *acreditamos*. Não sabemos o que ela carrega agora, pois não encontramos uma forma de abri-la.

— Eu encontrarei uma forma — respondeu o homem, pegando a caixa e a girando brevemente em suas mãos nervosas, antes de deixá-la de lado e concentrar sua atenção na pequena placa simples de argila que estava diante dele. Não havia como esconder a expressão em seus olhos naquele momento, quando ele a tocou. — E isso é...

Ludendorff sabia que o homem estava convencido do que a tabuleta poderia fazer. Ele também sabia que ele era um crédulo — e não um cético. Qualquer traço de uma dimensão sobrenatural à sua capacidade havia sido removido através do escrutínio e da análise de mentes que Ludendorff sabia que eram tão investigativas quanto a sua, se não fossem ainda mais. Mas, ao contrário dele, o jovem homem estava sintonizado com o oculto. Ele consultava um astrólogo e acreditava em sua própria espécie de destino místico — algo que estava longe demais para que a imaginação de Ludendorff compreendesse. Mas o general respeitava a intensidade da crença do jovem homem. Ele teria ficado orgulhoso de ter tido um filho assim.

— Você deve me explicar como isso... funciona — disse, levantando os olhos para encontrar os do general.

— Vou lhe contar tudo o que Koldewey me transmitiu — respondeu Ludendorff. Ele sacou um maço de papéis, arrumados em uma pasta cinza, de sua maleta. — Aqui estão as anotações que eu compilei, que confirmarão qualquer coisa que eu disser.

— Excelente. — O homem manteve o contato visual direto com o general de uma forma que deixava Ludendorff inquieto. Ele segurou firme a tabuleta em sua mão direita, que tremia levemente mesmo naquela época, com uma energia excitante, que mal podia reprimir. Tendo olhado fixamente por mais um momento, colocou-a no bolso interno do lado esquerdo do seu paletó, perto de seu coração. — Se isso fizer o que você diz que fará, você será recompensado. — Ele fez uma pausa. — Vamos esperar que faça.

— Pelo bem da Pátria — disse Ludendorff.

O homem continuou a olhar para ele.

— Claro — continuou. Ele empurrou a pasta na direção do general, sobre a mesa, e folheou suas páginas. — Há muita coisa para aprender aqui.

— Vou lhe contar mais — prometeu Ludendorff.

— Isso será amanhã — respondeu o outro homem. — Às onze. Odeio o começo da manhã — complementou, cuspindo as palavras como se aquela época do dia tivesse feito algo para merecer seu ódio pessoal. — O quanto antes eu for capaz de usar essa coisa, melhor. Vou separar dois dias para nós dois começarmos.

Ele se levantou de forma abrupta e ofereceu a mão. Ludendorff, levantando-se também, apertou-a e então deu um passo atrás. Os homens trocaram saudações. A nova saudação. Ludendorff juntou os calcanhares.

— O futuro de nosso país estará seguro em suas mãos — disse o general.

Enquanto ele saía do edifício e caminhava até seu Maybach W5, onde seu chofer se levantava ao perceber sua aproximação, algo no fundo do coração de Ludendorff repentinamente o deixou apreensivo.

Mas ele ignorou aquilo. Os dados estavam lançados. No dia seguinte, como haviam combinado, ele se encontraria novamente com Adolf Hitler.

69

Corfu, ano de Nosso Senhor de 1203

Devia haver algo que Dandolo estava deixando escapar — algo defeituoso nele mesmo, pois não poderia haver nada errado com o poder da tabuleta que estava aninhada, como sempre, perto de seu coração em um bolso escondido de seu robe. Será que ele não havia investigado suficientemente a fundo seus segredos?

Mas Zara *tinha* sucumbido, aquela cidade prostituta, o exército *tinha* chegado a Corfu e o problema que o confrontava nessa pequena e agradável ilha era um que ele podia confiar na força da tabuleta para superar. Ele estava confiante que seria assim. A maioria dos Cruzados, de qualquer forma, estava comendo em sua mão. Apenas alguns precisavam ser disciplinados.

Já era o começo de maio. Como todos os anos agora, esse estava passando rápido demais para ele. Sua preocupação era com a jornada ainda diante deles, as marés, os ventos e a passagem das estações.

— Considere sua posição — disse Leporo. — O senhor se assegurou de que o papa Inocêncio suspendesse a excomunhão dos franceses. Por que ele não suspendeu a dos venezianos?

— Os Cruzados estão felizes.

— Nem todos.

— Quanto aos venezianos, eu os ensinei a encarar a excomunhão como ela realmente é... insignificante. O ataque a Zara foi perdoado, apesar da matança dos padres, apesar do saque às igrejas. O papa precisava de sua Cruzada.

Dandolo não explicou ao monge como ele, guiado pela tabuleta, controlara os pensamentos do rei Emérico da Hungria, fazendo-o não tomar nenhuma providência em represália à destruição de sua cidade vassala. Assim como os do papa, o coprotetor de Zara. A manipulação de Dandolo cuidara para que o pontífice não causasse confusão. A tabuleta lhe mostrara como. Seu poder parecia ilimitado. Ele consultou a escritura e colocou em prática sua mensagem. Mas era verdade: o papa Inocêncio não tinha revogado a excomunhão de seus homens. Ele sabia que ainda não controlava totalmente o potencial da tabuleta, mas estava perto de alcançar seu objetivo: controlar as mentes dos homens *à vontade*! Para fazer aquilo, ele teria que se aproximar da tabuleta — *tornar-se*, ele pensou, *um só com ela*.

Aquilo não importava. A parte que cabia aos Cruzados do saque à cidade destruída não tinha chegado nem perto de pagar o que eles ainda deviam.

Mas, para os Cruzados rebeldes, todas as notícias eram boas.

— Bonifácio voltou depois de passar o inverno com seu primo — informou Leporo.

— Que notícias ele traz consigo da Suábia?

Dandolo estava alerta. O resultado da visita era importante. O primo de Bonifácio, Filipe, era casado com a filha de Isaac, o imperador deposto de Constantinopla.

— Isaac espera recuperar seu trono. Como o senhor sabe.

— Nós temos seu apoio?

— O filho de Isaac compartilha sua ambição. Ele é próximo de seu cunhado.

— Mas podemos confiar nele? Aleixo Ângelo é um rapaz imaturo.

— Ele odeia o tio que expulsou seu pai do trono. Ele odeia viver no exílio na corte suábia sob a proteção de sua irmã.

— Onde ele está agora?

— Essa é a melhor notícia de todas. — Leporo sorriu, olhando para seu amo. —Bonifácio o trouxe a Corfu, cheio de promessas, 200 mil marcos e 10 mil homens para apoiar a Cruzada, se nós retomarmos a Grande Cidade antes e recolocarmos seu pai e ele no trono lá, como governantes conjuntos.

— Boa notícia, realmente!

Se não fosse por aqueles filhos da puta descontentes. Ele apertou a tabuleta sob seu robe. O que estava deixando escapar? Quase todo o controle, mas mesmo assim...

— Eles montaram um acampamento separado e estabeleceram seu próprio Conselho. Eles são desgraçados obstinados — disse Leporo.

— Suas forças estão muito fracas para atacar a Terra Santa por conta própria. Eles nunca conseguirão cruzar o Egito nem conseguirão chegar lá sem uma frota.

— Eles são homens desesperados. Nossos espiões informam que eles planejam viajar pela Síria. O canal entre onde estamos e a terra firme é estreito. Muitos dos desertores que nos abandonaram em Veneza chegaram à Síria em navios genoveses ou embarcações alugadas de corsários africanos. Os rebeldes daqui planejam se juntar a eles. Se, unidos, eles conseguirem formar um exército suficiente para montar uma Cruzada, o papa pode transferir nossa bênção para eles.

— Eles ainda são fracos! — falou Dandolo.

— Mas se aqueles que estão aqui fugirem...

Leporo deixou sua voz se perder, observando seu amo atentamente. Mas Dandolo não estava olhando para ele. O velho doge acariciava a tabuleta com seu polegar. Ela *tinha* que lhe dar uma resposta. Mas ele não queria Leporo por perto quando a consultasse. Agora, ele sempre imaginava que seu trabalho com a tabuleta tomava a forma de conversas. Frid, com sua devoção canina, era alguém em quem ele podia confiar, pois, para controlar o viking, Dandolo não precisava de nenhum outro poder além do seu próprio. Já Leporo era um caso diferente. O monge era muito parecido com ele mesmo.

— Deixe-me sozinho — ordenou. O fantasma de uma ideia já estava passando por sua cabeça. Mas ela estava vindo dele mesmo ou da tabuleta? — Vá convocar os líderes. Traga Aleixo com eles.

Leporo se curvou, juntando seus papéis. Ele queria ficar, queria ver o que seu amo fazia quando estava sozinho, mas ainda não tinha encontrado uma forma de espioná-lo com sucesso. Frid, aquele viking desgraçado, estava sempre lá. Ele era os olhos de Dandolo, ultimamente, muito mais do que Leporo um dia foi. O norueguês estava parado nas sombras ao lado da porta agora, imóvel, mas observando tudo. Por que o viking grandalhão deveria contar com a confiança do amo quando ele, Leporo, que o tinha socorrido, que tinha recuperado a visão do seu olho esquerdo, não contava?

Mas ele acreditava que seu amo nunca usara a tabuleta para controlá-lo. Dandolo era muito inteligente para não saber que precisava compartilhar uma parte do conhecimento.

De forma sinistra, no entanto, Leporo refletiu que não podia ter certeza de nada. Só teria quando tivesse a tabuleta em suas próprias mãos e pudesse usá-la para sua própria vontade. A Cristandade Universal sob seu domínio!

Assim que o monge saiu e Dandolo ouviu a porta pesada se fechar atrás dele; assim que Frid se moveu para ficar à frente dela, com os braços cruzados, impassível, calado, o doge tirou a tabuleta de sua manga. Segurando o artefato com as duas mãos, braços tortos, levantados sobre sua cabeça, ele olhou para cima em sua direção na luz tímida da sala. E, enquanto fazia o gesto, a sala escurecia. Dandolo se concentrou, forçando seu olho a focar nas letras que tinham sido carimbadas na argila 2 mil anos antes.

As letras começaram a brilhar — um vermelho escuro e apagado, tão suavemente que ele não podia ter certeza de que aquilo não era uma peça que seu olho moribundo estava pregando nele. Mas o doge entendeu seu sinal suficientemente bem.

Ele permaneceu, arrebatado, sozinho em um universo habitado apenas por ele mesmo e a coisa que segurava diante de si, por vinte minutos, sob o olhar vigilante de Frid. E enquanto o viking olhava para seu amo, ele viu que uma luz estranha banhava o corpo sentado e o isolava do mundo, uma luz carmesim tão profunda que se misturava com as sombras da sala, escura como vinho, e, de alguma forma, viva.

Frid esperou, paciente e confiantemente, que o tempo passasse. Um velho provérbio veio à sua mente: "O Homem diz, *o Tempo passa*. O Tempo diz, *o Homem passa*." E então, sem aviso, ele sentiu um impulso estranho fazer seu corpo tremer — o que outro homem teria reconhecido como medo. Dandolo não deve morrer. O doge deve alcançar o que o Destino prescreveu para si.

Frid não sabia que o poder que varria a sala o estava afetando também. Apenas sua natureza simples, sua inocência o protegia.

Então, desaparecendo mais rapidamente do que havia chegado, a luz estranha se dissolveu. A sala voltou a ter sua aparência normal.

Frid se sacudiu como um cachorro molhado. Dandolo o encarou. O olho cego era uma cavidade murcha, uma cicatriz, a abertura de uma caverna estreita em uma face de pedra.

Mas o outro olho o fitava com um respeito turvo.

70

O acampamento dos Cruzados rebeldes ficava em um morro baixo, que se inclinava na direção do mar, 4 quilômetros ao norte da cidade. Estava no fim da tarde e o interior arenoso ficou dourado na luz do sol poente quando a procissão chegou a seus portões.

Todos estavam a pé, suas vestes ricas e suas botas empoeiradas da estrada. À sua frente estava o doge, com as costas arqueadas, cansado por causa do esforço da caminhada, apoiado em uma bengala, recostado em seu outro lado pelo gigantesco norueguês. Atrás dele, com a cabeça descoberta, o conde Balduíno de Flandres, o marquês de Montferrat e o imperador escolhido, Aleixo Ângelo, caminhavam obscurecidos pela sombra de uma cruz gigantesca carregada por cinco monges, com Leporo os liderando. Vinte coroinhas seguiam, cantando, apesar de suas vozes se perderem na brisa, mas ainda assim seguiam cantando. Nenhum séquito militar. Ninguém carregava armas.

Observando das muralhas de madeira do acampamento, os rebeldes se olhavam, indecisos.

A 10 metros dos portões, a procissão parou. Dandolo levantou sua cabeça na direção dos homens na barreira de defesa.

— O que ele está fazendo? — sussurrou um deles.

— O que ele está vendo? — perguntou-se o outro

Inquietação que ia se transformando em medo crescia dentro deles enquanto o velho homem examinava seus rostos. Será que ele podia vê-los? Parecia poder. Vê-los e ver através deles. Um dos homens achou que podia detectar um brilho vermelho nas profundezas da órbita preta de seu olho direito e recuou.

Sua reação foi contagiosa. Os rebeldes já estavam vacilando. Todas as consultas, todas as negociações tinham sido interrompidas nos últimos dias. A raiva fora substituída por incerteza, e a incerteza, pela inércia. Mas eles esperavam um ataque e estavam preparados para um. Mas receberam isso — essa missão de paz. Essa procissão devota.

Agora, as mãos que seguravam suas espadas e lanças hesitavam.

— Abram os portões! — ordenou repentinamente alguém dentro do acampamento.

Os líderes, seguidos por seus companheiros sagrados, entraram lentamente no acampamento e pararam em seu centro. A barreira de defesa circular cercava um espaço aberto amplo, chão de terra amarela, um punhado de tendas chamativas e barracos de madeira construídos às pressas para as cozinhas e banheiros. Os Cruzados rebeldes se juntaram em volta da embaixada.

Os rebeldes não tinham abaixado suas armas.

Leporo permanecia perto de seu amo.

Havia dois círculos agora. Dandolo e seus seguidores virados para fora, uma formação frouxa com os coroinhas, agora em silêncio, em seu centro.

Dandolo estava mais afastado do portão. Confrontando o doge estavam os líderes rebeldes, entre eles o teimoso Guy de Chappes e o carrancudo Ricardo de Dampierre. Você podia ter cortado a atmosfera como fosse cortar um bolo, de tão pesada que ela estava, Leporo pensava. Eles nem mesmo tinham reforços escondidos em um lugar fora do campo de visão na montanha, prontos para invadir no primeiro som de uma luta. Leporo esperava que Dandolo soubesse o que estava fazendo.

Nenhuma palavra foi dita. Então, muito suavemente, os rapazes começaram a cantar um *Agnus Dei.* A paliçada fornecia uma boa acústica para suas vozes límpidas, que subiam pelo céu a escurecer como se os sons se esforçassem para chegar ao paraíso. Enquanto eles cantavam, Dandolo se soltou do braço de Frid que o escorava e, apoiando-se em sua bengala, caiu sobre seus joelhos. O conde e o marquês seguiram seu exemplo, cabeças humildemente abaixadas.

Com lágrimas escorrendo por suas bochechas, o doge levantou a cabeça na direção de Guy, Ricardo e o resto e, com a velha voz tremulante, num esforço para permanecer firme, sob controle, falou:

— Não nos abandonem, companheiros na Causa de Cristo — disse ele. — Não nos abandonem, eu lhes suplico, nobres da França! Eu juro pelo espírito de nossa grande empreitada que nunca me levantarei desse solo novamente, até que os senhores nos assegurem, nos confortem, nos agraciem com sua aliança contínua. Nossa empreitada contra a Grande Cidade é justa: testemunhem esse garoto inocente, Aleixo, com justiça também chamado Ângelo, que foi barbaramente privado de sua herança de direito e que, se o ajudarmos, nos ajudará em troca, com tal recompensa que Jerusalém tremerá ao som de nossa marcha de aproximação. Ombro a ombro, camaradas unidos em Cristo, com uma injustiça corrigida para nos recomendar ainda mais a Nosso Senhor, nossas bandeiras da cruz vermelha tremularão finalmente nos torreões usurpados pelos infiéis!

No silêncio que se seguiu, os líderes rebeldes se olharam com consternação. Então Ricardo de Dampierre, com sua cota de malha manchada de vermelho pelo pôr do sol, deu um passo à frente e ajudou o velho homem a se levantar.

Eles se abraçaram, cada um cobrindo o ombro do outro com suas lágrimas. Guy de Chappes avidamente seguiu o exemplo.

Um enorme grito irrompeu, afogando as vozes dos coroinhas.

Dandolo apertou a tabuleta contra seu corpo sob o robe e sorriu.

Uma semana depois, Godofredo de Villehardouin e Conon de Béthune estavam sentados sobre seus cavalos em um morro baixo com vista para o porto. Eles observavam enquanto a frota era novamente carregada com suprimentos e com os ocupados remendeiros de velas, os homens que cuidavam das cordas e carpinteiros. Galés, embarcações de transporte e navios de guerra pululavam com marinheiros. Em terra, o exército, depois de dois dias de bebedeira para celebrar a reunificação, estava limpando e afiando lanças, espadas e adagas, colocando novas cordas nos arcos e emplumando mais uma vez as flechas. Escudeiros poliam seus equipamentos até que brilhassem como o sol. Cavalos eram exercitados com e sem suas armaduras, massageados, alimentados com maçãs, acariciados e examinados em busca do menor defeito, qualquer sinal de doença. A Quarta Cruzada unida, o Exército de Cristo Entronizado, em toda sua majestade deslumbrante, embarcaria e deixaria Corfu no Dia de Santa Teodósia.

Na montanha que se inclinava na direção da costa, cabras invadiam indolentemente a barreira de proteção abandonada dos antigos rebeldes, procurando alimento. Os únicos sons eram o tedioso tilintar dos seus sinos e o infinito chilrar dos grilos. Ricardo de Dampierre e Guy de Chappes, perspicazes, esqueceram os rancores que haviam guardado contra os nobres marquês de Bonifácio e Balduíno e o grande lorde de Flandres.

Godofredo e Conon trocaram um olhar e um sorriso caloroso de camaradagem. Acima de tudo, suas mentes estavam cheias da piedade e da glória de seu líder espiritual e temporal, o maravilhoso doge Dandolo, a quem deviam sua vida por causa de seu perdão e sua compaixão. Eles se empenharam na tarefa de organizar suas tropas com vontade e com um inexplicável alívio. Seu caminho adiante era óbvio agora — uma criança poderia compreendê-lo de tão simples: seguir Dandolo. Segui-lo. Segui-lo sempre. Segui-lo até a própria boca do inferno, se ele ordenasse.

Inquestionavelmente.

71

Paris, no presente

O tempo tinha melhorado durante sua ausência. As folhas nos plátanos que se enfileiravam nos bulevares estavam frescas e verdes. Parisienses e turistas enchiam as varandas dos cafés, evitando os interiores apertados e encardidos apesar das notícias de outro aumento dos furtos e dos roubos de bolsas colocadas sobre mesas com tampo de mármore, onde *sacs à main* da Prada ou Louis Vuitton eram os alvos preferidos de trombadinhas dos *banlieues* que atacavam como aves de rapina e fugiam por ruas laterais antes que se tivesse tempo para abaixar seu *express* e alertar as pessoas em volta — o que não ajudava em nada.

Su-Lin não mostrou seu desapontamento quando lhe disseram que ela seria novamente acomodada no esconderijo. Mas seu rosto entristeceu quando descobriu que o Dr. Duff permaneceria presente.

— Não gosto daquele homem — disse ela a Marlow enquanto ele a ajudava a se acomodar novamente. — Ele fica insistindo nas mesmas coisas. Não há mais nada para descobrir.

— Ainda existem lacunas para preencher.

— Eu não sei se quero preenchê-las. Não depois do que aconteceu com Brad e Rick. — Ela olhou para ele.

— Você está segura aqui. — Marlow quis passar seu braço em volta dela.

— Mas não segura do passado. O que está acontecendo? Por que meus colegas tinham que morrer daquela forma? Por que eles tinham que morrer, simplesmente?

— Isso é o que estamos tentando descobrir.

— Algo que encontramos na escavação? Algo cujo valor nós não reconhecemos?

— Achamos que sim — respondeu Marlow. — Mas é isso o que ...

— Isso é o que você quer que eu lembre.

— Sim.

— E se eu nunca conseguir?

— Então teremos que encontrar outra forma.

— Eu quero ajudar. — disse Su-Lin, repentinamente se agarrando a ele.

— Eu sei.

— Ainda mais agora. Agora que eles estão mortos. Quero encontrar as pessoas que fizeram isso. — Havia uma veemência em sua voz que ele não escutara antes.

— Tente se lembrar do que pode ter sido levado da tumba.

Marlow se soltou dela delicadamente, mas suas narinas estavam cheias do seu cheiro. Su-Lin se sentou, pensando.

— Cuneiforme? — confirmou ela. — Você mencionou escrita cuneiforme, não mencionou?

Marlow demorou a responder. Ela se contraiu, mas seu rosto se entristeceu novamente.

— Eu não consigo lembrar. Vocês descobriram alguma coisa?

— Não descobrimos nada.

— Você ainda não confia em mim, não é mesmo? — Ela encolheu suas pernas compridas.

— Se escondemos algo de você, é para seu próprio bem. Você sabe do que essas pessoas são capazes.

Silêncio preencheu o espaço entre eles novamente.

— E quanto à chave?

Os olhos dela era poças escuras.

— Pequena. De ferro, acho. A chave de uma caixa, um pequeno cofre.

— Alguma coisa mais?

— Só consigo pensar no que aconteceu! Se eu não tivesse conseguido escapar, eu teria o mesmo destino de Brad e Rick.

Marlow a observou.

Naquele momento eles ouviram passos no corredor do lado de fora; então houve uma batida na porta. Marlow a destrancou e Ben Duff entrou no apartamento.

— Queria apenas lhe dar as boas-vindas novamente — disse o psicólogo a Su-Lin, enquanto acenava com a cabeça para Marlow. — Mas vejo que Jack foi mais rápido do que eu.

Ele estava segurando uma garrafa de champanhe.

— Duff não vai tirar mais nada dela — disse Marlow a Graves mais tarde. — E foi um erro lhe contar sobre seus colegas.

— Então por que não nos livramos dela?

Jack sacudiu sua cabeça.

— Você acredita em medidas drásticas, não é mesmo?

— Apenas quando é necessário. Ela não teve nenhuma utilidade para nós até agora.

— É aí que você se engana. Ela está focada na chave que eles encontraram na escavação.

— Ela foi capaz de descrevê-la? — Graves olhou para ele com surpresa.

— É exatamente a mesma.

— Temos mais alguma coisa?

Marlow apertou os lábios e olhou pela janela, na direção da rua. As pessoas estavam caminhando pelo bulevar, algumas com pressa; outras — turistas — passeando. Havia vários casais, alguns entrelaçados, outros conversando. Uma mulher de meia-idade rechonchuda com um companheiro alto e magro; uma loura esquelética de braços dados com um homem baixo e franzino com uma boina quadriculada que era grande demais para ele; um par de adolescentes americanos, embasbacados por um momento com a realidade de um lugar que eles só tinham conhecido na tela de seus computadores. O Starbucks do outro lado da rua cheio de homens e mulheres com anoraques e calças jeans consultando mapas e guias de viagem e olhando para a agitação à sua volta.

Todas aquelas pessoas. A menos de 20 metros de distância. Um mundo variado.

— Se tivéssemos uma pista de contra quem estamos competindo... — Ele ficou em silêncio, então continuou. — Não é outra organização política, de qualquer forma. É uma organização privada.

Graves pensou sobre aquilo. Era verdade que não havia nenhum boato que Leon tivesse sido capaz de rastrear. Mas ela já decidira que exista uma linha de abordagem diferente. Não que ela fosse contar a qualquer um por enquanto. Pelo menos não até ter certeza do terreno em que estava pisando.

— Vá atrás de Leon — disse Marlow. — Ele deve ter algo a respeito daquela inscrição a essa altura.

Mas dois dias se passaram até Lopez retornar.

— Não há nada — disse ele, enquanto Marlow e Graves estavam sentados em frente ao monitor no escritório.

— O que você quer dizer com... nada?

— Eles não podem decifrá-la.

— O que você está dizendo? — explodiu Marlow. — Eles deveriam ser os malditos especialistas.

— Não nesse caso. É matemático, de certa forma. Eles acham que é relacionado a astronomia, mas, indo além disso, dizem que lidam com pesquisas com as quais não estão familiarizados. Hudson está criando um alvoroço, mas as pessoas em Yale simplesmente se uniram, segundo ele.

— Hudson sabe sobre isso? Em detalhes?

— Ele *é* o chefe do departamento. Ele tem uma linha direta com o Pentágono. E com o Salão Oval. Ele deu a autorização para Su-Lin, diabos. Eu não tive escolha.

— Certo, Leon — disse Marlow. — Veja o que você consegue fazer com a análise forense de Haki a respeito das mortes.

— Já está feito. Confirmei o modo e os meios. Mas não há pistas.

Marlow não havia esperado nada diferente:

— Certo.

O monitor ficou preto.

— Há algo errado — disse Graves imediatamente.

— O que isso quer dizer? — Marlow olhou para ela com o rosto sério.

— Yale alega que não conseguem decifrar.

— E?

— Não pode ser verdade.

— O quê?

— Conseguiu tirar mais alguma coisa da Dra. De Montferrat nos últimos dois dias? — Graves tentou mudar de assunto.

— As mortes de Adkins e Taylor a abateram.

— Temos que desistir dela — disse Graves.

— Se eu achar que concordo, vou cuidar para que ela seja colocada em custódia protegida nos Estados Unidos — respondeu ele, de forma seca. Qual era o problema entre Laura e Su-Lin? — O que a faz dizer que o relatório de Leon sobre Yale não pode ser verdade? — continuou ele.

— Porque eu quebrei o código na inscrição. Vi o que você fez com o outro código. Aprendi algo com seus métodos. Você tem sido um bom professor.

— O que você descobriu?

Laura olhou para ele.

— É melhor pensarmos seriamente sobre por que os sujeitos em Yale não conseguiram quebrá-lo. *Se* eles não conseguiram.

— Explique.

— Porque é pura dinamite.

72

De volta a seu apartamento naquela noite, Marlow se ocupou com um Jameson, fumou um raro cigarro e desembaralhou seus pensamentos. O que Laura tinha lhe contado trazia toda uma nova dimensão ao problema.

Ele lhe disse para não passar nenhuma informação adiante. Ninguém mais dentro da Intersec deveria saber o que os dois sabiam agora.

Quem mais poderia saber sobre aquilo era a pergunta que o manteria acordado a noite toda.

E será que ele podia confiar em Laura? Ela parecia estar se saindo bem. Depois do sequestro, ela passara por uma semana de intensivo treinamento de campo, mas aquele não tinha sido o verdadeiro problema. Havia algo mais que Marlow não conseguia compreender.

O que quer que fosse, aquilo não possuía nenhuma influência em seu profissionalismo. E, se fosse pessoal, seu treinamento cuidaria para que ela mantivesse as coisas separadas. Como todos eles tinham que fazer.

Para ajudá-lo a pensar, ele desenterrou seu tabuleiro de xadrez e preparou as peças na mesa de centro junto ao seu sofá. Um problema do *Gambit Book*, de Graham Burgess. Cavalo do rei preto para xeque em dois lances — xeque-mate, se ele conseguisse solucionar a jogada, em quatro. Mas ele podia ver que o rei branco ainda tinha a oportunidade de fazer o roque.

Esse era o problema de jogar contra si mesmo — você podia sempre prever as jogadas; essa era a desvantagem, e a vantagem, da solidão.

Apesar da tentativa de disciplina do problema de xadrez, seus pensamentos vagaram. No fundo de sua mente, os demônios ainda pairavam.

Por que eles tinham entrado em sua mente, uma inquilina indesejada, em um momento como esse?

Deve haver uma razão. Ele medira o tempo que havia passado desde a separação e comparou seus sentimentos agora a como tinham sido. Ele sabia que ela estava perdendo o controle sobre ele. Ele tinha apagado os e-mails que ela lhe mandara depois, sem ler. O que ela teria escrito? E de que adiantava? Ela jogara uma bomba sem qualquer cuidado sobre seu amor e agora desaparecera para sempre. Ela se importara com ele menos do que nada, independente do que possa ter falado na época.

Confiança. Como isso podia confundir.

Impacientemente, ele empurrou os pensamentos para longe. Estava na hora de parar de cutucar o cadáver.

Marlow terminou sua bebida e olhou para a garrafa. Era a mesma garrafa que ele tinha aberto algumas noites atrás. Não a tocara desde então, e nela ainda sobravam umas boas duas doses. Ele decidiu não beber; aquilo nunca ajudava. E o cigarro estava seco e deixava um gosto ruim em sua boca.

Mas na verdade isso não tinha nada a ver com o cigarro.

Ele se inclinou e o apagou no cinzeiro, percebendo repentinamente por que a imagem daquela vadia de um amor perdido tinha vindo à sua mente.

Quem quer que o sucedesse na vida dela receberia isso também, mais cedo ou mais tarde. A próxima vítima. Existem algumas pessoas no mundo que têm um gene faltando, uma parte vital da máquina que faz um ser humano funcionar adequadamente — o gene que controla a consciência. Elas usam outras pessoas, então elas as jogam fora e encontram sua própria forma de lhes contar que a merda não era culpa delas.

Pessoas incapazes de expressar ou experimentar emoções normais, a benevolência comum. Pessoas como ela. Como uma quantidade enorme de políticos. Como criminosos. Como espiões.

Como as pessoas contra quem ele estava lutando agora.

Ele saiu daquilo com um estalo e solucionou o problema de xadrez. Mais tarde, depois de outras duas horas de trabalho, Marlow caiu no sono, pois foi acordado de um pesadelo — peixes mortos flutuando na água escura — por seu telefone.

Ele olhou para seu relógio. Quatro horas da manhã. A cidade estava em silêncio. Ele se levantou de sua cadeira e pegou o telefone. A voz do plantonista do turno da noite da Intersec surgiu do outro lado da linha.

— Senhor?

— Sim?

— É melhor o senhor vir até aqui agora.

73

Não havia sinal de luta. Ben Duff fora atingido uma única vez, na parte posterior da cabeça, com algo pontudo. Seu crânio tinha um buraco nítido e profundo. Não havia muito sangue, mas um pouco escorrera sobre o carpete. Ele estava vestido com um roupão de banho e parecia, de alguma forma, patético.

— Deve ter ouvido algo e foi tentar ajudar — disse o plantonista da noite.

— Onde vocês estavam? — perguntou Marlow.

Ele estava pensando na garrafa de champanhe que Duff tinha trazido naquela outra vez e em outra possível razão para o psicólogo estar ali vestido apenas com um roupão de banho.

— Tudo estava no lugar. Mas alguém havia cortado os sensores, então o Monitoramento não viu nada. Eles ligaram o alarme imediatamente. Eu liguei para você.

— Ela foi levada por uma janela nas dependências de Duff. Sem grades — disse Marlow. — Esse é o seu relato?

O homem estava suando. Isso lhe poderia custar o emprego. Rebaixamento de posto, com certeza. Transferência para uma mesa no Centro de Análise em Dayton. Ou pior.

Havia uma xícara de chá de limão na mesa de café. Intocada. Marlow a tocou. Ainda estava morna. Uma hora? Não mais do que isso.

— Façam uma busca em um raio de 15 quilômetros. Aeroportos também. Não envolva os locais. Chame um dos nossos médicos aqui — ordenou Marlow.

— Já está a caminho. Quanto ao resto, considere feito, senhor — disse o plantonista antes de se retirar rapidamente.

Marlow andou rápido pelo corredor até o cubículo que Duff chamara de lar durante as duas últimas semanas. Um pequeno escritório, quarto, chuveiro, uma pequena cozinha; nada mais. Mas ficava no canto do prédio e uma janela se abria para a rue Pernelle, a rua estreita que flanqueava o quarteirão.

Ele olhou em volta. Era possível que eles tivessem entrado pela porta principal. O agente estudaria as fitas do sistema de câmeras de vigilância o quanto antes. Como eles conseguiram chegar mais longe que isso era algo que as Operações Especiais deveriam investigar, mas como eles saíram estava claro: bem abaixo, um *monte-meubles* estava estacionado, um daqueles elevadores de carga que os parisienses usavam em suas mudanças para transportar móveis através de janelas de apartamentos em prédios altos. Deveria haver outro carro para a fuga. Profissionais. Será que eles a tinham drogado? Ela era pequena, fraca, fácil de dominar.

Ele pegou seu telefone e ligou para Graves.

Não houve resposta por um longo tempo. Ele estava prestes a desistir, mandar alguém ver o que tinha acontecido, arrombar a porta se fosse necessário, quando finalmente, logo antes de o aparelho parar de chamar, ela atendeu.

Aliviado, os nós de estresse que vinham se apertando em seu peito foram desfeitos.

— Venha até aqui. No Centro. Agora. — Sua voz era mais dura do que tinha sido sua intenção.

Agora vinha a espera. Não fazer nada é a coisa mais difícil de ser *feita*, mas Marlow não tinha alternativa. Graves chegou desgrenhada, desculpando-se. Ela parecia acabada. Será que tinha ao menos se deitado? Por que levara tanto tempo para ela atender o telefone?

A ligação veio às cinco da manhã. Aeroporto Orly. Voo da Ibéria para Barcelona. Os agentes de campo da Intersec estavam posicionados.

O trânsito ainda estava tranquilo, então eles levaram menos de 15 minutos para chegar lá, infringindo todas as restrições de velocidade possíveis e fugindo de uma viatura da polícia histérica que os perseguiu pela avenue d'Italie, mas desistiu logo depois da estação de metrô Porte d'Italie. Marlow sabia que não havia chance de os *flics* informarem seus colegas em outros postos, porque a sua Mercedes V8 AMG CLS tinha placas não identificáveis. O motorista só passou a respeitar a lei quando eles chegaram aos arredores do aeroporto, mas havia pouco trânsito aqui também, o aeroporto estava acabando de acordar e, no próprio terminal, poucas pessoas estavam presentes, a maior parte delas cansada e pálida sob a iluminação depressiva que sugava a energia de todos — o tipo de iluminação que é a especialidade de aeroportos no mundo todo.

Graves e Marlow seguiram cuidadosamente pelo saguão, pistolas soltas em seus coldres, e se juntaram ao líder da equipe local em um ponto combinado anteriormente que tinha a visão privilegiada. Eles colocaram microfones e fones de ouvido enquanto conversavam.

— Onde? — perguntou Marlow.

— São três. Homem magro, mulher rechonchuda. Nossa vítima está com eles, complacente, provavelmente drogada. Fileira de cadeiras perto da loja Relay. Avançamos?

— Vamos dar uma olhada neles. Para ver se podemos fazer isso sem fazer barulho.

Marlow soube desde o momento em que recebeu a ligação que encontraria algo errado ali, mas ele ainda não havia identificado o que era.

Ele se moveu furtivamente na direção do ponto indicado pelos seus agentes de campo e viu Su-Lin com olhos vazios, sentada entre um homem e uma mulher que batiam com a descrição do agente.

A aparência deles fez sua memória trabalhar.

O homem estava lendo uma cópia de um tabloide inglês, o *Daily Mail*, e a mulher — que parecia ter escapado de uma capa de disco feita por Alan Aldrige — estava comendo croissants retirados de um saco de papel da Paul. Ambos estavam absortos em suas tarefas distintas, embora o homem ocasionalmente olhasse para o painel de embarques, semicerrando os olhos como se ele precisasse de óculos para enxergar adequadamente.

Havia uma bolsa de couro macio a seus pés. A bolsa a tiracolo da mulher estava a seu lado. Su-Lin, de preto, e parecendo ter se vestido

— ou ter sido vestida — com pressa, continuava a olhar para o vazio. A certa altura, quando parecia que ele estava começando a correr o risco de ser visto por ela, Marlow se abaixou para ficar fora do campo de visão, incerto, mas então Su-Lin se levantou parcialmente com um pequeno grito involuntário.

Ela não estava olhando para ele. Estava olhando para trás do policial. Ela vira Graves, que não fora tão rápida quanto ele.

Seus dois guardiões ficaram instantaneamente em estado de alerta. Movendo-se rapidamente, cada um pegou um dos braços de Su-Lin e a puxou para longe das cadeiras, na direção dos portões de embarque. A mulher agora segurava uma automática, uma arma subcompacta branco-gelo, uma Glock, que não era fácil de identificar, talvez revestida com plástico, parecia um brinquedo. Ela não a tirara de lugar nenhum, mas tinha deixado seu saco da delicatéssen cair. A arma devia estar ali dentro com os croissants. Marlow falou de forma concisa no seu microfone para alertar os agentes, alguns dos quais ele podia ver de esguelha, deslizando para novas posições. Graves desaparecera de sua vista — ela havia tido o bom senso de sair do campo de visão, pelo menos.

Nenhum dos funcionários do aeroporto e nenhum dos outros viajantes, agora crescendo em número, estava ciente de nada. Marlow viu que os homens do comandante de operações de campo — cinco deles — tinham se posicionado em um semicírculo contendo o grupo-alvo pelos dois flancos e pela retaguarda. O homem e a mulher encontravam-se encurralados e sabiam disso, mas não mostraram nenhum sinal de perder a calma, embora na direção dos portões de embarque os funcionários da segurança nas máquinas de radiografia, mesmo com seu treinamento superficial, estavam começando a perceber que algo acontecia. Uma das funcionárias, mais zelosa do que seus colegas, começou a se aproximar, cheia do poder que seu cargo lhe atribuía. Dava para ver que adoraria ser da polícia. Então ela viu a arma na mão da mulher hippie e congelou.

O casal parecia entretido. O homem virou parcialmente a cabeça para olhar para trás dele, então olhou para sua companheira e disse uma palavra, não muito alto, mas alto o suficiente para Marlow escutar:

— Abortar.

O homem magro soltou Su-Lin com uma das mãos e a bolsa com a outra. Mas o que sobrou na primeira mão foi uma submetralhadora Steyr TMP, preta e mortal.

A mulher soltou o outro braço de Su-Lin e começou a se mover, rapidamente, entre os viajantes que empurravam carrinhos. O homem fez o mesmo do outro lado. Eles se tornaram alvos difíceis na multidão enquanto voltavam na direção de que haviam vindo, passando por fora de onde os agentes se concentravam. Su-Lin caiu onde estava.

Graves correu na direção da arqueóloga e a levantou, mostrando um cartão da DGSE, a Direção Geral da Segurança Externa francesa aos seguranças que se aproximavam, e carregou Su-Lin para longe, para fora do campo de visão, entre a multidão que se aglomerava.

Nenhum tiro foi disparado. Um silêncio maçante e total tinha tomado conta do saguão.

74

— Aí está a sua prova — disse Marlow, mais tarde.

Eles tinham levado Su-Lin de volta ao apartamento dele. Ela estava no quarto, sedada, sendo tratada por um médico da Intersec. Eles a interrogariam assim que recebessem autorização.

— Prova de quê?

— De que eles a querem tanto quanto nós. Não podemos permitir que ela fique à solta.

Graves ficou em silêncio por um momento e apertou os lábios.

— Eu quase estraguei tudo.

— Quase? — respondeu Marlow. Mas, ao ver sua expressão, ele cedeu. — Todos erram, Laura. Nada aconteceu dessa vez. E se ela tivesse sido morta, quem sabe? Não seria bom para ninguém. Eles foram neutralizados.

Mas ele pensou sobre o que poderiam ter feito a ela se a tivessem levado. Ele pensou em Adkins e Taylor.

— Você realmente acha que ela tem algo mais a oferecer?

— Sim. Se eles a querem tanto assim.

— Eles chegaram ao núcleo de nossa organização. Como?

Marlow sacudiu a cabeça, então mudou o enfoque.

— Agora vamos voltar à sua tradução daquela inscrição. — Ele olhou para ela com admiração. — Um trabalho incrivelmente bom, por falar nisso. — Ele admitiu para si mesmo que Graves tinha ganhado muitos pontos.

Ela sorriu, satisfeita, quase contra sua vontade.

— Ainda parece inacreditável. O segredo do controle total. O que isso significa?

— Significa que, nas mãos erradas, adeus, mundo cruel. Significa isso em quaisquer mãos. Se essa coisa é a chave para o poder absoluto, quem não será corrompido por ele?

— E agora? — perguntou ela.

— Você segue com a inscrição. Qualquer informação adicional que você puder achar. Vou arranjar um substituto para Duff. Precisamos saber o quanto essa experiência a retardou.

— Se é que a retardou.

Marlow não queria ouvir aquilo. Ele prosseguiu:

— Mas não queremos um substituto aqui.

— Onde então?

— Nova York. Vou pedir a Leon para cuidar disso.

— Nova York?

— É para onde estamos indo. Logo. Paris não é mais o melhor lugar em que podemos ficar.

— Faz sentido.

— Arrume suas malas. Peça ao pessoal do Centro para arrumar as dela também. Traga tudo para cá. E mande tudo de novo encriptado a você mesma em sua própria casa em Nova York. Não na Intersec.

— Eles vão querer ver algo.

— Distraia eles com alguma coisa.

Ela estava a ponto de fazer aquilo, mas, em vez disso, perguntou:

— O que faremos com De Montferrat até Nova York?

— Ela ficará aqui.

Marlow olhou da porta para dentro de seu quarto depois que Graves tinha saído, mas o médico acenou para que ele fosse embora. Marlow concordou com a cabeça e subiu novamente a frágil escada de madeira em espiral.

A dúvida ainda o incomodava. Ele fez café e encontrou ingredientes do que parecia ser um *pain-au-chocolat* do dia anterior e algumas uvas. Depois bebeu o espresso, ignorou a comida, pegou uma cópia do livro que ele estava lendo, *A vida de Henrique VIII* por Alison Weir — que desgraçado ele era —, e o folheou sem ser capaz de se concentrar. Ele esticou o braço para pegar o *Le Monde* em vez disso e não encontrou nada além de artigos sombrios a respeito das agitações que estavam explodindo por todos os lados no mundo em desenvolvimento — mas sobre o que mais era possível escrever? Mais cedo ou mais tarde, a Europa Ocidental e os Estados Unidos se encontrariam na mesma situação em que os romanos estiveram, há 2 mil anos, quando os godos e visigodos, vândalos e hunos começaram a migrar para territórios férteis do império em busca de comida.

Aquilo já tinha começado. Uma invasão inexorável. Uma colonização dos privilegiados pelos desesperados. A história se desenrolando na cama enquanto ele dormia. Chegaria um dia, Marlow pensava, quando as batalhas em que ele estava lutando agora se pareceriam com as travessuras de um monte de crianças com armas de brinquedo.

Ele olhou com arrependimento para a garrafa de uísque. Mas não. Ele não ia seguir aquele caminho novamente. Virou-se para seu tabuleiro de xadrez, mas aquilo também não adiantou. Ele percebeu que sua camisa estava abotoada de forma errada e a ajeitou.

Marlow escutou o médico subir a escada dez minutos depois.

— Ela está bem. Acordada, mas um pouco grogue. Nenhum dano psicológico que eu possa detectar. Depois de todo esse tempo, eles não conseguiram o que queriam. Dê um desses a ela, se ela ficar angustiada. — Ele pegou uma embalagem de plástico e a colocou sobre a mesa de centro perto de Marlow. — Você quer que uma enfermeira fique aqui, ou quer manter o mínimo de pessoas?

— O mínimo de pessoas.

— Você vai ficar bem?

— Há reforços no térreo e no apartamento ao lado.

— Estarei de volta às quatro da tarde. Ligue se precisar de mim antes disso.

— Ela consegue falar?

— Você pode tentar. Dê uma hora a ela.

— Quando podemos transportá-la?

— Eu lhe direi quando voltar.

Marlow trabalhou em seu computador até às dez horas e estava prestes a descer até o quarto quando ouviu um movimento no andar de baixo.

Nada suspeito. Ela estava acordada. Ele ouviu o som tímido dela tomando banho. Já havia passado muito tempo desde a última vez que ele ouvira alguém acordar no mesmo lugar que ele.

Era reconfortante. Aquilo lhe dizia que ele não tinha que ficar sozinho para sempre. Quando o som acabou, Marlow imaginou que ela estaria esperando, curiosa, insegura.

Ele falou o nome dela e desceu a escada até o quarto.

Su-Lin estava sentada na cama, usando uma camiseta preta grande demais para seu corpo. Ela observou sua aproximação.

— Olá, Jack — disse, sorrindo.

75

Nova York, no presente

— Adler tem vastos recursos — estava falando Sir Richard Hudson. — Uma empresa internacional de comunicações, uma das grandes competidoras. Caramba, ele tem governos na palma da mão.

— Então ele se juntou ao clube — disse Marlow.

— Ele não está pedindo informações confidenciais, Jack. Nada desse tipo. Olhe para seu dinheiro como uma reserva extra. Um empreendimento entre os setores público e privado. Essa coisa toda. — Sir Richard balançou seu braço. O movimento mandou o cheiro de seu perfume na direção de Marlow. — Ele nem mesmo sabe quem somos.

— Eu realmente espero que não saiba.

— Estamos usando a fachada da Interpol. Eles estão *au fait*. Nenhum perigo de vazamento, se ele checar duas vezes. Não que ele vá fazer isso. Rico, talvez, poderoso, sim, mas um simples homem de negócios no fundo.

Marlow ficou em silêncio. Ele olhou para a linha do horizonte de Nova York pela enorme janela do escritório de Sir Richard no último andar da Central da Intersec. Sol entre nuvens altas. A iluminação era calorosa e discreta. Tapete azul grosso. Uma estante de livros de mogno cobrindo a parede atrás da mesa de teca. Nenhum traço de um computador ou qualquer outro equipamento moderno comum. Apenas três telefones, vermelho, branco e azul, e um interfone cinza para se conectar à antessala. Um Dufy original agraciava a parede do fundo. Não havia nenhum sinal de cortes aqui.

— Estou nesse negócio desde Cambridge — relembrou Sir Richard de forma inflexível. — Eu tinha 3 anos de idade quando Burgess e Maclean pularam fora. Totalmente limpo desde então. Mais ou menos. Eles trouxeram James Bond como mordomo. — Ele esperou sua piada fazer efeito. Quando ela não mostrou resultado, ele tragou brevemente seu charuto e continuou. — Adler está profundamente angustiado com o que aconteceu a Adkins e Taylor. E... — Ele fez uma pausa. — ... com a ausência contínua da Dra. De Montferrat. — Ele olhou para Marlow. — Alguma notícia dali, por falar nisso?

— Nada.

— Yale e Veneza?

— Nada mais do que já sabemos.

— Que é o que Adler também sabe; embora eu possa lhe dizer que ele mesmo fez investigações bastante minuciosas nos quadros da universidade.

— Fez?

— E mandou uma equipe de seus próprios homens a Istambul. O que desagradou muito o major Haki. — Sir Richard sorriu. — Adler está irritado. Impaciente. Seria melhor tê-lo de forma segura na jogada. Não queremos nenhum louco solto por aí, queremos?

Marlow pensou sobre aquilo. A imprensa tinha recebido permissão para dar cobertura de primeira página às mortes, mas sem muitos detalhes, por enquanto, com artigos com informações biográficas adicionais nos jornais, por volta da página cinco. Mas a relevância da matéria não durara mais de um dia. Tinha havido uma vaga especulação acerca de um sequestro que deu errado, sobre terroristas islâmicos, mas nada mais. O foco logo mudou para o mais recente golpe de estado na África. Era lá que as coisas estavam esquentando, provocando irritação em Whitehall, Washington, Berlim e no Elysée. Era ruim para os negócios.

Quanto aos recentes suicídios em Yale, e outro em Veneza, saíram obituários, mas nada mais. Não se chegou a nenhuma conclusão, nem houve nenhum questionamento público.

— Que ajuda ele acha que pode dar? — perguntou Marlow.

Hudson abriu os braços:

— Uso de seus recursos, sem compromisso. O homem tem olhos e ouvidos por todo lado. Tem uma bela adega também.

Como sua nova tentativa de descontração não mostrou nenhum sinal de deixar nada mais leve, Sir Richard seguiu com um enfoque diferente: paternal dessa vez, pelo menos um irmão mais velho. Algumas vezes funcionava, ele pensou consigo mesmo. Valia a pena tentar, de qualquer forma.

— Qual é, Jack? — bajulou ele. — Precisamos de toda ajuda que pudermos conseguir. Não é bom tê-lo ao nosso lado?

— Você leu o arquivo dele?

Hudson balançou a cabeça de forma positiva e encolheu os ombros um pouco.

— Ele é o chefe de uma multinacional. Fruto de seu próprio trabalho. Não dá para chegar lá sem quebrar algumas cabeças.

Ele esperou. Marlow o deixou continuar.

— Afinal de contas, Jack — falou Sir Richard, finalmente —, eu *sou* o chefe.

Marlow concordou com a cabeça, forçando-se a sorrir. Diplomacia, delicadeza, esses sempre foram os pontos fortes de Hudson. Vendo que não tinha nenhuma opção, Marlow concordou com o envolvimento financeiro de Adler, mas nada além disso.

Era um preço baixo a pagar por manter a curiosidade de Hudson a uma distância segura.

Aquilo lhe dava tempo.

Saindo do prédio, Marlow partiu a pé, descendo a Quinta Avenida passando pela Frick Collection e o Zoológico, então cruzando a Grand Army Plaza até a igreja de Saint Thomas, onde entrou à direita na 53th Street e continuou até passar pelo Museu de Arte Moderna londrino. Virou à esquerda na Sétima Avenida perto do Sheraton e seguiu na direção sul novamente até alcançar a 48th West e seu destino.

Uma longa caminhada, mas ele podia ter certeza de que ninguém o estava seguindo.

Ao entrar, checou se o saguão estava vazio e usou seu cartão de segurança para operar o elevador, levando-o até o 35º andar.

Marlow desceu o silencioso corredor com iluminação suave até a última porta à direita, tocou a campainha brevemente por três vezes, e então abriu a porta com outro cartão de segurança.

Ela estava à sua espera. Usando um vestido justo de seda roxa.

— Olá, querido — falou Su-Lin.

76

Berlim, 1933 d.C.

Um dia frio de janeiro, quase no fim do mês, e tinham sido longas 24 horas.

Mas agora o fruto tinha caído em suas mãos — o fruto que fora o objetivo de sua luta de dez anos, sua *Kampf.*

Mais de dez anos. Desde o dia de seu nascimento na pequena cidade fronteiriça austríaca de Braunau, o Destino o escolhera para esse caminho.

Ele pensou em Ludendorff, agora um velho homem, vivendo no retiro, esquecido. O general tinha se voltado a Deus, escrevendo livros sobre o futuro sombrio da Alemanha e as doenças do mundo. Um homem mudado. O velho tolo tinha cortado relações com ele um ano depois do último encontro que tiveram, quando o general colocara o destino de sua segunda pátria firmemente em suas mãos.

Agora, sob sua liderança indiscutível, aquele país seria purificado e, assim que estivesse limpo novamente, seguiria para purificar o mundo.

Ele estava sozinho, olhando para fora da janela de sua sala para a procissão. Eram milhares os homens das Tropas de Assalto com uniformes marrom e insígnias, suas faixas em rubro, branco e preto em seus braços sob a luz das tochas que eles carregavam em celebração e em triunfo. *Die Fahne Hoch...!*

Claro que ainda existiam obstáculos. Pessoas que resistiam a ele. Mas elas seriam convencidas. O que ele tinha dito a Otto Strasser, quando o homem teve a temeridade de lhe perguntar qual era a diretriz do Partido Nazista? Ele sorriu com orgulho da lembrança de sua resposta: "A diretriz não é a questão. A única questão é o poder." Strasser havia argumentado de volta, dizendo: "Poder é apenas o meio para executar uma diretriz." "Não", ele o repreendera. "Essa é a opinião dos intelectuais. Precisamos de *poder*. Isso é *tudo*."

E agora ele o tinha. Logo, quando o programa estivesse nos trilhos, ele lidaria com Strasser, e seu irmão, e todos os outros daquela raça de esquerda que amava os judeus.

Ludendorff não podia fazer ideia da importância do objeto que ele passara adiante. Se tivesse, ele nunca teria se livrado da tabuleta.

O homem passou a mão sobre seu bolso para senti-la, então a segurou. Esse pequeno pedaço de terracota. Custara-lhe muito estudo, muitas conversas discretas, mas ele a dominou, como dominaria tudo mais. Nada ficava em seu caminho agora. Se existissem meios de usá-la para controlar seus inimigos — os fracos britânicos, os covardes franceses e os distantes e alheios americanos —, tão bem como ela tinha possibilitado que ele controlasse seus compatriotas, ele descobriria. A vez deles chegaria.

Por hora, seria a vez da Alemanha, a vez da Áustria, a vez da Polônia e, acima de tudo, a vez dos judeus.

O poder deles seria quebrado para sempre; sua fraude seria desvendada na luz resplandecente da Nova Alvorada.

Ele ouviu uma batida na porta.

— *Herein!* — latiu o homem.

Um jovem auxiliar animado entrou.

— Primeira edição, Chanceler!

Controlando sua excitação e aceitando seu destino, o homem pegou a cópia ofertada do *Völkischer Beobachter*, o *Diário do Povo*, *seu* jornal; olhou para a capa. Uma grande foto de si próprio, além de menores de Frick e Göring, agora ministros na nova administração.

Ele leu a manchete: *Ein Historischer Tag — Erste Maßnahmen der Reichsregierung*... "Um dia histórico — Primeiras medidas do governo nacional comandado por..." e então o *seu* nome. *Sua* liderança! *Seu* país. Acima de todos os outros!

Já era mais de meia-noite. Trinta e um de janeiro agora. O primeiro dia.

O primeiro dia do Terceiro Reich.

77

Nova York, no presente

Leon Lopez ficou ciente do problema em uma tarde de quarta-feira que, se não fosse por esse incidente, não seria nada notável.

Ele estava olhando para longe de seu monitor para descansar os olhos, tirando seus óculos e os limpando em sua gravata. Seria o aniversário de 14 anos de seu filho, Alvar, na semana seguinte, e ele pretendia comprar como presente o último jogo da Ubisoft, que estava no topo da lista de desejos do garoto.

Ele pensou em Alvar, e Lucia, agora chegando aos 11 anos — como o tempo voava — e em sua esposa, Mia. Lopez se permitiu um sorriso satisfeito.

Então ele viu o ícone piscar na sua tela, clicou, entrou na sua caixa de mensagens, viu o e-mail.

Talvez fosse a conexão sueca de Mia que o tivesse alertado. Havia algo com relação àquela mensagem, embora a forma como o hacker conseguira chegar tão longe para enviá-la era praticamente um milagre.

A mensagem em si fez Lopez congelar.

Ele pegou o telefone da companhia e falou brevemente. Os sistemas do setor estavam instantaneamente trancados e o monitoramento entrou em estado de vigilância completa.

Durante a próxima hora não houve mais nada. Nenhuma exigência de dinheiro, nenhuma tentativa de acessar nenhum tipo de informação. Lopez estudou a mensagem.

Tenho algo que você pode precisar. Sei disso porque você me ensinou história da ciência e outras habilidades. Estou passando necessidades, então me volto a você. As outras habilidades que você me ensinou me permitiram ver sua recente troca de mensagens sobre o pergaminho com seus colegas em Paris. Sinto muito. Acidente. Quero apenas entrar em contato com você. Você era como um pai. Eu sempre sigo você. Talvez nos encontremos.

Cristo, pensou Lopez. *Como posso explicar isso a Jack?*

Ele decidiu bloquear aquela coisa por conta própria, arrancar o mal pela raiz antes que alguém mais no setor soubesse. Esse era um trabalho bem pago e um complemento bem-vindo ao seu salário da universidade. Ele não era o único acadêmico a fazer bico assim. Lopez tinha colegas, economistas, que estavam no bolso de grandes empresas. Um fez uma fortuna produzindo análises na imprensa financeira que eram favoráveis a empreendimentos de investimento projetados de seus clientes. Aquilo pagou a casa em Malibu.

Lopez não queria perder sua sinecura. Mas, agora, ele estava vulnerável. Sabia que, se não tivesse isolado e neutralizado essa incursão até o fim do dia, ele teria que admitir. Se não fizesse isso, e descobrissem, ele ficaria sem mais que um emprego.

Como ele havia imaginado, não existia uma fonte do e-mail. Mas a mensagem continha pistas. Uma era óbvia, nem mesmo uma pista, uma declaração. Quem quer que fosse era um antigo aluno seu. A outra era menos aparente, mas clara para ele por causa da forma como Mia ainda falava inglês algumas vezes, especialmente quando estava inquieta ou precisava expressar um conceito difícil. Quem quer que tivesse escrito aquilo não tinha inglês como língua nativa, isso estava claro. As nuances sugeriam, de forma igualmente clara, que a pessoa era escandinava e provavelmente do sexo feminino.

Talvez nos encontremos. Ótimo, mas como, quando não existia uma forma que o remetente misterioso pudesse fazer contato para combinar? O tempo antes de Marlow começar a fazer perguntas sobre o trancamento dos sistemas era limitado. Por sorte, Marlow estava engajado em outra coisa em algum lugar e Graves estava trabalhando de casa no material que ela havia dito que precisaria ser processado por mais tempo antes de lhe passar para a análise.

Lopez tinha, talvez, duas horas.

Algo lhe disse que quem quer que fosse, não demoraria muito a entrar em contato novamente.

Ele pensou sobre a situação. Em primeiro lugar, tinha sido necessário coragem para dar o primeiro passo, e agora a pessoa — ela — seria cuidadosa, se certificaria de não ser levada a nenhum tipo de armadilha. Se estava sendo observado, ele tinha que dar algum tipo de certeza de que estava sozinho. Se ele estava colocando a mão no fogo, se ele estava se entregando a algum psicopata, que assim fosse. Mas o professor não achava que era o caso e, de qualquer forma, ele não tinha escolha.

Uma coisa era certa — ele precisava sair do escritório. As próprias paredes o oprimiam. Ele passou o trabalho com que estava ocupado à sua assistente, dizendo-lhe que estaria de volta em uma hora, e saiu pelo hotel. Depois andou um quarteirão, evitando sua cafeteria habitual e seguiu até outra, na 75th East, perto do Whitney. Era um lugar escuro, em um estilo que imitava a decoração eduardiana, um pastiche de um clube de cavalheiros inglês, totalmente deserto a essa hora.

Ele escolheu uma mesa em um canto e uma cadeira que ficasse de frente para a porta. Pediu um espresso e uma garrafa de Gize. O pedido veio acompanhado de um prato de porcelana com frutas secas e nozes diversas. Ele bebeu o café rapidamente e então bebericou a água, enquanto seu cérebro se recusava a bolar um plano e mergulhava de volta na esperança de que algo aconteceria para tirar a decisão de suas mãos. Distraído, Lopez comeu a mistura de nozes e frutas, sem ser capaz de sentir o gosto.

Já estava ali havia 15 minutos e começava a ficar inquieto, odiando estar ali parado, a um mundo de distância de sua existência normal e ordenada. Então ela entrou. Lopez sabia que era ela desde o momento em que a viu.

Ela devia estar esperando perto do escritório — ela sabia onde ficava, meu Deus, ela sabia onde *ficava* —, então o seguiu, esperou um pouco mais, ou por indecisão, ou para se assegurar de que ele realmente estava desacompanhado. Mas então ela finalmente deu o primeiro passo. Ela era baixa, com o corpo troncudo, tinha cabelos castanhos bem curtos, um rosto largo e bronzeado. Usava calça cáqui, tênis pretos e uma parca que era muito grande para ela. Uma bolsa a tiracolo de couro estava pendurada em um ombro. Ela parecia tão à vontade aqui quanto um pinguim no deserto. A moça certamente o vira, mas não se aproximou, olhando em volta, indecisa. Um garçom estava vindo na sua direção. Os outros poucos clientes, todos homens e mulheres de negócios de meia-idade, prestaram pouca atenção, embora uma ou duas mulheres tenham olhado em sua direção com curiosidade.

Antes que o garçom pudesse chegar até ela, Lopez se levantou, com o coração na boca.

— Aqui.

Ela balançou a cabeça, passou ao lado do garçom e foi até o professor. Ainda parecia insegura consigo mesma, mas também parecia aliviada. O último passo tinha sido dado.

78

O garçom se aproximou.

— Qual será o pedido? — perguntou.

Leon olhou para ela com expectativa.

— Uma Schweppes? — hesitou ela.

— E outro café. Um latte dessa vez — disse Lopez. — Descafeinado.

— É para já.

O garçom os deixou sozinhos. Eles nada falaram até que ele tivesse voltado com as bebidas e as tivesse servido.

— Recebi sua mensagem — começou Lopez.

— Obrigada.

Os olhos dela estavam cautelosos.

— Corri um risco e tanto.

— Eu sei.

Ele estava tentando situá-la. Quantos anos ela tinha? Talvez 25. Então ela havia estudado em sua turma há cinco ou seis anos. Tão logo Lopez se lembrou. Do sobrenome, pelo menos. Lundquist.

— Eu me lembro de você — disse ele.

Ela fora uma de suas melhores alunas, talvez a melhor de seu ano. Ele a colocara sob seus cuidados, ensinando-a como fazer um computador realizar qualquer ação que não fosse cantar e dançar. Também pensara em recrutá-la para a Intersec, mas ela percebera sua intenção e não estava interessada. A jovem queria seguir em frente, fazer um doutorado, voltar para a Suécia, ensinar.

Annika, era isso. Annika Lundquist. Mas aqui ainda estava ela, e parecia muito longe da prosperidade.

— Você queria me ver — falou Lopez com cautela.

— Sim.

A tensão, que havia diminuído enquanto ele estava falando, voltou ao seu rosto. Ela olhou ao seu redor.

— É melhor você me contar, e rápido. Você tem ideia do risco de segurança que você se tornou? Sabe o que acontece a pessoas que fizeram o que você fez?

— Espere. É importante. Eu acho. Você sempre disse: "Venha falar comigo se algum dia você precisar de algo."

Ele ficou em silêncio. Era verdade. Ele tinha aprendido desde então a nunca fazer esse tipo de promessa. Mas para essa era tarde demais. Além disso, Lopez estava intrigado. Era a primeira vez em muito tempo que ele ficava frente a frente com algo excitante.

— Você disse que estava passando por necessidades.

— Não estou me saindo muito bem. Preciso de dinheiro.

Ele suspirou. Era por isso que ela ainda estava aqui, e não de volta à Suécia; por isso que ela parecia ter dormido mal ultimamente?

Drogas? Não era de seu feitio, mas quem poderia dizer?

— Quero ir para casa. — Ela ajeitou a postura, um pouco orgulhosa. — Eu me formei. Você pode me chamar de Dra. Lundquist. Mas tive problemas com um homem. Não foi muito bom. E perdi meu emprego. Tenho que trabalhar em uma loja de atacado. Para pagar as despesas da pequena Mia.

Ele queria fazer perguntas, mas algo nos olhos dela dizia para ele não fazer aquilo. Lopez deduziu que Mia era a filha dela. Interessante dar ao bebê o mesmo nome de sua esposa. Ele sentiu seu coração amaciar um pouco. E estava intrigado.

— Lembre-me, de onde você é... na Suécia?

— Ystad.

No sul. Na Escânia. Uma cidade na costa, cercada de campos planos. Como Manhattan um dia foi. Pelo que parecia, ela estaria melhor lá do que aqui.

— Você quer dinheiro para voltar para lá?.

— Sim — respondeu ela. — Recomeçar do zero.

— É uma bela coincidência você ter algo que quer me vender.

Ele a viu se retrair por causa de seu tom de voz.

— Eu ia entrar em contato com você de qualquer forma. Então vi um pouco do que você estava procurando. Essa foi a coincidência. Mas não importa. O que tenho pode não trazer absolutamente nenhuma consequência.

— O que é?

— A família do meu pai é muito velha. Ele tinha tanto orgulho disso que, quando era pequena, eu ficava envergonhada dele, falando demais com seus amigos, depois de beber muita cerveja, sobre seu bisavô, o engenheiro *isso* e seu tataravô, o general *aquilo*. Mas ele não estava simplesmente se vangloriando. Havia um baú cheio de papéis. Alguns deles muito velhos, que deveriam estar em um arquivo apropriado. Mas ele cuidou bem deles. Quando ele morreu, minha mãe me deu alguns dos documentos. Acho que a intenção dela era que eu os vendesse se um dia precisasse de dinheiro. Podemos ser uma família antiga, mas não somos ricos e sou a única filha. — Ela parecia melancólica. — Meu pai gostaria de ter tido um menino, mas tudo que ele conseguiu fui eu. Não que houvesse um nome para ser preservado por mais tempo. Seu próprio pai era o neto de uma filha da velha família. Tinha sobrado pouco para herdar quando chegou sua vez, a não ser os velhos papéis e cartas.

A porta da cafeteria se abriu e ela olhou em volta, alerta. Lopez percebeu que ele poderia não ser a única pessoa com quem ela estava ressabiada. Mas foi apenas um casal que entrou, uma mulher rechonchuda com cabelo escuro comprido, vestida de forma excêntrica, acompanhada por um sujeito delgado, com jeito de homem de negócios, com lábios úmidos e olhos pálidos. Annika se virou novamente para Lopez.

— Eu aprendi o suficiente com você para trabalhar em documentos muito antigos. Há um na coleção, escrito à mão sobre papel velino de boa qualidade, em latim, ditado a um escriba na Suécia por volta de 1210; a gramática e a ortografia são perfeitas, mas o tom é de um homem falando e não escrevendo. A narrativa divaga um pouco.

— O que é isso? — Lopez se inclinou para a frente.

— É uma carta, mas também são memórias e uma espécie de testamento. Mas há uma passagem inteira que eu não consigo compreender. Parece ser escrita em código, ou em uma língua completamente diferente, que eu desconheço.

— Você sabe quem escreveu isso?

— Já lhe disse — ela franziu a testa —, um escriba, perto de onde fica Malmö hoje, mas não há como dizer, a cidade ainda não tinha sido fundada na época.

— O que eu quis dizer é: quem a ditou?

— Está assinada... ou pelo menos há uma marca e então o nome escrito, adicionado pelo escriba.

— Prossiga.

— É o nome de nosso ancestral mais antigo. Isso é o que meu pai costumava me contar. Duvido que alguém, que não seja talvez um aristocrata, consiga rastrear sua família até tão longe, mas não vejo como aquele documento pode ter acabado dentro do baú do meu pai de outra forma.

— E qual é o nome?

— Frid Eyolfson. Ele era um homem próximo a Enrico Dandolo. — Annika observou o rosto dele. — Eu vinha lendo sobre o Projeto Dandolo nas publicações acadêmicas. Então surgiu a notícia das mortes daqueles arqueólogos. Eu conheci o Dr. Adkins brevemente, estive em Yale como professora-assistente durante um semestre. — Ela sorriu, um sorriso que misturava sarcasmo e pesar. — Ele tentou me seduzir. Mas sempre fazia coisas assim. Não acho que queria me prejudicar com aquilo. Ele nunca levava os sentimentos dos outros a sério. — Ela hesitou. — Então perdi meu emprego e as coisas ficaram ruins demais para que eu pudesse suportar. Pensei em entrar em contato com você. Mas eu não conseguia encontrá-lo, mesmo através da Columbia. Havia pistas, no entanto, e parti na sua busca. — Annika olhou para Lopez. — Eu estava desesperada. Queria apenas alguma ajuda. Para ir embora. Mas eu já tinha conectado o Projeto Dandolo a algo... algo secreto... com que você parecia estar envolvido. E me lembrei desse documento. Não pude evitar. Meu pai costumava falar sobre ele com muita frequência.

"Um pedaço de história sueca", ele dizia. "Deveria estar no *Riksarkivet.*" — A jovem recostou novamente, exausta por causa de seu discurso, que saíra rapidamente, palavras tropeçando em outras, como uma confissão.

Lopez notou que ela tinha comido todos os tira-gostos. O garçom estava do outro lado do salão, servindo o casal que chegara algum tempo antes. Lopez acenou para que ele se aproximasse e pediu um prato de sanduíches variados e um cappuccino grande.

— Você pode me mostrar esse documento?

— Sim. Mas ele não está comigo.

Lopez fez uma pausa, indeciso.

— Você tem *certeza* de que ele existe? —perguntou ele.

— Estou passando por necessidades, não estou louca. Você pode vir comigo agora.

— Não. — Lopez olhou para seu relógio. — Tenho que voltar. Posso ligar para você?

Ela pegou uma caneta esferográfica, escreveu um número e um endereço em um descanso de copos de papelão e o deslizou na direção dele.

— Obrigado. Que tal hoje mais tarde?

— Estarei em casa a noite toda.

— Vamos combinar algo, então. — Ele hesitou, esticou o braço e acariciou a mão dela. — Vai ficar tudo bem, Annika. Você vai ver. Vamos cuidar disso para você.

Ela sorriu de volta de forma lívida. Lopez podia ver que ela não acreditava nele tanto quanto queria.

O garçom reapareceu com uma bandeja. Ele colocou os sanduíches, apresentados de forma bonita, com o café em frente a Annika.

— Nada para o senhor? — perguntou ele a Lopez.

— Apenas a conta.

Ele pagou quando a conta chegou, mas ainda ficou sentado por um minuto. Ela estava comendo como se não tivesse comido nada o dia inteiro. Lopez pegou sua carteira novamente, tirou 50 dólares e colocou as notas ao lado da jovem. Annika olhou para o dinheiro, para ele, com a boca cheia, e sorriu demonstrando sua gratidão.

— Ligarei em uma hora. Está bom para você?

Ela balançou a cabeça de forma positiva.

— Até mais tarde, então.

Ele se levantou, retribuiu o sorriso e foi embora.

Do lado de fora, o crepúsculo estava se aproximando.

Quando voltou à Intersec, Lopez mandou liberar as redes. O sistema de segurança não relatou nenhum problema em sua ausência. Ele estava salvo.

Ele também estava sozinho com a informação de Annika e pensou sobre sua posição.

Mas quando, uma hora mais tarde, ligou para o número que a garota tinha lhe dado, ninguém atendeu.

79

Berlim, 1945 d.C.

Final de abril, mas era como se a primavera tivesse sido estrangulada ao nascer. A cidade era um amontoado de escombros, uma pilha cinzenta em que corpos esfarrapados se moviam rapidamente entre os prédios destruídos. A maioria das árvores estava morta e o Tiergarten estava em estado de calamidade.

Muito debaixo da superfície, respirando ar bombeado, pálido por causa de tantos dias de luz artificial, os últimos representantes do Reich de Mil Anos permaneciam vivos. Os uniformes estavam impecáveis e a rotina mantinha sua ordem energética. O Führer mal dormia, passava dias e noites na sala de mapas debruçado sobre mapas do Oriente Médio na companhia de generais exaustos.

— Cavalheiros, precisamos garantir o óleo persa. Isso é imprescindível para o contra-ataque.

Eles concordaram com movimentos de cabeça, sabendo que o fim não estava a mais de duas semanas. Os russos estavam às portas da cidade esmagada e, pelo oeste, os americanos e os ingleses estavam seguindo pela Grande Alemanha. Aqueles que foram capazes de ir embora já o haviam feito. Apenas fanáticos ficaram para trás — e aqueles que não tinham outra escolha.

Adolf Hitler sabia a verdade: eles o *traíram*. As mesmas pessoas que ele tinha tentado transformar em uma Raça Superior. Aos 56 anos, sabia que seu trabalho estava acabado. Ele havia feito o que podia.

Mas uma pergunta o torturava. Como ele pôde exaurir o poder que lhe fora dado?

E agora a tabuleta tinha desaparecido.

Seu primeiro pensamento foi que ela tinha sido roubada. A caixa também, que toda a ingenuidade da ciência nazista fora incapaz de abrir. Mas como aquilo podia ter acontecido? Ele não havia falado do segredo com ninguém, nem mesmo Eva, que logo seria sua esposa.

Seus pensamentos vagaram. Ele a levaria a Valhalla consigo. Ela estava disposta assim como Blondi, a mais fiel entre seus servos, o pastor alemão que Bormann lhe dera cinco anos antes. Blondi tinha tido filhotes recentemente e ele chamara um deles de Lobo, seu nome favorito. Afinal, seu próprio nome, Adolf, não significava "Lobo Nobre"?

Fora apenas para Blondi que ele sussurrara um dia seu segredo. Talvez os deuses tivessem tomado a tabuleta de volta. Ela servira a seu propósito.

Ele sabia que nunca tinha dominado os segredos mais profundos da tabuleta. Mas com certeza o poder de sua própria vontade fora suficiente, o poder da tabuleta era um mero auxiliar. Ela havia sumido agora — e ele não tinha mais necessidade daquilo! Em pouco tempo, ele estaria unido aos deuses-guerreiros de Valhalla. Em pouco tempo, ele, Eva e Blondi seriam empossados ao trono que era deles por direito e ao qual o Destino os tinha conduzido.

E o mundo nunca o esqueceria — ele seria imortal.

80

Unter den Linden, Wilhelmstraße e Friedrichstraße eram campos de escombros, algumas torres quebradas penduradas como os dedos de um homem morto; mas, como se por milagre, o Kaiser-Friedrich-Museum tinha escapado com poucos danos.

Um milagre, também, para mim, pensou o *generalleutnant* Hans von Reinhardt.

Reinhardt olhava para tudo que vivera com prazer. Descendente de uma família aristocrática modesta da Pomerânia, ele usara seu título e seus contatos sabiamente, sendo recrutado pelas Forças Especiais do exército no começo de sua carreira profissional. Nada de linha de frente para ele, embora houvesse momentos, ele sabia, em que fantasiava sobre liderar um pelotão de homens desesperados no meio do tiroteio.

Na realidade, ele se sentara em frente a uma mesa de carvalho, segurando uma caneta em vez de uma Luger P-08; mas Reinhardt galgara rapidamente as patentes para se tornar um dos generais mais jovens do quadro. Isso foi facilitado por um gosto pela administração, que o levou, por sua vez, à sua recomendação ao setor de Adolf Eichmann do RSHA.

Depois do grande atentado à vida de Hitler em julho do ano anterior, orquestrado por colegas das Forças Especiais, ele teve um papel executivo na Operação Tempestade. Aquela limpa tinha significado promoção para ele, e privilégios. Mas o general sabia que eles chegaram muito tarde para fazer qualquer coisa em favor do decadente Terceiro Reich. E a verdadeira desvantagem era que ele tinha sido praticamente forçado, como plano de carreira, a se juntar à SS. Mas logo se livraria da indesejada patente adicional de Gruppenführer assim que a guerra terminasse e então ele desapareceria.

Reinhardt já havia traçado planos. Ele ouvira coisas boas sobre a Argentina, mas Neuquén, na Patagônia, parecia-lhe o ideal. Uma madeireira ou uma fazenda de gado. Sua família se envolvia em atividades desse tipo havia gerações, elas estavam em seu sangue. Ele já estava sonhando com seu rancho. E com coisas maiores do que aquilo. Talvez até mesmo um novo Reich, uma fênix renascida. Ele sempre tinha achado que seu talento nunca tivera uma chance real de abrir suas asas.

A melhor coisa a ter saído de tudo isso foi que sua atenção servil aos detalhes nas grandes buscas e na execução de suspeitos na Operação Tempestade o tinha catapultado até o círculo interno do Führer. E agora ele se encontrava nessa toca debaixo de Berlim, o *Führerbunker*, a salvo, mas ao mesmo tempo encurralado.

Ainda assim, Reinhardt ficara em situações piores do que essa e se livrara. E ele fizera planos. Havia um apartamento em Potsdam, onde roupas de civil e um passaporte suíço falsificado esperavam por ele. O passaporte era uma obra de arte, feito há anos por um artesão, Ernst Thalheimer, antes de o levarem a Auschwitz. Ele era válido até junho de 1950.

Lá também estava a caixa. Ele conseguiria dinheiro por aquilo nos EUA, seu primeiro porto seguro quando ele fugisse. A caixa representava para Reinhardt uma antiguidade valiosa que poderia ser transformada em dinheiro vivo para sua viagem de ida e a compra de terra.

Quanto ao poder, estava certo de que todo o poder de que ele um dia precisaria estava na tabuleta.

Ele roubara aqueles objetos da mesa na Chancelaria no dia anterior à mudança para o bunker. Bem a tempo, como depois acabou descobrindo. Teve que roubar a chave da gaveta, mandar fazer uma cópia, substituir a original, nada faltando; Blondi, a única ocupante da sala quando ele agiu, tinha latido um pouco, desconfiada, mas ele conhecia bem Blondi, fizera amizade com ela, e ela gostava dele, confiava nele.

Quanto ao grande líder, ele havia parado de carregar a coisa com ele o tempo todo. O homem estava perdendo o controle da realidade, eles podiam ver aquilo. Reinhardt sabia como se tornar indispensável ao Führer e ficou satisfeito ao ver como o homem se apegou a ele, divagando sobre as virtudes da lealdade diante da adversidade. Era ainda melhor que o Führer estivesse ficando perturbado. Ele falava com sua maldita cadela, pelo amor de Deus.

Mas Adolf Hitler também depositou sua confiança em Reinhardt, mantendo-o próximo de si, e tinha deixado escapar o suficiente enquanto o jovem general escutava escondido os seus monólogos vagos com a cadela para alertar o general do potencial da pequena tabuleta de argila que ele na época mantinha trancada naquela gaveta em sua mesa.

Ela parecia totalmente inocente, mas, quando segurou a tabuleta, sentiu um choque elétrico. Não fazia ideia de seu potencial completo, mas tinha escutado o suficiente para saber o que ela podia fazer nas mãos certas.

Ele tinha depositado a tabuleta no Kaiser-Friedrich-Museum. O diretor de antiguidades do Oriente Médio, um homem compreensivo, a aceitara com uma demonstração de gratidão, embora Reinhardt, que fizera sua pesquisa, soubesse que essa tabuleta era uma de centenas, se não milhares, já nos arquivos do museu.

Segurança em números.

Lá estava ela agora, embrulhada em uma lã de algodão, em uma caixa de madeira, entre inumeráveis outras, segura em um porão do museu, a única coisa a distingui-la era uma etiqueta discreta: *em empréstimo permanente pela Graça do* Freiherr *Hans von Machtschlüssel-Reinhardt.*

Machtschlüssel. A chave para o poder. Sua pequena piada. E ele sabia como colocar suas mãos nela novamente assim que a oportunidade surgisse, antes que ele deixasse a Pátria, fosse para sempre, ou para voltar um dia em triunfo. Mas precisava de uma garantia adicional.

Tinha sobrado para ele viajar em duas missões secretas à Agência de Serviços Estratégicos em Berna, na Suíça. Essas negociações secretas confusas entre Heinrich Himmler e o serviço de inteligência sobre uma possível permuta que Himmler esperava que pudesse salvar sua pele quando o Reich caísse. Mas as conversas com o serviço secreto americano importavam pouco a Reinhardt. Ele aproveitou a oportunidade para pedir para um advogado suíço compor uma carta provando seu direito à tabuleta e descrevendo como ela poderia ser identificada. O escritório do advogado ficou com uma cópia; outra foi colocada em um cofre na sucursal de Berna de um banco privado.

Satisfeito por ele ter coberto cada eventualidade, Reinhardt voltou a Berlim. O advogado suíço, no entanto, não arquivou a carta nos arquivos da firma, mas a trancou em uma gaveta de sua própria mesa.

O advogado tinha outro cliente: a Agência de Serviços Estratégicos.

Quando recebeu uma cópia, o coordenador no escritório de Allen Dulles em Berna passou os olhos na carta. Ela parecia se referir simplesmente a um artefato mais ou menos valioso da antiga Mesopotâmia, legitimamente depositado no Kaiser-Friederich-Museum por um membro das Forças Especiais alemãs. Bens de família sob custódia.

O funcionário tinha coisas mais importantes em sua mente. Ele pediu a seu escrivão para arquivar a carta e se esqueceu dela.

81

Nova York, no presente

Leon Lopez soube que algo estava errado no momento em que chegou ao corredor do lado de fora do apartamento conjugado no prédio que caía aos pedaços em uma rua anônima no sul do Bronx. A porta da frente estava entreaberta, e a tranca frágil não tinha sido forçada, mas aberta com um cartão de crédito, o truque mais velho que existia.

Lopez ficou alerta imediatamente, embora seu coração estivesse na boca desde que começou a dirigir até o endereço que ela dera para descobrir por que não estava atendendo o telefone.

Ele não havia contado a ninguém sobre sua viagem de campo não autorizada. Parte de sua mente lhe dizia como ele estava sendo tolo, mas algo o tinha tentado a seguir essa pista por conta própria. Qualquer conexão com Dandolo era vital; seria um belo golpe se ele conseguisse trazer novas informações para o caso em vez de apenas analisar o que outros encontravam.

Eles fariam vista grossa para qualquer quebra de protocolo diante de uma nova descoberta.

Mas agora, no apartamento silencioso, com sua mobília velha, uma cama ao longo de uma parede, ele sentia apreensão.

Lá estavam estantes de livros desarrumadas, uma mesa com uma cadeira e um pequeno sofá com uma mesa de centro de compensado diante dele, virado para ficar de frente para uma televisão em um canto.

Ele não era a pessoa adequada para fazer isso, não estava preparado, não tinha uma arma. Por que ele havia entrado ali?

Junto ao ambiente principal estava um cubículo com um vaso sanitário, uma pia e um chuveiro. Vazio, também. Cruzando a sala de estar a partir do banheiro ficava um arco aberto, com uma cortina de contas pendurada, que levava a uma pequena cozinha.

Caminhando cautelosamente pela sala, Lopez sentiu seu coração bater forte dentro de seu peito.

Ele dividiu as cordas da cortina de contas.

Annika estava deitada em posição fetal no quadrado de velhos ladrilhos de linóleo bege que cobriam o chão, cercada por três lados pelo conjunto de armários de cozinha que ia até a altura da cintura, sobre os quais ficava a pia, virada para uma janela imunda com vista para uma parede cinza a 10 metros de distância, do outro lado de um quintal estreito; e uma coleção de panelas, frigideiras, louças, embalagens de cereal e massas e um micro-ondas antigo. Uma geladeira igualmente venerável zumbia alto entre os armários. Lopez não foi capaz de abri-los porque o corpo de Annika estava bloqueando as portas. Ele manteve os olhos afastados do rosto dela e a tocou. A jovem ainda estava quente, mas não havia dúvidas de que estava morta. Não havia muito sangue, mas o cabo de uma faca de cozinha saía de seu seio esquerdo.

Era um apartamento estudantil, desarrumado e entulhado; pôsteres e reproduções nas paredes tentavam aliviar o jeito sombrio; a cama estava feita desleixadamente. Era difícil saber se alguém tinha vasculhado o local, mas, com um pânico crescente, Lopez o vasculhou, concentrando-se para manobrar o corpo para olhar dentro dos armários da cozinha. Ele fez aquilo tudo rápido. Não sabia se os assassinos de Annika voltariam e não sabia quanto tempo podia se permitir ficar ali. Depois de meia hora, ele se resignou com o fato de que não existiam documentos, velhos ou não, relacionados ao que Annika descrevera na cafeteria há poucas horas. Não havia nenhum pen drive, nenhum CD-ROM; e não havia nenhum computador também, embora sobre a mesa estivesse o cabo de força, assim como um par de fones de ouvido, uma *dockstation* para iPod, uma impressora e um *hub*. Ele percebeu uma clareira na poeira sobre a mesa onde um laptop havia sido deixado, seu contorno marcado.

Uma gaveta na mesa tinha lápis e blocos de papel e os 50 dólares que ele próprio dera a Annika.

Uma luz no corredor se acendeu e atravessou sob a porta. Lopez podia escutar passos se aproximando lentamente. Ele congelou, mas os passos passaram direto.

Ao sentir o suor escorrer por suas costas debaixo das roupas e pelo rosto, ele pegou um lenço e secou sua testa e seus olhos. Seus óculos tinham ficado embaçados e ele os limpou também.

Estava na hora de ir embora.

82

Estreito de Bósforo, ano de Nosso Senhor de 1203

> O dia estava bonito e ensolarado; o vento, ameno e favorável; os navios tinham desfraldado suas velas ao vento.
>
> Godofredo de Villehardouin, marechal de Champanha e autor desse trabalho — que nunca, em seu conhecimento, falou nada contrário à verdade e que estava presente, além do mais, a todas as conferências relatadas nessas páginas — testemunha aqui que algo tão lindo nunca tinha sido visto antes. Parecia, realmente, que aqui estava uma frota que poderia conquistar terras, pois, até onde os olhos podiam alcançar, não havia nada a ser visto além de velas abertas em todo aquele vasto grupo de navios, então o coração de cada homem estava repleto de alegria com aquela vista.

Godofredo, sentado no convés de popa da galé que o trouxera até aqui, parou de ditar para seu secretário e olhou para o que estava do outro lado da água. Era o fim da tarde da sexta-feira, 12 de julho. Eles tinham chegado de Corfu uma semana antes.

O marechal de Champanha sabia que eles estavam em mãos seguras. Eles ancoraram, sem contestação, a menos de 1 quilômetro da costa. Essa foi a primeira surpresa, pois toda a companhia estava pronta para a batalha, esperando que os gregos de Constantinopla, que há muito tinham ouvido sobre o grande triunfo do exército em Zara, estivessem bem-preparados para eles. Mas não havia nada. Não existira absolutamente nenhuma resistência naval, embora o rosto do doge Dandolo não mostrasse nenhuma surpresa.

E ele era a pessoa em quem todos deveriam confiar. No passado eles aprenderam que ele tinha conhecimento sobre essa cidade, cujas paredes e torres se pareciam com algo saído de um conto de fadas, uma ideia mágica de como uma cidade deveria ser.

As ordens de Dandolo foram obedecidas sem questionamento. Ao seu comando, o exército se aquartelou na margem norte da grande enseada que limitava a cidade em seu lado norte. Nenhuma resistência ali também, apesar de o exército da Grande Cidade ter a reputação de ser um dos melhores do mundo. Havia fazendas desprotegidas com celeiros abarrotados de grãos e rios e córregos onde a água fresca era abundante. Algumas centenas de garotas dos vilarejos foram reunidas e forçadas a trabalhar. Não era o suficiente para todo mundo, mas elas serviriam.

Godofredo voltara ao seu navio para se refrescar, pois o calor estava feroz. Ele já tinha contabilizado algumas baixas, cinco cavaleiros mortos de coração estourado ou derrubados pelo sol. Aprenderam a não se exercitar enquanto o sol estivesse brilhando forte e a se exercitar com roupas leves.

Mas será que precisavam treinar para a batalha? Realmente?

Godofredo pensou novamente no dia da chegada. Em sua mente, ele começou a compor a próxima parte de suas memórias, pronto para ditar:

> Tínhamos decidido causar uma impressão no momento em que eles estivessem próximos das muralhas à beira-mar. Trombetas foram tocadas, desafiantes fanfarras de metais eram levadas à cidade pelo vento, junto com o trovão de seus tambores. Os cidadãos já estavam nos telhados das casas e se enfileiravam junto à parede, mas durante um tempo não havia nada mais. Nada além de filas de pessoas observando a frota, mas elas estavam muito longe para que pudéssemos ver se estavam nos olhando com qualquer coisa diferente de encanto e curiosidade.
>
> Naquele dia, Dandolo não hesitou. Ele deu a ordem imediatamente.
>
> Navios de transporte foram puxados até próximo à costa, os remadores suando e se esforçando em seus remos. Não havia como voltar — todos estavam ansiosos para serem os primeiros a desembarcar — e primeiro saíram os cavaleiros, descendo apressados pelas rampas de

embarque jogadas sobre a praia, seus cavalos levantando areia e seixos. A infantaria brotou das embarcações de transporte aportando logo atrás.

Havia sido dada uma amostra de resistência. Um grande portão se abriu nas paredes e uma tropa de homens com cavalos e lanças, prateados e pretos, e vermelhos e amarelos, apareceu no litoral em nosso lado esquerdo, investindo em nossa direção, uma corrida corajosa, ameaçando nos alcançar antes que pudéssemos girar e ficar de frente para eles. Mas a disciplina de nossas tropas era grande, e o moral estava voando mais alto do que uma águia.

Godofredo sorriu com aquela lembrança. Como aqueles gregos tinham se separado e fugido! Como eles tinham corrido de volta para dentro! E como o portão foi fechado tão rapidamente depois que eles entraram!

Eles chamavam aquilo de luta? Mal havia uma dúzia de mortos na praia.

— Nós nos encontramos, e tudo isso no intervalo de uma hora, com uma vitória fácil em nossas mãos — disse Godofredo em voz alta, e seu escriba olhou para ele e mergulhou sua caneta.

Mas o marechal ficou em silêncio, fechando os olhos e deixando o sol aquecer seu rosto até ele se esconder atrás das muralhas escuras da cidade e ceder os céus às estrelas.

As muralhas faziam uma sombra sobre a água. Elas tinham ficado de pé por mil anos. E tinham visto inimigos melhores do que esses.

Mas seu núcleo estava podre.

83

Nova York, no presente

Alívio o atingiu no momento em que ele fechou a porta do escritório.

Ele havia começado a se sentir seguro assim que passou pelo saguão aquecido e bem-iluminado do hotel que escondia as operações da Intersec.

Lopez voltara inteiro. Nenhuma perseguição, nenhuma luta, nenhuma faca, nenhum tiro. Reconfortantemente, havia outras pessoas no prédio, trabalhadores do turno da noite, curvados sobre monitores azuis, fumando cigarros secretamente perto de dutos de ar, comendo sanduíches e bebendo café, se concentrando em outros trabalhos. Mas alheios ao que estava se desenrolando na Sala 55. Vários pensamentos lutavam pela supremacia em sua mente. Ele deveria relatar aquilo, mas a quem? O que ele diria? Que seguira uma intuição e que a intuição tinha morrido?

Ele também pensou: *como o outro lado soube?* Annika era uma hacker especialista. Algumas lições a mais e ela seria tão boa quanto ele. Quem penetrara em seu computador? Ou será que uma trilha diferente levara os outros até ela? Ele tinha certeza de que a conexão com seu ancestral, Frid Eyolfson, havia aberto uma porta a Annika. Uma porta pela qual a jovem teria desejado que ele passasse.

Mas Lopez nunca saberia agora. Ela estava morta, assim como sua informação. Ele precisava relatar aquilo. E encarar as consequências de não ter contado a ninguém mais cedo.

Merda!

Mexendo em seu telefone celular particular, desligando a função de grampo, sobre a qual ele não deveria ter conhecimento, ligou para Mia novamente. Ele lhe disse que parecia que seria uma longa noite. A voz dela estava resignada, porém irritada. Talvez a esposa encontrasse com ele pela manhã.

Ela colocou ênfase no "talvez" e desligou.

Lopez suspirou. Foi até sua mesa, ligou ser Mac Pro de 12 núcleos e, sem expressão, ficou olhando para a tela. Clicou no *Enviar/receber e-mails* apenas para ter algo para fazer, para regular seus pensamentos; ele não estava esperando nada. Então enrijeceu. Algo novo, de um remetente cujo endereço era um código de números e letras. *Sem assunto*. Ele abriu a mensagem, clicou no arquivo anexado. Sua respiração ficou ofegante.

Por mais rápida que fosse a máquina, a linha azul na parte inferior direita da página demorou uma eternidade para completar. Então, lá estava. Uma inscrição antiga em um papel bege-escuro amarrotado. Um longo documento.

Annika tinha escaneado e enviado a ele antes... Por quê? Antes que algo acontecesse a ela? Como um mecanismo de segurança? Será que ela fora alertada? Será que tivera uma premonição? Ele sabia que ela teria apagado qualquer coisa conectada a isso de seu disco rígido imediatamente depois. Ela teria se lembrado de fazer isso. Lopez mandou um agradecimento cordial ao pobre cadáver. Pensou na filha dela, Mia, pela primeira vez. Onde ela estava? Nenhuma prova de uma criança no apartamento. Com sua avó? Ele só podia esperar que sim. Encontraria um endereço, tentaria contatar a mulher. Alguém mais descobriria o corpo e alertaria a polícia.

Ele deu uma olhada no documento e, enquanto lia, sua mente registrou decepção. Annika não anexara nenhuma tradução e a carta estava, como ela havia falado, em latim medieval. E Lopez não era nenhum linguista. Ele podia se virar com francês e espanhol e isso era tudo.

E alguém mais tinha o documento agora, pois ele não estava no apartamento da garota.

Alguém contra quem eles estavam disputando. Alguém que contava com recursos tão grandes quanto os da Intersec.

A carta acabou. Ele podia ver a cruz escura feita de forma simples — a assinatura de Frid — e ler seu nome escrito debaixo dela, com outro nome, esse do escriba.

Mas a inscrição no pergaminho escaneado continuava. Não no alfabeto romano e com um traço diferente daquele do escriba. Algo diferente, algo estranho, mas distantemente familiar. E, bem no fim, com uma letra ilegível, uma outra pessoa diferente adicionara uma anotação em ainda mais uma língua.

Lopez se concentrara nas cinco linhas que chamaram a sua atenção. Por que aquilo era familiar? Cinco linhas de garranchos indefinidos. Algo que o próprio Frid tinha copiado? Parecia que o escriba tinha se esforçado muito nessa tarefa, havia rasuras e correções, mas o assunto todo parecia completo. Era difícil dizer onde uma palavra terminava e outra começava. Será que aquilo eram palavras?

Numerais! Numerais eram mais seu ramo.

Então ele se tocou. Aquilo era parecido com a inscrição gravada que eles viram no eixo da chave.

Ele pegou o telefone azul e começou a discar um número. Mas, na metade do caminho, ele parou.

A tentação de desvendar isso sozinho era forte. Mas quanto tempo ele tinha?

84

Viena, 1946 d.C.

O homem com o terno azul-escuro estava sentado na cama em seu quarto de hotel e olhava para a caixa que ele segurava em suas mãos.

Até agora, tudo tinha corrido bem. Foram seis meses difíceis, mas agora era janeiro novamente e a maior parte da poeira havia baixado. Ele podia sair da toca. Isso significava enfrentar novos desafios, mas ainda assim era um alívio.

Viena estava envolta na tristeza da derrota; mas o que suas ruas de paralelepípedos e edifícios destruídos escondiam era uma renascença vigorosa baseada em um mercado negro que continuava a existir como se as quatro zonas em que o Reino Unido, a França, os Estados Unidos e a União Soviética dividiram a cidade nunca tivessem sido criadas. A Áustria ficava no meio da Europa ocupada pelos soviéticos, mas era improvável que Viena fosse sofrer do mesmo destino que pairou sobre Berlim; e o Hotel Sacher, na Philharmoniker Straße e bem em frente à ópera, era capaz de manter as aparências, dependendo de sua habilidade para manter o delicado equilíbrio entre o racionamento e seus fornecedores do mercado negro. O homem decidira ficar ali não somente porque aquele era ainda o melhor hotel da cidade, mas porque ali as fiscalizações-surpresa eram raras e o hotel ficava próximo a um dos setores americanos.

Com o passaporte suíço seguro em seu bolso do peito esquerdo e a carteira com seu precioso carregamento de 500 dólares no direito, ele se levantou e embrulhou a caixa com um pano de veludo preto. Ele a colocou cuidadosamente em sua maleta, então vestiu seu sobretudo, pegando um chapéu de feltro cinza da mesa próxima à porta.

Ele checou seu relógio. Uma curta caminhada na garoa na direção norte até a Herrenstraße e o Café Central, onde seu contato estaria esperando por ele às sete da noite. Ele chegaria precisamente no horário. O passaporte, seus carimbos apropriados e mostrando seu nome como Aloysius Guttmann, deixaria de lado quaisquer obstáculos colocados em seu caminho pelos governos vigentes. Aloysius Guttmann era um respeitável negociante de arte suíço, no começo da meia-idade.

Ele era o que Hans von Reinhardt se tornara agora.

Seu contato já estava lá, rechonchudo e lustroso, em contraste à maioria dos outros clientes. Sentado debaixo do teto abobadado com suas colunas de mármore branco, ele estava lendo o exemplar do café do *The New York Times* e tendo dificuldades com o suporte de madeira em que o jornal estava preso. Em frente a ele na mesa estava uma fatia de *Sachertorte*, parcialmente comida, uma taça de Mumm e um espresso, feito com café de verdade.

Enquanto Reinhardt se aproximava do homem, ele se levantou educadamente e ambos se cumprimentaram com um aperto de mãos.

— *Herr* Guttmann, prazer em conhecê-lo.

— Igualmente, Sr. Lightoller.

Harvey Lightoller, da Lightoller and Steeples, comerciantes de belas artes e antiguidades da Madison Avenue, tinha um aperto de mão firme e um olhar que nada revelava. Reinhardt pediu uma Stiegl *helles*.

— Fez uma viagem agradável? — perguntou Reinhardt.

— Ela teve seus momentos — respondeu Lightoller. — O trem de Salzburgo levou quatro horas.

— As coisas ainda vão demorar um tempo para voltar a funcionar adequadamente.

— Imagino que sim. De qualquer forma, sigo a caminho de Londres daqui a alguns dias, assim que tiver concluído nossa negociação aqui. Só Deus sabe como será o voo.

— Acredito que você ficará confortável.

— Eu também.

— Pelo menos é seguro viajar de avião novamente, hoje em dia.

Lightoller olhou para ele como se o estivesse avaliando.

— Seu inglês é muito bom, *Herr* Guttmann.

— Estou trabalhando nisso.

Eles continuaram com uma conversa totalmente sem assunto, mas ansiosa, até a cerveja chegar. Os homens brindaram:

— *Zum Wohl.*

Lightoller não estava acostumado a papo furado. Ele olhou para a maleta de Reinhardt e então para seu relógio.

— Acho que você tem algo em que podemos estar interessados. Começo do século XIII, seu telegrama dizia.

— Até onde sou capaz de julgar.

— Mas a chave está faltando?

— Infelizmente.

Lightoller recostou, terminou seu café, limpou seu gosto com um gole de champanhe e ignorou o bolo.

— Isso não é necessariamente um problema muito sério. — Ele fez uma pausa breve. — Você a tem com você?

Reinhardt tirou da maleta a caixa em sua mortalha de veludo e a colocou sobre a mesa. Então ele recostou enquanto Lightoller a desembrulhava.

O comerciante a segurou contra a luz com dedos delicados.

— Acho que é ainda mais antiga — disse ele, finalmente. — Poderia ser do século XII.

Ele fez mais uma pausa, mas não disse a *Herr* Guttmann que a caixa poderia ter sido feita até mesmo no século XI, o que aumentaria seu valor em uma boa quantia. Se a L&S a comprasse a um bom preço, eles deveriam fazer uma pequena fortuna no leilão.

— Muito bom — continuou ele. — E o trabalho do artesão é lindo. Muito mais sofisticado do que se poderia imaginar em uma peça dessa idade. — Ele recostou, ainda olhando para a caixa, girando-a em suas mãos. — Sim, acho que, com o cliente certo, poderemos ser capazes de fazer algo com isso. Tenho que mandar verificá-la, obviamente. Há um conhecido meu na Galeria Albertina, então é possível que sejamos capazes de concluir isso rapidamente. Imagino que esse seja o seu desejo. E que você prefira que façamos o pagamento em dólares.

— Sim.

— Eu teria que lhe dar uma ordem de pagamento para ser retirada no banco de sua escolha na cidade de sua escolha, obviamente.

— Isso será satisfatório.

— Esse objeto tem alguma procedência? — Lightoller olhou para ele.

— Um bem de família.

Reinhardt não estava preocupado. Ele já tinha os papéis necessários devidamente falsificados. Ele os mostraria quando fosse requisitado. Não deveria parecer muito ansioso.

— Obviamente — disse Lightoller, sua voz tão delicada quanto seus dedos. Embrulhando a caixa, tocou na mortalha de veludo com os dedos e recostou novamente. A impressão de prudência que ele buscava foi atrapalhada levemente quando se viu obrigado a suprimir um arroto. — Você tinha uma quantia em mente? — perguntou ele, recuperando a pose.

Dois dias depois, Reinhardt embarcou em um trem com destino a Berna, via Salzburgo e Innsbruck, com uma baldeação em Zurique. Ele estava satisfeito com a forma como seu negócio tinha sido fechado e com o pedaço de papel da Lightoller and Steeples agora em sua carteira garantindo a soma substancial que estaria esperando por ele no J. P. Morgan's quando chegasse a Nova York mais tarde naquele mês.

Depois que tivesse retirado a carta no cofre em Berna, resolvido assuntos com o advogado lá e usado o homem para carimbar seus documentos de viagem, ele estaria pronto para os passos finais: primeiro, Berlim, para recuperar o último item de sua bagagem; então Hamburgo e o transatlântico que o levaria até os Estados Unidos. Seus negócios em Nova York e, depois disso, o navio a vapor até Buenos Aires.

Ele se ajeitou, sozinho junto à janela de um compartimento da primeira classe e abriu o livro que ele usava para ensinar a si mesmo a falar espanhol na página 62, capítulo X: PREPOSIÇÕES COMUNS. Começou a ler: *Há certas preposições que requerem a inserção do* de *antes da palavra seguinte...* Sua mente estava satisfeita. Tudo estava acontecendo segundo o plano.

Mas há algumas coisas que você não pode planejar.

Ocorrido uma confusão mais adiante na linha. Vias não tinham sido trocadas.

O trem de Reinhardt disparava confiantemente, assim como o *Zürcher-Wiener Schnellzug*, na direção oposta.

A colisão de frente ocorreu às duas e trinta e cinco da tarde. Reinhardt mal teve tempo de ouvir o barulho do freio e o rasgar do aço. Ele viu seu livro ser arrancado de suas mãos, deslocando-se pelo ar em seguida. E então sentiu seu corpo voar, voar.

Reinhardt não chegou a ver as chamas.

O *Wiener Zeitung* do dia seguinte relatou a notícia:

TRÁGICO ACIDENTE FERROVIÁRIO DEIXA 17
MORTOS E 49 FERIDOS

Herr Guttmann, incinerado na colisão, nunca foi identificado.

85

Nova York, no presente

— De onde veio isso? — perguntou Marlow. — E quando apareceu?

Lopez ajustou seus óculos.

— Cerca de uma hora atrás. Remetente encriptado. Não há como rastreá-lo. Liguei para Graves imediatamente depois de ligar para você e saí.

— E é isso? Ninguém mais no escritório sabe?

— Ninguém fora de nossa seção — respondeu Lopez. — Se é o que você quer saber. Eu coloquei em um pen drive, fechei o computador, entrei em um táxi e vim direto para cá.

Eles estavam no loft de Graves no Greenwich Village. Ela estava sentada à mesa de faia na ampla sala de estar e jantar. Marlow e Lopez estavam de pé ao lado das poltronas baixas e do sofá que circundavam uma mesa de centro com tampo de vidro.

Lopez não tinha ido para casa. Ele tinha decidido esperar a luz do dia e, com isso, veio a percepção de que não valeria a pena tentar fazer isso sozinho. Não haveria como ele traduzir as novas informações sem a ajuda de Graves e ele tinha percebido depois desse momento que os possíveis benefícios não compensariam os riscos que estava correndo. Ele simplesmente não era feito para isso. Lopez reconheceu, no mesmo momento, que estava com muito medo de dirigir até sua casa no escuro. Poderia ter observadores por lá

Ele tinha ligado para Mia novamente, que estava furiosa por ter sido acordada, e esperou até a alvorada. A luz do dia trouxe conforto e clareza. Lopez sabia que tinha perdido um tempo precioso. Rezou para que ninguém o pegasse nas mentiras que tinha contado a Marlow para cobrir seus rastros.

Lopez tinha chegado primeiro, às sete horas da manhã, e Graves conectou o pen drive em seu laptop assim que o homem tinha explicado seu conteúdo. Ela tinha feito uma impressão e começou a trabalhar imediatamente.

Marlow chegou cinco minutos depois, vestindo um suéter de lã velho e uma calça jeans batida.

— Quanto tempo isso vai levar?

— Preciso de meia hora — respondeu, enquanto olhava para ele.

Lopez pensou, *Eles têm uma noite de vantagem sobre nós e é minha culpa.*

— Vou fazer café — disse o professor.

Ele ficou imaginando se o corpo de Annika já tinha sido encontrado.

Ocupou-se atrás do balcão da cozinha americana, feliz por ter algo para fazer. Marlow finalmente relaxou o suficiente para se sentar, mas estava perdido em seus pensamentos e ignorou o café que Leon colocou ao seu lado.

— Como você soube que isso era importante? — perguntou Marlow, repentinamente.

O tom era amigável. Apesar disso, o coração de Lopez pulou ao sentir os olhos de Marlow sobre ele.

— Não sei... instinto, acho. O manuscrito parecia poder pertencer ao período de tempo que estamos estudando.

Marlow não disse mais nada. O que quer que ele estivesse pensando drenava suas energias completamente. De tempos em tempos ele consultava seu relógio de pulso e toda vez que fazia isso, também olhava para o velho relógio de estação ferroviária fixado no alto de uma das paredes da sala, como se buscasse confirmação dele.

O único som era o tique delicado do ponteiro dos minutos. Graves ocasionalmente se levantava e pegava volumes pesados em suas estantes de livro, espalhando-os sobre a mesa e os consultando, sua caneta riscando um bloco de folhas amarelas.

Finalmente, ela levantou os olhos, tirou os óculos, mexeu os ombros para relaxá-los e esticou os braços para a frente e para o alto.

— Pronto? — perguntou Marlow.

— Está pronto. — Ela olhou para Lopez. — Você estava certo em relação ao código, Leon. É próximo àquele no eixo da chave. Algumas variações, no entanto. Meu palpite é que foi criado mais tarde por alguém que teve acesso à chave e conseguiu decifrar o que estava escrito nela... talvez o próprio Dandolo. — Ela pareceu pensativa por um momento. — Ainda não consigo entender como Yale não conseguiu fazer nada com...

Ela parou quando Marlow olhou para ela. Sua decodificação da inscrição na tabuleta — que o bispo Ademar tinha imprimido por engano, resultando na imagem espelhada que ele tinha tomado como a imagem positiva — tinha que ficar entre os dois. O olhar de Marlow a tinha advertido.

Marlow olhou de relance para Leon para ver se ele tinha notado a tensão momentânea no ar, mas Leon estava ocupado servindo café para Laura.

— Sim, e é conectado ao artefato, isso com certeza. Mas como eu disse, vai levar tempo para desvendar o outro código.

— Bem, não vamos pedir ajuda a Yale nesse — disse Marlow, olhando novamente para um depois para o outro.

Lopez achou que tinha sentido os olhos de seu chefe pararem sobre ele um momento a mais do que era necessário.

— Eu poderia tomar uma bebida, com toda certeza — disse Graves, empurrando seu café para longe. — Leon, tem uma garrafa de Chablis na geladeira.

— Conte-nos o que você descobriu — falou Marlow.

Ele notou que Laura estava usando o anel de esmeralda novamente e outro, simples, no dedo mindinho ao lado dele. Simples, mas largo o suficiente para cobrir a pequena tatuagem de coração ali.

Graves tomou um gole do vinho que Leon lhe tinha servido.

— Isso foi Frid quem escreveu — disse ela. — Ele era obviamente próximo a Dandolo. Como um viking, ele provavelmente era um guarda-costas. Meu palpite a partir disso é que ele se tornou um confidente porque era o único homem em volta do doge que Dandolo considerava leal *e* ingênuo o suficiente para que fosse digno de confiança. Isso é uma espécie de testamento. Porém é mais além. Talvez o que tenha acontecido é que, no fim de sua vida, Frid precisou desabafar um pouco. Na época em que ele ditou isso, Dandolo estava morto havia muito tempo. Esse é o pano de fundo. — Ela fez uma pausa, olhando para eles, então colocou seus óculos novamente e pegou os papéis. — Ele fala primeiro sobre suas heranças pessoais e então insinua que *há riquezas maiores ainda a serem encontradas se alguém um dia for bravo o suficiente para procurá-las.* Ele diz que escreve isso *em contradição às instruções de seu amo*, mas apenas depois de uma longa luta contra sua consciência. Ele diz que teria feito a jornada para desenterrar o tesouro ele mesmo, se a doença não o tivesse impedido. — Laura levantou os olhos. — Ele já era velho quando Dandolo morreu, mas ele também poderia estar contundido, ferido, quem sabe?

— Que riquezas? — perguntou Marlow; mas ele já tinha adivinhado a verdade.

— Dandolo ordenou que ele cuidasse das coisas em seu enterro. Ele deveria ser enterrado... — Ela consultou suas anotações. — ...*com uma certa caixa, com sua chave e uma tabuleta de argila.* Essas coisas deveriam ser escondidas com ele, guardadas em compartimentos ocultos em seus robes, sem que ninguém mais soubesse.

— Aquilo teria sido difícil — disse Marlow. — Dandolo deve ter dado a Frid a autoridade de supervisionar o sepultamento. Dessa forma, ele teria controle total daquilo.

— Tudo foi enterrado com ele, de acordo com as instruções — continuou Graves — e o funeral aconteceu... — Novamente ela consultou os papéis que estava segurando. — ...no que parece que foi o dia 25 de junho de 1205, em Constantinopla. *O doge foi enterrado, novamente de acordo com suas instruções, na lateral da Igreja de Santa Irene. Embora o funeral fosse um ato de grande cerimônia, o túmulo deveria ser coberto sem qualquer marcação. Todos aprovaram aquilo como um marco da enorme caridade, piedade e modéstia de Dandolo.* — Ela levantou os olhos. — *Na mão do doge está o tesouro que o encorajo a procurar.*

Ela ficou em silêncio.

— Tudo se encaixa — falou Marlow.

— Sim.

— Mas ninguém sabe onde nada, tirando a chave, está agora. A chave foi encontrada por Adkins e sua equipe e foi tomada deles.

— Mas eles podem não ter achado a caixa ou a tabuleta — disse Marlow.

— Não.

— Então onde elas estão?

Todos os três ficaram em silêncio novamente.

— Você já consegue dizer alguma coisa sobre o código? — perguntou Lopez.

Graves sacudiu a cabeça.

— O código vai levar um tempo.

— Você fez um bom trabalho até agora — falou Marlow. — Continue com ele.

Lopez pensou, *e se os outros — as pessoas que tiverem o original — chegarem lá antes*? Criou-se um vazio em seu estômago, mas ele não ousou ser sincero com seus colegas. Tudo o que ele podia fazer era rezar. Havia algo mais. Marlow sabia que ele era bom com numerais. Por que ele não tinha sido convidado a colaborar?

— E a outra inscrição, as coisas em norueguês arcaico? — continuou Marlow.

— É *realmente* norueguês arcaico. Foi escrito por um compatriota de Frid... alguém que sabia escrever, mas apenas o básico... depois da morte do viking. Diz que ele não entende o latim, mas que está preservando o documento, pois ele deve ser importante, porque Frid matou o escriba a quem ele o ditou assim que o trabalho estava terminado.

— Vamos seguir com o resto — falou Marlow. — Leon, volte à Intersec. Rastreie quem quer que tenha lhe enviado este documento. E... dê prioridade a isso... faça uma busca: museus e comerciantes especializados em antiguidades no mundo todo. Precisamos encontrar aquela caixa.

— Certo — disse Lopez, feliz por ficar longe deles. Tudo o que ele queria era que seu pesadelo acabasse.

Marlow parecia preocupado depois que Lopez tinha saído e Graves lhe perguntou por quê.

Desta vez foi ele quem sacudiu a cabeça.

— Não é nada. Mas Leon e eu nos conhecemos há muito tempo... houve um probleminha em Paris e eu não estaria aqui agora se não fosse por ele. Mas Lopez está escondendo algo. Posso sentir.

— Acho que ele é legal. — Graves encolheu os ombros. — Ele não correria atrás de uma mera intuição.

— Hmm.

— Ele não vai perceber que você não lhe pediu para ajudar com o código?

— Melhor isso do que ele saber o que é antes de termos certeza de que ele está conosco. E o que Lopez pode fazer? Ele sabe que está protegido — falou Marlow. — E ele não tem nenhuma cópia. — Uma pausa de um momento. — Precisamos daquela caixa.

— Você acha que ela ainda carrega a tabuleta?

— Não podemos presumir que ela não a carregue. Precisamos localizá-la rápido antes que outro Dandolo o faça.

Marlow pensou novamente no fracasso dos especialistas de Yale em traduzir o "pergaminho" de Ademar.

— Mais algum dado da Dra. De Montferrat? — perguntou Graves, apenas um traço de acidez em seu tom de voz. — Você não a tem mencionado recentemente.

Algo piscou nos olhos de Marlow antes de ele responder:

— Nenhum progresso. A nova psicóloga é boa. A Dra. Shukman. Ela parece esperançosa. Mas já passamos por isso antes.

— Boa sorte com ela.

— Comece com esse código imediatamente. Voltarei para checar o progresso depois que me livrar de Dick Hudson.

— Ele está no nosso pé novamente?

— Pior do que nunca.

Graves batucou nos papéis à sua frente.

— Vou cuidar disso.

Marlow a deixou na casa dela e, ainda preocupado, seguiu até a rua. Mas, quando estava lá, a direção que ele tomou não foi a que levava à Intersec.

86

Berlim, no presente

Era logo depois da alvorada, mas os jornais já estavam posicionados perfeitamente na mesa do escritório de Adler, todos os principais veículos europeus. Ele já havia visto on-line os da Rússia, Índia e China.

Traduções para alemão estavam anexadas onde fossem necessárias. Os jornais dos Estados Unidos e da América do Sul chegariam mais tarde. E claro que as notícias já tinham sido distribuídas entre boletins em seus websites e estações de rádio e televisão espalhadas pelo mundo.

Ele pegou o primeiro exemplar, uma cópia do *Die Welt* tão impecável que quase imaginou que a desprezível *frau* Müller passava os jornais a ferro para ele.

Adler pensou sobre ela brevemente. Apesar de todos os seus esforços, ela realmente estava ficando velha e esquelética demais para ser boa para a imagem de sua companhia. Deveria se lembrar de demiti-la.

Ele leu a manchete na primeira página do caderno de negócios com satisfação:

MAXTEL SUPERA RIVAIS EM NICHOS-CHAVE
DA MÍDIA NA RÚSSIA, ÍNDIA E CHINA E EM SETORES
ON-LINE. OLHOS FIXOS NO BRASIL E NO IRÃ.

O investimento havia valido a pena. Os credores pararam de pegar no seu pé. Eles ainda não foram pagos, e Adler sabia que estaria contra a parede até que tivesse pagado todo mundo, mas estava na hora de ele mostrar suas intenções. Aquilo mandaria uma advertência para aqueles que precisassem de uma, que precisassem reconhecer aquilo como realmente era — uma declaração de guerra.

Sua fraqueza era que ele estava apostando com fichas que ainda não tinha: tudo dependia de conseguir a única coisa de que precisava para se colocar em total controle.

A Índia não era assim tão complicada. A China e a Rússia seriam difíceis de disciplinar. Mas existiam poderosos oligarcas milionários em todos os três países agora, não apenas na Rússia; sem falar nos políticos e nos criminosos experientes.

Mas ele começaria com os oligarcas.

A China era soberana, com seu domínio econômico sobre o Oriente.

Adler enfrentava a perspectiva de peito aberto. Ele estava otimista, confiante de que aqueles que tinham se beneficiado dos investimentos da Maxphil nos mundos cultural e acadêmico mostrariam sua gratidão ao surgir com uma tradução para a parte-chave do documento que Trotter e Sparkes tomaram da garota sueca dentro das 24 horas que ele lhes deram. Hoje em dia, as universidades eram cada vez mais dependentes de investimentos privados beneficentes para sobreviver. Elas odiariam se aquele dinheiro fosse retirado.

Adler estava satisfeito com o fato de Annika Lundquist ter deixado um rastro tão claro na rede local de internet quando tentou fazer contato com a Intersec. Seus homens não foram capazes de averiguar exatamente com quem, mas aquilo não importava. O importante era que a informação chegara a tempo para ele interceptar o material dela. E o material parecia promissor. Seus homens o tinham assegurado de que ela não fora capaz de passar nada adiante, e Adler podia confiar em seus homens. Eles sabiam o que aconteceria se o patrão achasse que o estavam decepcionando.

Mas eles já tinham se saído bem. A parte em latim do documento era o suficiente para seguir em frente. Então existia uma caixa; e a caixa continha a tabuleta; e a caixa já existia há pelo menos novecentos anos. Ele tinha certeza agora de que seus rivais não a possuíam, então a trilha naquela direção estava fria.

Adler encolheu os ombros para si mesmo. Não importava. Existiam outras direções a tomar. E ele vinha recebendo relatos cada vez mais favoráveis de Nova York.

Era simplesmente uma questão de esperar a vítima cair na armadilha. E aquilo não demoraria muito agora.

87

Nova York, no presente

Marlow acordou no meio da noite.

Ele estava de volta a seu próprio apartamento. O agente saíra tarde da casa de Su-Lin na noite anterior.

Eles tinham feito amor com sua habitual avidez; mas quando acabou, algo sugeriu que ele não ficasse até a manhã seguinte. Ela ficara decepcionada e até um pouco aborrecida depois de tentar, e não conseguir, puxá-lo de volta para sua cama.

— Não quero ir embora. Mas é a sua segurança que tenho em mente.

— Então não vá. Estou segura com você.

— Quanto mais eu a visito aqui, maior é o risco. Alguém sempre acaba notando.

— Então vamos nos mudar... leve-me para outro lugar. Não posso ficar sem você.

Mas havia algo encurralado em sua mente. Algo que ele achava difícil negar. Ele sabia que não era capaz de manter aquilo afastado para sempre. Seu profissionalismo, tudo em que ele acreditava, dizia aquilo. Mas ele não era capaz de aceitar.

A princípio, quando acordou, Marlow achou que estava de volta ao apartamento de Paris, mas então os arredores mais familiares e reconfortantes apareceram. Essa era a realidade. Esse era seu lar, se é que ele tinha algum lugar que pudesse chamar de lar.

Ele se levantou e lutou para se lembrar o que o acordara.

Mas isso era trabalho. Nada a ver com suas outras preocupações, ele sabia disso. Algo relativo às coisas em que ele deveria estar se concentrando. Aquilo apresentava uma questão que ele deixara passar, ou que não parecera importante no momento.

Ele tomou banho e se vestiu, alheio a tudo. Estava fazendo café no modo automático quando aquilo o atingiu. Ele olhou para o relógio no fogão. Quatro horas da madrugada. Seriam dez manhã em Istambul.

Marlow hesitou entre enviar um e-mail e ligar, mas ele precisava conversar, para descrever e obter uma resposta imediata. O telefone azul, a linha segura, ficava na sala de estar, escondido num compartimento construído nas estantes de livros. Ele foi até lá, discou o número e esperou enquanto escutava a série de cliques que precedia sua conexão à mesa telefônica da Intersec.

— Marlow — disse ele, ao ser conectado. — Seção 15. Ultrasseguro.

Outro momento até seu padrão de voz ser verificado.

— Como posso ajudá-lo? — perguntou a voz formal no outro lado da linha.

— Major-detetive Haki, Istambul.

Mais cliques, então um profundo silêncio. Segundos depois, o toque de chamada. Três vezes, então o telefone no outro lado da linha foi atendido. Mais um momento de silêncio para a checagem de segurança no lado turco. Então a voz de Haki, amigável como sempre:

— Olá, Jack.

— Quero que você faça algo para mim, Cemil.

— Imaginei que essa não seria nada além de uma ligação de trabalho. Que horas devem ser onde você está?

— As luvas. As luvas que você encontrou na escavação. Aquelas que seus peritos disseram que tinham 100 anos.

— Sim. Eu me lembro delas. Elas ainda estão em nosso laboratório.

— Eu quero que você as leve de volta aos peritos. Urgente. Quero que eles trabalhem nas luvas. Qualquer coisa que puderem descobrir. Vestígios, DNA...

— Isso seria bastante improvável.

— Não importa. Vestígios de minerais, qualquer coisa que elas possam ter tocado, ou de onde elas podem ter vindo.

— Vou pedir que tentem. Depois de um século, será um grande desafio encontrar qualquer coisa que seja.

— Faça com que eles trabalhem rápido.

— Na frente da fila. Agora.

E já que todo o sono tinha desaparecido de dentro dele, Marlow foi até o subsolo para pegar seu carro.

A Sala 55 estava deserta; as escrivaninhas e mesas, vazias. Lopez não tinha deixado nada para que olhos aproveitadores vissem, mas havia uma mensagem no terminal de Marlow:

Não sobraram muitas caixas de ferro do tamanho certo e do período certo no mundo. O ferro oxida e apodrece com o tempo, a não ser que seja mantido em condições ideais. Aquelas que sobraram alcançam altos preços no mercado. Uma foi localizada no Museu Britânico, em Londres, outra foi comprada pela Fundação Getty três anos atrás. Há uma terceira no Hermitage e uma quarta em uma coleção privada em Lausana, que fui capaz de acessar. A quinta está no Le Clos Lucé, em Amboise, na França. O problema é que todas têm procedências que parecem impecáveis, completamente confiáveis e nenhuma tem nada que encaixa com o que estamos procurando.

Os negociantes são um pouco mais promissores. Um exemplo em particular, que foi comprado de um vendedor desconhecido pela Lightoller and Steeples da Madison Avenue, em 1946, e revendido por eles em leilão, cerca de um ano depois. Ainda tenho que rastrear o que aconteceu com essa, mas, embora a L&S tenha fechado em 1960, algumas de suas transações podem ainda estar nos registros da Receita Federal. É improvável que tenham sido transferidas para o centro de computação da Receita Federal em Maryland, então elas ainda devem existir nos arquivos em Washington. Relatório sobre isso em seguida.

Houve um espaço, antes de a narrativa de Lopez continuar, a hora de envio mostrando cinco horas depois da primeira entrada.

Encontrei. A Receita Federal foi muito solícita e existiam notas totalmente descritivas ainda arquivadas de vários itens. Essa é a nossa: Caixa de ferro, 10 centímetros por 8, 5 de altura, trancada, chave faltando. A caixa nunca foi aberta. Primorosamente construída, decorada e entalhada. Provavelmente de origem francesa, data estimada: último quarto do século XI. A L&S teve um bom lucro com ela, pelo que parece. Seu pagamento pela caixa foi registrado, mas não há nenhuma pista do que aconteceu com ele ou quem poderia tê-lo retirado. Deveria ter sido retirado no J. P Morgan's em Nova York, então vou seguir acompanhando esse caso. Nenhuma outra informação. Investigação em andamento. Mandarei cópia da documentação original o mais rápido possível.

O agente fechou a mensagem e a arrastou para uma pasta segura. Ela seria apagada automaticamente em 24 horas se ele não contraordenasse.

Marlow sentiu cheiro de sangue, mas sentir o cheiro ainda estava muito longe de sentir o gosto dele.

88

A ligação de retorno de Haki veio no começo da noite.

— Isso foi rápido.

— Estamos atualizados aqui — disse Haki. — Financiados pela CIA. Eles gostam de nos manter na linha de frente bem-equipados.

Marlow não sorriu. Se a Turquia deixasse de ser um estado secular, o mundo ocidental teria que se preparar. Fugazmente, ele pensou no Império Otomano. Como os imperadores turcos tinham um dia mantido o domínio que chegava na direção oeste até os portões de Viena. Aquilo fora no século XVII. Uma corrente que a ação de Dandolo em Constantinopla, quatrocentos anos antes daquilo, provocara.

— O que você tem para mim?

— Verbal ou devo mandar?

— Verbal.

— Ao que interessa, então. Um laudo técnico completo indo para a Seção 15, sem demora.

— Isso seria ótimo.

— Certo. — Haki fez uma pausa brevemente e, pelo telefone, Marlow ouviu papel farfalhar. — Aqui está — continuou Haki. — As luvas foram feitas na Alemanha, possivelmente Áustria-Hungria, antes de 1914, mas não são muito mais velhas do que isso. Muito pouco material nelas, depois de todo esse tempo, mas *existem* vestígios de areia e terra, claro... e o que poderia ser terracota, uma quantidade ínfima, nas pontas dos dedos polegares e indicadores das mãos. Há também vestígios de algo que poderia ser ferrugem, óxido de ferro vermelho, mas são partículas microscópicas e teremos que fazer mais testes. Nossos homens acharam isso nas palmas e nas partes internas dos dedos de ambas as luvas.

— DNA? — perguntou Marlow.

— Como disse, é muito improvável. Mas estamos trabalhando nisso.

— Obrigado. Qualquer outra coisa que você conseguir, me envie rápido — disse Marlow.

— Tratamento de tapete voador, bom garoto.

Haki era um homem de palavra, Marlow pensava, quando, duas horas mais tarde, outra ligação veio de Istambul. Já tinha passado de meia-noite àquela altura na cidade turca.

Mas não era a voz de Haki na linha. Era uma voz que ele não reconheceu. Urgente, beirando o pânico.

— Aqui é o coronel Demir. Você não vai receber aquele relatório completo que pediu tão cedo. Uma bomba explodiu. Al-Qaeda, nós achamos, mas essas são apenas as primeiras indicações.

— Onde? — Marlow gelou.

— Um carro na Defter Emini. Logo do lado de fora do Instituto de Pesquisa Forense. Uma enorme explosão.

— Vítimas?

— Três vítimas fatais. O major Haki é uma delas. Só Deus sabe como eles encontraram o local. E por que escolheram esse alvo. Nós o manteremos atualizado. Mas foram terroristas, com certeza.

Com a garganta seca, Marlow desligou o telefone.

Ele não tinha tanta certeza disso.

89

Constantinopla, ano de Nosso Senhor de 1204

Godofredo de Villehardouin escutava enquanto seu secretário repassava o que ele havia ditado. Ele ficou imaginando o quanto deveria deixar em seu relato final e oficial. Muita coisa tinha acontecido. Ele queria que o doge Dandolo ficasse feliz com o que ele escrevera:

> Depois da vitória e da coroação do imperador Balduíno, que aconteceu logo em seguida, veio a divisão do espólio.
>
> O tempo ruim que seguira a vitória havia passado. Os navios não estavam mais protegidos das tempestades, embora o acampamento, onde os soldados rasos ainda viviam, fosse um lamaçal. Mas na cidade, ainda envolta no que sobrou de seu esplendor, apesar do seu estupro, o estado de espírito era elevado. Bonifácio, carrancudo a princípio por não lhe terem oferecido a coroa, tinha voltado radiante depois de uma reunião com o doge e até mesmo sugeriu que ele próprio deveria colocar a capa imperial de asperges nos ombros de Balduíno — a coroa, a orbe e o cetro foram presentes de Dandolo.
>
> Havia agora dois exércitos na cidade. O de Bonifácio, posicionado a sudoeste junto ao Portão Dourado, estava ocupado com suas preparações para partir rumo à Grécia, onde um reino esperava para ser tomado. Balduíno estava ocupado reparando as fortificações que eles mesmos destruíram e se entrincheirando de prontidão para impor domínio sobre o novo império de seu líder.
>
> Focos de resistência grega dentro e em volta da cidade tinham sido impiedosamente esmagados. A liderança principal do inimigo se retirara, para a Bulgária, Hungria e Niceia.

Seu secretário parou de ler e Godofredo recostou, satisfeito. Mas havia muita coisa que De Villehardouin não sabia.

Os venezianos esperaram uma melhora no tempo com impaciência. Eles precisavam inspecionar a frota.

Dandolo sentiu o sol em seu rosto e sorriu. O trabalho nos maravilhosos e secretos navios de guerra feitos para cruzar oceanos continuaria agora. Os navios secretos, cuja existência era oculta aos olhos da maioria.

Todos os pensamentos sobre Jerusalém estavam esquecidos. Havia outras coisas sobre o que pensar agora.

Centenas de obras de arte tinham sido derretidas pelos Cruzados e transformadas em moedas para pagar aos venezianos o que era devido, e Leporo estava ocupado, resgatando o que sobrava, supervisionando seu empacotamento e transferência para os navios de transporte que retornariam a Veneza com elas.

— Os troféus religiosos vão nos proporcionar uma glória especial — relatou ele a Dandolo, num dia em que o sol tinha finalmente banido a última das nuvens.

— Bom — respondeu o doge, sua mente em outro lugar.

Não havia mais necessidade para usar o poder da tabuleta em Leporo. Ele já fora pego na rede de sua própria ganância. Dandolo tinha certeza daquilo.

O valor do monge para o doge havia diminuído. Dandolo estava pensando agora sobre suas conversas com Frid a respeito da longa viagem ao país do outro lado do grande mar a oeste. A terra lá era ampla, aberta e fértil. Existiriam riquezas além da imaginação da Europa. E Deus lhe concederia o tempo para colhê-las.

Tempo. Dandolo olhou para suas mãos. Ele mal podia vê-las e não conseguia de forma alguma a não ser que as movesse. Em cinco anos, menos, aquelas mãos não existiriam mais. Elas seriam pó. Ele teria partido. Ele teria *partido*.

Os restos de um homem transformado em pó não pesam mais do que um bebê recém-nascido. Tempo.

— O abade Martin vem arrecadando dízimos em St. Pantocrator. E seus monges têm estado ocupados nos monastérios e igrejas gregos além das muralhas da cidade.

— Excelente — disse Dandolo.

— Não há praticamente nenhuma necessidade de ameaçar — continuou Leporo, sentindo falta da aprovação de seu amo e se odiando por causa daquela carência. — O abade Martin parece adequado para o papel... também é um prelado. O arquimandrita Nicanor em Pantocrator encheu sacas para ele. Há um relicário com o próprio dedo que São Tomé enfiou na ferida de Cristo. Ainda há sangue nele.

— Mande tudo ser enviado. Dê o dedo de presente ao Vaticano com meus humildes cumprimentos. Vou agradar o idiota que está sentado no trono lá.

— O cardeal Pedro já está enviando mensagens favoráveis adiantadas.

— Fico feliz com isso.

Leporo ficou observando Dandolo. O doge estava na janela de um salão opulento no Palácio de Bucoleão, olhando para além do porto abaixo, onde seus grandes navios estavam ancorados. Apenas os olhos dos marinheiros que trabalhavam nas embarcações e os olhos de Frid não estavam enevoados pelo poder da tabuleta. Dandolo cuidara daquilo. Apenas eles podiam ver o verdadeiro esplendor daqueles navios. O segredo estava a salvo dos outros, incluindo Leporo.

Mas a mente de Leporo não estava nos navios. Seus próprios olhos vagavam pelo escritório de Dandolo, que um dia tinha sido uma imponente câmara de conferência do velho regime. Seu olhar corria atentamente sobre as superfícies de mesas extravagantemente entalhadas, repousava sobre as alças de gavetas e baús, sobre as obras empoeiradas penduradas nas paredes e as sedas drapeadas e os brocados ainda jogados onde eles tinham caído nos ataques.

Ele estava se aproveitando da ausência de Frid. O norueguês estava no porto. E certamente teria notado, poderia até ter adivinhado o que ele estava procurando. Interiormente, Leporo amaldiçoava o viking pela centésima vez, enquanto sua mente vagava pensando em uma forma de derrubá-lo.

Ele não conseguia ver nenhuma pista e não ousou começar uma busca. Mas ele precisava agir antes que Dandolo o mandasse de volta a Veneza com as mercadorias apreendidas. Ou antes que o velho homem morresse.

O velho homem? O próprio Leporo estava ficando velho. Seu próprio tempo estava acabando.

Ele sabia que Dandolo algumas vezes deixava a tabuleta trancada em sua caixa, em uma gaveta secreta, embora nunca por muito tempo. Era como uma droga para ele, embora parecesse a Leporo que o doge estivesse com medo de que ela drenasse uma parte muito grande de sua força restante, sua própria vontade.

Será que ele a estava carregando agora? Leporo olhou para seu amo e, ao fazer isso, viu a mão direita se apertar debaixo da manga do robe.

90

Nova York, no presente

Marlow se sentou no sofá, seu velho paletó de lã jogado sobre suas costas do outro lado da mesa de centro que o separava de Graves. Eles estavam no apartamento dela. Sentada em uma das poltronas baixas, Laura usava uma saia em vez de jeans e agora cruzava as pernas e se recostava um pouco. Parecia vestida para sair. A saia cinza era de lã de boa qualidade e se modelava ao corpo e à camisa preta de gola alta que estreitava seu corpo. Os dois juntos estavam vestindo o correspondente a duas semanas de salário.

— O código é do mesmo tipo do código da chave — disse ela —, mas está corrompido de alguma forma, ou porque quem quer que tenha escrito não entendeu o que estava fazendo apesar de achar que tinha entendido, ou é proposital... como se a pessoa *quisesse* torná-lo impenetrável. Há uma forma de descobrir, sempre há, mas é como tatear no escuro por um labirinto.

— Então vamos pensar lateralmente.

— Há outra coisa. Tenho que me apresentar à Intersec. Minha ausência foi notada.

— Você responde a mim.

Ela sacudiu a cabeça.

— Sir Richard está preocupado. Você mesmo não se apresentou a ele.

— É para lá que estou indo nesse momento. Não posso arriscar que ele alerte o Departamento de Segurança Interna. Eles vão estragar tudo.

Graves reconheceu o tom de advertência na voz dele, mas falou:

— Ele quer saber o que está acontecendo, Jack.

— Eu fico me perguntando o quanto ele já sabe.

Graves, pensando na informação que Lopez tinha deixado escapar, concordou com a cabeça.

— Limitação de danos — continuou Marlow. — É tudo o que podemos fazer.

— Vou passar a ele um relatório de progresso. Dar algo com que possa se contentar.

— Faça isso. — Ele folheou o trabalho que Graves fizera com o código, franzindo a testa. — Não diga a ele que estamos desconfiados de Yale e dos motivos de eles dizerem que não conseguiram traduzir a inscrição na tabuleta.

— Se Yale souber... para quem eles podem estar trabalhando?

— Para a CIA? Para o Departamento de Segurança Interna? Mas o que eles pensariam disso? Grandes organizações como essas levam tempo para filtrar coisas. E os políticos ficam no caminho. Então ainda temos o tempo como nosso aliado.

Graves cruzou as pernas novamente.

— Hudson me quer lá agora. Vou continuar a trabalhar nisso assim que eu o tranquilizar.

Ela pegou os papeis de volta de Marlow, acidentalmente tocando os dedos dele.

— Bom. Continue trabalhando nisso. Eu me juntarei a você assim que puder. — Marlow se levantou. — Vamos lá. Eu lhe dou uma carona até a Intersec. Preciso checar com Leon e dar as caras. — Ele fez uma pausa, no entanto, irritado. — Por que Hudson está se metendo agora? É nisso que você deveria estar se concentrando.

Ele acenou na direção da mesa de jantar dela, seu laptop era uma ilha em um mar de livros e papeis.

— As garotas precisam de descanso. De qualquer forma, vou trabalhar nisso hoje à noite. — Uma hesitação. — Não há mais nada a fazer — acrescentou ela; mas Marlow não estava ouvindo.

Laura trancou o apartamento e eles partiram.

Havia algo novo a respeito dele, ela pensava, ao observá-lo. Algo tinha mudado, mas ela não conseguia reconhecer o que era.

Ela olhou para a tatuagem em seu dedo e a acariciou melancolicamente.

Leon Lopez tinha feito progresso.

— ... *Se* é isso que estamos procurando — disse ele, mostrando a Marlow a página na internet. Mas eles mal tinham entrado na Sala 55 quando uma ligação veio de Sir Richard, convocando Graves ao seu escritório. A notícia deve ter sido passada diretamente do saguão do hotel à sua secretária. — Você quer esperar por Graves?

— Conte a ela depois de sua audiência com Hudson.

— OK. Aqui está.

A página era do website da Sotheby's, em Nova York, e anunciava um futuro leilão de antiguidades medievais. O lote 4249 era a caixa de ferro que Leon já tinha identificado como a possível candidata. Ela era descrita como uma "(?) caixa ou cofre para joias". A descrição continuava e mencionava que ela estava trancada e que a chave estava faltando; mas mesmo assim o preço de reserva era de robustos 100 mil dólares. Uma pequena fotografia da caixa aparecia, junto com uma pequena nota de sua proveniência, que datava de 1946, com sua aquisição pela Lightoller and Steeples. Desde 1948 ela ficara em posse da Ashworth Foundation e era exibida em um pequeno museu em Pittsburgh. Fora vendida quando a fundação passou por dificuldades no meio dos anos 1970 e, desde então, era parte de uma coleção privada do empresário George M. Bamberger. Bamberger morrera no ano anterior e a coleção tinha sido desmembrada para ser vendida por seus dois filhos.

— O que você acha? — perguntou Lopez a Marlow. — Essas coisas são muito raras. Não fui capaz de localizar um candidato mais próximo.

— Quando é o leilão?

— Sexta-feira.

— Isso nos dá cerca de uma semana. Precisaremos de verba para isso. Se o preço de reserva é de 100 mil dólares... — Marlow parou para pensar — ... Peça 250 mil.

— Isso tudo?

— Não podemos perdê-la

— Temos como justificar isso?

— Vou pensar em algo. De qualquer maneira — acrescentou Marlow, de forma seca —, Sir Richard nos arranjou um novo benfeitor.

— Quem?

— Rolf Adler. A Maxtel quer estar envolvida tão de perto quanto for possível para chegar ao fim disso tudo. A Maxphil financiava o Projeto Dandolo.

— Espero que Hudson não esteja fazendo nenhum tipo de permuta.

— Adler acha que somos a Interpol. E, não se esqueça, ele não teria sido capaz de fazer isso sem aprovação governamental.

— Aprovação governamental internacional.

Marlow encolheu os ombros.

— Também não gosto disso, mas a Maxtel é uma multinacional e você sabe como são os governos em relação a dinheiro hoje em dia. Qualquer fonte é válida. Tudo está à venda. Não que isso vá fazer algum bem. Todos nós sabemos que já passamos do ponto em que não há mais volta. Acabar com as dívidas no Ocidente é apenas uma ilusão agora.

Lopez concordou com a cabeça.

— Mas talvez tudo isso esteja prestes a mudar — falou Marlow, pensativo.

— A tabuleta?

— Controle.

— O xis da questão.

— Então, quem *está* atrás da tabuleta? — perguntou Lopez.

— Alguém que acredita que pode consertar o mundo? Quem sabe? Alguém com uma visão de como arrumar as coisas, se permitirem que ele faça as coisas de seu jeito.

— Ordem através da ditadura?

— Admirável Mundo Novo. Não seria a primeira vez. Toda civilização que já existiu é baseada em algo parecido.

— Mas elas sempre ruíram e as pessoas sobreviveram.

— Sempre há uma primeira vez para tudo — disse Marlow.

— Precisamos encontrar essa tabuleta!

A imagem de Annika, sentada na cafeteria, piscou na mente de Lopez. *Qualquer coisa para consertar o que aconteceu*, ele pensou.

— Encontre a caixa e ficaremos bem. Talvez... Você deveria falar com a Contabilidade hoje. Passe o papo que você achar melhor. Não deve ser difícil conseguir isso. Não tivemos que chamar a cavalaria e, comparado ao custo de um Tomahawk, somos um programa barato.

— Pode deixar comigo.

Leilões são assuntos muito anônimos, mas Marlow pretendia dar os lances pessoalmente. Ele não usaria uma fachada. Precisava que seus homens terminassem esse assunto por conta própria, mas ele mal podia esconder aquilo e queria que Graves estivesse lá com ele. — Conte a Laura. Peça para ela entrar em contato comigo.

— Aonde você está indo?

— Eu lhe conto mais tarde.

— E quanto a Hudson?

— Ele pode esperar.

— Onde ela pode encontrá-lo?

— No celular protegido. Mas só mais tarde. Há algo que eu tenho que fazer antes.

Marlow saiu do prédio logo depois. Ainda havia o outro negócio inacabado.

Ele mergulhou nas ruas lotadas de gente e seguiu até o metrô mais próximo. Pegou um trem para a 49th Street com a Sétima Avenida e caminhou o resto do caminho de lá.

91

Berlim, no presente

Aquela foi a melhor notícia.

Ele estava sentado em frente à sua escrivaninha. A noite caíra e a cidade brilhava debaixo dele, banhada em milhares de luzes. O escritório, iluminado apenas pela luminária da mesa, estava envolto em sombras profundas. No teto, o brilho vermelho do MAXTEL em neon entrava no quarto e manchava seu rosto e suas mãos.

Ele leu novamente a tradução que segurava por entre os dedos. Aquilo levara 24 horas a mais do que ele esperara, mas lhe colocara um passo mais perto de seu objetivo. A caixa tinha sido rastreada. Enquanto isso, seus assistentes em Veneza e Yale estavam trabalhando no código no documento de Frid, que eles, até agora, não foram capazes de desvendar.

O código guardava o segredo, Adler tinha certeza. Mas se tudo saísse bem, poderia se virar sem ele. Quando tivesse a caixa. Ninguém havia sido capaz de abri-la, até onde ele sabia, desde que fora trancada pela última vez, novecentos anos antes. E ele tinha a chave.

Adler tivera tanto trabalho e tantas despesas com aqueles malditos arqueólogos. Mas ele sabia por suas qualificações especiais que não era o único, tirando a Intersec, interessado na caixa. Ele não era o único que conhecia o segredo de Dandolo, por mais cuidadoso que tivesse sido para cobrir os rastros de sua própria investigação. Mas a forma de suas mortes enviaria um aviso a seus competidores. Eles saberiam que alguém estava de olho neles.

Mas quem seriam? E será que a Intersec estava trabalhando para eles?

Mas por que se preocupar? Quando tivesse a caixa e pudesse vê-la aberta, qualquer competição seria neutralizada.

Ele olhou para seu relógio, esperando impacientemente por uma ligação de Nova York. Finalmente, às oito da noite, duas da tarde no país de origem da chamada, ela veio.

O telefone mal teve a chance de completar um toque.

— Sim? — atendeu ele, sem entonação.

A voz do outro lado da linha era comedida. Nada de pânico, nenhuma necessidade urgente de agradá-lo antes de ir ao assunto. Ele gostava daquilo.

— Eu mencionei que eles tinham uma pista — disse a voz.

— Sim.

— Eles estreitaram o campo.

— Conte-me.

— O item selecionado será vendido na Sotheby's na York Avenue aqui. Lote 4249.

— Tem certeza de que é o que queremos?

— Vale a aposta.

— Preço de reserva?

— Cem mil dólares.

Adler passou perto de rir. A caixa já era dele.

— Quando?

— Sexta-feira.

— Que horas?

— Dez da manhã. O 4249 é o quinto item. Sessão da manhã.

— Cobriremos a oferta. Quem vai dar os lances para eles?

— Marlow é o meu palpite.

— Pessoalmente?

— Sim.

— Parece arriscado.

— Nós sabemos como ele é. Vai querer olhar a sala. Procurar por nós. Ninguém o conhece, ele acha. Nenhuma fotografia, nenhuma identidade pública em qualquer lugar.

Adler entendia aquilo. Um homem como Marlow não teria nenhum documento público rastreável; nenhum registro de impostos, nenhuma conta bancária ou de qualquer tipo, não teria carteira de motorista, certidão de nascimento, escritura de propriedade, nada. Mas ele havia deixado pistas a respeito de sua vida, sem querer. E explorá-las era o principal poder de Adler agora. Ele se parabenizou pelo sucesso naquela direção até então.

— Outros potenciais compradores de interesse para nós? — continuou ele.

— Três grandes museus. Dois importantes colecionadores particulares.

— Cheque os limites deles.

Houve uma pausa.

— O senhor vem até aqui?

— Sim — disse Adler.

— Como você vai dar os lances?

— Telefone.

— Por que o senhor não faz isso de Berlim mesmo?

Adler sorriu para si mesmo.

— Eu preciso estar aí.

Adler desligou o telefone sem dizer mais nada. A tensão abandonou seus ombros. Ele sentiu a exaltação que sempre sentia quando estava prestes a se juntar à batalha. Mas batalhas nunca deveriam ter resultados desconhecidos. Ele pegou o telefone amarelo e discou um número.

Adler tinha que ter certeza de que essa era uma batalha que ele venceria.

92

Nova York, no presente

A sala de leilão estava dois terços cheia, mas ainda era cedo. Marlow e Graves se sentaram cinco fileiras para trás, em cadeiras no corredor com vista para o leiloeiro e os lotes. Graves tinha ido à exibição das peças e examinou a caixa. A tampa tinha um alto-relevo de uma águia, as asas abertas, as garras prontas para atacar e a cabeça abaixada, com o bico preparado. Nas laterais da caixa, pessoas e animais se curvavam em várias atitudes de terror e oração. Apenas um homem, no centro da parte frontal, era bravo o suficiente para ficar de pé com coragem, os braços levantados, as mãos segurando um objeto pequeno e de formato irregular. A caixa ficava sobre simples pés arredondados, brilhando sob o foco de luz halógena que a iluminava. Parecia nova em folha, nenhum sinal de uso ou de avarias. Mas pelo estilo artístico dos entalhes, não dava para adivinhar sua verdadeira idade.

Cinco agentes da Intersec, três mulheres, dois homens, estavam sentados em outros pontos da sala, três discretamente examinando os potenciais compradores na sala de leilão, dois prontos para observar aqueles dando lances por telefone posicionados ao longo de uma parede perto do púlpito do leiloeiro. Lopez estava sentado perto do fundo da sala, longe deles.

Quando o lote 4249 apareceu, a sala havia enchido até oitenta por cento de sua capacidade. Lopez reconheceu dois chefes de grandes museus americanos, um deles do Metropolitan Museum of Art. Ele reconheceu vozes francesas e alemãs. O cheiro de dinheiro era palpável.

Nada de lances selados, nada de lances pela internet ou da Casa. Isso era incomum, mas Marlow deixou passar, pois havia interesse — muito interesse — de sete ou oito pessoas desde o início, incluindo três nos telefones. Apenas em um minuto a caixa passara de seu preço de reserva.

Uma mulher elegante de cabelo encaracolado vermelho-escuro com um vestido Vivienne Westwood levantou levemente a mão coberta por uma luva para oferecer 150 mil dólares. Marlow percebeu que ela usava um aparelho auditivo.

— Eu ouvi 160 mil? — disse a voz clara com sotaque inglês do leiloeiro, Marlborough ou Wellington dos pés à cabeça.

Um alemão grande com um terno cinza-carvão acenou com a cabeça discretamente.

— Cento e setenta?

Um aceno de uma garota elegante no primeiro telefone.

— Cento e oitenta?

Um homem barbado com óculos fumê balançou a cabeça e olhou para seu catálogo, fazendo uma anotação com sua caneta. A ruiva levantou o dedo mais uma vez.

— Cento e noventa?

O preço superou os 200 mil dólares e ainda sobraram três interessados na sala contra dois nos telefones.

Quando chegou a 250 mil, um dos possíveis compradores nos telefones desligou.

— Acabou para nós também — disse Graves.

Mas Marlow levantou a mão novamente. O enorme alemão do outro lado da sala hesitou, então levantou a sua.

— Acabou para nós, Jack — insistiu Graves.

— Não acabou — retrucou Marlow. Ele sorriu. — Você sabe como é... tudo acaba excedendo o orçamento.

Graves olhou por cima do ombro na direção dos fundos da sala, esperando fazer contato visual com Lopez, mas ela não foi capaz de vê-lo. A sala estava agora cheia e a atmosfera estava começando a ficar quente.

Com o preço em 300 mil dólares, apenas um dos compradores nos telefones permaneceu.

— Trezentos e dez?

Um aceno do alemão.

— Trezentos e vinte?

Um dedo da ruiva.

Em 370 mil, o alemão ficou emburrado. Em 400 mil dólares, ele sinalizou que estava fora.

Agora a sala estava zumbindo; o item tinha passado cinco vezes seu preço de reserva. Ele estava entre Marlow, a ruiva e o comprador do telefone.

— Eles vão matá-lo por isso — disse Graves com uma voz baixa e dramática.

— Talvez.

— Pare.

— Isso vai entrar na conta de Adler. E como podemos parar?

Graves recostou, seu rosto sério.

Ao chegar a 750 mil dólares, a ruiva, que parecia ter acabado de perder a mãe, fechou seu catálogo e cruzou as pernas, recostando na cadeira.

— Temos certeza disso? — perguntou o leiloeiro.

A mulher hesitou, momentaneamente colocando uma das mãos em seu aparelho auditivo. Então ela mudou de ideia, sorriu e o seu dedo se levantou.

Ainda era uma corrida de três cavalos.

Adler, na Grand Suite do Pierre, seguia o progresso do leilão no link privado em seu laptop e franzia a testa. Com a decisão tomada, ele esticou a mão para pegar seu telefone celular amarelo, um dos três na mesa ao seu lado. Ele falou brevemente. O menino de Cottbus dentro dele não ia gastar aquela quantidade de dinheiro por algo que ele podia conseguir de graça. E havia outra consideração. Aquela

Scheißkästchen já passara muito de seu limite e Marlow tinha de ser impedido de ficar com a caixa a todo custo.

O preço havia chegado a 900 mil dólares quando o comprador do telefone desligou. A ruiva tinha acabado de levantar seu dedo para aumentar em 50 mil o lance de Marlow quando o leiloeiro titubeou, sua atenção voltada a uma perturbação no fundo da sala. Segundos depois, uma rajada de tiros de uma metralhadora automática destruiu o do teto. O material de gesso caía em lascas e flocos sobre as pessoas que gritavam abaixo e se abriram como o mar Vermelho, passando por cima de cadeiras e de outras pessoas em uma luta para ficar fora de alcance.

Um corredor largo foi criado no espaço desocupado por compradores e espectadores, um corredor que levava diretamente ao centro da sala, desde a porta principal até o púlpito do leiloeiro e o pódio em que ele ficava. O leiloeiro segurou a lateral do púlpito, congelado. O assistente parado ao lado da caixa, onde ela estava exposta em uma pequena mesa coberta por um pano de veludo roxo, agachou-se.

No outro lado do corredor, cinco vultos encapuzados com roupas de combate apareceram, dois de cada lado, enquanto o quinto atravessou a sala apressado chegando até o pódio. Cada um deles usava um cinto de nylon ao qual estavam acoplados uma faca militar de Kevlar e um coldre de onde saía a coronha de uma Walther P99. Nas mãos dos quatro dando cobertura na sala estavam novas submetralhadoras Magpul, e fora de uma dessas que a rajada de tiros saíra.

Marlow, abaixado e com um braço protetoramente em volta das costas de Graves, contabilizou as armas com um único olhar. Esses não eram criminosos comuns. Ele arriscou um olhar ao redor da sala, mas não conseguiu ver Lopez ou qualquer outro agente da Intersec. Ele esperava que tivessem bom senso. Esse não era o lugar para começar um tiroteio, muito menos contra armas tão poderosas.

Mais duas rajadas seguiram, logo acima das cabeças da multidão encolhida, enquanto o líder do grupo chegava ao pódio e pegava a caixa da mesa, colocando-a em uma bolsa preta e macia que estava atravessada em seus ombros. O assistente tombou como uma marionete com as cordas cortadas, enquanto o leiloeiro, branco como giz, encontrou tempo para agradecer a Deus que o púlpito em que ele estava de pé escondia da vista de todos a mancha molhada que desabrochara em sua virilha.

Um minuto depois, a força de ataque tinha partido, deixando um silêncio na sala tão profundo quanto o fundo do mar. A ruiva tinha desaparecido, assim como a participante que recebera os lances pelo telefone.

93

Durante dois dias, a mídia tinha alardeado a respeito daquilo. Mas não houve nenhuma morte, nem mesmo nenhum ferido, então a notícia não era quente. Quem se importava com uma antiguidade disputada por um punhado de pessoas privilegiadas? Um porta-voz da Sotheby's apareceu na Sky News e o alemão grandalhão foi entrevistado pela NDR e pelo *Frankfurter Allgemeine*. Ele estava tentando comprar a peça para o Museu Bode, em Berlim.

— Temos que achá-la — disse Graves.

— E temos que desvendar o código na carta de Frid Eyolfson — falou Marlow. — Não somos as únicas pessoas trabalhando nisso.

— O que você quer dizer? — perguntou Lopez, de forma nervosa.

— Quem quer que tenha o documento original que o contato misterioso nos enviou, sabe tanto quanto sabemos.

— Ou seja, quase nada — falou Graves.

— Essa é uma possibilidade muito remota e não podemos fazer nenhuma suposição baseada nela — respondeu Marlow. — Eles já podem saber mais. O que é essencial é que eles têm a caixa e a chave, o que significa que também têm a tabuleta.

— *Isso* é uma suposição — disse Lopez.

— Tudo conecta a tabuleta àquela caixa — respondeu Graves.

— Mas não há nenhuma prova de que alguém esteja usando a tabuleta.

Lopez ficou em silêncio, pensando.

— Nenhum rastro de quem enviou o documento? — perguntou Marlow a ele.

— Nada até agora — respondeu Lopez, pensando, *agora seria minha chance de contar a eles.*

— A equipe de apoio da Intersec na Sotheby's sabia apenas o que era necessário — falou Marlow. — Se tivermos que fazer uma grande varredura, teremos que ser mais francos do que temos sido com Sir Richard.

— Podemos evitar isso? — perguntou Graves.

— É isso o que estou esperando. Mas quero você de volta ao seu apartamento o mais cedo possível, para terminar o relatório sobre aquelas cinco linhas de código secreto. Volte à inscrição na chave. Os códigos devem ser conectados. Descubra a ponte.

— Quem estava disputando a caixa conosco ? — perguntou Lopez, repentinamente.

— Um deles era um mau perdedor — disse Marlow. — E não foi a ruiva.

— Por que dar qualquer lance, se você vai entrar e pegar a coisa de qualquer forma? — falou Graves.

— Aquele era o último recurso... chegamos alto demais para eles.

— Tinha a mulher... a ruiva — disse Graves.

— E o comprador que dava lances pelo telefone, o último que havia sobrado — falou Lopez.

— Nenhum deles mostrou qualquer sinal de que pararia quando o leilão foi interrompido — disse Marlow. — Tirando o momento com o aparelho auditivo.

— O quê? — perguntou Graves.

— O aparelho auditivo. Ela hesitou, mas então continuou... como se tivesse recebido autorização para seguir em frente. Não era um aparelho para surdez.

— Ela era bastante identificável — falou Lopez. — Poderíamos passar a descrição para a polícia.

— O cabelo era uma peruca... poderia ser, pelo menos... assim que ela tirasse o vestido Westwood, passaria a ser tão anônima quanto quisesse ser — disse Graves.

— Chame alguém aqui para fazer um retrato falado — falou Marlow. — Então o passe diretamente por um servidor seguro ao FBI e veja se eles têm algum suspeito, se não tivermos.

— Uau, quantas pessoas você quer envolver?

— Use o disfarce da Interpol. E veja se somos capazes de rastrear a ligação. O comprador do telefone. Tinha que ter alguém do outro lado daquela linha. É possível que exista um registro eletrônico. E as câmeras de segurança da Sotheby's. Eles têm câmeras do lado de fora?

— Com certeza.

— A caixa já estava próxima de dez vezes o seu valor inicial quando o possível comprador perdeu a paciência. E aquela ruiva... quem sabe até quanto ela estava autorizada a ir? — Marlow fez uma pausa. — Mais uma coisa: como nosso competidor ficou sabendo do leilão e fez a conexão tão rapidamente quanto nós?

94

— Há material nas câmeras de segurança do interior do salão — relatou Lopez a Marlow mais tarde.

— Prossiga.

— Imagens claras, mas elas não nos contam muito. Três deles eram fisicamente menores.

— Mulheres são capazes de manusear aquelas armas leves tão facilmente quanto homens. Elas pensam de maneira mais incisiva também... Talvez tenha sido por isso que a operação foi tão bem-executada. Você fez uma busca?

— Sim, mas eles já estarão muito longe agora. Há imagens melhores do exterior.

— Prossiga.

— Chegada e fuga. Três motocicletas, todas Vulcan 900, peguei o número da placa de uma delas. E o rastreei.

— Você conseguiu um *número de placa*?

— Acredite ou não. Está registrada no nome de Andrei Borovsky. Ele é sócio de uma firma chamada Zwinger and Dels, com escritórios no Bronx. Fabrica produtos de couro... bolsas, cintos, carteiras, esse tipo de coisa. O sócio majoritário se chama Sergei Kutuzov. Dinheiro novo russo, assumiu uma firma alemã existente há três anos.

— Alguma espécie de fachada?

— Nenhuma conexão ainda, então oficialmente esses sujeitos estão limpos. A moto foi roubada há 24 horas. Borovsky relatou à polícia local, mas não antes das duas da tarde de hoje.

— Pode ser uma conexão. Investigue os dois, principalmente esse Kutuzov. Tente o FSB em Moscou. Nosso correspondente lá. Coronel Safin.

— Farei isso. Devo mandar que investiguem a Zwinger and Dels?

— Segure isso por enquanto. Não queremos assustar os cavalos. Alguma coisa de Laura?

— Ela voltou ao código de Frid. Deixou o que ela tinha do retrato falado comigo. — Lopez olhou perplexo para Marlow. — Há algo estranho aqui. Ela também acha.

— Prossiga.

— Ela preparou o retrato falado adequadamente. Conseguimos uma semelhança muito boa... com a aparência da mulher no leilão, como ela ficaria com seu cabelo penteado para trás e vestida com um casaco da Bershka. Mas o rosto *é* peculiar, forte. Tentamos diferentes aplicações de maquiagem, o efeito de lentes de contato de diferentes cores, e o rosto ainda sobressaía. Os olhos, especialmente. Mas aqui está o problema: tentamos o FBI e a CIA e os dois órgãos enrolaram, alegaram falhas nos computadores, então, finalmente, disseram que não tinham nada como ela. Acha que algo está por trás disso?

— O Departamento de Segurança Interna, você quer dizer?

— Talvez.

— Não. Esse assunto todo é extremamente secreto dentro de nossa seção.

— Tem certeza?

Marlow ficou em silêncio por um minuto, então falou:

— E quanto aos *nossos* arquivos? Imagino que você os tenha checado antes de tudo.

— Claro que chequei. E, sabe-se lá como, houve um grande estrago. Quinze arquivos desaparecidos. Todas de mulheres do mesmo grupo étnico e da mesma faixa etária.

Marlow fechou os olhos e os abriu novamente.

— Certo — disse ele. — Leon, você tem que se superar nisso. Há muitos jogadores no campo.

— Com certeza.

— Vou ver Hudson.

— Ele não está aqui. Washington. Conferência diurna com outros chefes.

— Merda... quando ela foi convocada?

— Ele saiu há uma hora. Sessão de emergência.

O telefone azul tocou discretamente. Marlow pegou o receptor e apertou a tecla 5 que piscava.

— Sim?

— É a Laura. Consegui algo. Talvez. Pode vir aqui?

— Estou a caminho.

Lopez o viu partir e voltou ao seu trabalho. Ele se sentia mais forte agora, mais confiante. Se conseguisse desvendar isso, promover algum progresso para eles, ele seria capaz de apagar parte de seu erro. As coisas tinham ido longe demais. Se seu erro fosse descoberto agora, seu futuro não seria mais a demissão, mas um caixão.

95

— Há mais sobre a tabuleta aqui — disse Graves. — Apenas uma pista nas primeiras duas linhas que consegui decifrar. O problema é que está escrito em uma espécie de estenografia, o que torna mais difícil desvendar. Você tem que entender os símbolos e então entender de que termos eles são abreviações. É uma espécie de código matemático em que você tem que entrar antes de conseguir descobrir todas as letras, e elas também estão codificadas.

Marlow balançou a cabeça.

— Isso prova a importância que a tabuleta tem — continuou Graves. — As últimas três linhas estão começando a dar a impressão de conter uma pista sobre onde exatamente ela acabou ficando, quando Dandolo morreu, mas a codificação ali está me dando trabalho até agora.

— Diga o que você tem.

— Isso é o que Dandolo aprendeu com o homem que decifrou a inscrição na tabuleta para ele. Um monge armênio. — Ela empurrou os óculos até bem perto de seu rosto. — Naquela época, eles sabiam que a tabuleta era muito velha... foi o armênio que fez Dandolo perceber o erro de Ademar. Ela foi feita por volta do ano 3.000 a.C., o que diz que ela tem 5 mil anos de idade agora. — Laura olhou para ele. — A tabuleta foi criada em algum lugar da Mesopotâmia...

— Isso confirma tudo.

— Crescente Fértil, então. Onde a civilização começou. Há mais. Eles entendiam muito mais do que achamos possível sobre os princípios da astrofísica e da mecânica quântica, embora não os vissem em termos científicos, porém mais como forças da natureza... do sobrenatural. Mas as fórmulas na tabuleta mostram a um homem como dominar essas forças para influenciar... controlar... pessoas e acontecimentos.

— Então, usando isso, você poderia criar seu mundo perfeito?

— Sim... um mundo moldado para as suas ambições.

— Jesus!

— Você pode acompanhar seu progresso. Muito antes de a Babilônia cair diante de Ciro, o Grande, a tabuleta deve ter passado para o Egito por meio das campanhas assírias naquela área. A Grande Pirâmide de Gizé foi construída por volta do ano 2500 a.C. Ela foi construída com 2 milhões e meio de blocos de calcário, mas ainda mais espantoso do que isso é seu alinhamento: os lados da base coincidem com os pontos cardeais com um desvio de apenas 12 segundos de arco. Como eles conseguiram algo assim tão cedo?

— Prossiga.

— Os assírios reconquistaram o Egito mais tarde, muito mais tarde, e a tabuleta voltou a eles porque houve um último florescer da Mesopotâmia e da Babilônia sob o domínio de Nabucodonosor, o Grande, há cerca de 2.500 anos. Depois daquilo, ela deve ter passado dos babilônios... Belsazar foi o último governante nominal... a Ciro, quando ele conquistou o país. Isso é especulação, mas o armênio estava no caminho certo. Ele acompanha o progresso da tabuleta desde Ciro até Péricles de Atenas em cerca de 460 a.C., a Era de Ouro da Grécia, e dele, até Alexandre, o Grande e Júlio César. A trilha segue até chegar a Constantino, o imperador romano que se converteu à cristandade por volta do ano 350 d.C. e fez toda a Europa segui-lo na fé. Constantino também foi o fundador de uma grande cidade..

— Constantinopla.

— Isso tudo se encaixa.

Marlow bateu com o punho na palma da outra mão.

— É especulação, mas, sim. Todas as pessoas que mencionei que eram conectadas à tabuleta estavam decididas a conseguir o poder global absoluto; e, de seus modos, eles tiveram sucesso em seus objetivos.

— Embora nunca o tivessem mantido.

— Isso deve ter ocorrido quando a tabuleta saiu de suas mãos.

— Ou seu poder para usá-la enfraqueceu.

— Agora isso realmente é especulação!

— Nas mãos de qualquer indivíduo... qualquer poder... isso seria uma força inimaginável.

— Um sonho de infância: o mundo que você quer.

O rosto de Marlow ficou mais tranquilo.

— Negócios — disse ele.

— O quê?

— O que comanda o mundo agora? Negócios. Grandes negócios. Bancos. Multinacionais. E como as pessoas são influenciadas?

— Através da mídia? — sugeriu Graves.

— Então quem estaria na melhor posição para se beneficiar sobre como se usa essa coisa?

Graves ponderou sobre aquilo, então respondeu:

— A não ser que um governo... um governo poderoso... chegue antes.

Marlow ficou em silêncio e continuou a andar de um lado para outro da sala, perdido em pensamentos urgentes.

— Continue com isso — disse ele. — Porque, independentemente de como Leon conseguiu aquele documento, o original *ainda está em algum lugar lá fora.*

96

No dia seguinte, Lopez trouxe mais informações:

— Não conseguimos nada sobre a mulher que estava dando lances. Todos os caminhos chegavam a um beco sem saída. Rastreei nossos arquivos... "falha no sistema", como você sabe... mas os arquivos estão todos de volta ao lugar agora e nenhum deles bate com nossa descrição.

Marlow estava avaliando os arquivos por conta própria enquanto Graves se inclinava sobre seu ombro. Dois monitores de computador estavam dispostos na área do laboratório de Lopez, um com o retrato falado feito por Graves, o outro mostrando os 15 resultados da pesquisa no banco de dados da Intersec. Nada. Eles repassaram tudo novamente. Na terceira vez, Lopez interrompeu a sequência no resultado de número cinco.

— Espere — disse ele. — Alguém alterou isso. A data nessa imagem não bate com a data na informação adicional.

Marlow olhou para a tela com atenção. As informações gerais de backup tinham sido alteradas pela última vez há 15 dias. A data na imagem era...

— Anteontem! — concluiu ele.

— Faz sentido — disse Lopez. — Alguém não é tão esperto quanto achou que fosse.

Eles se olharam.

— Continue nisso, Leon — falou Marlow. — Não deixe escapar, não importa aonde isso leve. Mas tenha cuidado.

Lopez balançou a cabeça em um gesto de confirmação.

— Mas se estiverem observando, não há onde se esconder.

— Jogue uma cortina de fumaça.

— Se eles cometem erros como esse, devem estar confiantes demais para seu próprio bem.

— Ou acham que somos mais burros do que parecemos — disse Marlow.

— Há uma pista melhor sobre a moto — falou Lopez. — O coronel Safin enviou algumas informações interessantes.

— Prossiga.

— Esse Sergei Kutuzov. Dinheiro espalhado por todo lado, principalmente em paraísos fiscais. Endereço comercial registrado nas ilhas Turcas e Caicos, mas ele tem grupos de empresas em Liechtenstein, Guernsey, nas Seychelles e em Vanuatu. Nenhuma ligada a qualquer conta de banco matriz identificável encaminhada por lugares como Bolívia e Uruguai. Difícil de examinar.

— Um andarilho — disse Marlow, lendo a informação que Lopez tinha lhe entregado. — Segredos demais para um comerciante de produtos de couro.

— Ele é um pequeno oligarca. Fez uma fortuna durante a liquidação de Yeltsin nos anos 1990. Arranjou uma rede de sociedade complicada. Safin apareceu com dois nomes principais: um magnata do ramo de softwares indianos chamado... espere um minuto, o nome está aqui em algum lugar... — Leon folheou um bloco marrom desgastado tirado de seu bolso. — ... Vijay Metha. E há um sócio chinês, incorporador imobiliário, sediado em Xangai, Guang Chien. Cada um desses sujeitos vale por volta de 25 bilhões de dólares.

— Memorize essas anotações e dê um fim nelas — falou Marlow.

— Já ia fazer exatamente isso. E há um quarto personagem nesse jogo, segundo Safin. Mas, quem quer que seja, ele tem seus rastros muito bem-cobertos. E Safin não pode fazer muita coisa sem ser descoberto.

— Alguma coisa sobre a moto que você rastreou? — perguntou Marlow.

— Ainda desaparecida.

— Eles terão mudado as placas de qualquer forma. Ou se livrado da moto em algum lugar — disse Graves. — Borovsky informou que ela foi roubada. Não há nada que prove que não foi.

— Temos outra pista... de certa forma — falou Lopez.

De alguma forma, ele ainda tinha que contar a verdade a Marlow, mas, quanto mais ele deixava passar...

— Sim?

— Kutuzov tem algumas atividades paralelas desagradáveis. Uma delas o conecta a Medellín, muito tempo atrás, quando a cidade ainda era a capital do crime da Colômbia. Vocês têm uma chance para adivinhar com o que ele estava envolvido.

— Drogas?

— Não é nenhum desafio descobrir, isso com certeza. E adivinhem quem era seu principal parceiro?

— Deve ser um dos outros personagens — sugeriu Graves.

— Metha. Mas não vamos deixar Chien de fora.

— Guang Chien? O chinês?

— Ele estava metido em outra pequena tramoia. Órgãos humanos. Principalmente saindo do norte de Myanmar, as tribos Lisu nas montanhas Kachin. Ele os pegava de crianças e adolescentes. Removidos pelos homens de Chien, vestidos com uniformes do NDA-K, o chamado Novo Exército Democrático de Kachin. Os Lisu têm uma boa dieta orgânica. Corações, fígados e rins muito saudáveis. Garotos ricos do Oriente e da Arábia Saudita são os principais destinatários.

— Cristo — disse Graves.

— É um negócio sem risco. O que os Lisu podem fazer? Levar Chien à Corte Internacional de Direitos Humanos? E de alto lucro, pois ele ganha cem por cento de tudo, tirando as despesas gerais, claro. A outra fonte principal é na região rural do sul da Índia. É aí que Metha entra novamente. E, claro, no interior da Rússia. Então nosso pequeno trio tem uma linha de fornecimento praticamente ilimitada.

— Chien está envolvido com as drogas? — perguntou Marlow.

— Isso ainda é uma questão em aberto, mas não acho que eu morreria de surpresa se não verificássemos. Safin me disse que existem algumas plantações de papoula-dormideira em Pamir, das quais até mesmo as unidades talibãs mais furiosas não ousam chegar nem perto.

— Você conseguiu isso tudo com Safin?

— Parte. O resto foi seguindo meu instinto.

— Com certeza eles têm o suficiente — falou Graves, pensativa. — Se valem 25 bilhões de dólares por cabeça.

— As pessoas sempre querem mais — disse Marlow. — E, quanto mais têm, a mais coisas elas sentem que têm direito.

— Infantilismo psicopata e narcisista — falou Lopez.

— O quê? — perguntou Graves.

— Grandes egos, pouca maturidade.

— Parece assustador.

— E é mesmo.

— Precisamos ligar esses sujeitos à caixa — disse Marlow. — Se eles estão atrás dela e esse é o seu histórico, que Deus nos ajude. — Ele fez uma pausa. — Você mencionou um quarto personagem?

— O quarto homem, sim — respondeu Lopez. — Ou mulher. Nada sobre ele... ou ela... até agora. Mas pelo que consegui entender, os outros seguem as instruções dessa pessoa.

— Qual é o nome dessa empresa de artigos de couro? — perguntou Marlow.

Lopez checou suas anotações.

— Zwinger and Dels.

— No Bronx?

— Isso mesmo.

— Endereço?

Leon digitou uma busca em seu Mac.

— Aqui está.

— Acho que é hora de dar uma olhada — disse Marlow.

97

Dessa vez não haveria reforços e dessa vez ele iria sozinho. A falta de experiência de campo de Laura seria uma desvantagem, e Leon, mesmo que outro par de olhos e ouvidos pudesse ser útil, era estritamente um funcionário de escritório hoje em dia. Sua presença poderia ser mais do que uma desvantagem — seria um risco. Aquilo estava desrespeitando todas as regras, mas não existia mais ninguém em quem ele pudesse confiar totalmente. Ninguém em quem ele pudesse confiar, no geral. E agora que ele deixara seu emocional influenciar sua razão, não tinha certeza nem de que poderia confiar em si mesmo.

Marlow selecionou um rifle de defesa pessoal leve — uma submetralhadora FN-P90 — junto de sua habitual automática HK USP Kompakt e levou duas granadas dispersoras ALS CS.

Esperou até depois de meia-noite para partir. Vestido com roupas camufladas cinza-escuras e usando botas leves de sola de borracha e um cachecol preto em volta do pescoço, ele dirigiu o carro aparentemente normal, mas internamente cheio de modificações da Intersec através de um trânsito leve por meia hora até chegar ao seu destino.

Em seguida, estacionou o Toyota com aparência velha a meio quarteirão de distância ao sul de seu alvo e faz a aproximação final a pé. Seu objetivo ficava em uma rua deserta em um quarteirão industrial decrépito, uma área ocupada por armazéns e pequenas fábricas, sendo que mais da metade delas estava fechada, negócios destruídos pela economia decadente, portas de aço levantadas, grafite por todo lado.

A Zwinger and Dels ficava entre dois blocos de concreto e parecia tão firmemente trancada quanto seus dois prédios vizinhos. Todo o outro lado da rua era ocupado por um muro traseiro de uma empresa muito maior, pontilhada por estações de carga e descarga, todas fechadas.

Marlow se aproximou cautelosamente, não fazendo mais barulho do que uma sombra. Os postes de luz eram muito espaçados, em intervalos de cerca de 20 metros, e a energia elétrica nesse distrito fora reduzida, então a luz que produziam era fraca, concentrando-se em volta das bases dos postes em círculos de não mais de 3 metros de diâmetro. Chegando perto, Marlow notou uma pequena porta no enorme portão de entrada que era o único ponto de acesso para a Zwinger and Dels. Havia janelas, mas elas eram muito altas, a mais de 5 metros do chão, e as paredes do prédio eram lisas.

Ele se assegurou de que a submetralhadora estava atravessada de forma segura em suas costas. Apenas um puxão na bandoleira e a arma estaria em suas mãos. Soltou então a trava no coldre que carregava sua pistola. Havia duas trancas de segurança na porta, ferrolhos operados por cilindros de aparência antiga da Adams Rite. Permanecendo nas sombras, Marlow inspecionou o prédio. Nenhuma câmera de segurança do lado de fora; talvez do lado de dentro. Existiria um alarme, mas ele não conseguia ver nenhum sinal daquilo. Um teclado numérico perto da porta. Ele o desabilitaria assim que estivesse do lado de dentro.

O agente se lançou silenciosamente até a parede próxima à porta e encostou seu corpo a ela. Ficou escutando, tentando perceber o mais leve barulho, contra o som de sua própria respiração, que ele mantinha curta e suave. Marlow escutou durante um minuto inteiro.

Nada.

Ele pegou o pequeno kit de ferramentas em seu estojo preto do bolso cargo na perna esquerda de sua calça. As ferramentas de tungstênio eram pequenas, precisas, cobertas com uma camada cinza-escura de nitrocelulose. As trancas podiam ser velhas, mas eram de alta qualidade e ele levaria algum tempo para abri-las. Barulho era inevitável e poderiam existir sensores de movimento e vibração. Mas não havia alternativa. Marlow trabalhou rapidamente. Nenhuma reação. Nenhum alarme. A primeira tranca cedeu depois de cinco minutos, a segunda três minutos depois. Ele testou a porta, que se abriu para dentro silenciosamente. Tentou escutar novamente. Ainda nada.

O interior estava quase completamente escuro, mas havia luz suficiente para dar a Marlow a impressão de um espaço vazio com as proporções de um hangar pequeno. Galerias de aço em dois níveis acompanhavam três paredes, acessíveis por escadas de aço em cada canto da área e na metade do caminho dos lados mais longos. O espaço central era ocupado por fileiras de bancadas de trabalho pontilhadas por peças de maquinário variando entre o tamanho de uma máquina de costura a um pequeno carro.

Encostando-se às paredes, ele se moveu pelo ambiente e, olhando para trás, viu que a área acima das portas principais, onde ficavam as janelas, era fechada; uma parede interna com outra galeria mais estreita correndo ao longo dela e portas na parede. É lá que seriam os escritórios.

Uma escada de aço em espiral levava até eles, chegando à galeria em seu ponto central. Marlow seguiu na direção da escada, mantendo-se agachado enquanto se movia rapidamente entre as bancadas de trabalho na direção de seu objetivo. A certa altura, ele tropeçou em alguma peça de equipamento que não tinha visto no escuro e caiu no chão com um tinido ensurdecedor. Transformou-se então numa estátua, misturando-se às sombras, e esperou. Marlow empenhou todos os seus sentidos, mas não lhe veio nenhuma impressão que indicasse que estivesse acompanhado.

Ele estaria vulnerável na escadaria. Não era possível se mover rapidamente em uma espiral, e essa era estreita — seu entorno lembrava uma gaiola. Segurando o corrimão com sua mão coberta por uma luva, certificou-se de que nenhum de seus equipamentos balançaria quando se movesse e, ágil como um gato, subiu os três primeiros degraus. O metal não rangeu. Sólido. Juntas e parafusos bem-lubrificados.

A galeria era estreita e alta. Marlow tinha cinco portas para escolher. Uma estava imediatamente em frente à saída da escada. As outras quatro com espaços uniformes entre elas, duas de cada lado, à sua direita e esquerda. A galeria inteira tinha, talvez, 18 metros de comprimento.

Ele foi para a direita.

As duas portas estavam destrancadas e se abriam para escritórios convencionais: a escrivaninha habitual — sem gavetas, no entanto; duas cadeiras, uma de cada lado da escrivaninha; arquivos de pastas; terminais de computador; janelas com cortinas romanas viradas para a rua abandonada do lado de fora.

Marlow checou os arquivos de pastas destrancados rapidamente, mas, como esperava, não continham nada além de relatórios tratando de negócios legítimos da Zwinger and Dels — pedidos recebidos, em progresso e expedidos; contas e arquivos de recursos humanos. O mesmo nos computadores. Nenhum traço de nada pessoal; nenhuma pista da personalidade de quem quer que trabalhasse ali. Nenhum sinal tampouco do que ele estava procurando.

A porta central levava a um escritório maior, de mobília similar, mas de melhor qualidade, com um tapete que chegava até as paredes, quadros — cópias de paisagens de Cuyp e Ruisdael —, um bar e um sofá de couro com uma mesa de centro em frente a ela. Não havia um computador ali; três telefones na escrivaninha que não tinha mais nada além disso. As gavetas da escrivaninha, também, vazias de qualquer coisa que não fosse parafernália de escritório, embora de um tipo caro e até notavelmente de marcas importantes. Marlow levantou cada uma das pinturas, mas nenhum cofre de parede estava escondido atrás de nenhuma delas.

Do lado de fora novamente, Marlow seguiu até a porta na extrema esquerda da galeria. Um depósito: caixas de papel A4, CD-ROMs virgens, caixas de canetas esferográficas, blocos de folhas amarelas, formulários de fatura, envelopes, formulários de memorando — as pessoas ainda usavam essas coisas? — e cópias do catálogo da empresa.

A porta da última sala estava trancada. Marlow levou mais cinco minutos para abri-la. Ele olhou para seu relógio: uma e meia. Estava ali dentro há meia hora. Ele tinha que ir embora.

A quinta sala estava tomada de equipamentos de computação, todos talvez um pouco mais poderosos do que uma empresa modesta de produtos de couro deveria precisar e havia duas máquinas de fax, lado a lado sobre pesadas escrivaninhas de aço, gavetas empilhadas debaixo delas.

Atrás das gavetas, encostados contra a parede, estavam dois arquivos de pastas.

Eles eram muito pesados e estavam muito encaixados para que pudessem ser movidos. E estavam trancados. Marlow trabalhou, com dificuldades por causa da área apertada que tinha para trabalhar, forçando-se a manter seu nível de estresse baixo, escutando atentamente além dos pequenos sons que estava produzindo ao manipular suas ferramentas de precisão nas fechaduras para reconhecer barulhos da rua ou do espaço cavernoso que bocejava atrás dele, além da sala e da galeria do lado de fora dela. Outros preciosos cinco minutos perdidos.

Finalmente os dois arquivos estavam abertos. Um tinha uma frente falsa, sem nenhuma gaveta, mas uma porta, que abria para um espaço de armário que guardava um MacBook Pro. As gavetas do outro arquivo tinham catálogos de telefone, atualizados, cobrindo as principais cidades dos Países Bálticos, Colômbia, Índia e China. Havia também um catálogo em um alfabeto que Marlow reconheceu como birmanês.

Ele tirou o laptop e o abriu. Como esperava, o computador pediu uma senha. Marlow digitou a primeira palavra que veio à sua mente: DANDOLO.

Ele tentou os valores numéricos das letras.

Não havia tempo para entrar em jogos. Ele levaria o Mac consigo. Colocou o computador sobre uma das mesas de aço e enfiou a mão no fundo do arquivo de onde o havia tirado. Poderia haver pen drives, CDs talvez, mas ele achava que aquilo não era muito provável.

Seus dedos tocaram em algo.

98

Ele trouxe aquilo até a sua vista. Uma caixa de aço simples, um pouco menor do que uma caixa de sapatos. Trancada. Tinha uma combinação. Um mostrador digital embutido, similar ao tipo usado em cofres de quartos de hotel.

Marlow olhou para seu relógio. Estava na hora de ir. Nem o Mac nem a caixa eram pesados, mas ele teria que carregar cada um debaixo de um braço, sem deixar qualquer uma das mãos livre para alcançar uma arma.

Sair era a parte mais difícil, como descer uma montanha depois que você tinha alcançado seu cume. Ao sair, corria o risco de abaixar a guarda, relaxar. Ao sair era quando...

Ele estava no meio da escada em espiral quando a primeira erupção de disparos rápidos retiniu e ricocheteou à sua volta, lampejos furiosos alaranjados sendo cuspidos do interior do vão escuro abaixo dele.

A escadaria engaiolada e estreita tornava quase impossível que manobrasse. Eles tinham esperado por esse momento. Marlow caíra diretamente na armadilha. Agora estava diante de uma escolha relâmpago. O laptop estava debaixo de seu braço direito, a caixa de metal debaixo do esquerdo. Seu lado direito estava virado na direção dos tiros quando eles começaram a ser disparados. Sua mão direita era a que ele precisava liberar.

Ele tinha que soltar o computador, mas, mesmo enquanto chegava à decisão, outra rajada venenosa de fogo varreu a escada em uma linha horizontal, balas atingindo as paredes de metal e acelerando a novecentos tiros por minuto dos rifles de defesa pessoal Magpul lá embaixo, escondidos na escuridão. Alguns quase acertaram o alvo. Enquanto Marlow soltava o Mac, uma rajada acertou o computador, arrancando-o de sua mão e o fazendo rodopiar até bater no chão.

Se Marlow tivesse soltado o computador uma fração de segundos antes, seu quadril e a parte superior de sua coxa seriam uma confusão sangrenta e destruída.

Ele deslocou o braço para trás para puxar a FN-P90 para sua empunhadura. Apoiou o cano curto entre as junções da grade da escada e, preparando-se, disparou fazendo um movimento circular na direção do vazio abaixo. Na breve pausa que seguiu seu contra-ataque, ele desceu a escada apressado, lutando contra a vertigem que sentiu ao entrar na espiral em velocidade.

Outra erupção do térreo da fábrica passou à sua volta. Quantas armas? Três? Cinco? Os cinco motoqueiros das Vulcan? Ele parou para disparar uma saraivada em resposta e ouviu um grito na escuridão. Então soltou a submetralhadora, deixando-a balançar em sua bandoleira — seu peso leve não era suficiente para atrapalhá-lo — e tirou a HK de seu coldre. O agente teria que abrir mão dos novecentos disparos por minuto da P90 por uma maior liberdade de movimentos.

Marlow quase chegara ao fim da escada quando as luzes se acenderam. Ele viu o alvo que tinha atingido: vestido preto, cabelo louro se misturando ao sangue que jorrava de sua cabeça. O corpo da mulher se contorcia em agonia, suas mãos cobertas por luvas lutavam para se livrar da bandoleira preta da arma, alcançar o ferimento e estancar o fluxo.

Ele desceu correndo os três últimos degraus e disparou na direção da porta, mas antes de chegar lá pôde ver que ela estava fechada. Em seguida, mergulhou para se proteger atrás da bancada de trabalho mais próxima enquanto disparos renovados acertavam e destruíam coisas à sua volta. Mas a bancada tinha uma estrutura de metal sólida e ficava próxima à parede atrás dele.

Marlow colocou a caixa no chão cuidadosamente e ajoelhou, trazendo a P90 novamente à sua mão e posicionando a automática dentro do seu alcance. As luzes eram como refletores, virados em sua direção. Ele semicerrou os olhos para olhar além de seus feixes penetrantes para a escuridão que protegiam, borrões vermelhos atrapalhando sua visão, enquanto ele lutava para discernir um movimento indiscreto. Se quisessem pegá-lo, teriam que se aproximar. Na escada eles tinham um alvo mais nítido. Aqui embaixo, havia máquinas no caminho.

Os inimigos mantiveram os disparos. Marlow contou. Quatro. Eles tentariam chegar por todos os lados, encurralando-o. Sabiam que o policial tinha apenas uma saída e eles a tinham trancado.

Se ele tentasse ir naquela direção agora, estaria morto antes de chegar a 2 metros dela.

Ele observou e esperou. Um minuto passou. Dois. Poderiam ter sido anos.

Então, movimentos. Dois. Um de cada lado, como ele havia imaginado. Sombras se movendo rapidamente. Marlow levantou a submetralhadora e disparou duas rajadas certeiras.

Novos gritos, mais altos dessa vez. Um deles era um gemido de angústia tão grande que rasgou uma fibra do cérebro. Dois a menos, ainda faltavam dois. Os gritos agonizantes continuavam no lado esquerdo. O lado direito ficou repentinamente silencioso.

Ele deve ter levantado muito seu corpo naquele momento fatal de relaxamento. Um único tiro soou. Uma arma diferente — um rifle de precisão, devia ter mira infravermelha, ele pensava antes de seu músculo do ombro esquerdo se romper dolorosamente e ele cair para trás. Marlow sentiu o sangue quente encharcar sua jaqueta. Flexionou o músculo. Apertou os dentes com força para reprimir um grito. Mas o músculo rompido ainda funcionava, ele ainda podia usar o outro braço. Flexionou sua mão esquerda. Certo. Agora ele soltou um grito. Proposital dessa vez. E abaixou, pegando a automática e a colocando no coldre enquanto fazia isso; e segurando a caixa. A dor estava forte, mas Marlow continuou segurando firme. Jack não ousou levantar a cabeça novamente, mas agora, no silêncio que seguia o tiroteio, e apesar da reverberação abafada que os disparos penetrantes causaram a seus ouvidos, ele ouviu as duas pessoas que tinham sobrado se aproximarem. Cautelosamente, mas não tanto. Aquele relaxamento fatal novamente. Eles pensaram que o tinham derrubado.

Um deles bateu em algo de metal e furiosamente arremessou aquilo para longe. O som ecoou nas paredes.

Eles estavam vindo atrás dele.

99

Marlow colocou a caixa de aço novamente no chão, com cuidado.

Ele julgou que eles estavam a 5 metros de distância agora. Então tirou o pino e armou as duas granadas de gás lacrimogêneo, levantou-se e as arremessou. Ele mergulhou no chão, puxando o cachecol do seu pescoço, e o apertou contra sua boca e seu nariz. Não havia nada que pudesse fazer em relação aos olhos. Mas ele não fizera o gás explodir diretamente em seu rosto, como acontecera com os inimigos.

No fundo, os gemidos tinham se transformado em uma espécie de lamento. Ele ficou ciente daquilo novamente enquanto os outros sons, de pessoas se debatendo e derrubando coisas, gritos de surpresa e raiva, então de asfixia, misturavam-se a eles.

Ele engatinhou até a parede, empurrando a caixa de aço na sua frente. Então sacou sua automática e se levantou. Uma corrente de ar que vinha da porta afastava o gás de sua direção. Ele parou de fechar os olhos e viu seus dois oponentes se debatendo como cegos.

As luzes o ajudavam agora. Marlow chegou perto o suficiente para conseguir uma mira certeira e levantou a HK. Ele disparou duas vezes. Os corpos se arremessaram no chão.

Marlow ficou de pé sobre eles e disparou mais um tiro em cada pescoço exposto.

Dessa vez não houve gritos. Dessa vez as mortes tinham sido indolores.

Ele esperou o gás se dissipar e olhou para os corpos. Os dois eram homens, um era mais forte do que o outro. Por volta de 25, talvez 30 anos. Ele os revistou, encontrou chaves em um deles, colocou sua arma no coldre e pegou a caixa.

Os lamentos tinham parado também. Ele foi na direção de onde vinha o som. Ela estava deitada de barriga para cima, olhos abertos, boca aberta, lábios afastados dos dentes, cabelo escuro envolvendo o rosto agoniado. Suas balas tinham causado um rasgo no meio de seu corpo logo acima da virilha. Uma mulher jovem, bronzeada, com aparência atlética. A morte a tinha resgatado.

Marlow destrancou a porta e saiu no que parecia ser ar puro. Ele caminhou até o Toyota como em um sonho, apenas seu ombro latejante e a umidade agora fria de sua jaqueta o lembrando de que não era. Ele colocou a caixa de aço no banco do carona e partiu com o carro. De volta à garagem da Intersec, onde deixou o carro modificado, entregando-o aos vigias noturnos, sem dar explicações.

Jack Marlow não subiu para a Sala 55. Ele trocou para seu próprio Corvette Z06 e foi para casa.

100

Eram quatro e quinze da madrugada. Marlow sabia que sua prioridade máxima era ligar para um médico da Intersec para cuidar de seu ombro: mas aquilo podia esperar uma hora. Era um ferimento superficial, sua experiência lhe ensinara aquilo; nenhum dano real, a dor era pior do que o próprio problema.

Ele lavou o ferimento, passou uma atadura em volta dele e vestiu uma camiseta limpa. Ele precisava desesperadamente de café, mas estava muito impaciente. Puxou a caixa de aço para perto de si. Seu cadeado com combinação parecia complicado. E queria que outra pessoa cuidasse disso. Depois de um momento de hesitação, o agente pegou o telefone. Ele tinha um resultado agora.

Marlow esperava, embora não fosse capaz de reprimir a dúvida que, como um inquilino indesejado, tinha se alojado em sua mente, que seus cálculos tivessem sido corretos. A ferocidade com que sua incursão na Zwinger and Dels fora atacada confirmava que sim. Mas ele era a única pessoa capaz de ditar o ritmo da música. A decisão era dele. Não havia necessidade para ninguém mais saber dos detalhes.

Assim que tivesse resolvido isso, ele lidaria com o próximo item em sua lista. Seu coração se contorcia só de pensar naquilo.

Mas isso primeiro.

Marlow discou o número de Graves. Ele precisaria de ajuda para descobrir a combinação da tranca. A competência de Lopez naquela área em particular teria sido melhor, mas Marlow não queria incluir seu parceiro, não ainda. Graves atendeu imediatamente, totalmente acordada. Quinze minutos depois ela estava lá. Marlow usou esse tempo para fazer café, uma tarefa complicada com um ombro machucado. Ele quis que ela começasse o trabalho no momento em que chegou, mas ela insistiu em examinar seu ferimento e ligar para um médico. Enquanto eles estavam esperando, ela o interrogou sobre a Zwinger and Dels. Ele lhe contou tanto quanto ela precisava saber.

A médica chegou. Marlow se recusou definitivamente a ir a qualquer lugar, mas permitiu que a mulher limpasse, cuidasse e suturasse o ferimento. Ele teve sorte de usarem balas de ponta ogival e nenhuma ter se alojado em seu ombro. A médica ficou por meia hora, então foi embora, depois de arrancar de Marlow uma promessa de que ele iria até a clínica antes de meio-dia.

Graves, enquanto isso, estava ocupada com o problema da caixa de aço.

O cadeado exigia uma combinação de cinco dígitos, mas as permutações eram infinitas. Eles começaram com vários possíveis valores numéricos de nomes associados a Enrico Dandolo. Seguiram-se dos primeiros aos últimos grupos de letras de outros nomes suspeitos. Todos em vão.

— Talvez estejamos nos preocupando demais — disse Marlow, finalmente.

— O que isso quer dizer?

— Seria incomum alguém usar um código aqui que não tenha nenhuma ligação ao conteúdo da caixa — falou Marlow.

Graves olhou para ele.

— Você correu um risco e tanto — disse ela. — Você poderia ter sido morto. Facilmente. — Um momento passou. — Com você morto, o que teríamos feito?

— Eu avaliei as consequências. Isso é o que se faz. E isso não é relevante agora.

— Quem quer que fosse estava esperando por você.

— Ou por alguma outra pessoa.

— Alguém no salão de leilão seria capaz de reconhecê-lo?

— Minha mãe não estava lá. — brincou Marlow.

— Pense. — Laura ignorou.

— Ninguém.

— Então estamos de volta à estaca zero.

— A não ser que tentemos um pouco mais de pensamento lateral.

— Isso requer café — disse Graves, saindo para se servir.

Marlow olhou para seu relógio: cinco e meia. Ele tentou digitar códigos numéricos relacionados aos nomes dos arqueólogos mortos e ao nome de Su-Lin. Mas a caixa permaneceu fechada.

Graves apareceu com o café minutos depois e voltou a se dedicar ao trabalho.

— Aqui vai um chute — disse ela, e digitou 13124.

O mecanismo interno rangeu e a caixa se abriu.

— O que você digitou?

— 13-1-24.

— Que é?

— A coisa mais simples do mundo. Você estava certo. Pensamento lateral. Tudo que fiz foi digitar os números que correspondiam à posição no alfabeto de três letras.

— Isso é...

— Exatamente.

Marlow absorveu aquela informação, então falou com urgência:

— Quem sabe?

— Como eu disse, eles estavam esperando por você.

Marlow sacudiu a cabeça. Seu coração estava batendo forte e ele não era capaz de evitar.

— Lá vai.

Girando a caixa de aço para que a abertura não estivesse de frente para ele, para evitar qualquer explosão de uma armadilha, ele levantou a tampa. Dentro, aninhada em uma camada de veludo carmesim, estava a caixa. Ao seu lado, fixada em um nicho feito especialmente para guardá-la, estava a chave, familiar pelas fotografias que eles já tinham visto.

— Ainda pode ter alguma armadilha aqui — advertiu Graves.

— Não detonamos nada.

— Ainda.

— Temos que assumir esse risco. — Ele olhou para ela. — É melhor você se afastar. A cozinha deve ser longe o suficiente. Não há espaço aqui para mais do que uma pequena explosão.

— Eu não perderia isso por nada desse mundo.

Marlow girou a caixa de aço novamente para que a abertura ficasse de frente para ele mais uma vez. Tentou levantar a tampa da caixa de Ademar. Ela estava trancada. Com cuidado, tirou a chave. Em seguida, encaixou-a na tranca. Ele girou a chave e ela se moveu tão suavemente quanto se fosse nova em folha.

Houve um clique suave.

Marlow levantou a tampa.

A caixa estava vazia.

101

Graves e Marlow se olharam, pensando a mesma coisa.

— Eles estão com ela — falou Graves.

— Talvez.

— Onde começamos?

— Termine de decifrar aquele código.

— Quase lá — disse ela de forma taciturna.

— Não se esqueça de que ainda não existe nenhuma indicação de que eles usaram a tabuleta.

— Você acha que eles não perceberam aquilo? — perguntou Graves. — O erro de Ademar.

— É uma possibilidade. Ainda podemos ter uma chance.

— Por que você acha que eles defenderam uma caixa vazia tão ferozmente? — perguntou Graves.

— Não sei. E por que deixar a chave junto? — respondeu Marlow. — Para ganhar tempo? Ou para debochar de nós?

— Esse seria uma espécie de deboche pela qual eles pagariam um preço muito alto — falou Graves. — Desperdiçar quatro vidas.

— Não estamos lidando com o tipo de pessoa que consideraria isso um desperdício — disse Marlow, de forma soturna. — Mas se a ideia fosse ganhar tempo...

— Os sujeitos na Zwinger and Dels não sabiam que o que eles estavam defendendo não tinha nenhum valor?

— Não tinham como saber.

— Existe outra possibilidade — falou Graves.

— Sim?

— E se a tabuleta nunca esteve *dentro* da caixa?

— Algo não está se encaixando — disse Marlow. Ele se levantou e enfiou a mão em sua jaqueta. — Eu vou descobrir. Entrarei em contato com você novamente em algumas horas.

— Sem chances de eu ter decifrado o código até lá.

— À espera de um milagre — falou Marlow.

— À espera de um milagre. — Graves sorriu sem convicção. — E você não deveria ir a lugar nenhum.

Marlow ignorou aquilo, mas seu telefone celular tocou enquanto ele estava indo embora. Lopez.

— Precisamos conversar — disse ele. — Urgentemente.

— Tem uma cafeteria na 75th East, perto do Whitney. Você pode me encontrar lá?

— Fica perto da Intersec. É segura?

— É o último lugar em que qualquer um vai procurar. No olho do furacão.

Lopez estava esperando por ele, debruçado sobre um espresso intocado. Lopez tinha planejado esse momento. Ele sabia que essa era a oportunidade ideal que ele teria para confessar e — se Jack escutasse — se redimir ao mesmo tempo.

— O que você descobriu?

Marlow percebeu que as mãos de Lopez estavam suando.

— Há algo que tenho que lhe contar... algo que não lhe contei — começou ele.

Marlow parecia sério, mas não ameaçador.

— Fale.

Lopez engoliu em seco e lhe contou a história inteira. Sobre Annika Lundquist, o documento original de Frid, sua visita a seu apartamento e o que ele havia encontrado — e o que não havia encontrado — lá.

Marlow escutou em silêncio e, no fim, permaneceu sem proferir um som sequer. Alguém sabia onde eles estavam e o que eles estavam procurando. Alguém vinha vigiando a equipe e qualquer um que fazia contato com eles. Lopez estragara o disfarce de uma maneira horrível.

— Toda atitude tem suas consequências — disse Marlow, finalmente.

— A atitude que você tomou deveria destruí-lo, você sabe.

— Eu estava tentando...

— *Eu* sei. — Marlow fez uma pausa. — A pergunta é: o que nós fazemos a respeito disso?

— Eu sei o que eu mereço.

— Mas eu também sei o que você fez no passado... pela organização e por mim.

— Eu não creio que isso seja levado em conta.

— Você salvou minha vida.

— Isso não me redime de nada.

— Não deveria. Você conhece as regras. — Marlow fez mais uma pausa. — Por outro lado, sua atitude produziu consequências... consequências importantes. E se outras pessoas souberem que você andou fora da linha, além da garota morta e de mim, elas não vão correndo contar para Hudson.

— Assim espero.

— A quem isso interessaria?

— O que você quer dizer? — Lopez levantou os olhos.

Ele estava pensando em Mia e nas crianças, caso ele morresse. Lopez não havia pensado nas consequências de forma suficientemente minuciosa. Agora ele estava à mercê de seu amigo, e seu amigo era um profissional.

Mas Marlow guardava seus próprios segredos. Ele também tinha sido vulnerável, fraco; e, por causa daquilo, ele carregaria Lopez por parte do caminho. Ele entendia o que o parceiro havia feito, e por quê. Os motivos por trás de suas próprias atitudes eram mais turvos. Ele voltou de seus pensamentos. Alguns erros poderiam ser corrigidos. Alguns danos poderiam ser reparados.

Marlow olhou para Lopez.

— Você está com sorte. No momento, você é mais útil vivo do que morto. Você vai ganhar uma segunda chance. Só uma. Saia da linha novamente e você sabe o que vai acontecer.

A tensão na nuca de Lopez relaxou e sua cabeça caiu como a de um homem aliviado.

— Está na hora de lhe informar as novidades. — Marlow quebrou o gelo.

Ele olhou à sua volta na sala, inspecionando-a . Funcionários do escritório, preocupados em manter a máquina dos negócios bem-lubrificada. Preocupados com suas próprias vidas. Ninguém mostrando qualquer ponta de interesse neles.

— Escute com atenção — disse Marlow. — Não temos muito tempo.

Ele contou a Lopez sobre a recuperação da caixa.

— Mas estamos empacados com o código. — Marlow concluiu seu raciocínio.

— Foi por isso que liguei para você — falou Lopez, jogando sua última carta, mas feliz por seu amigo tê-lo poupado antes que ele tivesse que jogá-la.

102

Na Sala 55, Lopez destravou seu Mac e abriu uma série de arquivos encriptados — caixas dentro de caixas.

— É o texto de cinco linhas de Frid — explicou ele. — Eu sabia que era um código baseado em números, e números são a minha área. Laura teria chegado lá, imagino, com o tempo, mas eu precisava tentar também. Eu precisava me redimir.

— Você não deveria ter uma cópia — disse Marlow. — Onde você arranjou uma? Eu apaguei seu arquivo.

— Nós nos conhecemos há muito tempo, Jack. — Lopez olhou para Marlow. — Eu já sabia, melhor do que você, que tínhamos muito pouco tempo.

— Espero que você me deixe agradecido.

— Você estava certo o tempo todo. O código é como o que está na chave. A dificuldade, o motivo por que Laura não conseguiu entender imediatamente, é que quem quer que o tenha escrito distorceu propositalmente sua lógica. Pode não ter sido Frid; nós sabemos que ele era iletrado e podemos imaginar que também não conhecesse matemática e números a fundo. Mas o que importa é que eu reconheci isso.

Lopez ajustou os óculos.

— Os números aqui não correspondem às letras habituais, mas a seu número oposto, se podemos chamar assim. E estamos falando de uma versão de aramaico com um alfabeto básico de 22 letras, então não há uma letra central. Veja: *kaph* é a letra número 11, *lamadh* é a número 12. Essas são as duas letras "centrais".

— E o código?

— No fim das contas, é simples. É outra imagem-espelho do que deveria ser. A primeira letra do alfabeto aqui recebe o valor 11 em vez de 1, então *kaph*, a 11ª letra, tem o valor 1, e não 11. Na segunda parte do alfabeto, a última letra não tem o valor 22, mas 12, então é *lamadh*, a 12ª letra, que tem o valor 22. — Lopez levantou os olhos. — Está distorcido. Mas quando você aplica isso aos números no texto de cinco linhas de Frid, você descobre isso.

Lopez digitou uma série de instruções em seu teclado. O monitor, que estava mostrando uma versão limpa da inscrição incerta no documento de Frid, agora se dissolveu e voltou como um padrão — letras relacionadas a números segundo a teoria do professor. O computador tinha transposto as letras para o alfabeto romano e as separado em palavras, que Marlow reconheceu como o mesmo latim tosco em que a parte de texto não codificado do manuscrito fora escrita.

Ele era capaz de ler parte daquilo, mas não conseguia compreender tudo sozinho.

— Ligue para Graves agora — disse ele.

Ela chegou em 15 minutos. As cinco linhas de código tinham se transformado em um parágrafo curto de texto. Ela foi capaz de traduzi-lo rapidamente.

— Se você estiver certo, isso pode ser uma espécie de indulto — respondeu ela. — Acho que isso deve ser algo que Dandolo, ou outro assistente que não fosse Frid, codificou e copiou em algum lugar; o original está perdido, imagino, mas Frid devia ter isso e copiou em seu "testamento", ou como uma ressalva, ou como uma referência para seu próprio uso futuro... supondo que ele sabia o que isso significava.

— Você disse algo sobre um indulto.

— Sim... a tabuleta não estava na caixa... nunca esteve.

— O quê?

— É o que isso diz. — Graves limpou a garganta. — "Eu, Enrico, doge de Veneza, Mestre de Constantinopla e da Grande Tabuleta do Poder, declaro que através da ação de meus servos leais e confiáveis, o padre Leporo de Monteriggioni e Frid Eyolfson, egresso da Guarda

Varegue do imperador, fui enterrado na Igreja de Santa Irene, na Grande Cidade, e que, de acordo com minhas instruções invioláveis que são inalteráveis sob pena de minha maldição, devo ser enterrado com meus robes ducais e que a Tabuleta deve permanecer onde ela ficou, na palma de minha mão direita, para permanecer comigo para sempre, escondida da vista dos Homens e de Deus, seu Poder não deve ceder a nenhum sucessor."

Ela levantou os olhos. Marlow se lembrou do doge, enquanto ele estava deitado na tumba aberta em Istambul. Ele se lembrou dos dedos quebrados da mão direita de Dandolo.

— A caixa deve ter sido levada por arqueólogos. Havia muitas escavações acontecendo no começo do século XX. Eles devem ter se esquecido da chave — disse Graves. — Os três artefatos estavam separados. A caixa trancada, que agora temos. Quem quer que a tenha roubado do leilão já tinha a chave...

— ... que eles tomaram de De Montferrat, Adkins e Taylor.

— Mas eles não podem ter encontrado a tabuleta. Como nós, eles devem ter pensado que ela ainda estava na caixa trancada que o bispo Ademar fez para ela — acrescentou Marlow. — E há a questão das luvas que o major Haki datou para nós... cem anos de idade.

— Os alemães tinham muita influência na Turquia na época da Primeira Guerra Mundial — disse Graves. — E o kaiser era um patrono entusiasmado da arqueologia. Muitas descobertas importantes foram feitas por volta daquela época na Turquia e na Mesopotâmia.

— Como a Porta de Ishtar — falou Lopez.

— Descoberta por Robert Koldewey, que era um especialista em Mesopotâmia antiga — acrescentou Graves. — E a Porta de Ishtar está agora em Berlim.

— Posso esclarecer um pouco isso — disse Lopez. — Você me pediu para pesquisar a história da caixa antes de ela cair nas mãos daqueles negociantes de Nova York... Lightoller and Steeples.

— Sim?

— A Receita Federal descobriu algumas coisas, lembra? Nada está computadorizado ou foi colocado em qualquer tipo de arquivo eletrônico, mas havia um arquivo incompleto das transações da Lightoller and Steeples que foi para as autoridades fiscais depois que o negócio fechou e eles me deixaram acessá-lo. Ele contém mais detalhes. Aparentemente, Harvey Lightoller comprou a caixa de alguém chamado Aloysius Guttmann em Viena, em 1946.

— Um austríaco?

— Ou alemão. O nome Guttmann pode ter sido adotado, de qualquer forma. Havia muitos oficiais veteranos da SS e da Gestapo tentando fugir em meados dos anos 1940, transformando objetos preciosos que tinham roubado em saques ou em sequestro de bens em dinheiro vivo para pagar a passagem para a América do Sul e começar novas vidas. — Lopez fez uma pausa. — Esse Guttmann desapareceu sem deixar rastros, mas ele pode ter sido uma das três vítimas não identificadas de um acidente ferroviário de Viena para Zurique dois dias depois da transação. Havia também uma anotação na papelada dando o endereço de um escritório de advogados em Berna. O escritório já fechou as portas há muito tempo, mas os arquivos estão intactos. A firma fechou depois que o sócio majoritário, Anton Hoffmann, foi morto a tiros por um invasor em seu escritório em 1949. É apenas uma questão de registro, apenas uma questão de seguir as pistas.

— Mas isso ainda nos leva a um beco sem saída — disse Marlow. — A conexão alemã é um palpite, apesar de valer a pena segui-la. Muitos "talvez" nessa história, Leon.

— Não necessariamente. Parece, pelos relatórios da polícia de Berna de 1949, que o invasor que matou Hoffmann não estava atrás do dinheiro no cofre. Mas Hoffmann tinha certas conexões e alguns papéis que estavam em sua posse podem tê-las comprometido. Alguns dos papéis ele passou a, vamos dizer, clientes confidenciais com interesses especiais por eles. Mas ele ficou com cópias, como uma espécie de seguro.

— O que acabou sendo um problema para ele, no fim das contas — disse Marlow.

— É o que parece.

— Ainda temos que encontrar a tabuleta — falou Graves.

— Fico me perguntando se Robert Koldewey a pegou — disse Marlow, pensando nas luvas. — Fico imaginando se ele sabia o que era aquilo.

— E isso significa que ela poderia ter acabado onde?

— Em Berlim.

— Há uma pista que eu posso seguir — disse Lopez depois de um momento de pensamento.

— Aonde ela leva? — perguntou Marlow.

— Não tenho como dizer ainda, mas, se eu estiver certo, ela leva a um lugar muito familiar.

103

Berlim, no presente

Agora? Agora eles retirariam o apoio? Agora, quando estava tão próximo de seu objetivo?

— Eu lhes disse repetidamente — advertiu ele para os três homens mais uma vez reunidos em sua frente, mas dessa vez na sala de conferências sem janelas do 18º andar do prédio de escritórios da Maxtel em Berlim — que esse não é o momento.

— Nossos acionistas não estão felizes — disse Vijay Metha. — Nós todos investimos profundamente em seu projeto por causa de nossa longa associação a você. Está na hora de cortar nossas perdas.

Rolf Adler manteve seus olhos nos do indiano por um momento antes de se virar para os outros. Tanto Guang Chien quanto Sergei Kutuzov retornaram seu olhar com firmeza e sem expressão.

— Pulando fora agora, vocês arriscam perder tudo por que trabalhamos — falou Adler. — Está quase em nossas mãos o instrumento que nos dará controle total. Nada de flutuações de mercado, nada de guerra... *nada*... poderá nos afetar novamente; e desastres naturais podem ser previstos com exatidão, poderemos nos planejar para suas consequências com antecedência.

— A palavra-chave nesse pequeno discurso é "quase" — disse Chien.

— Afinal de contas, nós só tivemos a sua palavra — acrescentou Kutuzov. — A eficácia de seus negócios faz com que o levemos a sério. Mas estamos começando a achar que seu projeto é mera fantasia.

— Será que controle comercial ilimitado, o controle de nações, é algo tão fantástico? Isso foi tentado anteriormente na história com grande sucesso.

— Nunca durou — disse Metha.

— Dessa vez *será* duradouro. E podemos passá-lo adiante para nossos sucessores escolhidos. O Oriente, os países que vocês representam, é o guardião do futuro. As economias do Ocidente já passaram do ponto em que não há mais volta. Todos sabemos disso. No passado, os homens olhavam para o Ocidente em busca de novas oportunidades; agora chegou a vez do Oriente.

Ele não tinha lhes contado tudo que sabia, obviamente. Precisava do apoio deles até o momento em que viraria as costas e os descartaria, junto de suas visões inúteis e limitadas de controle meramente financeiro. Adler sabia o que queria — controlar o próprio Destino. Depois daquilo, a Maxtel, com seus satélites já posicionados sobre a Terra, substituiria Deus, através de suas antenas de rádio, internet e televisão, para um mundo grato e obediente. Aquele mundo se tornaria seu brinquedo.

Ele pensou novamente em suas pesquisas. Ademar tinha entendido parcialmente o significado da tabuleta. Até mesmo ele, com sua compreensão escassa, atingira algum sucesso. Dandolo ganhara mais, mas não foi capaz de dominar cada voz dissidente. Adler não sabia para as mãos de quem a tabuleta tinha passado desde que — como ele supunha — ela fora recuperada um século antes. Talvez tivesse ficado jogada esquecida em algum arquivo, sem ser compreendida de nenhuma forma. Por não encontrá-la entre as descobertas dos arqueólogos Adkins, Taylor e Montferrat, ele havia suposto que a tumba de Dandolo fora aberta anteriormente e suas pesquisas o tinham levado a suspeitar da interferência de arqueólogos do período colonial. Britânicos? Não, britânicos não. Eles nunca tinham conseguido mais do que uma posição precária na Ásia Menor; mas a Alemanha, seu próprio país, sim. A tabuleta estava próxima, talvez até, e para zombar de sua própria pesquisa frustrada, nessa cidade — na sua cidade!

E *ele* entendia a tabuleta completamente, melhor do que qualquer um que já a havia possuído. Ele contara com o benefício de mais oito séculos de conhecimento e pesquisa para se apoiar.

Estava tão perto. Podia senti-la. Mas esses três capangas que agora vinham a ele chorando porque seus credores estavam pegando no pé deles por causa do dinheiro que tinham emprestado a Adler ameaçavam arruinar tudo. A Maxtel, sem que ninguém de fora soubesse, sofreu um golpe sério na crise fiscal de 2008. Mas ela se recuperaria. Ela *havia* se recuperado, embora ainda houvesse trabalho a ser feito. Por isso ele precisava desses desgraçados, em primeiro lugar. Mas, dentro de dias agora, ele tinha certeza, nunca precisaria temer o inesperado novamente.

Adler precisava dar um puxão firme nas rédeas dessas pessoas. Por sorte, ele ainda tinha em seu controle o poder para fazer aquilo.

— Posso lembrá-los, cavalheiros, de que nossos empreendimentos conjuntos ao longo dos anos incluíram operações que, se forem expostas ao público antes de termos controle completo, seriam suficientes para derrubar todos nós... ou melhor, todos vocês, de uma forma tão desastrosa quanto Ícaro caiu quando se aproximou muito do sol.

Os homens se olharam. Eles sabiam do que ele estava falando.

— Você não ousaria... você está tão comprometido nesse caso quanto nós estaríamos — falou Metha.

— Acho que não — respondeu Adler. — Acho que vocês descobrirão que não existem registros em lugar algum que conectem nem a mim pessoalmente nem a Maxtel como uma organização a qualquer dos... hobbies... aos quais nos dedicamos juntos.

— Papo furado — cuspiu Kutuzov. — Não há nada mais óbvio do que sua boate em Nova York, Zara la Salope, para começo de conversa. Apenas aquilo, ligado a seu nome, afugentaria seus acionistas.

— Vocês não têm acesso a nenhuma das minhas contas ou aos meus históricos de negócios — retrucou Adler. — Por outro lado, seus interesses, os seus, e os seus — continuou ele, virando-se para Chien e Metha, um de cada vez — são menos seguros. Suas companhias não são tão fortes, mesmo juntas, para rivalizar com a Maxtel.

Kutuzov o olhou de forma cética.

— Blefe — disse ele.

— Você deseja pagar para ver? — perguntou Adler. — Posso contar com detalhes tudo o que você faz. Se me decepcionar agora, você vai cair.

— Você não tem prova de nada — falou Chieng.

— Você está certo em ser cético — respondeu Adler. — Cada um de vocês tem um terminal de computador à sua frente. Eu os convido a digitar o nome de qualquer uma de suas empresas e vocês as verão ligadas à exploração sexual, drogas, ao tráfico de órgãos humanos, comércio clandestino de armas com os regimes mais insalubres. Está tudo aí, cavalheiros. A Maxtel, por outro lado, é inviolável. Vocês foram muito gananciosos para me questionar quando precisaram de apoio, e essa foi a fraqueza de vocês. Vocês confiaram em mim. Eu aprendi que, para conseguir o que se quer de uma criatura tão instável quanto o ser humano, você tem que contar com algo mais forte do que confiança. Você precisa ter algo que os incrimine. Você precisa contar com seu próprio senso de autopreservação. Esse é o único fator que conta. — Adler os observou, mudando seu tom de forma sensata. — Mas não acreditem na minha palavra. Afinal de contas, isso significaria confiar em mim, não é mesmo? E vocês não querem cair nessa armadilha novamente.

Adler ficou observando enquanto cada um deles se ocupava com os terminais finíssimos perfeitamente posicionados em frente a eles na enorme mesa de conferência.

Os homens não demoraram muito.

— Ainda temos que *confiar* que esse seu projeto vai nos recompensar — disse Kutuzov, depois de uma longa pausa.

— E com juros — acrescentou Chien.

Metha mergulhara em um silêncio melancólico.

— Certamente — falou Adler. — E, obviamente, com uma porção da glória, se vocês continuarem ao meu lado.

— Não tenho certeza de que meus credores... — começou Metha.

— Eles concordarão com mais um mês — disse Adler. — Isso é tudo de que preciso. Vejam o retorno que vocês estão oferecendo. Ninguém consegue esse tipo de porcentagem na economia atual. E, acreditem em mim, eles teriam questionado tudo isso se não fossem tão gananciosos quanto vocês. Mas a ganância deles é uma aliada. Se a dominarem, vocês os dominam.

— E se alguém não concordar? — perguntou Kutuzov.

— Sergei, tenho certeza de que você não precisa de lições sobre como lidar com pessoas. Indivíduos não afundam o barco. Pequenos buracos, que podemos tampar. E se alguém quiser pular fora, bem, nós podemos transformá-los em uma lição para os outros aprenderem, não podemos? Afinal de contas, em muito pouco tempo, não precisaremos nos preocupar em dar explicações a ninguém, nunca mais. A nenhum político, a nenhum governo, a nenhuma lei, nem mesmo a revolucionários reformados, juntas militares ou ditadores malucos.

— As pessoas ainda terão uma noção de liberdade — disse Metha. — De individualidade.

— Meu querido parceiro, você realmente acha que será assim? — perguntou Adler, sem expressão. Ele olhou para os homens. — Estamos de acordo, então?

Seus sócios balançaram a cabeça lentamente.

— Bom! Eu realmente odeio quando há alguma espécie de desarmonia.

Adler escondeu seu alívio. Ele não tinha o poder para fazer mais do que intimidar e habilmente convencer os outros, mas ele não conseguira se erguer da sarjeta às alturas sem saber como esmagar pessoas até elas se submeterem, independente de seus sentimentos. Obviamente ainda havia a questão do tempo e a questão de onde ele colocava sua própria confiança. Ele odiava a ideia de a sua posição estar sendo comprometida, mas sabia que seus agentes-chave eram leais. Adler se permitiu um momento de reflexão satisfeita sobre como as coisas tinham ocorrido em Nova York. A princípio, ele ficara amargamente desapontado com o que acontecera lá e tinha perdido o controle de seu temperamento quando descobriu que a caixa estava vazia. As pessoas nunca deveriam perder o controle. É um sinal de fraqueza.

— Por sorte, havia alguém em quem descontar.

Pobre *frau* Müller. Nenhum trabalho era capaz de disfarçar as rugas que formavam estradas em volta de seus olhos, suas bochechas e seu pescoço. Ela pode ter lutado para manter seu peso em 48 quilos, não muito para uma mulher de 1,68m de altura, mas aquilo era tudo em vão. Uma velha loura magricela era tudo que sobrara, desagradável e desnecessária. E ele podia dispensar sua lealdade agora. Ela servira a seu propósito.

Enquanto isso, ele esperava por mais informações de Nova York, enquanto elas se tornavam disponíveis. Adler estava confiante.

Era um processo intelectual, na verdade. Bastante simples. E logo a irritante imprevisibilidade do sucesso seria completamente removida. Ninguém ficaria em seu caminho.

Quanto à caixa, ele se parabenizou pela pequena peça que pregou em Marlow. O Sr. Marlow e seus colegas nunca o alcançariam agora — e, na verdade, eles foram muito úteis a ele. Não importava realmente que Marlow não tivesse morrido, e os agentes do próprio Adler eram capacitados para o roubo na Sotheby's e a missão na Zwinger and Dels, mas não eram indispensáveis. Se houvesse qualquer efeito colateral, aquilo recairia sobre os ombros de Kutuzov, embora o homem nem desconfiasse disso. Quanto ao código para destrancar a caixa de aço, Marlow certamente entenderia a mensagem. Tinha sido um risco — *MAX* — mas Adler sabia que era muito bem-relacionado para que aquilo o preocupasse injustificadamente. Além disso, Adler gostava de apostar um pouco.

O episódio não apenas o entretera, mas também mandara outra pequena mensagem a seus competidores, similar ao *coup de théâtre* que ele tinha apresentado na morte de Taylor e Adkins; aquilo também lhe dera tempo. E aquela era a coisa importante: *tempo*. Como eles devem ter se desesperado. Deviam estar convencidos de que tinham conseguido o que queriam finalmente. Ele fizera uma ligação amigável e preocupada a seu amigo Sir Richard quando chegou o momento certo. Para ver como as coisas estavam indo, para ver se eles tinham feito algum progresso, se eles já haviam localizado a Dra. De Montferrat.

Ele olhou com bondade para seus sócios e apertou um botão discreto posicionado na superfície da madeira do seu lado da mesa. Momentos depois, uma loura alta, vestida elegantemente, e com quase 30 anos, entrou na sala com um carrinho de bebidas laqueado em preto.

A substituta de *frau* Müller estava se saindo bem. A própria *frau* Müller estava no momento convalescendo em uma clínica da qual ele era dono perto de Gstaad. Quando se recuperasse, ele cuidaria para que a pobre mulher fosse sustentada de forma generosa durante o que ele tinha certeza de que seria uma aposentadoria curta.

Ele olhou para sua nova secretária de forma agradecida quando falou:

— Senhores. Acho que isso pede uma bebida, vocês não acham? E vou propor um brinde: às nossas pazes.

Por dentro, Adler sorria. Ele não contara nada a eles sobre o documento do velho viking. Não lhes contara nem que a parte severamente codificada tinha agora sido decifrada por seus especialistas, sempre agradecidos pelas doações e pelo patrocínio de sua organização filantrópica, a Maxphil.

Ele não havia compartilhado com seus sócios o que ele deduzira de suas descobertas, também.

Apenas mais uma peça do quebra-cabeça e a imagem estaria completa.

104

Marlow atendeu a ligação na linha segura em seu apartamento à meia-noite. O operador da Intersec já lhe havia dito quem era.

— Fizemos o impossível — disse a ele a voz nítida do coronel Demir, o superior do major-detetive Haki em Istambul.

— O DNA nas luvas? Vocês o rastrearam?

— Não. Nós investigamos cada banco de dados à nossa disposição e nossos homens cruzaram informações com os seus. Isso sempre foi um esforço muito duvidoso no meu ponto de vista. Não há nenhum registro de qualquer DNA que corresponda à amostra que fomos capazes de extrair. Então verificamos outra coisa. Os registros dos Serviços Secretos turcos e do Gabinete de Assuntos Estrangeiros indicam que em 1915 houve uma escavação alemã nesse local, conduzida pela autoridade mundial sobre a Babilônia, Robert Koldewey.

— Sim? — falou Marlow, registrando o nome familiar.

— Ele estava procurando um templo antigo que existiu séculos antes da construção da Igreja de Santa Irene, no mesmo local. Mas encontrou outra coisa e as autoridades alemãs, representadas pelo general Erich Ludendorff, foram chamadas a seu pedido.

— Entendi.

— Muito poucas pessoas receberam permissão para entrar no local. Koldewey trabalhou sozinho depois que as escavações iniciais tinham sido feitas e uma análise de seu DNA, que temos registrado, foi negativa. É então muito provável que as luvas tenham sido usadas pelo general Ludendorff.

— E o que aconteceu com as descobertas? Quais artefatos eles podem ter descoberto?

— Normalmente, os artefatos deveriam ter permanecido dentro da Turquia, ou sob nossa jurisdição. Mas o país estava uma baderna naquela época. Havia uma guerra interna se desenrolando, o velho regime estava ruindo. A administração que estava no poder na época permitiu que Koldewey removesse os artefatos para a Alemanha. — Demir fez uma pausa. — Isso é o que temos para você.

— Você realmente conseguiu o impossível.

— Um relatório completo está sendo preparado e será enviado dentro de 24 horas. Mas achei que você gostaria de saber dos resultados das descobertas o quanto antes. Foi uma sorte o estrago causado a nosso departamento de perícia ter sido menos extenso do que imaginamos a princípio.

— Bom.

— Mas não acreditamos agora que o próprio ataque tenha alguma inspiração islâmica — continuou o coronel. — Qualquer informação relevante que nossa investigação revele será comunicada a você.

— Obrigado, coronel — disse Marlow.

Houve mais uma pausa. Marlow checou seu relógio.

— Você pode querer saber que o funeral do major-detetive Haki já aconteceu. Ele deixará muitas saudades a seus colegas e amigos.

— Ele era um bom homem — falou Marlow. — Estamos agradecidos pelo trabalho que ele realizou nessa missão.

— Adeus — disse o coronel, sua voz ainda tão nítida e formal quanto antes.

Marlow desligou, então imediatamente discou um número. Ele falou brevemente e, em seguida, discou outro.

Pegou um casaco, desceu até a garagem do subsolo onde o Corvette estava estacionado e dirigiu até o prédio de Graves.

Lopez chegou cinco minutos depois dele e Marlow passou as informações para os dois.

— Isso coloca a tabuleta quase com certeza em Berlim — disse Graves, quando ele terminou.

— Suposição.

— Mais do que provável. É algo para seguirmos.

— Mesmo se estivesse lá — falou Marlow —, ainda teríamos que saber onde procurar.

— Mas se a ligação é com Koldewey, podemos diminuir o campo imediatamente — disse Graves. — Preciso de um momento.

Ela foi até seu computador e fez três buscas rápidas. Depois de alguns minutos, Graves tirou os olhos do monitor.

— Há 99,5 por cento de probabilidade de que qualquer artefato descoberto por Koldewey tenha ido parar no Kaiser-Wilhelm-Museum, em Berlim, que mais tarde mudou seu nome para Museu Bode. Mas existe um obstáculo. O Bode passou por uma grande reforma, uma enorme restauração, entre 1996 e 2007 e todos os artefatos antigos foram transferidos a outro local, o Museu do Antigo Oriente Próximo... que até recentemente se chamava Pergamon. Meu palpite é que é lá que ela estará.

— Jesus... é um palheiro e tanto. Você não falou que havia mais de 30 mil tabuletas babilônicas só no Museu Britânico... e isso não era apenas o material não classificado? E se o Pergamon tiver uma coleção de um tamanho parecido?

— Pode haver uma forma de filtrar isso — disse Lopez repentinamente, seus olhos atentos atrás dos óculos.

Marlow olhou para ele.

— Você tem aquela outra pista?

— Talvez.

Lopez e Marlow trocaram outro olhar: O professor tinha se redimido de seu erro; não havia necessidade de Graves saber. Lopez sinalizou de volta: eles podiam falar sobre aquilo na frente de Graves? Marlow acenou com a cabeça em afirmativa.

— Eu disse que havia uma ligação próxima — começou Lopez. — *Possivelmente*. Eu segui o advogado suíço, Anton Hoffmann. Você se lembra de que lhe contei que ele foi morto por um invasor em seu escritório em Berna em 1949?

— Sim.

— Esse tal de Guttmann, o sujeito que vendeu a caixa de Ademar à Lightoller and Steeples em Viena, era um cliente seu. Já verifiquei isso.

— Com quem?

— Com a polícia de Berna. Os suíços nunca jogam nada fora.

— Nem mesmo coisas relacionadas a um assassinato cometido há mais de sessenta anos?

— Ainda um caso não resolvido. Eles nunca encontraram o assassino do advogado. E o invasor fugiu com o que deveria ser uma mala cheia de arquivos confidenciais. O que era a maioria deles é algo que provavelmente nunca saberemos. Mas a polícia confiscou toda a documentação que sobrou, como provas, e tudo ainda está guardado. Não é muita coisa, mas há uma espécie de livro razão, uma lista de transações, com anotações das datas de certos papéis e dossiês, cartas e assim por diante.

— Você teve acesso a isso?

— Usei a fachada da Interpol e eles vasculharam as entradas de 1946. Existe uma com a data de 4 de fevereiro.

— Prossiga.

— Guttmann deixou uma carta com o advogado. Há um bilhete anexado que diz que outra cópia foi para um cofre no escritório de um banco privado em Berna, mas é possível que não tenhamos que correr atrás daquela cópia.

— Isso não é a coisa mais óbvia a fazer? — perguntou Graves.

— Isso poderia atrair atenção — disse Lopez — e ainda não sabemos contra quem estamos lutando. De qualquer forma, poderia haver uma rota mais simples. O problema é que essa carta está registrada no livro razão do advogado como "Aloysius Guttmann/General Hans von Reinhardt".

— Então é possível que esse Reinhardt fosse um nazista fugitivo? — perguntou Graves.

— Não é apenas possível, é a verdade — respondeu Lopez. — Reinhardt está listado como se tivesse morrido no bunker de Hitler quando os russos tomaram Berlim em 1945, mas seu corpo não foi encontrado. Ele era um oficial veterano que construiu uma carreira nas abas do regime nazista e ascendeu rapidamente. No fim, ele era um dos oficiais mais próximos de Hitler.

Marlow e Graves permaneceram em silêncio enquanto o fato assentava. Ambos sabiam o que o outro estava pensando.

— Então você quer dizer que ele... — Marlow começou a falar, deixando a pergunta pairar no ar.

— É uma possibilidade.

— Mas é apenas uma suposição.

— Não se Reinhardt soubesse que a caixa estava vazia quando ele a vendeu. Ela certamente estava trancada, mas ele não tinha a chave. Ninguém tinha naquela época. Ela ainda estava na tumba de Dandolo.

— Então, se ele sabia que a caixa estava vazia, poderia saber onde estava a tabuleta — falou Graves.

— Precisamos saber o que estava escrito naquela carta — disse Marlow.

— Isso significa que temos que conseguir a autorização para abrir o cofre, se é que ele ainda existe depois de mais de sessenta anos.

— Eu avisei que existia um caminho mais simples. E, como disse, ele é mais acessível.

— E o que isso significa?

— O invasor que matou Hoffmann era um dos nossos. Em 1949, as coisas estavam esquentando. Rastros precisavam ser apagados. E havia certa quantidade de limpeza a ser feita, especialmente em quartéis que não eram considerados cem por cento confiáveis.

— E Hoffmann era um deles?

Lopez respondeu positivamente com a cabeça.

— Ligação com os comunas, aparentemente. Nunca foi provado, mas imagino que nossos colegas daquela época acharam que era melhor prevenir do que remediar. Do jeito que estava, Hoffmann havia guardado registros que teriam nos comprometido se um dia caíssem nas mãos erradas.

— Você está dizendo que esse invasor era um de nós? — perguntou Marlow.

— Hoffmann trabalhava para a OSS. Desde 1943, ele estava passando a eles certos documentos que achava que poderiam estar conectados a criminosos de guerra das forças do Eixo. — Lopez recostou. — E todos os documentos da OSS, que teriam incluído aquele tipo de material, acabaram chegando aos arquivos da organização que a OSS um dia se tornou.

Graves respirou fundo.

— A CIA — falou ela.

Eles se olharam.

— Você é muito desperdiçado em Columbia — disse Graves a Lopez.

— É apenas parte do trabalho. Sou péssimo no trabalho de campo.

— Você nunca tentou.

Marlow e Lopez trocaram um olhar mais breve.

— De qualquer jeito, estou melhor da forma que estou — disse Lopez. — Fazendo bico exatamente dessa forma.

— Então é melhor irmos até Langley — sugeriu Graves.

— Sim — concordou Marlow. — Mas para isso teremos que ir através de Sir Richard. Não posso ir atrás de coisas nessa direção sem sua autorização. Isso é simplesmente importante demais. E urgente demais.

E isso quer dizer que vou ter que confiar nele, pensou Marlow.

— Você quer que eu faça um requerimento? — perguntou Graves.

— Vou encontrá-lo pessoalmente — respondeu Marlow. Virando para Lopez ele complementou: — Você tem certeza de que mais ninguém viu essa informação? Você não a procurou em nenhum computador desprotegido?

— Só as informações iniciais.

— O que, exatamente?

— A identidade de Reinhardt. A existência da carta.

— Será que alguém munido com essas informações pode fazer algo com elas como você fez?

— Não se não tiverem feito a conexão, e não vejo como...

— E a polícia de Berna?

— Nada que possamos fazer a respeito disso.

— Sim, há algo. Mande que eles fechem o acesso. Agora. Autoridade total da Intersec. Até mesmo os suíços terão que se curvar diante disso. — Marlow fez uma pausa, pensando. — E nada em papel ou em arquivos. Nada no sistema de computadores. Lopez, apague qualquer coisa que você tiver que seja um canal aberto ou oficial de Intersec. Mas coloque tudo em um pen drive protegido antes de fazer isso e o mantenha em segurança. Coloque o pen drive debaixo da cama de Alvar ou de Lucia. Esconda em uma caixa de jogo de computador.

— Esse é o local menos seguro em que posso pensar — falou Lopez. — Mas vou dar um jeito.

Os olhos dele diziam: *Você confia em mim novamente — obrigado.*

Mas Marlow estava olhando pela janela para a cidade ao anoitecer. Ele precisava saber, agora, contra quem estavam lutando. Independente do que tivesse que fazer, ou de qual fosse o tamanho do risco, ele precisava desmascarar o inimigo. Trazê-los a um campo aberto para que pudessem ser derrubados. Chegar à tabuleta antes deles não seria o suficiente. Seu inimigo era ardiloso, desafiador e poderoso. Ele nunca desistiria enquanto ainda tivesse cobertura.

Havia uma linha de ataque aberta a Marlow. Partia seu coração usá-la, mas ele teria que enfrentar a realidade e se redimir um dia, como Leon tinha feito, e era melhor que fosse agora.

105

Regra número um do caçador: deixar a presa com uma sensação de segurança, deixá-la pensar que está em uma posição em que pode confiar.

Então atacar.

Tudo estava posicionado. As poucas perguntas discretas que ele fizera a ela tinham determinado que os adversários da Intersec não possuíam a tabuleta babilônica. As perguntas não levantaram nenhuma suspeita. Ela ainda achava que estava segura e no controle da situação.

Apenas Leon sabia de toda a verdade, e ele precisava de seu parceiro. Leon tinha cuidado da vigilância e podia seguir qualquer coisa que acontecesse desde sua fonte até seu destino. Era simples assim. E ele podia confiar em seu amigo, porque Leon lhe devia uma.

Quando ele contou a Leon sobre suas suspeitas, o professor a princípio ficou ressabiado, então chocado. Ao contar, Marlow, fazendo um balanço de si mesmo, também levara um choque. Desmascarada, a verdade parecia tão nua, tão banal.

Marlow se levantou da cama com apenas um cotovelo e olhou para ela. Adormecida, ela parecia tão delicada, tão vulnerável, que ele ainda mal podia acreditar no que ele sabia que era a verdade — da mesma forma como ele mal podia acreditar que sua solidão e seu coração partido podiam tê-lo levado a tal insensatez. Aquilo já estava feito, mas podia ser corrigido, e o bônus é que ele poderia reverter em sua vantagem.

Ainda assim, era preciso tomar cuidado. O som do mais fino galho se partindo sob seus pés seria o suficiente para a casa cair.

Não era vingança. Eram apenas negócios. Negócios dele. Ele não tinha espaço em seu coração para vingança. Ele estava muito dormente para vingança.

Ela deve ter sentido o seu olhar sobre ela, se estivesse dormindo, pois ela se mexia agora e seus olhos se abriram. Ela olhou para ele com aquele olhar, que Marlow tinha, até agora, achado enigmático e encantador. Ele estava cego. Os olhos dela não eram enigmáticos, porém vazios; eles não revelavam nada.

Ele ficou imaginando se a mão dela poderia se levantar para acariciar sua bochecha, mas permaneceu onde estava, imóvel. Mãos que podiam explorar de forma tão voraz quando estavam fazendo amor e que eram tão incapazes de ternura quanto os olhos. Ele agora encarava o que havia percebido muito tempo antes: não importa o quão feroz — até mesmo agressiva — fosse a sua forma de fazer amor, nunca houvera nenhum calor naquilo. Na verdade eles nunca tinham *feito amor*, eles simplesmente foderam. Da parte dela, afinal de contas, nunca dera nada, apenas recebera. Apenas os verdadeiramente vulneráveis cairiam naquele truque, e Marlow, percebendo aquilo com clareza agora, tão claramente quanto um bêbado emergindo de um porre olha para sua insensatez, se amaldiçoou internamente pela fenda em sua couraça.

— Senti saudades de você — disse ela, sorrindo.

As palavras eram apáticas. A boca que sorria agora também tinha sido voraz.

— Senti sua falta também — respondeu Marlow, tentando injetar um pouco de calor na voz.

Que fingimento.

Ele sabia agora, obviamente, por que seu inimigo fora capaz de acompanhá-lo. Mas dessa vez ele oferecera à mulher — a fonte de seu inimigo durante todo o tempo — informações suficientes de forma proposital. Dessa vez ela seria seguida. Seguida e encurralada.

A questão permanecia não apenas com quem ela estava trabalhando, mas por quê.

Ele não devia subestimar sua inteligência; ele tinha que se manter um passo adiante. O lado inimigo organizara tudo de forma perfeita.

Tudo, desde a farsa da perda de memória e a vulnerabilidade fingida até sua sedução, fora feito com uma eficiência brutal. Apenas um ator experiente ou um psicopata teria sido capaz de levar aquilo adiante de forma tão convincente, e aquilo fora ajudado pelo sequestro de mentira que resultara na morte de Ben Duff. Estava claro agora que a Intersec era capaz de impedir aquilo; aquilo havia sido encenado de forma a acabar com qualquer ponta de suspeita. Exatamente como a armação na Zwinger and Dels — uma tática usada para atrasá-lo que poderia ter significado sua própria morte.

Mas Marlow tinha a vantagem agora. Sua reunião com Sir Richard havia transcorrido bem. Hudson, depois do mais breve interrogatório, passara o pedido da Intersec e seu correspondente na CIA, que tinha respondido com rapidez, ajudando Sir Richard a superar a costumeira burocracia. Hudson avisara seu correspondente da urgência na transação, mas Marlow sabia que nenhum serviço secreto era tão eficiente na realidade quanto nos livros. De qualquer forma, ele tinha extraído um acordo para que a carta de Reinhardt fosse encaminhada diretamente para ele na Sala 55. A Intersec possuía um sistema de remessas com apoio internacional. Eles deveriam ter prioridade sobre o documento.

O problema é que Marlow sabia que, a partir do momento que ele tivesse a carta em suas mãos, ele estaria sendo observado de perto. Se Lopez estivesse certo, a carta de Reinhardt lhes daria a localização da tabuleta.

Mas ele já colhera informação suficiente, baseado nas deduções de Graves, para oferecer a seu inimigo. Ele havia contado a Su-Lin apenas o suficiente, permitindo que ela arrancasse a informação dele, para satisfazer seu apetite — e o apetite de quem quer que ela servisse.

Se houvesse uma conexão entre De Montferrat e Bonifácio, o capanga de Dandolo, ela se revelaria agora.

Ele estava assumindo um risco, um risco bem grande.

Acima de tudo, não devia despertar nenhuma suspeita nela. Ele devia lhe dar tempo para se comunicar com seu contato antes que ele desse seu próximo passo. Deixá-la à vontade. Deixar que ela tivesse uma sensação de segurança. Mantê-la achando que ainda tinha a posição de controle, mesmo que isso significasse que ele não poderia mandar prendê-la imediatamente. Ali morava o risco, mas sem aquilo ele nunca fisgaria sua presa principal.

Ele passou os dedos nas bochechas dela, mas os lábios de Su-Lin sequer se moveram para beijar as pontas de seus dedos. *Uma pena*, ele pensou. Mas seu coração endureceu. Ela não era nenhuma Desdêmona.

— Tenho que ir embora daqui a pouco — disse ele.

— Tem mesmo? Eu fico solitária. Nem mesmo Ellen vem me ver mais todos os dias.

— Isso é porque você está curada. Vamos poder liberá-la logo.

Marlow pensou em Ellen Shukman, a psicóloga que tinha substituído o Dr. Duff e cuja própria vida podia muito bem estar em risco — culpa de Marlow, *sua* responsabilidade novamente.

Os olhos dela se avivaram com as palavras de Jack.

— O que você quer dizer? Vocês vão me liberar? Vão me mandar de volta a Veneza? Eu não ficarei em perigo?

— Em muito pouco tempo não haverá mais perigo — mentiu ele. Mas Marlow podia sentir a mente de Su-Lin trabalhando: *será que meu disfarce foi descoberto?* Será que ela estava pensando isso? Ele teria que jogar com cuidado.

— Não até termos certeza absoluta — disse ele de forma reconfortante.

Será que ela realmente achava que ele era um completo idiota? Bem, Su-Lin estava certa em pensar daquela forma. Mas agora era a vez dele, embora fosse necessário todo seu cuidado para não transformar aquilo em algo pessoal. Aquilo não era um grande risco, no entanto. Ele podia ter cometido um erro terrível, mas Marlow ainda conhecia seus problemas e agora estava muito alerta.

Ela levantou o corpo, dando-lhe um tapa brincalhão, seus seios deliciosos balançando de forma sedutora, seus pequenos braços jogando o edredom para o lado enquanto ela balançava as pernas para se sentar na beira da cama. Aquilo tudo parecia bonito demais para ser verdade.

— Você me dá mais esperanças apenas para esmagá-las depois — reclamou. — Estou ficando tão entediada aqui.

— Não por muito mais tempo, prometo — disse Marlow. — Aonde você vai agora?

— Fazer café para você.

— Nada de chá de limão?

— Eu sei do que você gosta.

Ela sorriu para ele, mas não com seus olhos. Nunca com seus olhos.

106

Império católico no Oriente, ano de Nosso Senhor de 1205

Era o começo da primavera e o ano renovado trouxe pouca estabilidade. As brigas entre os líderes cruzados tinham atrasado seus planos para a grande viagem ao Ocidente; ele não podia deixar uma situação volátil para trás.

Acabou percebendo que deveria ter tomado a coroa para si mesmo — mas assim não poderia ter se comprometido com a viagem ao Ocidente. Ele tinha que reconhecer que seus próprios dias estavam contados e que precisavam ser dedicados ao que era mais importante para si próprio. Estava com 95 anos. Bonifácio era a escolha que ele devia ter feito. Forte e maduro, o homem teria sido um herdeiro mais digno do que o complacente Balduíno, mas era tarde demais. Bonifácio estava engajado em lutar contra uma aliança dos gregos com os búlgaros, unidos em sua cristandade oriental, e eles estavam provando ser difíceis de subjugar.

Além disso, Balduíno estava morto. Depois de sua derrota na batalha de Adrianópolis, na qual ele havia partido na liderança dos melhores Cruzados, o conde fora capturado.

Dandolo recordava o relatório do capitão que voltara a Constantinopla, liderando uma tropa maltrapilha e empoeirada de sobreviventes, libertados pelo rei búlgaro, Kaloyan, para que levassem de volta a notícia e dessa forma diminuíssem ainda mais o moral de seus inimigos. O capitão e seus homens tinham sido forçados a testemunhar o fim de Balduíno. O novo imperador fora despido completamente, a não ser por uma tanga, e amarrado de forma frouxa nos joelhos e cotovelos, permitindo-lhe apenas a liberdade suficiente para rastejar. Então, com um machado de guerra, os vitoriosos tinham cortado de forma grosseira suas mãos e seus pés e o jogado, sangrando, no fundo de um desfiladeiro rochoso a alguns quilômetros da cidade de Adrianópolis. Lá eles o deixaram. Sua morte não deve ter sido rápida ou tranquila.

E Dandolo não fora capaz nem de impedir que aquilo acontecesse nem de reunir suas tropas para apresentar uma vingança imediata e impiedosa. Sua força estava se esvaindo e, com ela, sua posse sobre a tabuleta do poder, embora ele a segurasse cada vez mais perto de si em sua mão direta debaixo de seus robes, concentrando-se na viagem que ele mesmo queria fazer.

Mas parte de seu espírito, que em outros casos era indomável — uma parte crescente —, estava sussurrando dúvidas para ele agora. E aquelas dúvidas estavam se transformando em certezas a cada dia que passava. Houve dias — pelo menos três de que ele se lembrava — em que ele negligenciara a tabuleta. Três dias em que, repentinamente, ele estava ciente de que sua mão direita não estava segurando nada! Verdade, a tabuleta voltou para lá, o bom Leporo a tinha recuperado — ela fora deixada, ele havia informado, em uma mesa ou em uma gaveta destrancada. Aquele era um conforto frio, no entanto, diante da aceitação indesejada do doge ao fato de sua mente estar começando a se deteriorar, assim como sua visão vacilante também estava, e bem rapidamente.

Ele tentou calcular quanto tempo levaria para que seu olho esquerdo parasse de enxergar de vez e o condenasse à escuridão eterna, mesmo antes que a morte estivesse pronta para fazer o trabalho. Será que ele veria luz novamente depois da morte? Será que Cristo esticaria seu braço em sua direção e o convidaria a se juntar à maravilhosa companhia dos abençoados? Será que teria membros fortes e visão perfeita mais uma vez nos Campos Elísios? Como gostaria de ter se agarrado àquela ideia e acreditado nela. Mas só existia o aqui e agora. E o aqui e agora trazia pouco conforto. Mesmo se ele chegasse às extensas terras do Ocidente, ele duvidava que a veria, que veria os campos verdes e as árvores altas e as suaves e sucessivas montanhas que ele já via em sua imaginação.

Será que a própria jornada seria feita um dia?, perguntava-lhe seu espírito hesitante. Sim! Ela tinha que ser feita! E havia esperança, alguma esperança. O irmão de Balduíno, Henrique, assumira como imperador e ele era um administrador bom e firme. O novo império aqui e, com ele, os interesses de Veneza estavam em segurança, pelo menos por enquanto.

Será que o velho doge deveria passar o segredo da tabuleta a Henrique? Novamente, a mente de Dandolo o deixou apreensivo. Ele precisava dela para a jornada. Na viagem ele a estudaria com mais afinco. Fora muito apressado quando afogou o velho armênio que tinha aberto a porta de seus segredos para ele. Dandolo gostaria que aquele velho homem estivesse com ele agora, mas era tarde demais. Tarde demais, mais uma vez. O tempo o tinha enfrentado em um habilidoso jogo de xadrez e parecia que o colocara em xeque.

Mas não era um xeque-mate! Ainda não! Ainda não!

Mas e se ele morresse durante a viagem? Ou antes dela? Será que deveria confiar o segredo a Frid? Será que Frid seria capaz de lidar com aquilo? A lealdade do viking estava além das dúvidas, Dandolo acreditava. Mas será que Frid possuía a firmeza mental para completar a grande missão? Será que ele tinha a força de vontade para controlar um poder tão incomparável?

Quanto ao irmão Leporo, que estava com ele havia incontáveis anos, a resposta era óbvia: não. Leporo não tinha a visão. Leporo era um seguidor, não um líder. O monge era muito inclinado aos ciúmes para abraçar um destino grandioso, independente do quanto ele pode ter achado que era capaz de fazê-lo. Se a tabuleta acabasse caindo em suas mãos, seria um dia negro para o mundo, pois, em vez de dominá-la, ele estaria sob seu poder. Foi por isso que Dandolo havia ficado tão preocupado com a perda temporária da tabuleta — e tão aliviado e tranquilo quando Leporo lhe devolveu o artefato. Apesar das manifestações físicas de seu poder que os milênios imbuíram na velha tabuleta, era a interpretação correta do que estava escrito nela que dava a supremacia a seu dono. Aquilo não havia funcionado, mesmo que parcialmente, com o bispo Ademar? E ele ainda tinha usado uma cópia defeituosa! Seu "pergaminho sagrado"!

Então era melhor a tabuleta permanecer em segurança com Dandolo. Ele não deixaria que ela saísse de seu controle novamente — nunca mais. Se seu poder escapasse, ele cuidaria para que ninguém mais tivesse a oportunidade de herdá-lo. E se uma voz cautelosa nos recantos de sua mente sussurrasse que o caminho mais prudente a se tomar seria destruí-la? Isso ele não poderia fazer — aquilo era pedir demais. Aquilo seria como arrancar seu precioso olho esquerdo. Ele e a tabuleta tinham se tornado um só. Um poder, um destino. Os milênios que passaram tinham decretado que eles deveriam ficar unidos, o operário certo com a ferramenta certa, e nunca separados, por toda a eternidade.

Sua mente ficou mais clara. Ele sabia o que faria. Deixaria instruções para que a tabuleta fosse enterrada com ele. Dentro de sua empunhadura. E que seu túmulo deveria ser em Solo Sagrado, mas não deveria ser marcado. Se o fosse — e para um homem tão importante quanto ele teria que existir um monumento —, que fosse em algum outro lugar, para despistar os curiosos. Apenas Frid e Leporo estariam a par de seu plano e, como uma garantia extra, ele colocaria uma maldição em quem quer que tivesse a ousadia de perturbar seus ossos. Existia uma vida após a morte e seu espírito tomaria conta de seus restos com um olho atento. Um homem de Deus como Leporo e um homem de devoção como Frid prestariam atenção a tal advertência, pelo menos.

Dandolo se levantou da mesa em seus aposentos no Palácio de Bucoleão, onde ele estava sentado sozinho. Frid organizava os ajustes finais da frota secreta; Leporo estava supervisionando o carregamento dos navios de transporte que partiriam na primeira maré da próxima alvorada, levando o segundo carregamento de artefatos preciosos e sagrados da grande cidade a Veneza. Ele olhou pela janela e foi capaz de distinguir os quatro cavalos de bronze, tirados do hipódromo dali, no convés do maior navio, brilhando sob o sol da tarde enquanto os marinheiros os amarravam.

Ele bufou de forma desdenhosa. Dandolo ainda podia — com dificuldades — distinguir o contorno dos lombos dos cavalos, ver seu formato. Seu olho esquerdo não o deixaria na mão ainda. Ele era um tolo por ceder ao pessimismo. Ele ainda venceria — venceria e seu nome entraria para a história como um conquistador cujo poder ocultaria o de Alexandre e de César.

107

Nova York, no presente

— Temos mais informações sobre a Zwinger and Dels — disse Lopez.

— Diga tudo — pediu Graves, levantando os olhos enquanto verificava novamente a árvore genealógica dos Montferrat.

Su-Lin ainda a estava irritando. E o fato de Marlow a proteger tanto a deixava ainda mais irritada. Até onde ela podia ver, a arqueóloga tinha contribuído muito pouco para o trabalho deles, apesar de sua aparente vontade de ajudar — ainda que Graves devesse reconhecer que, de um ponto de vista profissional, a bela acadêmica precisava ser protegida, para sua própria segurança e para a garantia da operação.

— Parece que nossa pequena fábrica de produtos de couro serviu de fachada para dois tipos de rede de distribuição — continuou Lopez, levantando os olhos de seu monitor na sua área da Sala 55. — Foi necessário muito tempo para desconstruir seu sistema de contabilidade, mas qualquer negócio, não importa qual seja, tem que ter registros em algum lugar. Esses garotos realmente produziam peças de couro, e era material de qualidade... alguns de seus cintos eram vendidos por 250 dólares e o movimento que tinham no atacado chegava a um total respeitável de 1 milhão de dólares por ano.

— Ainda é peixe pequeno.

— Exatamente. Pedi para meus homens fazerem um inventário do equipamento deles... não o maquinário, essa parte estava OK... mas a parte de eletrônicos e software está muito acima do que eles precisariam. E depois da versão do próprio Marlow do tiroteio de *Sem lei e sem alma*, o lugar se tornou um deserto. Nenhum empregado, nenhum gerente, ninguém. Todos os pássaros fugiram da gaiola e alguém apagou todas as informações dos computadores. Mas tenho meios de fazer os computadores falarem e um pequeno disco rígido de um pequeno laptop se salvou por pouco.

— Continue.

— O grande negócio era na distribuição de pó e heroína em uma escala muito ambiciosa, a matéria-prima vindo principalmente da Colômbia, e um produto de qualidade realmente muito alta vindo, acredite ou não, do Afeganistão: eles tinham conexões com fornecedores das tropas norte-americanas, então a importação foi facilitada.

— Mas isso é...

— Chegaremos lá. Uma coisa de cada vez. O processamento era feito aqui em uma fábrica perto de Baltimore e outra no Colorado. A Zwinger and Dels era a principal fachada para a distribuição na Terra das Pessoas Livres e na Europa Ocidental; os principais carregamentos para a Alemanha e para a França. Mercados enormes nesses países — uma coisa em que os nerds locais não estão economizando, ao que parece. Centros de redistribuição em Berlim e Marselha. O outro pequeno negócio que eles têm é um enorme empreendimento no ramo da pornografia on-line. É tão pesado que aquilo derreteria seus globos oculares. E tem para todos os gostos, especialmente os que o mandariam diretamente para a cadeia se você não cobrir suas pegadas com muito cuidado.

— Então qual é a novidade?

— A novidade é a lista de diretores. Ou principais acionistas. É tudo muito legítimo, a forma como eles tocam os negócios. É uma pena para eles que seus técnicos não sejam tão bons quanto os nossos.

— Então o que você descobriu? — perguntou Graves, agora com urgência em sua voz.

— Você se lembra daquele sujeito Andrei Borovsky? O sujeito em cujo nome estava registrada uma das Vulcan 900? Os veículos de fuga do ataque à Sotheby's?

— Claro, o sócio minoritário na Zwinger.

— E se lembra do nome do outro sócio que descobrimos?

Graves pensou por um momento.

— Sergei Konitsev?

— Sergei Kutuzov. Nosso homem na FSB, o coronel Safin, enviou para nós algumas sujeiras sobre ele. Kutuzov tinha dois parceiros identificáveis, um indiano chamado Metha e um chinês chamado Chien. Os dois figuram no conselho da Zwinger and Dels. Agora o que diabos você imagina que eles estariam fazendo no conselho de uma empresa tão pequena como uma fábrica de artigos de couro, mesmo uma que vende cintos a 250 dólares?

— Estou entendendo aonde você quer chegar com isso.

Graves esticou a mão para pegar o telefone.

— O que você está fazendo?

— Ligando para Sir Richard.

— Por que não para Jack?

— Ele não está por aqui agora.

— Espere. Metha e Chien estão no ramo de drogas e pornografia, com certeza, e seus nomes estão ligados a duas outras operações importantes. O tráfico de órgãos humanos sobre os quais sabemos um pouco, mas também há uma boate privada aqui em Nova York em que eles também têm participação.

— E?

— A boate tem um dono.

— A maioria das boates tem.

— Esse demorou uma eternidade para desenterrar. Não consegui acreditar quando vi, mas chequei novamente, e depois outra vez, e parece não haver nenhuma dúvida.

— Desembuche de uma vez.

Lopez estava pronto para responder, quando parou para pensar:

— Isso é realmente algo muito grande, Laura. Talvez seja melhor eu falar disso para Jack antes.

— Você tentou contatá-lo?

— Sim, e ele não está respondendo.

— Ele não está aqui! — bradou Graves, frustrada. — Com certeza você pode me contar. E, se é tão importante quanto você diz, devemos falar diretamente com Hudson. — Ela pressionou. — Esse é o sujeito que pode estar com a tabuleta? Que sabe o que ela é e o que pode fazer?

— Acredito que deve ter uma conexão, sim. — Lopez falava lenta e suavemente.

— Então me conte! Todo esse discurso, e por que não a conclusão?

Lopez parecia ter tomado sua decisão.

— Jack primeiro — disse ele.

— Esse não é o momento para jogos, Leon.

— Nunca falei tão sério.

A tranca na porta de segurança externa apitou e a porta se abriu. Os dois se viraram para ver Marlow aparecer atrás da porta de vidro interna, que se abriu para ele depois de mais alguns segundos.

— Onde diabos você andou? — perguntou Lopez, a tensão fazendo sua voz falhar.

Ele mal notou como seu chefe parecia abatido e ainda mais descabelado do que habitualmente.

— O que aconteceu? — perguntou Graves.

— A armadilha está montada — disse Marlow a Lopez.

Ele se sentou. Parecia acabado, mas seus olhos tinham um fogo que nenhum de seus parceiros havia visto ali anteriormente.

— O que aconteceu? — perguntou Graves novamente.

— Tenho um relatório para ler. Da Dra. Shukman. Vai levar cinco minutos. Mas vou lhes contar tudo. O que vocês conseguiram?

— Leon descobriu algo... acho — falou Graves de forma seca.

— Laura queria levar isso a Sir Richard — explicou Lopez. — Achei melhor manter entre nós para começar.

— Isso é bom.

— Ele não quis me contar nada — disse Graves.

— Não antes de mim? — falou Marlow, ainda preocupado. — É melhor falar de uma vez — sugeriu ele, olhando para Lopez e acrescentando, em resposta à pergunta nos olhos do parceiro. — Laura precisa estar por dentro de qualquer coisa que você descobrir. Agora mais do que nunca.

— Uma questão de confiança — acrescentou Graves de forma ácida.

— Isso é importante — disse Lopez seriamente. — E peço desculpas à minha colega. Laura, você e eu não poderíamos ter cuidado disso sozinhos. E você tem uma relação com Sir Richard.

— Não é minha culpa que ele tenha me chamado à sua sala porque não fiquei na minha mesa aqui. Ele quer checar o que eu ando fazendo. Não vou sentar no colo dele, vocês sabem.

— Certo, Laura — falou Marlow. — Leon?

— Descobri quem é o quarto homem — disse Lopez.

— Qual é a história? — perguntou Marlow, e Lopez repassou o que ele contara a Graves.

— Então quem é ele?

— Dê uma olhada você mesmo.

Lopez virou a tela do terminal mais próximo e a tocou, abrindo um texto cheio de figuras e referências.

— Esse é um resumo da papelada — disse ele. — E tudo aponta para... aqui.

Ele tocou a tela novamente e arrastou até que uma foto aparecesse — uma grande fotografia colorida com um sorridente Rolf Adler.

108

O relatório da Dra. Ellen Shukman sobre a Dra. Su-Lin de Montferrat era conciso.

— É parcialmente conjectural — disse ela enquanto entregava a ele o envelope —, mas principalmente baseado em observações. Isso confirma suas suspeitas e fico feliz por já ter escrito isso quando você me contou sobre elas. De outra forma, você poderia me acusar de reagir a sugestões que você colocou em minha mente. Espero que não seja tarde demais.

Marlow, sozinho em sua sala, leu o relatório de Shukman, parcialmente decepcionado por ter seus piores temores confirmados, parcialmente aliviado por suas suspeitas serem, depois de tudo, bem fundamentadas.

> Seguindo sua instrução de que a perda da memória poderia ter sido fingida, podemos confirmar que, em algumas circunstâncias, tal espécie de atuação poderia ser utilizada pela paciente como uma forma de ser convincente até mesmo para si própria. Dessa forma, a paciente, se controlada adequadamente por um Outro dominante que compreenda suficientemente sua condição para lidar com ela, se mostraria uma ferramenta útil e quase totalmente confiável nas mãos desse Outro.
>
> A paciente, durante nossas entrevistas e pesquisas, indicou que cruzou uma fronteira psicológica, se libertando do que poderíamos chamar de inibições normais — certamente por ela quase com certeza ser incapaz de experimentar ou expressar emoções normais. [A última frase atingiu Marlow duramente.] De certa forma, a paciente habita uma área indefinida em que todos os aspectos morais estão borrados e

> qualquer regra é criada por ela mesma. Seu objetivo é exclusivamente o avanço na direção de seus próprios fins ou daqueles de seu Controlador. Nada mais, nenhuma outra consideração, tem absolutamente qualquer papel. "Qualidades" salientes nesse contexto incluem crueldade, frieza, egoísmo, deslealdades e falsidade. Essas "qualidades" somadas a uma função manipulativa altamente desenvolvida, permitem que a paciente funcione impecavelmente dentro de um mundo criado por uma psiquê defeituosa. Problemas para tal paciente incluem: falta de humor, comportamento antissocial e isolamento; tal paciente é emocionalmente imatura e superficial e, também, possuindo beleza física, vaidosa. Não sofrerá de nenhuma sensação de imperfeição pessoal ou inadequação. Para resumir, estamos diante de um aparente transtorno de personalidade limítrofe com elevados elementos psico/sociopatas, entre outras deformações disfuncionais.

Marlow leu o resumo duas vezes, suspirou, e colocou as páginas do relatório em seu triturador de papel. Tudo o que tinha que fazer agora era observar e esperar, e ele não achava que teria que fazê-lo por muito tempo. Ele tinha certeza de que Su-Lin não somente absorvera as informações que lhe foram passadas, mas também, como Marlow esperava e pretendia que acontecesse, que ela decidira que ele suspeitava dela e se prepararia para dar o bote.

Todos os mecanismos estavam preparados para que Su-Lin conseguisse escapar sem perceber que sua fuga estava sendo facilitada. Mecanismos também estavam preparados para que ela fosse seguida de perto em qualquer direção, independentemente do meio de transporte que utilizasse. O computador a que tinha acesso estava sendo monitorado de perto por um dos assistentes de Lopez.

O telefone azul tocou às quatro horas naquela tarde. Era o comandante do esquadrão no plantão de vigilância no esconderijo da 48th Street.

— Sr. Marlow?

— Sim?

— O alvo está a caminho. Táxi para o aeroporto Kennedy às cinco para as quatro. Perseguição iniciada.

— Fique de olho nela, mas não se aproxime muito. Lacre o apartamento até a equipe de peritos chegar. Aguarde instruções.

— Sim, senhor.

O telefone desligou. Marlow ficou sentado, pensativo. Ele esperaria até seu destino ser confirmado para se juntar pessoalmente à perseguição. Marlow tentou não pensar no risco que estava correndo.

Mas não havia muito tempo para reflexão. Uma mensagem de Graves, via intranet, pedia para ele contatá-la imediatamente. Ele foi até a área principal da Sala 55.

Graves estava esperando por ele, seu rosto sério.

— Podemos ter uma falha técnica — disse ela.

— O quê?

— Acabei de receber notícias de Hudson: há um atraso na entrega da carta de Reinhardt. Ele me pediu para retransmitir. Você deve vê-lo agora.

— Qual é o problema? — perguntou Marlow, entrando no escritório que cheirava a charuto e perfume.

Sir Richard, apesar de impecável como sempre, parecia perturbado.

— Nada sério. Problemas administrativos, na verdade.

— O quê?

Hudson abriu os braços.

— Parece que o Departamento de Segurança Interna ficou sabendo da operação. Estão preocupados com a possibilidade de afetar a segurança nacional. Precisam examinar a carta antes de a encaminharem.

— Quanto tempo isso vai levar?

— Eles disseram 24 horas.

Marlow sentiu seu corpo gelar. Jesus, fogo amigo a essa altura do jogo.

— Você não lhes contou o que está sendo colocado em risco? Vai haver mais do que essa porra de segurança nacional para se preocupar se não chegarmos lá antes.

— Não se preocupe. A carta está perfeitamente segura.

Marlow pensou na outra cópia, no cofre do Swiss Bank em Berna. Céus, ele esperava que ela estivesse em segurança.

— Vou pressioná-los para que nos enviem a carta mais rapidamente.

Marlow podia ter estrangulado o desgraçado contemporizador. Essa não era a hora para esses malditos jogos diplomáticos. Era a hora de tirar as luvas e derramar sangue na arena.

— Faça isso — disse.

Ele pegou a escada para voltar ao seu andar, suando. Assim que chegou à Sala 55, Marlow foi diretamente até um telefone azul e ligou para o comandante da vigilância para saber das novidades.

— Ela chegou ao aeroporto. Terminal Um. Aeroflot, Air China, Lufthansa. Entre outros. Várias possibilidades.

— Mantenha-me informado.

— Com certeza.

— Assim que souber qual é seu voo, coloque alguém a bordo. Consiga permissão da companhia aérea para uma linha de comunicação durante o voo também.

— Já estou cuidando disso.

Marlow desligou. Su-Lin era uma corda de segurança agora. Se seu rastro o guiasse a Adler então, levando em conta que Marlow descobriria a localização da tabuleta a tempo, ele poderia preparar a armadilha. Mas se não descobrisse...

E também tinha a possibilidade sempre presente de um interesse de terceiros na tabuleta. Marlow não havia se esquecido da relutância de Yale em colaborar na tradução do manuscrito de Ademar.

Será que o Departamento de Segurança Interna realmente estava interessado na carta de Reinhardt?

Por que o atraso *agora*?

Sua mente voava. Ele viu Graves o observando e lhe mostrou um sorriso amarelo. Não estava para conversa.

Lopez entrou na área principal, vindo de seu laboratório.

— Jack... Cristo, estou feliz por você estar aqui — disse Lopez.

Ele estava segurando um maço de papéis empilhados de forma atabalhoada em uma pasta azul.

— Diga que é uma boa notícia.

— Não acho que seja.

— O quê?

— Achei que você estava em sua sala. Estava prestes a ligar para você.

— Estava com Hudson. — Marlow olhou para Graves, tentando incluí-la na conversa. — Atraso na carta. Doze horas no mínimo. Departamento de Segurança Interna.

— Merda.

— Então me conte.

— Já limpei todas as informações importantes dos arquivos eletrônicos. Estou prestes a triturar tudo isso.

— Mas?

Lopez balançou a cabeça.

— Caramba, Jack, não sei como lhe contar isso.

— *Conte*!

— Alguém chegou lá antes. Só Deus sabe como eles entraram. Só ficou destravado por meia hora. Meu assistente principal...

— O que eles pegaram?

— O suficiente para saber o que pensamos sobre Reinhardt.

— Então eles terão uma ideia sobre a localização tão aproximada quanto à nossa?

— Não a localização exata, mas...

— Sem a carta, eles não podem saber disso.

— ... mas eles saberão que a carta existe. E saberão da cópia ainda no cofre em Berna.

Tudo culpa minha, pensou Marlow. *Tudo culpa minha*. Ele precisava consertar isso.

O telefone azul tocou novamente. Era o comandante da vigilância no aeroporto, mandando notícias.

— Novidades? — bradiu Marlow.

— Não é um voo de carreira. Jato particular. Voo de longo curso. Um Gulfstream V.

— Você conseguiu seu plano de voo?

— Está a caminho.

— Faça isso o mais rápido possível.

— Estou cuidando disso.

— Sabe quem é o proprietário?

— Licenciado para uma grande companhia. Maxtel.

— Jesus, ele deve estar confiante.

— O quê?

— Nada.

Houve um apito na linha.

— O quê? — O comandante da vigília estava falando com outra pessoa. Então ele voltou a Marlow. — O destino acabou de chegar.

— Onde?

— Berlim, Alemanha.

— Bom. Estou indo para lá. Seu contato aqui será Graves. Você se conectará a mim através dela. Quero que você me passe o registro, a hora estimada de chegada, se alguém está viajando com ela, tudo.

— Entendido.

Marlow desligou e olhou para seus parceiros.

— O jogo começou — disse ele. — Laura, quero que você arranje um jato de longo curso para me levar a Berlim o quanto antes.

— Mas eu também vou. — Graves parecia ansiosa.

— Não ainda. Preciso de você aqui. Leon, assim que a carta chegar, destrua-a e mande os detalhes de forma ultrassegura através de Laura. — Marlow olhou para ela. — Tudo bem por você?

— Estou aqui. Assim que precisar de mim, apenas assovie.

— Farei isso.

Marlow olhou para os dois.

— Hora da verdade — disse ele. — Seja o que Deus quiser.

109

Berlim, no presente

— Você se saiu bem — comentou Rolf Adler, sentado no sofá em seu escritório em Berlim.

— Obrigada.

— Uma pena o seu disfarce ter sido descoberto... mas não dá para ter tudo.

Su-Lin se empoleirou na poltrona perto dele — o móvel era tão grande e profundo que a teria engolido se ela recostasse — com lábios apertados.

— Eu lhe trouxe tudo que você pediu nessa missão. Espero ser recompensada, não criticada.

Adler a observou. Ele não estava acostumado a pessoas falando consigo daquela forma, mas aquilo o divertia e, no caso de Su-Lin, ele admitia que estava na companhia de uma parceira à sua altura. As conexões de Su-Lin com os De Montferrat e com Veneza o tinham colocado em contato com o doge Dandolo pela primeira vez. Suas conexões de negócios com o falecido pai dela lhe trouxeram um inesperado e incalculável bônus quando ele descobriu a filha, uma pequena ratinha ambiciosa que desejava ser uma leoa. Um caso tempestuoso e curto dera lugar a uma parceria de negócios muito mais satisfatória, e ele conseguira identificar e controlar um temperamento caprichoso, impiedosa e completamente amoral. A garota era perfeita para fazer o trabalho sujo, livre de qualquer traço de escrúpulo.

Sem ela, ele ignoraria completamente o maravilhoso destino que a vida tinha preparado para si próprio. Sem ela, ele não teria os meios para adquirir aquilo que agora tinha praticamente em suas mãos. Mas Adler sabia o que ela esperava. O combinado era que assim que a tabuleta fosse deles, eles governariam em uníssono. Adler não confiava nela mais do que imaginava que Su-Lin confiava nele, nem um pouco, mas ele conhecia as limitações da mulher e tinha algo que poderia satisfazê-la pronto para oferecer.

— Cinco milhões de francos suíços já foram colocados em seu nome em uma conta no Kleinwort Benson, em Genebra — disse ele a Su-Lin. — Como uma prova inicial de minha gratidão.

— Mas ainda não chegamos lá.

— Estamos na cara do gol — respondeu Adler. — Mas ainda não chegamos exatamente lá, você está certa. — Ele fez uma pausa. — Esse general Reinhardt... Eu gostaria de saber como a tabuleta chegou à sua posse.

— Isso é irrelevante.

— Ele era próximo de Hitler. Isso me faz pensar...

Adler já refletira sobre aquilo. Hitler falhara. Mas nem mesmo o Führer tinha seu conhecimento detalhado do funcionamento da tabuleta. Hitler não expulsara exatamente os judeus que poderiam tê-lo ajudado? Eles não tinham sido implacavelmente perseguidos e mortos, ou mandados para o exílio? Aquilo era irônico, e como o homem fora tolo. Tudo o que ele havia feito, muito além de sua destruição desastrosa, foi criar uma enorme perda à Europa e um enorme ganho aos Estados Unidos. Para controlar as pessoas, você tinha que enganá-las até um estado em que não estivessem mais cientes de que não pensavam por si mesmas.

— Temos informações suficientes para saber que a tabuleta está aqui em Berlim e, não apenas isso, que está guardada em algum lugar da coleção agora abrigada pelo Museu do Antigo Oriente Próximo. Nós também sabemos que uma cópia da carta de Reinhardt existe em um cofre de um banco em Berna. Essa carta dará a localização exata da tabuleta — disse Su-Lin, de forma direta.

— Pegar a coisa em Berna é fácil — disse Adler, de forma seca. — Tenho gente na Suíça que tem influência com aquele banco em particular e, como sabemos que o general nos deixou há muito tempo, um parente próximo com os papéis certos nas mãos pode ser arranjado para apanhar seus pertences restantes mesmo depois de todo esse tempo. Não temos que recorrer a qualquer tipo violência ou roubo e nem teremos que arcar com os custos que isso acarretaria. Mas precisamos agir rápido. Marlow já vai estar atrás disso. — Ele pensou por um momento. — O que precisamos é de alguém que possa decifrar a tabuleta para nós quando a tivermos. Alguém que possamos garantir que tenha esse conhecimento e que nos mostre resultados rapidamente. Ela já esteve em nossas mãos, mas Marlow a resgatou. Para nossa sorte, no fim das contas.

— Aquela tal de Graves?

— Exatamente.

— Sabemos onde ela está. Surpreendê-la poderia ser um esforço e tanto.

Adler sorriu.

— Você me subestima — disse ele.

— O que quer que precise ser feito deve ser feito agora.

— Infelizmente, seria bom usá-la. Mas receio que, como você diz, sua utilidade nessa conexão chegou ao fim.

— Meu trabalho tem sido impecável.

— E recompensado.

— Até agora.

Adler olhou para ela.

— Você está confortável em seu apartamento aqui?

Ela olhou de volta para ele, precavida.

— Sim.

Adler abriu os braços de forma expansiva. Ele instalara sua aliada em uma cobertura perto de Charlottenburg, com seu próprio elevador exclusivo e sua própria firma de segurança a vigiando. Do último detalhe ela não tinha conhecimento. Se tivesse, Su-Lin também já saberia que era uma mosca que já fora capturada em uma rede.

— Coloquei um carro e um motorista à sua disposição. Sugiro que você relaxe por alguns dias, aproveite o tempo livre. Assim que a Srta. Graves nos for entregue com sucesso, eu lhe chamarei para ajudar a persuadi-la a... nos aconselhar. Estou confiante de que ela vai mudar de opinião.

— Você vai demorar dois dias para capturá-la?

— Menos, espero. Mas essas coisas demandam um pouco de organização.

— A Intersec já é organizada.

— Não se preocupe com a Intersec — falou Adler, de forma sucinta; mas ele viu a expressão dela mudar por causa do sorriso malicioso em seu rosto que o audacioso homem não conseguia disfarçar, então se recompôs, mostrando um sorriso vago. — Onde está minha educação? Deveríamos estar celebrando nossa conquista.

— Temos tempo para isso?

— Permita-me — respondeu Adler, mantendo sua paciência a rédeas curtas.

Ele se levantou e, cruzando a sala até uma geladeira escondida, pegou uma garrafa de Dom Perignon dentro dela e duas taças geladas. Colocou tudo sobre a mesa, abriu a garrafa e serviu a champanhe, então deu a volta em sua mesa e, destrancando uma gaveta, tirou uma pequena caixa preta. Ele a colocou ao lado dos óculos de Su-Lin.

Su-Lin olhou para ele desconfiada, mas a abriu. Ela continha um relógio de pulso Cartier de ouro branco.

— O tempo estará, espero, sempre ao nosso lado a partir de agora — disse Adler.

— Obrigada — falou ela, levantando-se e dando um beijo no rosto do homem.

Ele resistiu ao impulso de recuar. Mas ele sabia que o relógio que ela estava agora colocando no pulso não ficaria lá por muito tempo.

— O prazer é todo meu — respondeu ele, com um sorriso largo.

— Como é que os britânicos dizem? Um brinde ao crime?

Ela mostrou um sorriso frio.

— Muito espirituosa, Dra. De Montferrat.

Eles juntaram os copos e beberam. A champanhe com leves traços de nozes estava deliciosa.

Após a saída dela, Adler convocou sua nova assistente pessoal.

— Pequeno trabalho — disse ele. — Uma pequena arrumação para ser feita.

O rosto da assistente não tinha nenhuma expressão.

— O senhor quer que eu entre em contato com Trotter e Sparkes?

Adler sacudiu a mão em negativa.

— Isso não é necessário. Não requer realmente habilidades especiais. Os garotos de Pankow devem ser capazes de cuidar do caso. É relacionado à Dra. De Montferrat.

— Quando, senhor?

— Hoje à noite, o mais tardar. Por falar nisso, ela tem um relógio Cartier que eu não me importaria em ter de volta. E congele aquela conta no Kleinwort Benson assim que o trabalho estiver acabado.

— Sim, senhor.

— Eu preciso de Trotter e Sparkes para outro trabalho — continuou Adler. — Então chame-os aqui imediatamente para eu lhes passar as instruções. Peça que façam malas para uma noite fora e prepare o Gulfstream. Eles trarão outra pessoa com eles.

— De onde, senhor?

— Ah — falou Adler. — Nova York.

110

Nova York, no presente

Graves estava sentada em seu apartamento bebendo uma taça de Chablis e observando enquanto o crepúsculo envolvia seu manto sobre o horizonte nova-iorquino.

Logo antes de sair da Intersec, ela repassara a informação sobre Su-Lin enviada a Marlow pelo comandante da vigília. Ele agora estaria em Berlim. Ela tentou imaginá-lo lá, perguntando-se se ele estaria dormindo, se teria tempo para dormir.

Havia sido um longo dia, de tensão, de ansiedade, aguardando notícias da Suíça que eles tinham a esperança de que confirmassem que a cópia da carta de Reinhardt no cofre do banco em Berna não tinha sido retirada. A última notícia do banco fora que ela estava guardada, mas havia uma cláusula bastante rígida segundo o e-mail da instituição que dizia que a responsabilidade era entregá-la, se solicitada, a qualquer um com a autorização correta. Não existia nenhuma possibilidade, disseram eles mais formalmente, de a confidencialidade de seu cliente ser comprometida, independentemente de quanto tempo tivesse passado. Durante aquela tarde Graves havia preparado um mandado para ser usado contra o banco no caso de necessidade, forçando-os a entregar a carta à Intersec.

Quanto à cópia guardada nos arquivos da OSS e depois transferida para a CIA, Sir Richard, pelo menos dessa vez, tinha cumprido sua promessa. Ela havia chegado à Intersec depois de um atraso de apenas nove horas, e Lopez tinha confirmado rapidamente que, em alemão perfeito — apesar de um pouco datado, ela continha não apenas o local da tabuleta, mas também como ela poderia ser identificada. Era um pequeno conforto saber que sua dedução de que ela estaria agora no Museu do Antigo Oriente Próximo estava correta. Mas, o que era mais inquietante, a própria carta dava autoridade a seu portador para exigir que a tabuleta fosse imediatamente entregue a ele pelo diretor do museu. Não estava claro se a carta que estava em sua posse ou aquela que estava em Berna, ou ambas, tinham algum peso em um cenário assim. Por segurança, a carta que eles possuíam estava sendo enviada a Marlow agora em um malote diplomático carregado por um agente de campo da Intersec que estava na comitiva pessoal de Sir Richard. Máxima prioridade e segurança total. Importante assim.

Graves gostaria de ter sido selecionada para ser a mensageira, mas a Intersec temia que, depois de sua breve captura pelas forças que eles eram agora capazes de identificar como seu adversário mais provável, ela estivesse visada. Então a agente deveria viajar separadamente. Ela teve que aceitar esperar até o dia seguinte, quando pegaria um voo para a capital alemã em um Falcon da Intersec para se juntar a Marlow. O ponto de encontro em Berlim seria enviado a ela através de uma mensagem de texto codificada quando chegasse.

Ainda era o começo da noite, mas seu voo partia na alvorada e ela estava exausta. Graves terminou seu vinho e ligou a televisão. Estava passando um episódio de *Frasier* — Eddie estava sofrendo de algum tipo misterioso de depressão que afetava Martin e toda a casa. Ela deixou a televisão ligada e, tirando a roupa, preparou-se para tomar uma ducha e se deitar com uma maçã e um bom livro. Estava determinada a finalizar *A princesa de Clèves* antes de partir; ela achava o estilo formal e antiquado algo reconfortante. E já sabia que ele acabaria mal. Honra à frente da autogratificação. Mas qualquer curso levaria ao fim da heroína, coitadinha. Algumas vezes, você simplesmente não podia vencer.

Foi depois de seu banho, depois que ela tinha se secado, vestido seu quimono — seda branca, com um dragão dourado bordado nas costas — e voltado à sala de estar, que ela sentiu que algo estava errado.

A televisão ainda murmurava suavemente, tudo estava em seu lugar, como estava antes. Mas...

Ela ficou parada em total silêncio no centro da sala. Sua automática estava em sua pasta ao lado do sofá e seu telefone celular exclusivo da Intersec estava sobre a mesa de centro junto à edição do mês anterior da *The New Yorker* aberta em uma resenha de uma retrospectiva de Pollock no Museu de Arte Moderna de Londres. Por alguma razão, ambos objetos lhe pareciam distantes, separados dela por uma jornada perigosa de apenas alguns metros. As sombras tinham ficado mais profundas enquanto ela tomava seu banho, e Laura ainda não tinha ligado as luzes. A iluminação do dia havia desaparecido e a única claridade na sala vinha do horizonte elétrico da cidade do lado de fora de suas janelas.

Silêncio. Nada. Ainda assim ela sentia — tinha certeza — que não estava sozinha. O que era aquilo? Um odor leve? Óleo de patchouli? Algo que a fazia lembrar de sua mãe quando ela era uma menininha. Sua mãe tinha ido a Woodstock. Ela também se envolvera nas manifestações estudantis em Chicago e, depois, em Kent State — ela estava parada ao lado de Allison Krause quando a Guarda Nacional matou a jovem a tiros. Sua mãe teria ficado horrorizada se soubesse o que Graves fazia da vida; ela não teria entendido aquilo.

Por que aqueles pensamentos estavam vindo a Graves agora? Agora, com o cheiro de óleo de patchouli e a sensação de perigo iminente?

Nas sombras, alguém fungou e uma luz se acendeu. Uma luminária Aram que ficava pendurada sobre o sofá, sua luz se espalhando apenas o suficiente para revelar a forma de uma mulher rechonchuda com um vestido largo coberto com flores. Ela estava usando um chapéu de palha sobre os cabelos escuros compridos. Graves não podia ver nada do rosto além da boca.

Ela sorriu.

— Não se assuste, querida.

— Quem diabos é você?

A mulher deu uma risada.

— Sua agente de viagem.

Graves fez um cálculo rápido. Não existia nenhuma possibilidade de ela pegar sua arma na pasta, mas se conseguisse segurar a própria pasta e usá-la para atacar, ela poderia simplesmente...

Ainda quando ela estava começando a partir na direção da pasta, um braço ossudo e incrivelmente forte envolveu sua garganta por trás e a puxou para perto de um corpo que, debaixo de suas roupas, parecia esquelético. Um cheiro levemente azedo e antisséptico.

— Bons sonhos — disse uma voz masculina perto de seu ouvido e, enquanto lutava para se soltar, ela sentiu uma agulha hipodérmica pressionar com força a parte superior de seu braço direito.

111

Berlim, no presente

O atraso de nove horas causado pelo Departamento de Segurança Interna e o tempo adicional que o mensageiro da Intersec levou para entregar a carta tinham causado um estrago. O tamanho do prejuízo ficou claro para Marlow no momento em que o curador das Antiguidades Mesopotâmicas do Museu do Antigo Oriente Próximo expressou, com alguma vergonha, seu pesar.

— Você tem que entender que não houve nada que pudéssemos fazer — disse ele. — As condições do empréstimo estavam perfeitamente claras e nos apresentaram credenciais impecáveis.

Eram quatro da tarde. Do lado de fora, o sol brilhava forte no ar limpo de Berlim, zombando do estado de espírito sombrio de Marlow.

A tabuleta fora entregue a uma jovem mulher que se apresentara como *frau* Birgit von Machtschlüssel-Reinhardt na noite anterior; depois de metade de um dia checando referências que tinham sido confirmadas com velocidade extraordinária. A transação deve ter acontecido logo depois que Marlow pousou em Berlim. Assim que a carta chegou a suas mãos, Marlow foi ao museu e foi recebido com a notícia de que a tabuleta havia sido levada.

— Foi muito repentino... bastante irregular. Inédito, em minha experiência; mas a tabuleta em questão não estava realmente sendo exposta e a senhora foi insistente. Ela disse que tinha um tempo limitado em Berlim, então não tivemos alternativa.

Marlow ficou em silêncio.

Ela deixou um endereço, número para contato, e-mail, claro.

Marlow se lembrou da combinação do recipiente de aço que carregava a caixa de Ademar vazia e sua chave: 13-1-24. M-A-X. Maxtel.

Adler saberia que ele o estava seguindo. Será que a tabuleta ao menos ainda estaria em Berlim? E quanto tempo restava? Se Adler já soubesse como usá-la, ele não tinha absolutamente nenhuma chance.

Mas Marlow ainda precisava tentar.

Ele pegou o carro para voltar a uma curta distância até a base da Intersec em Berlim, onde estabelecera um modesto centro de operações. Algo mais estava perturbando sua mente. Por que Graves ainda não havia chegado ali? Ela deveria ter feito contato a essa altura, mesmo levando em consideração a diferença dos horários. Aliás, a diferença no fuso horário, ele refletiu enquanto acelerava pela nascente hora do rush — ignorando as buzinas indignadas de outros motoristas, tinha sido outro fator para a vantagem de Adler, pois ela lhe deu outras seis horas, tempo mais do que suficiente para ele retirar a carta no banco em Berna, o que, com sua influência, deve ter sido uma tarefa simples.

Na base da Intersec ele encontrou mais notícias ruins. Piores, se possível, do que as que ele já havia recebido.

Em resposta à mensagem que esperava, ele fez imediatamente uma ligação prioritária para Lopez.

— Graças a Deus — disse Lopez, assim que ouviu a voz de Marlow.

— O que aconteceu com ela?

— Nossos homens foram ao apartamento dela às quatro horas da manhã para buscá-la para seu voo. Eles ligaram antes e ninguém atendeu. Quando chegaram lá, ninguém atendeu a porta também. Obviamente eles tinham cópias das chaves da casa dela, mas quando eles entraram, nada.

— *Nada?*

— Nenhum sinal. Nada fora do lugar. Absolutamente nada. Sua mala estava parcialmente feita ao lado de sua cama, mas ninguém tinha dormido lá.

— Certo, Leon.

— Estamos seguindo todas as pistas. A perícia foi até o local. Um ou dois pequenos elementos, fibras de roupas, algumas impressões digitais, mas não estou otimista.

— Acho que não precisamos da perícia para descobrir o que aconteceu com ela — falou Marlow, com a garganta seca. — E precisamos encontrá-la, não precisamos descobrir como eles conseguiram chegar até ela. O que aconteceu com o cordão de isolamento dela?

— Estava a postos, mas que diabos, ela não é a única pessoa que mora em seu quarteirão. E você manteve tudo discreto para não chamar atenção para nós. O interesse de terceiros, lembra? Os outros sujeitos que você acha que estão interessados na tabuleta, além da Maxtel?

Marlow ficou em silêncio.

— O que você quer que eu faça? — continuou Lopez. — Quer que eu vá até aí?

Marlow pensou. Lopez era a única outra pessoa, além de Graves, que estava totalmente a par. Ele poderia ser útil em Berlim. Mas a necessidade de manter alguma espécie de âncora em Nova York pesava mais.

Até que ponto aquele atraso de nove horas tinha sido proposital?

E ele não dispunha do tempo que levaria para Lopez chegar na Alemanha, mesmo se ele embarcasse em um avião imediatamente.

— Temos uma chance — disse ele. — Graves ainda está equipada com um implante de localização, não está?

— Está. Se Adler não ficou sabendo sobre ele.

— Ative o dispositivo.

Marlow desligou. Ele olhou à sua volta na sala funcional em que estava sentado. Paredes brancas lisas, peças de madeira acinzentada, uma cortina simples cobrindo a janela quadrada. Luz fria e impessoal. Por um momento ele se sentiu desamparado.

A não ser que Adler tivesse especialistas em seu bolso — e Marlow já suspeitava que a demora na tradução por parte de Yale se originara dele —, então Graves era a única pessoa em cena além dele mesmo e de Lopez que tinha conhecimento garantido da tabuleta, e ela era a única pessoa que poderia interpretá-la. Se Adler tivesse todas as informações de que precisava, a não ser os meios vitais de usar as instruções que lhe abririam a porta para o poder ilimitado, então a conclusão era...

Onde quer que ela estivesse agora, a tabuleta e Adler estariam com ela.

Adler planejara cada passo desse caminho. Se ele soubesse sobre o rastreador no braço de Graves, eles estavam perdidos.

112

O quarto era escuro, revestido de madeira, a única luz — se era natural ou artificial, ela não tinha como dizer — entrando por janelas que se resumiam a meras frestas no alto das paredes. Uma luz indeterminada. Ela não podia descobrir pela iluminação que horas eram. Percebeu que estava enfraquecendo lentamente. O crepúsculo devia estar se aproximando.

Ela não sabia há quanto tempo estava ali, não sabia onde estava. Estimou que estava consciente há cerca de dez minutos desde que a droga que tinham injetado nela perdera o efeito. Ainda estava grogue, mas seus olhos eram capazes de focar e a dor de cabeça que estava sentindo era suportável. Ainda vestia o quimono que usava quando eles a tinham capturado, e seu corpo nu parecia vulnerável debaixo dele.

O quarto era mobiliado de forma simples. Havia uma mesa comum, duas cadeiras de madeira simples e a cama de solteiro em que ela estava deitada. *Uma cela*, pensou. *Eles me colocaram em uma cela.*

Ela já havia se levantado sobre um cotovelo e agora se colocava de pé de forma instável. Sua cabeça ainda estava um pouco zonza, mas ela manteve o equilíbrio. Graves começou a explorar o pouco que havia para ser explorado no quarto, mas, depois de alguns passos, teve que se sentar em uma das cadeiras. Ela notara que havia uma porta, feita de aço, sem maçaneta ou qualquer outra característica. As frestas das janelas estavam dois metros acima do ponto mais alto que ela era capaz de alcançar, mesmo se subisse na mesa, e eram muito estreitas, de qualquer forma, para que qualquer um passasse, e tinham vidraças espessas sem sinal de qualquer mecanismo para abri-las.

Então ela estava presa.

Graves podia imaginar quem a tinha capturado e o motivo. Tudo o que ela podia fazer era esperar.

No entanto, a agente não teve que esperar muito.

Eles deviam a estar observando, pois logo depois a porta se abriu sem fazer barulho e um homem elegante, com cerca de 50 anos, entrou. Vestido impecavelmente com um terno cinza-carvão. Nem um fio de cabelo fora do lugar. Tinha mãos belas e elegantes cujos dedos se estendiam até unhas imaculadamente cortadas. Ele carregava uma pequena pasta de couro preto, que colocou sobre a mesa. Ela conhecia seu rosto. Aquilo não a surpreendia.

Ele foi seguido pela mulher rechonchuda que tinha estado em seu apartamento e um homem alto, ossudo e impossivelmente magro. Os dois estavam incongruentemente vestidos com macacões de nylon cinza e luvas cirúrgicas. Óculos de plástico estavam pendurados em seus pescoços, e suas cabeças estavam cobertas por toucas de nylon de enfermagem. O homem estava carregando um plástico ou uma lona, do tipo que você coloca sobre o chão para protegê-lo quando está fazendo obras.

A porta rangeu atrás deles e se fechou com o clique mais suave.

O homem de terno abriu cuidadosamente o zíper da pasta que estava carregando e de dentro dela tirou uma bolsa de veludo cinza, da qual ele tirou um pequeno objeto retangular, que parecia ser feito de terracota, e colocou-o sobre a mesa diante dela, sobre sua pequena bolsa. Graves soube imediatamente o que era aquilo.

— Se você está contando com a possibilidade de ser resgatada, não conte com isso — falou o homem, finalmente. — Mas não tenho muito tempo. Preciso de sua ajuda. Um pequeno trabalho de tradução.

— Você não vai conseguir — respondeu Graves.

— Eu acho que vou — respondeu ele. — Eu poderia lhe dizer que já estamos observando a casa de sua mãe em Mount Vernon. Eu poderia até mesmo lhe dizer o número da casa e o nome da rua. Mas você ainda poderia achar que eu estou blefando e que ela não poderia estar realmente em perigo. Então...

Ele enfiou a mão na pasta novamente e de dentro dela tirou mais dois objetos, que colocou perto dele sobre a mesa. Graves olhou para eles e se encolheu. Um bisturi e uma pinça de joalheiro. Atrás dela, a agente ouviu um barulho discreto e se virou parcialmente para ver o homem ossudo desdobrando o plástico e abrindo-o sobre o chão.

— Meus parceiros são bastante experientes com essas ferramentas simples — disse Rolf Adler. — Tire seu quimono.

— Deixe-me ajudá-la, querida — falou a mulher rechonchuda, aproximando-se. O cheiro de óleo de patchouli era dominante naquele espaço confinado. — Não lute.

Ela removeu o quimono do corpo de Graves e o deixou atrás dela sobre a cadeira. Graves tentou pegá-lo de volta para se levantar, mas ela ainda estava desequilibrada e não conseguia pensar claramente. O pouco de força que tinha recuperado agora desaparecia.

Adler olhou para a prisioneira de forma séria por um momento. Então, delicadamente, pegou a pinça e a entregou ao homem magro, que se aproximou para recebê-la e colocou os óculos sobre os olhos.

— Agora — disse ele a Graves novamente. — Preciso de sua ajuda.

113

— Conseguimos um sinal, mas é fraco — disse Lopez a Marlow. A linha segura entre Nova York e Berlim era frágil, e Marlow tinha que se esforçar para entender a voz de seu parceiro. — Devo lhe mandar?

Marlow foi até a janela de seu hotel em um esforço inútil para melhorar a recepção.

— Diga — solicitou.

Ele não queria envolver muito seu colega da Intersec em Berlim. Já não tinha mais certeza de quanto a informação podia ser contida. Olhou para o mapa em grande escala da capital alemã e suas cercanias imediatas, aberto como uma colcha sobre a cama.

— Um lugar chamado Bönigsdorf. Pequeno. Cerca de quinze quilômetros a sudoeste de Potsdam. Há uma mansão bem nos arredores da vila. Não é um lugar grande, mas é velho. Paredes muito grossas. Uma espécie de minifortaleza. Reformada recentemente, fica sozinha em um jardim cercado, grande, dois acres. Nada de segurança por lá.

— Foi lá que ele se escondeu?

— É lá que está Graves, de acordo com o rastreador.

— Você acha que ele sabe do implante?

— Céus, espero que não.

Nenhum dos dois expressou o medo que eles compartilhavam. Para separar Graves do implante, Adler teria que arrancá-lo de seu braço. Mas ele teria que achá-lo primeiro.

— Encontrei o lugar — falou Marlow, colocando a ponta do dedo sobre o mapa.

— Você pode precisar de reforço.

— Se precisar, eu peço. Vou verificar sozinho primeiro.

— É melhor você se apressar.

— Ela não vai colaborar.

— Ele não lhe dará nenhuma escolha. E se ele não precisar dela?

— Para traduzir a coisa? Não, ele planejou isso. Ele vai levar muito tempo para arranjar outra pessoa em quem ele possa confiar para fazer isso. Adler deixou que nós fizéssemos toda a preparação para ele.

Marlow desligou. Ele colocou roupas escuras rapidamente — jeans preto, botas macias em preto fosco, uma camisa de gola rulê da mesma cor, sobre a qual prendeu o coldre para sua automática. Colocou uma faca resistente em sua bainha no cinto e vestiu uma jaqueta de camurça preta por cima, enfiando as luvas de couro preto em um de seus bolsos. No outro, guardou uma pequena lata de spray. Então Marlow desceu até a garagem e pegou o carro que ele vinha usando, um Porsche 911 cinza-escuro metálico. No seu porta-malas o agente pegou uma submetralhadora, sua habitual FN-P90, e duas granadas dispersoras.

Ele tomou uma rota que saía da cidade na direção sudoeste, seguindo na direção do sol que se punha.

Assim que estava fora dos limites da cidade, a escuridão que crescia o engoliu e as estradas se tornaram solitárias. Ele dirigia rápido, mas de forma constante, e chegou ao seu destino no meio da noite. O local era como Lopez o havia descrito. Marlow estacionou a 100 metros e caminhou pela estrada de terra que levava até depois da casa. Tudo estava silencioso, a não ser pelo suave farfalhar dos galhos na brisa leve.

Seus sentidos estavam em estado de alerta total, mas ele não foi rendido, nem podia detectar nenhuma pista de alguém o observando.

Alcançou o muro e o contornou até chegar ao portão. Muito delicadamente, ele o testou — trancado — e pela sua grade verificou o que era capaz de ver da casa.

Aquela era a única construção na região; ele não tinha passado por nenhuma no último quilômetro e não havia qualquer outra que ele pudesse ver enquanto examinava a mata ao redor, que parecia monocromática, tons de cinza sob a luz de uma lua quase cheia. Uma casa quadrada, sem decoração, a não ser um pórtico modesto que cercava a porta da frente. Outra porta nos fundos e uma terceira no lado oeste fechada com tijolos. Dois andares de janelas elevadas e um andar mais alto em que eram menores; pequenas frestas de janelas perto da base da construção, o que indicava um porão ou alguma espécie de subsolo. Nenhuma construção externa a não ser uma garagem dupla. O local era cercado por um muro de cerca de 3 metros de altura, no qual existia uma entrada, um portão duplo de ferro de onde saía um caminho que passava por jardins bem-cuidados com árvores e arbustos verde-escuros, até chegar à porta da frente e à garagem ao leste. O portão e a porta da garagem estavam fechados e não havia sinal de luz em nenhuma das janelas, até onde Marlow era capaz de ver, mas em muitos pontos sua visão estava impedida pelo muro. Ele não podia enxergar absolutamente nada do lado norte da casa.

Parecia impossível não haver nenhum guarda, mas Marlow imaginou que Adler poderia ter vindo até aqui com uma equipe reduzida. Como Marlow, ele gostaria de manter sua descoberta próxima até que tivesse total certeza de que poderia usá-la. Mas haveria vigilância eletrônica. O agente precisaria correr aquele risco. Até onde ele podia ver, não havia câmeras nas árvores, mas teria que se arriscar com detectores passivos de campos magnéticos e sistemas microfônicos ou de campos de desmagnetização.

As barras do portão eram muito próximas para que ele pudesse passar por entre elas, mas era possível escalar o muro, e ele não era coberto com arame farpado ou qualquer outra coisa que impedisse a entrada. Marlow deu a volta até chegar a um ponto que julgou estar fora do campo de visão da maior parte das janelas. Dobrou os joelhos e saltou, conseguindo na segunda vez segurar o topo do muro e, com dificuldade, se arrastou até conseguir passar uma das pernas sobre ele. Marlow abaixou o corpo, recuperando o fôlego e escutando com atenção, apenas uma sombra entre outras. Depois de esperar por dois minutos, passou a perna que estava do lado de fora sobre o muro e, depois de mais um segundo de pausa, desceu o corpo sobre a grama abaixo dele.

O agente permaneceu abaixado ali. Então, cautelosamente, seguiu na direção da casa, usando sua lata de spray para procurar linhas de alarme infravermelho. Poderia haver detectores de fibra ótica, também, mas ele não era capaz de ver nenhum poste de campo elétrico e ainda não havia nenhum sinal de câmeras de segurança.

Silencioso como um gato, Marlow se aproximou cada vez mais da casa. Começou a verificar as janelas, procurando uma maneira de entrar. Teria que se manter mais silencioso do que nunca e, mesmo que o jardim não fosse vigiado, a casa certamente seria. Ele estava bem armado, mas estava sozinho. Sua única carta na manga era o elemento-surpresa.

A uma distância de 10 metros da parede mais próxima da casa, percebeu que dois vultos baixos e escuros vieram correndo de trás da ponta mais distante em sua direção. Baixos, silenciosos e muito velozes.

Cachorros. Adler tinha escolhido o mecanismo de defesa mais antigo e mais eficiente que existia.

Não adiantava correr. Muito longe para voltar ao muro, os cachorros o alcançariam em segundos. E ele não tinha spray de pimenta. Marlow poderia cuidar de um cão em silêncio, mas não dois. Ele sacou então sua automática e se abaixou, preparado.

Teve sorte. O cachorro que liderava se aproximou para atacá-lo primeiro. Os dois eram Dobermans, feras de focinhos compridos, o que tornava seu trabalho mais fácil, mas cruéis e letais como Lugers. Marlow levantou seu braço esquerdo para dar ao cão algo para atacar, levantando-se levemente enquanto fazia aquilo e se preparando para o peso do corpo do animal quando pulasse sobre ele com a mandíbula aberta, pronto para fechá-la sobre o alvo ofertado. Assim que ela tinha se fechado e Marlow sentia os dentes forçando contra o couro espesso de sua jaqueta enquanto tentava alcançar sua pele, ele levantou a arma e bateu com sua coronha contra o focinho do cachorro, bem no topo, entre os olhos. A fera morreu instantaneamente, sem nem mesmo um uivo, e Marlow se sacudiu para se livrar do cão e lidar com seu companheiro, que estava mordendo seu tornozelo, rosnando, mas sem latir. Agora o animal sentiu o perigo e hesitou, olhando nos olhos de Marlow, mas sem pular sobre ele, como tinha esperado que o cão fizesse. Impasse.

Agilmente, mas com firmeza, ele guardou sua arma e desembainhou sua faca. O cachorro soube que Marlow não sentia medo dele e mostrou dúvida. Apenas segundos tinham se passado. O agente precisava se aproveitar da hesitação da besta e atacar, mas o cão se manteve abaixado.

Então era tarde demais. O animal chegou a uma decisão, virou-se e correu de volta na direção de onde tinha vindo.

Momentos depois, houve um som confuso de vozes masculinas. Vozes rudes, gritando entre si em — que língua? Alguma língua eslava, de qualquer forma. Luzes se acenderam na casa e, enquanto Marlow se encostava contra a parede, vultos escuros apareceram por de trás das pontas da casa em ambos os lados. Alguém vociferou uma ordem e, em um instante, todo o jardim estava banhado na brancura flagrante e monótona de holofotes. Ele ouviu os cliques ameaçadores de travas de submetralhadoras.

Marlow não tinha para onde fugir. Rezando para que o vidro da janela atrás dele não fosse reforçado, o agente bateu com a cantoneira de sua submetralhadora na vidraça mais próxima. Ela se estilhaçou facilmente; vidro antigo, talvez até mesmo a vidraça original. Não havia necessidade de se preocupar se os alarmes internos soariam agora.

Enquanto as metralhadoras começaram a pipocar, ele se jogou para dentro através da janela de parapeito baixo, quebrando mais vidro e suportes de madeira delicados com seu peso enquanto rolava sem parar sobre o chão de carvalho polido da sala que ficava do outro lado.

Não havia ninguém lá. Ainda. Ele se levantou rápido e se virou novamente para a janela. Os guardas, correndo a toda velocidade, ainda estavam berrando entre si em uma língua que Marlow agora reconhecia como sérvio. Não eram mercenários treinados; não para esse tipo de trabalho, de qualquer forma. Eram imprudentes demais. Ele ficou abaixado junto à janela até saber que seus perseguidores estavam perto. Então ele se levantou abruptamente e empunhou a FN-90, disparando na altura do rosto um arco de fogo fulminante à queima-roupa.

O silêncio depois do barulho ensurdecedor ecoou tão profundamente quanto o mar. Em algum lugar naquele silêncio, no que parecia ser a 100 quilômetros de distância, o Doberman sobrevivente gania com medo.

Cinco corpos estavam esparramados inertes sob a janela. Apenas um se movia, mas nenhum som saía do rosto contorcido, pois todo o seu maxilar tinha sido arrancado por uma bala.

Marlow ficou escutando no silêncio, mas não havia nada. O cachorro parou de ganir e o único barulho que se restabeleceu foi o som do vento nas árvores. A luz branca banhava tudo em um brilho misterioso.

Então ele ouviu outro som. Rangido, zumbido. O portão eletrônico se abrindo.

O portão da garagem.

Marlow esticou o pescoço pela janela. À sua direita, ele podia ver o portão principal se abrindo. Então o som de um carro. Um utilitário Porsche preto saiu da garagem com o motor roncando e, enquanto acelerava no caminho até passar pelo portão, ele viu de relance os passageiros: uma mulher rechonchuda no volante e ao lado dela um homem magro, ambos vestidos com o que pareciam ser macacões.

Ele saltou pela abertura, arma preparada, e seguiu na direção da garagem.

Seu interior estava iluminado. Havia um segundo carro ali, um Rolls Royce vermelho-borgonha. Ao lado dele estava Adler, com uma arma em sua mão direita. Sua outra mão segurava a parte superior do braço de Graves de forma selvagem, enquanto ele a empurrava na direção do veículo.

Marlow apareceu no campo de visão, sacando sua HK, mas receoso de disparar um tiro, pois o corpo de Graves estava na linha de fogo entre ele e Adler. Graves o viu, e Adler seguiu sua atenção com seus olhos antes que ela pudesse disfarçar. Praguejando, ele girou sua arma e disparou descontroladamente. Uma das três saraivadas que ele desferiu encontrou alvo no ombro de Marlow, no mesmo local de sua ferida anterior. Marlow perdeu o equilíbrio, enquanto sentia sua clavícula se partir, e caiu. Adler estava manejando uma AutoMag V e a bala de calibre .50 tinha causado um estrago e tanto. Quando Marlow conseguiu se levantar em um joelho e apontou sua arma com a mão trêmula, Adler havia tido tempo para empurrar Graves para dentro do carro, batendo de forma calculada um pouco acima de sua nuca para dominá-la, além de se posicionar ao volante.

Marlow atirou nos pneus enquanto o motor do Rolls Royce ganhava vida, mas sua mira foi ruim e suas balas acertaram o para-choque. O carro grande virou lentamente na estradinha que levava ao portão, ganhando velocidade pouco a pouco. Não dá para apressar um Rolls Royce.

Mas então algo aconteceu. O portão principal começou a se fechar. Adler acelerou para passar antes que ele se fechasse, mas uma mulher tinha aparecido, emoldurada pelo pórtico, no meio da rua que levava até o lado de fora, capturada pela luz. Uma mulher magra no fim da meia-idade. Adler seguiu diretamente em sua direção, mas ela não fez nenhuma menção de se mover. Em vez disso, ela levantou sua mão direita. Segurava uma arma minúscula — uma Ruger LCP. Ela levantou a outra mão para firmar ambas na arma e disparou logo antes de o carro chegar até ela. A bala .38 foi suficiente para estilhaçar o para-brisa. O carro grandalhão deu uma guinada no último instante, acertando a mulher e jogando-a para o lado antes de bater contra uma das pilastras do portão. Chamas surgiram debaixo do capô em um instante.

Marlow correu, seu coração pulsando contra suas costelas doloridas. A certa altura ele tropeçou, torcendo um tornozelo, mas se forçou a se levantar e continuou a correr, alcançando o carro e abrindo com um solavanco a porta traseira mais próxima. Usou seu braço bom e toda sua força para arrastar o corpo inconsciente de Graves pelas pernas, puxando-a sobre a grama até o mais longe que conseguiu antes de desmoronar. Do outro lado da estrada, ele podia ver a forma de uma mulher, vestida com um sobretudo marrom. Ela estava imóvel. Mais alto que o som do fogo queimando o carro, Marlow podia ouvir os gritos de Adler, podia ver seus braços se agitando e seu corpo se contorcendo enquanto o homem lutava para sair, podia ver sua cabeça pegar fogo e se tornar um crânio em chamas, a mandíbula ainda abrindo e fechando enquanto o calor arrancava carne e músculo de seu rosto. Então ele sofreu uma última convulsão e desmoronou sobre o assento de couro branco, como uma marionete com as cordas cortadas, enquanto as chamas o envolviam e o cobriam como uma mortalha.

Frau Müller tinha conseguido sua vingança.

114

Nova York, no presente

— O que acontecerá com ela? — perguntou Graves, curiosa.

— E isso importa? — Marlow sorriu e mudou de posição na poltrona no apartamento de Graves. O esforço causou uma dor lancinante em seu ombro cheio de ataduras, e ele se contraiu. — De qualquer forma, você não tem que se preocupar com *frau* Müller. Ela ficará em uma cadeira de rodas pelo resto da vida, mas ela viverá, e não vamos tomar nenhuma ação contra ela. Ninguém vai. Não vale a pena. Ela não vale a pena.

— Ela não é um risco? — acrescentou Lopez, da outra poltrona.

— Não. Sem Adler, ela não é nada. Quando ele a demitiu, sua vida acabou.

— Mas ela era uma assistente disposta. Em todos aqueles projetos dele...

— Ela já contou à polícia tudo o que sabe. Delatou os três empresários internacionais de que sabemos, um chinês, um indiano e um russo, mas será um trabalho infernal fazer algum tipo de acusação formal contra qualquer um deles. Eles são simplesmente poderosos demais. Mesmo se os pegássemos, existiriam outros como eles, mas esses sujeitos, sem Adler e sem a Maxtel, não são nada. A polícia os vigiará pelo resto de suas vidas; eles estão impotentes.

Marlow pensou nos outros dois cúmplices, o casal de meia-idade no carro que escapou antes de Adler. Só Deus sabe quem eles eram. Empregados domésticos? Assistentes? Ratos fugindo de um navio que naufragava? Provavelmente acharam que um exército estava vindo atrás deles. Mas ele nunca saberia quem eles eram agora. A polícia alemã e a Europol não tinham sido capazes de descobrir nada. Eles tinham desaparecido. Não havia nada para perseguir.

— A memória é curta — disse Graves, interrompendo seus pensamentos.

— A vida também é — falou Marlow. — O que importa é que eles não estão com isso.

Os outros dois seguiram seu olhar até a pequena tabuleta de argila que repousava inofensivamente sobre a mesa de centro entre eles. Marlow a tinha recuperado na grama chamuscada onde ela caíra da mão queimada de Adler e a transferira silenciosamente para seu bolso na confusão de carros de polícia, caminhões de bombeiro e ambulâncias que tinham invadido Bönigsdorf logo após o que a imprensa internacional mais tarde relatou como "a perda trágica do empreendedor e filantropo bilionário, Rolf Adler, em um estranho acidente automobilístico em sua casa de campo nos arredores de Berlim".

Ninguém falou uma palavra sobre as outras circunstâncias. Faxineiros tinham chegado e feito seu trabalho bem antes de a imprensa ter permissão para se aproximar do local. Quanto aos serviços públicos, eles fingiram que não viram nada como sempre faziam quando eram chamados a cenas como essa.

— Então o que há de ser feito com isso? — perguntou Graves, pegando a tabuleta e a examinando em suas mãos.

Os outros dois ficaram em silêncio por um momento.

— Nós sabemos o que ela é capaz de fazer — disse Marlow.

— Se a coisa toda não é um mito — falou Lopez.

— Um mito? Você quer dizer que isso só funcionou porque eles acreditaram que funcionava? Vale a pena testar essa hipótese?

— Essa pode ser uma enorme força para o bem — disse Lopez, de forma cautelosa.

— O que você quer dizer? Que poderíamos usá-la como uma força para a paz mundial? — O tom de Marlow era de zombaria. — Eu não acho nem que essa tabuleta é tão poderosa assim. — Ele fez uma pausa por um momento. — De qualquer forma, o risco de ela ser usada para outras razões é grande demais. E a probabilidade é maior, independente de quem coloque as mãos nela.

— Nós somos os únicos que sabemos o que ela faz, como usá-la — falou Graves, de forma pensativa.

— Espero que sim — respondeu Marlow. — Mas, de qualquer forma, decidi comprar isso.

De sua bolsa carteiro, que estava a seus pés, ele tirou uma sacola de plástico e, de dentro dela, um martelo comum. Um bem grande.

— Você não pode estar falando sério — disse Graves, alarmada.

Marlow a ignorou.

— Leon — disse ele, virando-se para o amigo —, você fez o que lhe pedi?

Lopez balançou a cabeça seriamente.

— Todas as informações sobre essa coisa foram apagadas de todos os arquivos que temos. — Ele olhou para Graves. — Entrei no seu sistema e fiz o mesmo por lá — acrescentou ele. — Sinto muito. Ordens. Todos os arquivos da Intersec estão em branco agora.

— E os arquivos em Istambul? As coisas de Haki?

— Não são suficientes para juntar as peças.

— Então o segredo está a salvo? — perguntou Graves.

— Espero que sim — falou Marlow novamente

— Você vai sofrer nas mãos de Sir Richard.

— Vou?

— Imagino que não o tenha consultado antes de tomar essa decisao, não é mesmo?

— Eu deveria ter feito isso? Isso era responsabilidade do meu departamento.

— A questão ficou maior do que apenas o seu departamento — disse Graves.

— Eu sei — falou Marlow. — E tive certeza disso quando percebemos que não éramos capazes de rastrear quem era aquela mulher de casaco Westwood que estava participando do leilão. Ela estava trabalhando para Sir Richard, não estava? Ou para a CIA. Ou mesmo diretamente para o Departamento de Segurança Interna. — Uma pausa. — Você está esperando por ele, não está?

Graves ficou em silêncio.

— E a qualquer momento — sugeriu Marlow.

— Sim — disse ela, esforçando-se para não mostrar mais do que devia.

— Eu meio que sabia, como você devia desconfiar, que outras pessoas além da Maxtel estavam interessadas no momento em que Yale relutou em traduzir o documento que achamos no Museu de Cluny.

— Mas eu traduzi aquilo para nós.

— Você traduziu. Mas então você se perguntou. E agiu certo em checar novamente. E decidiu que nós não éramos capazes de cuidar disso por conta própria. — Marlow inclinou o corpo para a frente. — Então houve a demora na entrega da carta de Reinhardt. Isso deu a confirmação. A "Terra das Pessoas Livres" achou que o melhor lugar para essa coisa seria sob sua custódia.

Graves ficou em silêncio novamente, enquanto Lopez olhava para ela com uma estupefação silenciosa.

— Não contei nada a Adler — disse ela a Marlow, finalmente. — Ele ia me torturar, mas eu não teria contado nada.

— Você não estava trabalhando para ele. Você é uma boa agente. Mas deveria estar trabalhando para mim. Não para Sir Richard. Não para a CIA. Não para o Departamento de Segurança Interna.

— Eu fiz o que achei que era certo!

Marlow recostou em sua poltrona.

— Todos nós devemos um bocado aos outros — disse ele. — Mais do que você sabe. E nós vencemos. Mais ou menos. Então, se há uma forma de deixar isso tudo para trás, vamos fazer isso agora.

— Merda — falou Lopez. — Vou abrir uma garrafa de Chablis de Laura.

Mas ele foi interrompido quando ouviram um movimento do lado de fora da porta de Graves, então uma chave na fechadura. Um perfume de charutos e loção pós-barba cara. A garbosa figura de Sir Richard entrou na sala.

Ele olhou para os três com uma leve surpresa, então para a tabuleta, que repousava no centro da mesa.

— Vejo que ele tem a chave de sua casa — falou Marlow, sem demonstrar emoção.

— Eu fico com isso — falou Sir Richard, apontando para a tabuleta. — Srta. Graves...

— Sente-se — disse Marlow.

— O que você está dizendo?

— Sente-se.

Aturdido, mas se agarrando à sua dignidade, Hudson fez o que foi pedido.

— Esse artefato está sob minha custódia agora — falou Sir Richard. — Ele representa uma potencial ameaça à segurança internacional. Deus me livre que isso caia nas mãos erradas. O estrago poderia ser incalculável. — Ele fez uma pausa, para dar ênfase. — Estou aqui para me assegurar de que ele será guardado adequadamente.

— Bom — disse Marlow. — Eu também.

Ele pegou o martelo e, concentrando-se para se esquecer da dor em seu ombro esquerdo enquanto fazia o esforço, abaixou-o, golpeando-o seguidas vezes contra a tabuleta, contra o Pergaminho Sagrado de Ademar, contra a chave de Dandolo para a destruição do Império Romano oriental, contra qualquer outra coisa maléfica que a tivesse servido desde que saiu das mãos de seu criador, até que se transformasse em uma confusão de cascalho, e que a mesa de centro debaixo dela, uma peça de decoração cara que Marlow teria que substituir, estivesse totalmente destruída.

No silêncio que seguiu, Sir Richard sorriu de forma seca.

— Os projetos mais bem elaborados, sejam de ratos ou sejam de homens... — murmurou ele, parcialmente para si mesmo.

— O que você quer dizer? — perguntou Marlow, diretamente.

Hudson abriu os braços.

— Quero dizer que julgamos você errado. É uma pena. Você fez seu papel de forma quase perfeita.

Marlow trocou um olhar com Lopez.

— É melhor eu explicar — continuou Sir Richard. — Nós sabíamos de seu pequeno problema com aquela loura sinistra. Sabíamos o quanto você tinha sido magoado e como aquilo o tinha deixado vulnerável. Achamos que aquilo poderia ser útil. Poderia ser bom... transformar um calcanhar de Aquiles em um instrumento que pudéssemos usar.

— Você *sabia* sobre Juliet?

A mente de Marlow disparou de volta a dias ensolarados em Paris, há mais de um ano, e uma agulha entrou em seu coração mesmo depois de tanto tempo.

— A mulher do RH? Sim. E sobre o que ela fez com você. A primeira vez em anos em que você foi capaz de confiar em alguém completamente e ela explodiu a ponte sobre a qual você estava. Mas depois, lá estava você. Por outro lado, estávamos de olho em Adler havia muito tempo e sabíamos como ele agia.

— Você estava correndo um risco muito grande... você não pensou que talvez existissem imponderabilidades demais?

— Não podíamos ter certeza de como as coisas se desenrolariam, mas nosso jogo é um pouco como xadrez, não acha? Uma mistura de aguardar as jogadas de seu oponente e torcer para que o melhor aconteça? Foi por isso que, quando precisamos encontrar uma nova pessoa para dirigir a Seção 15, eu pensei em você, embora obviamente eu tivesse deixado alguém o observando de perto. — Ele fez uma pausa. — E isso quase deu certo.

Marlow olhou para os pedaços esmagados de terracota no chão.

— Mas não deu.

— Não... no último minuto, você tomou a iniciativa. — Hudson se levantou. — Mas não se preocupe. Nós não vamos nos livrar de você. Você é um soldado bom demais. E, de qualquer forma, não poderíamos fazer isso. Se nos livrássemos de você, teríamos que quebrar seu contrato de forma permanente.

Marlow sabia o que aquilo significava.

— Você não tem escolha se quiser viver. Então é isso o que vai acontecer. A nova chefe da seção é a Srta. Graves. Você vai trabalhar seguindo suas ordens a partir de agora. — Ele sorriu para Marlow e ofereceu a mão. — Vamos lá, Jack... isso são negócios. Sem ressentimentos, não é mesmo?

Epílogo

Costa da Berbéria, fim do ano de Nosso Senhor de 1205

O irmão Leporo estava sentado acorrentado no convés do navio corsário, pensando. O vento o refrescava debaixo de seu hábito. Ele não comia apropriadamente havia uma semana.

Primeiro pensou sobre o ataque. O monge refletia por muitas horas sobre o ataque todos os dias. Será que a mão de Deus tinha estado presente naquilo?

Depois que eles enterraram Dandolo com toda a devida cerimônia, com o próprio Leporo auxiliando o novo cardeal e o emissário papal no altar da Igreja de Santa Irene, o monge se apressou para completar suas preparações para a partida. Seu navio estava pronto, e o pesado cargueiro, abastecido com artigos para o novo monastério do próprio Leporo perto de Pádua, recebia suas últimas riquezas. Obviamente, Frid estava lá o tempo todo. Tinha sido Frid que cuidara para que o doge fosse enterrado completamente de acordo com seus desejos; a tabuleta apertada em sua mão direita. Tinha sido Frid que observara enquanto o caixão era abaixado em sua cova com seus tesouros, para se assegurar de que nada interferisse com as preparações. Tinha sido Frid que o mantivera sob um olhar frio e atento.

Mas Leporo não se importava com aquilo. Ele assistira à frota veneziana se preparar e partir para sua cidade natal. Ele via — pois Dandolo nunca fora capaz de cegá-lo em relação a eles — os grandes navios transoceânicos secretos, partindo sob o comando do norueguês. Não importava. Com o poder que tinha agora, assim que ele aprendesse, poderia reconstruir. O que fora destruído poderia ser restaurado. O que havia sido quebrado poderia ser consertado. O que estivesse morto poderia ser ressuscitado.

Mesmo agora...

Eles estavam há três dias no mar quando as velas dos corsários apareceram no horizonte ao sul, vermelhas e brancas, como velas de vikings, equipadas apenas com velas latinas. No meio da tarde, eles estavam ao alcance de flechas. A batalha tinha sido feroz, porém inútil e, com o cargueiro pesado, fora impossível superá-los na velocidade. Frid, obviamente, lutara como um demônio e, depois da luta, ele desaparecera junto da meia dúzia de seus compatriotas do norte. Leporo esperava que ele tivesse sido morto ou afogado, mas um bote estava faltando em seu navio e a triste verdade era que provavelmente ele conseguira fugir assim que o desfecho da luta virara de forma irrevogável.

Deixando Leporo e a tripulação veneziana sobrevivente para serem tomados como prisioneiros.

Tudo acontecera há uma semana. Mas agora eles estavam navegando lentamente ao longo de uma costa empoeirada. O norte da África. Aquilo parecia uma pocilga. Um desperdício de areia e dunas e grama rala nascendo em tufos descuidados. Navegando lentamente por causa do cargueiro, *seu* cargueiro, roubado dele e agora nas mãos de uma minguada tripulação de piratas mouros.

Ele havia pensado em fugir, mas abandonou a ideia. Já estava velho, ele reconhecia. Suas costas e seu peito doíam o tempo todo, seus joelhos estalavam quando ele andava, seu pênis era uma noz enrugada entre suas pernas, até mesmo seu mijo saía apenas em pingos hoje em dia.

Mas ele ainda tinha tempo.

Apertou a tabuleta em sua mão debaixo de seu hábito. Os mouros não a tinham achado em sua revista apressada. *Sua* tabuleta. Verdade, uma cópia, e feita com pressa, mas uma cópia boa, feita com cuidado em cinco horas em que o velho doge estava dormindo. Um milagre Dandolo ter dormido por tanto tempo. E o pânico quando ele acordou e percebeu que a tabuleta estava desaparecida. Leporo a devolvera a ele com palavras reconfortantes. A mente do velho homem estava falhando àquela altura. Sua visão, naqueles últimos dias, finalmente havia se acabado.

A tabuleta. Leporo sabia apenas os princípios básicos, mas ele aprenderia mais. Existiam documentos em Veneza, abandonados por Dandolo. Ele regressaria, ele os leria. De Veneza, certamente alguém pagaria seu resgate. Dandolo era um herói lá e todos sabiam que o monge, Leporo, fora seu braço direito por mais de quatro décadas.

Seu raciocínio foi interrompido pelo sol que se elevava e que logo esquentou suas costas, expulsando as brisas noturnas que roubaram seu sono. Havia atividade no convés, marujos fazendo alvoroço e correndo, a maioria deles na direção da proa. Leporo se levantou com dificuldades e olhou para a frente. Brilhando, cintilando sob os primeiros raios do sol estavam os domos e os minaretes de uma cidade.

Todas as preparações a bordo agora indicavam que esse era seu destino. Ele entendeu uma palavra: "Argel". Ele tinha ouvido falar desse lugar. Um país rico, até onde ele se lembrava, apesar de seu litoral lúgubre. Contanto que pedissem um resgate por ele em vez de o venderem como escravo, tudo acabaria bem.

O capitão apareceu no convés, de peito nu, mas usando um turbante prateado e uma calça do mesmo material. *Vestido para o desembarque*, pensou Leporo, enquanto observava os outros prisioneiros sendo despertados e organizados em fileiras, marujos alimentando-os com pão seco e água gelada. Eram cinquenta, todos marujos, como seus captores. Um ou dois dos venezianos falavam árabe e pareciam estar se entendendo bem com seus correspondentes muçulmanos. Eles receberiam uma punição menor, se soubessem jogar as cartas certas.

Leporo aceitou o pão e a água, bebeu de um copo de madeira, mastigou o pão com seus dentes velhos e instáveis.

Apenas me dê o tempo, ele rezava.

Um oficial superior se aproximou com um colega, com dois marujos acompanhando-os. Uma seleção dos prisioneiros estava ocorrendo. Os mais desventurados, os mortalmente feridos e os doentes entre eles tinham sido jogados ao mar imediatamente após a batalha.

Leporo reconheceu o oficial superior, que não retribuiu seu sorriso. Os corsários falavam árabe. Leporo se esforçou para reconhecer palavras que ele pudesse entender, mas não obteve sucesso.

— Esse aqui? — perguntou o oficial superior, apontando para o monge.

— Um de seus mulás — respondeu seu colega.

— Explica por que ele ainda está vivo — falou o oficial superior, cutucando-o. — Muito velho para valer alguma coisa.

— Um prisioneiro?

— O que o faz pensar nisso?

Leporo sonhava com um intérprete, mas todos os seus compatriotas bilíngues estavam muito longe, do outro lado do navio, e ele não era capaz de exigir um.

— O que vamos fazer com ele se o levarmos à terra? — perguntou o oficial superior. — Ele pode acabar se tornando um fardo.

— Nós o alimentamos a semana toda.

— Está na hora de cortarmos nossas perdas, então. Podemos arcar com isso, há o resgate de um rei naquele cargueiro. — O oficial superior chegou a uma decisão. — Jogue-o da prancha. Faça isso de forma discreta, não quero perturbar os outros. Você disse que ele é um mulá?

— Sim.

— Tenha um pouco de respeito, então, um pouco de misericórdia. Corte seus pulsos antes. Torne isso tudo mais rápido.

Os dois marujos receberam as ordens e levaram Leporo até a popa, longe dos outros, e por um convés, até perto da água. Eles o desacorrentaram e tiraram suas mãos de dentro de seu robe. Quando fizeram isso, uma pequena tabuleta de barro caiu no convés. Leporo soltou um grito e se abaixou para pegá-la.

Eles o seguraram, firmemente. Um o manteve no lugar, o outro desembainhou sua faca e abriu as veias azuis encaroçadas. Leporo observou como se estivesse em um sonho. Isso não estava realmente acontecendo.

Então ele sentiu a água gelada, refrescante, estranha, e ainda não conseguia acreditar enquanto o mar azul se fechava sobre sua cabeça.

Os marujos observaram por um momento. Então um deles pegou a tabuleta.

— O que é isso?

— Ele deixou isso cair.

— Parece não ter valor.

— É provavelmente uma das relíquias deles. Posso conseguir alguns dirhams por ela.

— Não vale o trabalho.

— Tudo bem. Vamos até o outro lado do navio. Estamos perto o suficiente do litoral. Aposto 2 dirhams que você não consegue arremessá-la forte o suficiente para que ela alcance a praia.

— Fechado!

Eles voltaram até o convés superior e o cruzaram até bombordo.

O marujo que tinha apanhado a tabuleta olhou bem para o litoral, a uma distância que uma pedra lançada por um estilingue seria capaz de cruzar, e se concentrou. Então, levantou o braço e arremessou a tabuleta na direção da terra com toda a sua força.

Agradecimentos

Um enorme agradecimento às pessoas envolvidas com esse livro na Penguin, Alex Clarke, Sarah Day, Nick Lowndes, Alice Shepherd e Anthea Townsend, por seu apoio constante e seu incentivo inestimável. O mesmo serve para meu amigo e agente, Mark Lucas. Minha esposa, Marji Campi, não apenas me aguentou com paciência enquanto tudo isso estava acontecendo, mas realizou a primeira leitura com todo o rigor que ela exigia. Também quero agradecer: a Daniel Campi; a Charles de Groot, por conselhos sobre os aspectos financeiros da história; e, especialmente, a Peter Ewence.

Achei os seguintes livros (entre outros) de grande ajuda para preparar o contexto:

Chronicles of the Crusades, de Jean de Joinville & Godofredo de Villehardouin, traduzido para o inglês por M. R. B. Shaw, Penguin Classics, Harmondsworth, 1963.

(*Devo a M. R. B. Shaw [1890-1963] pela passagem de sua tradução de Godofredo de Villehardouin no começo do capítulo 39.*)

Rumo à estação Finlândia, de Edmund Wilson; Orion Books, Londres, 2004.

The great betrayal: Constantinople 1204, de Ernle Bradford; Holder & Stoughton, Londres, 1967.

A history of the ancient near east, de Marc van de Mieroop; Blackwell, Oxford, 2007.

Hitler, de Joachim C. Fest, traduzido para o inglês por Richard e Clara Winston; Penguin Books, Harmondsworth, 1983.

Sem consciência, de Robert D. Hare; The Guilford Press, Nova York, 1999

Este livro foi composto na tipologia Adobe Garamond Pro, em corpo 12/15,5, e impresso em papel off-white no Sistema Cameron da Divisão Gráfica da Distribuidora Record.